吸血鬼の仮面

ポール・アルテ（著）
平岡敦（訳）

アメノフィシスへ
わが愛のすべてをこめて

P.

H.

Le Masque du vampire

— 登場人物 —

オーウェン・バーンズ　美術評論家、アマチュア探偵
アキレス・ストック　バーンズの友人
ジョン・ウェデキンド　ロンドン警視庁の警部

トマス・テイラー　警視。ロイストン警察署署長

《クレヴァレイ村の住人》
ドリアン・ラドヴィック　ロシア人伯爵
ローザ・ラドヴィック　ドリアン・ラドヴィックの一人目の妻。旧姓エヴァズレイ
マージョリー・ラドヴィック　ドリアン・ラドヴィックの二人目の妻。旧姓ウォーカー
エレナ・ラドヴィック　ドリアン・ラドヴィックの三人目の妻
ロバート・キャンベル　牧師
ポール・ブラット　鍛冶屋
ヒューゴ・ニールセン　化粧品の販売代理人
モード・シーモア　ローザの伯母
テレンス・ヒル　引退した文学教師
ピム　医者

フレッド・アームブルースター　ラドヴィック家の使用人
アリス・アームブルースター　フレッドの妻。ラドヴィック家の使用人
ベンジャミン　村の少年
アリス・シャーウッド　村の少女

アン・シェリダン　ロンドンで暮らす若い女性。エレナの友人
クリストファー・ワーウィック　アンの婚約者
マイケル・ドノヴァン　ロンドンの神父
ジョン・マッカーシー　針金職人
ヴァイオレット・ストラリング　五年前に密室で殺された寡婦
ジェイン・クリフ　マージョリーの姉
ジェイン・メリヴェイル　《超宇宙生命体の会》に通っていた女性

レヴ・ラドヴィック　ドリアンの長兄
アアロン・ラドヴィック　ドリアンの次兄

目次

吸血鬼の仮面

1
結んだ細紐

クレヴァレイ村、一九〇一年九月十日

ベンジャミン少年は踵を返す前に、もう一度祖父に手をふった。祖父はドアの前に立ち、やさしい笑みを浮かべて言った。

「じゃあな、神のご加護を」

ベンジャミンは週に二回、決まってこの言葉を聞いていた。夕食のあと、祖父の農園を訪れ、そこでとれた新鮮な食材をもらって帰っていたから。ベンジャミンは祖父に会うのが楽しみだったけれど、少し恐れてもいた。幼いころに住んでいた農家の匂いを嗅ぐのは好きだった。祖父はもう、ウサギやニワトリの飼育くらいしかしていない。今日、両親のところに持ち帰るおみやげも、ニワトリの卵だった。家族みんなが同じ屋根の下で暮らしていたころは――実のところ、それほど昔でもないのだが――こんなふうではなかった。特に干し草の収穫期は、活気にあふれていた。干し草の束を積んだ納屋で、よくかくれんぼをしたものだ。そういえば一度、いっしょに遊んでいた兄弟たちに見つからないようあんまりうまく隠れたものだから、危うく窒息しそうになったことがあった。そのあと、お尻を思いきり叩かれたのもよくおぼえている。しかもたて続けに何度も。初めは祖父に見つかって叩かれ、そのあと父にも叩かれた。やがて祖母が亡くなると、祖父は急に弱ってしまった。農地は売って、ベンジャミンの両親は村に引っ越した。ひとり残された老人には、ベンジャミンの相手をする時間がたっぷりあった……

老人は孫がやって来るたび、奇妙奇天烈な昔話を山ほど聞かせた。まだ人生経験の浅いベンジャミンにも――彼はちょうど十歳だった――話を大袈裟に盛ってるとわかるほどだった。ときには、なにやら気味の悪い話をすることもあった。そんな場合はたいてい、おまえはまだ子供だからと言って、最後まで話してくれなかった。ベンジャミンは好奇心で体がうずくほどだった。なんとしても結末を知りたい。さもないと、そのあと決まって何日も悪夢を見ることになった。それに帰り道だって不安が増すばかりだった。家まで、ほんの十分ほどの道のりだったけれど、ベンジャミンはいつも怖かった。帰りはほとんどいつも暗くなっていたし、そんな時間に墓地の前を通るのは気が進まなかった。もちろん、恐怖でパニックになるというほどではないけれど、墓地の光景が目に入ると、背筋がぞくぞくするのを抑えられなかった。鉄柵の黒い先端、千鳥足の酔っ払いみたいに傾いた墓石の群れ、エヴァズレイ家の納骨堂を守る陰鬱な天使像。そのむこうには、朽ち果てた僧院の影がそびえている。

ベンジャミンは足早に砂利道を進んだ。石を踏みしめる自分の足音に、遠くから響く子羊の鳴き声が混ざった。彼は震えを抑えた。心地よい暖炉の火に暖まったあとだけに、夜気がいっそう冷たく感じられた。一ダースの卵がオムレツになるかと思うほど、袋をぎゅっと胸に押しつけた。あたりが真っ暗だったなら、ぼんやりと墓地の影が見えただけだろう。けれどその晩は満月で、細かなところまでしっかり目に入った。青白い月光が、あたりを包んでいる。草木に蝕まれた古い僧院の荒れ果てた壁が、そのなかに大きく浮かんでいた。夜の帳《とばり》のなかに、廃墟はぼんやりと光っていた。ベンジャミンは一瞬足を止め、魅せられたように僧院を眺めた。闇を照らす灯台のようだ、と少年は思った。でも、あれを目印にするのはやめておこう。僧院の裏から百メートル離れたあたりに、不気味な噂が流れている池があるから。丸い月を鏡のようにくっきりと映す暗い水面《みなも》を想像したら、思わず怖気《おぞけ》立った。あの池の近くで遊んではいけないと、両親からきつく言いわたされていた。あの池には、頭のおかしい者たちを引きよせる危険な力があるからと。三年前、青緑色の水に沈んでいるのが見つかったあの女もそうだった。池のいちばん新しい犠牲者だ。

そういえばあの事件について、引退した文学教師テレンス・ヒルが驚くべき話をしていた。ヒルはベンジャミンの両親に会いに来たさい、遺体が発見されたときのようすを、まるで美術品かなにかのように語った。彼によると、溺死体はびっくりするほど穏やかな顔をし、睡蓮の花に囲まれてとても美しかったという。あたりに響く蛙の鳴き声すら、ぽろんぽろんとハープをつま弾く音に聞こえるかと思うほどだったと。ヒルは繰り返しシェイクスピアを引用した末に、《ようやく彼女は、安らぎを見つけたのです》と締めくくった。彼が何を言わんとしているのか、ベンジャミンにもわかった。あの不幸な女は、頭がおかしくなったらしいという噂が立っていたからだ。おかしなふるまいをし、幽霊のように真っ青な顔で、ふらふらと森をさまよっていると。なんといっても不思議なのは、彼女が死んだあとにも、姿を見たと言う者が何人もあらわれたことだ。

ベンジャミンは肩をすくめた。彼は幽霊など信じていなかった。幽霊なんて本のなかか、人の想像のなかにしか存在しないと、両親もきっぱり言っていた。《それにクレヴァレイ村の人たちは、想像力旺盛だったから……》と。馬鹿馬鹿しい。溺死した女の亡骸は今、安らかに眠っているじゃないか。ここからすぐ、ほんの三十メートルのところに。月明かりを浴びて、墓石の真ん中に立つエヴァズレイ家の納骨堂に。

そのとき突然、奇妙な音がして、ベンジャミンは立ちどまった。蛙の鳴き声だろうか、と一瞬思ったけれど、彼はすぐに肩をすくめた。蛙の声が聞こえるほど、池はここから近くない。それなら、畑荒らしをしに来たカラスだろうか？　いや、こんな時間にカラスはいそうもない。大丈夫、想像力が過敏になっているだけだ。よく考えたら、蛙の鳴き声とは違っていた。むしろ、なにかが軋むような音だった。木の枝が、風に揺れているような……墓地を囲む木々の葉叢《はむら》を、風がさわさわと吹き抜ける音も、ちょうど今聞こえたし。

ああ、馬鹿みたいだ、と思いかけたとき、奇怪なことが起きた。二十メートルほど先に、突然緑色の光が広がり、おかしな雲がもくもくと立ちこめて、あっという間にあたりの墓石を包んでしまったのだ。ベンジャミンはびっくりして、手にした包みを落としかけた。けれども本当に驚くのは、まだこれからだった。煙の渦が風に吹きはらわれると、そこに人影が見えた。男が地面に身をかがめて、一心になにかやっている。ついさっきまで、そこには誰もいなかったはずなのに！

ベンジャミンはわが目が信じられず、思わずごしごしとこすった。ほかの村人たちと同じように想像力がたくましすぎて、ありもしないものが見えてしまったのだろうか？　パン屋の息子で、友だちのピーターもそうだ。十日前にピーターから聞かされた話を、ベンジャミンは頭から信じなかった。なにしろピーターは、嘘つきで通っているし。けれどもあの話をしたときは、たしかに真剣な面持ちだった。奇妙な鳥が毎晩、寝室の窓の前にやって来て、ばたばたと羽ばたくのがうるさくてたまらない、と彼は言っていた。ピーターがいくら追い払っても、すぐにまた戻ってくる。そしてとうとう、ついこのあいだ、なんとも恐ろしい出来事があった。ピーターが窓の外をのぞくと、そこには鳥でなく、人の顔があった。不気味な顔は窓ガラスに張りついて、食い入るようにピーターを見つめていたという。今、思うと、鳥があらわれる前には窓ガラスのむこうに、霧だか煙だかが立ちのぼると言っていたような気もする。

そんなこともあったのだから、さっさと道を通りすぎたほうがよかったのかもしれない。けれど目の前の人影に、怪しげなところはまったくなかった。ゆったりとした黒いマントの襟を立て、大事な捜しものでもするみたいに地面を眺めまわしている。ベンジャミンのことなど、目に入っていないらしい。ベンジャミンがさっきまでその男に気づかなかったのは、彼のいる方向を見ていなかったからだろう。煙のことは、男から説明が聞けるかもしれない。ちょっと迷った末、ベンジャミンは声をかけてみた。

「なにか……捜しものですか？」

けれども返ってきたのは、不満そうな唸り声だけだった。

「お手伝いしましょうか？」ベンジャミンはさらにそう言って、数歩前に進んだ。

男は少年を無視し続けていたが、わずかに体をこちらにむけた。手にしたものを月明かりに照らして、もっとよく確かめようとしているらしい。懐中時計？　それともライター？　コインか、細い鎖だろうか？　いや、違う。それがはっきり見えたとき、ベンジャミンは一瞬、目を疑った。男が一心不乱に眺めているもの、それは結び目がいくつもある、ただの細紐だった。

こちらをふり返った男の顔がちらりと見えたとき、ベンジャミンの脳裏に祖父の言葉がよみがえった。

じゃあな、神のご加護を……

と同時に、ピーターの話も思い出した。窓のむこうにあらわれたという恐ろしい顔、その異様な目つき……間違いない、この男と同じだ。

ベンジャミンは包みを放りだしてくるりとうしろをむき、一目散に逃げ出した。

2　マイケル・ドノヴァン神父

ロンドン、十月三日

その晩、イーストエンドの薄暗い一角に辻馬車が止まろうとしていたとき、マイケル・ドノヴァン神父の機嫌が悪かったのには、無理からぬ理由《わけ》がいくつもあった。まずは土砂降りの雨だったこと。それがこの寂しい場所を、いっそう寒々しく感じさせた。たしかにロンドンでは、空が怒りをぶちまけるのは決して珍しくないけれど。この町は生まれたときから、雨がつきものだった。第二には夜の九時、いささかぶっきらぼうなメッセンジャーに不意を襲われるのは、あまり嬉しいことではないから。それに神父はこのうらぶれた地区に、ほとんど足を踏み入れたことがなかった。そして最後に、ジョン・マッカーシーという名前にまったく聞きおぼえがなかったこと。渡されたメッセージによれば、マッカーシーは臨終の床に立ち会って欲しがっているという。

《人は誰でも最後の旅立ちに臨むとき、神を信じるようになる……》と神父はひとりごちた。

「エンジェル小路はすぐそこでさあ」と御者が大声で叫んだ。「この奥の、小さな水飲み場の脇ですよ」

ああ、わかった、とほとんど聞こえないような声でつぶやきながら、神父は代金を支払って帽子をなおし、急ぎ足で水飲み場のほうへむかった。馬のひづめがぱかぱかいう音が、背後でだんだん小さくなり、やがて雨音のなかに消えた。

小路の奥へと入っていきながら、《人っ子ひとりいないな》と思った。けれどもそれは間違いだった。彼が立ちどまった建物のむかい側には、薄暗いポーチにじっとたたずみ、ようすをうかがう人影があったのだから。ドノヴァン神父がその不気味な顔に気づいていれば、きっと悪魔に取りつかれているのを見抜き（どうやらこの界隈は、悪魔の力がとても強いらしい）、さっさと引き返したことだろう。しかし神父は入口のドアをあけ、じめじめしてかび臭い廊下に入った。濡れた手で、何度もマッチを擦らねばならなかった。ゆらめく光のなかに、ひびだらけの壁が浮かんだ。郵便受けがずらりと並んでいる。そのひとつを見て、住所は間違っていなかったと確認できた。メッセージによれば、マッカーシーは三階に住んでいるはずだ。神父は大きく息を吸って、廊下の奥の階段にむかった。

三階の踊り場に着くと、彼はまたマッチを擦った。床板を軋ませながら、通りに面した大きな窓の前をすぎる。飾りはと言えば、大きな夾竹桃が一本、花瓶に生けてあるだけ。そこでそうやって天気の悪い季節をすごし、しみったれたロンドンの空が分け与えるわずかな光を必死に浴びようとしているのだろう。その悲しげであきらめきったようなさまは、呼び鈴に応えて出てきた老女とどこか似ていた。

「あなたは……ドノヴァン神父様ですね？」老女はいかにも不安げな声でたずねた。

「ええ、そうです。あなたはマッカーシー夫人でいらっしゃいますね」

「はい、神父様」老女はそう答え、花柄の黒いエプロンで苛立たしげに手を拭った。「いらしていただけて、本当に助かりました。神父様のことは、隣の方からうかがったのですが、こんな時間ですし、神父様を見つけるのもひと苦労で……」

《それにこんな天気だし》とドノヴァンは心のなかでつけ加えながら、真情あふれる笑みを浮かべた。その晩、最初の笑みだった。

「ジョンはあと少しの命でしょう」と老女は続けた。「風邪をこじらせて何週間も寝こみ、体がすっかり弱ってしまいました。今朝から一段と悪くなって、何度も嘔吐しては……」

「お医者さんは呼ばなかったのですか？」

「もちろん、呼びましたとも……昨晩と、今朝も来てくださいました。でも……神父様に来ていただかないと、夫は安心できないんです。あなたにお話ししたいことがあると、一日中それればかり言ってました……」

「わたし個人にですか？　マッカーシーさんは、うちの教区民ではなかったはずですが」

「ええ……つまり、あなたのような神父様にということです」

ドノヴァン神父は老女のあとについて、重苦しい雰囲気の寝室に入った。ベッドに横たわる老人は、神父の姿を見てわずかに顔を輝かせた。よく来てくれたというように、必死に笑顔を作ろうとしているが、たしかに具合はかなり悪そうだ。白髪まじりの髪と厚い毛布のあいだからのぞくしわだらけの顔を、老人は何度も苦しそうに歪めた。瞼はかろうじて半びらきになっているが、今にもつぶってしまいそうだ。瞼の隙間から、死にかけた瞳が力なくこちらを見ている。それに老人は、話をするのもつらそうだった。

「お目にかかれて、本当によかったです、神父様……あなたに、お話ししたいことがあって。わたしはあともう、何日も持たないでしょう……」老人はそう言うと、悲しげな目を妻にむけた。

「マチルド、すまないが、二人きりにしてくれないか」

「わかったわ、ジョン。でもその前に、煎じ薬を飲まないと」

「あとでいい」

「だめですよ。お医者様に言われてるんですから。よくなりたかったら、きちんきちんと飲むようにって」

老女はそう言ってナイトテーブルにあった鉢をつかみ、夫が体を起こすのを手伝って薬を飲ませた。部屋中に病院のような、ユーカリの匂いが漂った。ドノヴァン神父は不快そうに鼻を鳴らし、老女が部屋を出て行くのを待った。ようやくマッカーシーと二人きりになった。

沈黙が続いた。マッカーシーはじっと天井を見つめている。彼がためらっているのを察して、ドノヴァン神父はきっぱりとした声でたずねた。

「なにか懺悔したいことがおありなんですね、わが子よ」

「はい」と瀕死の声が答えた。「大事な……とても大事なことです」

神父はうなずいた。

「主の裁きを仰ぐことです。あなたがどのような方か存じあげませんが、よきクリスチャンだと思っています。隣人の悪口など言えない方だと……」

「ええ、でもときには沈黙が罪に等しいこともあります」

たしかにそのとおりというように、ドノヴァンはぎゅっと口を結んだ。

「ではお話しなさい、わが子よ……」

「もっと近づいてください、神父様。もっと近づいて……家内に聞かれたくありません」

それから十五分間、ドノヴァン神父は男の懺悔に、黙ってじっと耳を傾けた。マッカーシーは目をおどおどさせながら、小さな声で恥ずかしそうに話した。彼は話に集中するあまり、神父が暖炉の近くにあった新聞紙をつかんでなにかメモしたのにも、ほとんど気づかなかった。ドノヴァンは大事だと思ったことを、そうやって無意識に書き留める癖があった。

ドノヴァン神父はマッカーシー家を辞去して通りに出た。死の床にある男の部屋でよどんだ空気を吸い続けたあとだけに、冷たい夜気が心地よかった。雨にあたると、なんだか生き返る心地がした。しかし、ほっと安堵のため息をついたと言ったら、それはいささか誇張になるだろう。神父は今しがた聞いたばかりの告白のせいで、これまで感じたことない激しいジレンマに陥っていた。懺悔の秘密を明かすわけにはいかないが、さりとてこのまま黙っていれば正義にもとる。

神父は帽子をかぶりなおし、いちばん近い地下鉄の駅にむかった。このあたりで辻馬車を拾うのは、ほとんど無理そうだったから。あれこれ思いをめぐらせながら、人気《ひとけ》のない小路をいくつも抜け、コマーシャル・ロードに出たところで、左手に馬車の音が聞こえた。手で合図しなければ、と思う間もなかった。街灯の青白い光のなかから馬車があらわれ、ものすごい勢いで通りを下ってくる。

その瞬間、ドノヴァン神父の脳裏にマッカーシー老人の顔が浮かんだ。すえた汗にまみれ、引きつった顔。彼はもうすぐ神のもとに召されるのだ、と神父は思った。けれど自分のほうが先を越すことになるとは、まだ知る由もなかった……

3　ヴァイオレット・ストラリング談義

アキレス・ストックの手記
ロンドン、十月六日

「犯罪の前途には、いまだ洋々たるものがあるな」とオーウェン・バーンズは、セントジェイムズ・スクエアのアパートで窓に額を寄せ、もったいぶった口調で言った。

わたしは新聞をたたんだ。彼がどんな反応を期待しているかは、よく心得ている。だからその期待どおり、こうたずねた。

「どうしてまたそんなことを、オーウェン？」

「なにもかも、なにもかもがそう告げている。例えばあの公園の、ありふれた景色ひとつとってもね。公園は朝の光に照らされて明るく微笑み、秋のあらゆる色合いを見せている。しかし、あれもまた犯罪を想起させるんだ……」

「へえ？　切り裂きジャックがベンチに腰かけ、メスを研いでいるかもしれないって？」

「才気をひけらかそうっていうのは、なにも悪くはないがね、アキレス。明らかな真実を鼻で笑うのが、きみはお得意と見える。だってロンドンいちの有名人、われらが国家的名士があそこにすわって、次なる凶行の計画を練っていた可能性は充分あるんだから……」

わたしは友人を眺めながら肩をすくめた。背の高い、でっぷり太ったシルエットが、光輝く窓を背景にくっきりと浮かんでいる。彼はわたしと同じ二十五歳だった。けれども気品ある風采、気取った物腰、自信満々な態度のせいで、何歳か年上に見えた。それなのに顔はむしろ若々しく、悪戯っぽい生き生きとした目がその個性を引き立たせていた。

「だったら、どんなものでも犯罪を想起させるってことじゃないか。木も花も、傘や帽子だって……」

「ブラヴォー、アキレス！　きみはぼくが何を考えているのか、すっかりお見通しらしい。いいかい、きみはコンプレックスを抱く理由なんかなにもないぞ。たとえ南アフリカのナタル地方生まれで、先祖は農民だからってね。それに体格ときたら、ちょっとばかしずんぐりして、どちらかというとレスラーを思わせ……」そこでオーウェンは言葉を切り、暖炉のうえに並べた雪花石膏製の九体の女神像《ムーサ》に目を止めた。「例えば舞踏と詩の女神テルプシコラの、うっとりするような肢体とは似ても似つかないからって」

「けっこうだね」とわたしはため息まじりに言った。「体格の話だったら、きみだってひとのことは言えないぞ。それにしても、ずいぶんな歓迎のしかたじゃないか。いちばんの親友が珍しくロンドンに立ちよって、忙しい仕事の合間をぬって挨拶に来たっていうのに」

　オーウェン・バーンズは内心、おかしがっているらしかった。

「きみは自分の幸運に気づいてないんだな、アキレス。少なからぬ数のロンドンっ子が、ぜひともその素晴らしい称号を名のりたいと思っているんだぜ……」

「きみの親友だっていう称号をかい？」

「もちろんだとも」

「ずいぶんと謙虚なことだな、オーウェン。でも皮肉はそれくらいにして、犯罪の話に戻ろう。われらがよき首都でいったい何が企てられているのか、きみは何を心配しているのか、はっきり説明してくれないか」

オーウェンはわざとらしい笑みを浮かべながら、わたしの脇の肘掛け椅子に腰かけると、おもむろにこう言った。

「きみの分析能力は、著しい進歩を遂げたようだ。それにはぼくも一役買っていると、思いたいところなんだが。ほら、二人でいっしょに《混沌の王》を倒したあの事件、おぼえているだろ？」

「あんなものすごい事件を、忘れられるわけないだろ」わたしはため息まじりに言った。「雪のうえに足跡《あしあと》を残さずに歩ける殺人犯なんて、そうそういるもんじゃない」

「たしかに今、気にかかっている奇怪な事件があってね。きみがいみじくも見抜いたとおり、その話をしたいと思っていたんだ。事件の鍵は、これもきみが見抜いたとおりで……」

「鍵って、どんな？」

「帽子さ」

「帽子だって？」とわたしは心底呆気に取られて叫んだ。

「とぼけるなよ、アキレス。さっき帽子を例にあげたのは、偶然じゃないんだろ。きみは明らかに新聞を読んだんだ」

「いや、オーウェン、天国のあらゆる聖人にかけて、ぼくはなにも読んじゃいない。きみがいったい何をほのめかしているのか、さっぱりわからないんだが」

するとわが友は、もの思わしげにあごをさすった。

「なるほど、そうかもしれないな。ぼくの知る限り、新聞でもそこには触れていなかったことだし。少なくとも、殺人に関しては。一見すると、それは単なる三面記事だからな。それじゃあさっそく、詳しい経緯を説明しよう。実は昨日の朝、われわれの旧友ウェデキンド警部がやって来て、教えてくれたことなんだ。ほら、きみも知ってのとおり、彼は自分の手に負えない事件があると、決まってぼくのところに相談に来るからね。もっとも、もとはといえば単なる交通事故だったんだが。三日前、午後十時三十分ごろ、コマーシャル・ロードでひとりの司祭が辻馬車に撥ねられたんだ。御者はぎりぎりまで彼に気づかず、避けられなかったと言っている。激しい雨が降っていたので、被害者はまわりがよく見えなかったんだろう、御者自身も視界がかなり狭まっていたからと。息を引き取る直前、被害者はなにか言い残した。御者は名前と住所を聞き取ることができた。事故現場からほど近い番地だった。おかげで被害者がその晩、どこで何をしていたのか、たやすく突きとめることができた。カトリック教徒のジョン・マッカーシーなる老人が、臨終の枕もとに神父を呼んだんだ。翌日、警察が話を聞きに言ったものの、得られたのは妻といううか寡婦の証言だけだった。ジョン・マッカーシーも、ちょうど天国に召されてしまったんでね……」

わたしは遮るように片手をあげた。

「続きはぼくに言わせてくれ……思うにジョン・マッカーシーは枕もとに神父を呼んで、良心の呵責から逃れようとしたんだろう。彼にはなにか胸に抱える、秘密の事件があったんだ」

「ブラヴォー、またしても大正解だ、アキレス。すごいじゃないか。オーウェン・バーンズの親友という称号もだてじゃないってことが、日々証明されてるぞ」

「なに、ぼくがすごいわけじゃないさ。ミステリ小説では、たいていそんな展開になっているからね。秘密を知った証人は、それを明かす前に死んでしまう」

「たしかに。だからってきみの手柄に、なんの遜色もないさ。もっともそれは、推測にすぎない。最初は事態がまだ、よくわかっていなかったんでね。どうやら夫人は、夫の過去にどんな忌まわしい出来事があったのか、なにも知らないらしい。誰にでもあるようなささいな罪を告白したかったのだろうとしか、考えていないようだ。ささいな罪ならぼくにだってある。きみが思っているほど、完璧な人間じゃないからね」

「言っとくが、そんなことちらとも思ってないさ」

オーウェンはわたしの切り返しを無視してしばらく考え、こう続けた。

「初めは、少しもおかしなところはなかった。かたや死にかけた老人がいて、かたやありふれた交通事故があった。それじゃあ、何がわれわれの疑惑を掻き立てたのだろうって、きみは思っているだろう」

「ああ、説明してくれ」

「でもきみは、答えを知ってるじゃないか。帽子だよ」

「帽子？」

「ああ、司祭の帽子だ。それが死体の脇に落ちていた……」

「なるほど。でもまだ……」

「そのなかに、メッセージが残されていたのさ。いや、新聞の切れ端を丁寧にたたんだものが、裏地の下に隠してあったんだ。切れ端には、エイグレ・ミラーの最新作『黒い雌馬』を絶賛する記事の書き出しが読み取れた。ウェデキンド警部はああ見えてなかなか抜け目がないから、マッカーシーの部屋から記事の残りを見つけ出した。暖炉の脇にあった古新聞の束をひっくり返してね」

「そうか、『黒い雌馬』が手がかりになって……」

オーウェンは天を仰いだ。

「いやいや、記事の中身はどうでもいい。ただそのおかげで、新聞の切れ端はドノヴァン神父が死にかけた老人の部屋から持ってきたものだってことが、確かめられたんだ。だとすれば、そこに書かれたメモはマッカーシーの告白と関係があるに違いない」

沈黙が続いた。

「神父はなんて書いたんだ？」とわたしは、オーウェンをにらみつけるようにして言った。「いいかげん焦らすのはやめて、さっさと……」

「ああ、わかってる。実のところ、書かれていたのは二つの言葉だけだった。大急ぎで書いたのだろうが、充分読み取れたよ。手近に筆記用具もなく、膝を机がわりに、新聞の切れ端に書いたわりにはね。きみが聞いても、おそらくなんのことかわからないだろう。けれどもぼくは犯罪史に精通しているので、ひと目見てことの重大さに気づいた。ウェデキンド警部はさほど切れ者とは言えないが、それでもすぐにぴんときてぼくの助言を仰ぎに来た。司祭が死んだのは、本当に事故だったのか？　二つの言葉がそんな疑問を投げかけてくるのが、ぼくにははっきりと聞こえた。さらにはマッカーシーも、本当に自然死だったのかと。そこでぼくは御者と未亡人から、直接話を聞くことにした。そうさ、二つの言葉が……」

「どんな言葉なんだ、オーウェン？」とわたしは、頭に血をのぼらせて怒鳴った。「暖炉のうえの大事な女神像を粉々にされたくなかったら、さっさと言え！」

オーウェンは肩をすくめた。

「まあ、落ち着け、アキレス。きみのような芸術家が、そんなことをするわけない。コッツウォルズで、イギリス有数の高級食器会社を経営しているっていうのに。とまれ、質問に答えよう。実を言うとそれは名前だったんだ。きみにはおそらく、聞きおぼえがないだろうが。ぼくの計算によれば、その人物が話題になったのは、きみがまだ南アフリカで牛の世話をしていたころのはずだから。ヴァイオレット・ストラリングという名前に、なにか思いあたることはあるかい？」

少し考えて、わたしは首を横にふった。

オーウェンは立ちあがって暖炉に近寄り、シガレットケースを手に取った。煙草を一本抜き出して火をつけ、ぷかぷかと吹かし始める。

「ヴァイオレット・ストラリング……慎み深い寡婦。彼女の名前があんなにも話題になったのは、殺されたその日だけ。しかしそれは、とてつもない殺人事件だったんだ、アキレス。完全なる密室殺人事件。いやもう、密室殺人の精髄と言ってもいいくらいだ。しかも、いまだに未解決ときてる。ロンドン警視庁の敏腕刑事たちにも歯が立たなかった、驚くべき謎さ。正直言って、ここに控えるきみの忠実なしもべにもね。たしかに、当時ぼくはまだ青二才で、事件調書も読ませてもらえなかったけれど、それが不可思議な密室殺人だということは明白で、誰でもひと目でわかった。きみもよく知ってのとおり、芸術の世界ではそれこそ傑作たるゆえんなんだ。稀に見る純粋な宝石とでも言おうか。それは……」

4　死者たちの王国で

クレヴァレイ、十月六日

空が最後の灯火を消すころ、クレヴァレイの大通りを激しい風が吹き抜けた。あたりを包む夕闇のなかを、見慣れた人影が足早に歩いていく。ロバート・キャンベル牧師。ごま塩頭にあごの張った顔。がっちりとした体格の大柄な男で、牧師という身分もさることながら、その外見からして皆から一目置かれるに充分だった。相手をうかがうようにきらきら輝く青い目をして、少し粗野な感じもする赤ら顔は、年中にきびに悩まされているかのように、小さな筋目に覆われている。

力強い足どりとはうらはらに、彼はなにか考えこんでいるようすだった。たぶん、次の説教はどうしようか、思い悩んでいるのだろう。旅籠《はたご》《ブラックスワン》亭まで来たとき、店から飛び出してきた男とはっと顔を合わせた。

店のガラス窓から漏れる黄色い光で、すぐに誰だかわかったものの、キャンベル牧師はなかなか名前が思い出せなかった。

《やれやれ、なんていったかな、この男？》牧師は反射的に愛想のいい笑みを浮かべながら、いらいらと考えた。聖書の一節はいくらでも正確に引用できるのに、人の名前となると思い出すのにひと苦労だ。どうしてそんなおかしな記憶力をしているのか、自分でもうまく説明できない。それは知識人特有の病気なのではと、うがった説を唱えた人がいた。日ごろから思索にふけってばかりいて、他人に関心を持つ暇がないのだろうと。そんな挑発に乗るまいと、彼はあえてなにも答えなかった。

「こんばんは、牧師様」男は司祭に劣らず引きつったような、わざとらしい笑みを浮かべて言った。

「こんばんは……わが子よ。お元気かな？」

ああ、男の名前は喉もとまで出かかっているのに……化粧品の販売代理人をしているとか。村に引っ越してきて、まだ一か月そこそこだろう。礼拝では一度しか顔を見ていない。ということは、あまり熱心な信者ではないんだな。彼みたいに、首都からやって来た若者はたいていみんなそうだった。彼はまだ三十歳にもなっていない。外見はまずまず悪くない。緑がかった薄茶色の、陽気そうな目。明るい栗色のきれいな口ひげ。同じ色の髪の毛はふさふさと豊かだが、たいていところどころ逆立っていて、非の打ちどころない三つ揃い姿とはいささか対照的だ。マッケンジー夫人宅の二階を借りる前は、しばらく旅籠に泊っていた。初めて話をしたのは、そのときだった。男の名前を聞いて、たしかフランスの詩人を連想したのだが……いったい誰だったか？

「ええ……まあ、牧師様」

「クレヴァレイは気に入りましたか？」ロバート・キャンベルは、男がやけに興奮しているようすなのに気づいた。

「はい……とても魅力的な村ですね。ただ……」

「なにか気になることでも？」

若い販売代理人は、今閉めたばかりのドアを指さした。ドアのガラス越しに、店のなかが見えた。

「みなさん、頭に血をのぼらせてるみたいで……」

「無理からぬことですよ。旅籠というのは教会に次いで、みんなが集う場所だからね。一日のつらい労働を終え、疲れた心と精神に元気を取り戻そうとしているのでは？」

「でも今日は、いつも以上になんですよ。とりわけプラットさんなんか。さっきまでいっしょにいたんですが、ビールをがぶ飲みしないと、気が収まらないとか言って。でも、逆効果だったような気がしますね……」

「ポール・プラットかね？　鍛冶屋の？」

「ええ、そうです。なにやら、討伐に出かけるつもりだと……」

「どういうことかな、それは？」

「アリス・シャーウッドちゃんが襲われたんですよ。ほんの一時間ほど前に」

牧師はびっくりして目をぐるぐるさせた。

「なんだって？　アリス・シャーウッドが襲われた？　いったい誰に？」

「大したことはないようです。かすり傷を負った程度ですが、とても怖かったみたいで。父親から話を聞いたんですけど、もうかんかんでした。それはよくわかります。でもぼくが思うに、アリスは少し大袈裟に言ってるんじゃないかと……」

「ユゴー、ヴィクトール・ユゴーだ！」といきなり牧師は叫んだ。「いや、失礼、ヒューゴ・ニールセンさんと言おうとしたんだが」

「どうしてまた、牧師様？」と若者はびっくりしたように訊き返した。

「いえ……べつに、ヒューゴ・ニールセンさん。ふと思い出したことがあって。なに、今のお話とはなんの関係もない。ただ、ちょっと考えごとをしていて……」

　ニールセンには、牧師の胸の内など知る由もなかった。そのときちょうど旅籠のドアがあき、件のポール・プラットが顔を出した。がっちりとした体格の四十男で、雄牛のような首をしている。赤ら顔のうえに頂く黒い髪は、短く刈っていた。目をぎらぎらと輝かせているのは、どう見ても悪い兆候だ。

「ああ、牧師さん、ちょうどよかった。あんたにもちっとばかしぴりっとしてもらおうと、思ってたところなんだ。そうすりゃ、日曜のくどい説教も変わるでしょうよ」

　プラットは粗野な男だが、これまでキャンベル牧師にそんな口の利き方をしたことはなかった。キャンベルは鍛冶屋をなだめようと、肩に手をあてた。

「落ち着きなさい、ポール。事の次第は今聞いたが……」

「おれたちが行動に出ないと！　村の子供たちを次々に襲う悪党を、ひっ捕らえるんです」

　プラットは司祭の胸にぐいっと人さし指を突きあて、こうつけ加えた。

「子供たちになにかあったら、おれたちみんなの責任だ。おれもあんたも。そうでしょ？　だから……**おれたちが行動を起こさないと！**」

「まあ、そうかもしれないが……どうしようっていうんだね？」

「鉄は熱いうちに打てってことです」

「鍛冶屋のきみらしい意見だな、ピエール……いや、ポール。でも、具体的には？」

「墓地の見まわりをするんです……エヴァズレイ家の納骨堂の近くを。うまくすれば、まだあそこにいるかも」

沈黙が続いた。聞こえるのは旅籠の看板が、風に軋む音だけ。当然のことながら、看板には店名の由来となった黒い鳥が描かれている。牧師はそれをしばらく注意深く見つめた。

「いいだろう、ピエール……いや、ポール。どうしてもというなら、いっしょに見に行こう。よければその道々、何があったのかを説明してもらおうか。興奮しないで、落ち着いて話してくれ。人間、怒りに駆られるとろくなことはない。きみもよくわかってるはずだ。ともかく、冷静になろう……」

「言うはやすしですがね」とポール・プラットは、手押し車の車輪並みに大きな手を震わせながら言った。「おれよりヒューゴさんのほうが、うまく説明できるんじゃないかな」そう言ってプラットはニールセンをふり返り、こう続けた。「あんたもいっしょに行ってくれるよな」

それは質問というより命令だった。ヒューゴ・ニールセンはちょっとためらってから答えた。

「ええ……まあ、いいですが。ぼくでもお役に立てるなら……」

牧師館に寄ってハリケーンランタンを取ってくると、三人は東の村はずれの先にある墓地にむかった。ヒューゴ・ニールセンは、アリスの父親から聞いた一部始終を語った。

「どうやら事件があったのは、午後六時少し前のようです。アリスが牧草地を歩いていると、垣根のうしろに煙のようなものが見えました。近寄ってのぞきこむと、霧が流れて遠ざかっていくのだとわかりました。どうせ誰か友だちの悪戯だろうと思い、アリスは霧のあとを追いかけ墓地までやってきました。そのとき墓石の裏から男があらわれて、彼女に襲いかかってきたんです。アリスは恐怖に駆られ、逃げようとしました。けれども男は少女の腕をぐっと押さえ、エヴァズレイ家の納骨堂のほうへ引っぱっていこうとしました。アリスが大声で悲鳴をあげたので、男は手を放しました。その隙に少女は駆け出し、家に逃げ帰ったというわけです」

「男の人相、風体は？」と牧師は、軽快な足どりで歩きながらたずねた。

「前のときと同じです」とポール・プラットはそっけなく答えた。「先月、ベンジャミン少年がほとんど同じ場所で目撃した男とね。大きなマントを羽織って、恐ろしい顔をして……」

　ロバート・キャンベルは重々しくうなずいた。

「どうも釈然としないな……」

「あなただって、よくおわかりでしょうに、牧師さん。ほんのひと月もしないあいだに、二人の子供があの墓地で襲われたんですよ。それにピーター少年が部屋の窓から見たっていう、悪夢のような顔のこともある。偶然なんかじゃありません。ほかにもこの数年、ここで起きた事件を考え合わせれば。そうでしょうが？」

　そのあとしばらく聞こえるものと言えば、道沿いに並ぶネズの木を揺らす風の音だけだった。三日月が雲の合間から顔を出すと、三人の影がくっきりと地面に浮かんだ。

「ふむ、たしかにそのとおりだが……そんな酒場のヨタ話みたいなものを、やすやすと信じていいものか……」

「ヨタ話ですって？」鍛冶屋はむっとしたように言った。「やれやれ、頭のおかしなあの女が何をしたか、お忘れですか？　そのあと彼女は、池で溺死しているのが見つかった。うちのジミー坊やが落下死したのは、あの女のせいでしょうが？」

「そうかもしれない。でもあれは、事故にすぎなかったのだろう。証拠はなにもないんだから、あの不幸な女を非難しても始まらない。彼女だって今はもう、この世にいないのだし」

牧師はランプの光を墓地の入口にむけ、鉄柵の先端を照らした。ポール・プラットがぶつぶつ言い返す。

「そうとは限らんが……」

「いいかね、ピエール……いや、ポール……ひとの証言を聞くときには、よくよく用心せねばいかん。例えばベンジャミン少年の証言にも、辻褄《つじつま》の合わないところがいくつもあったからね。襲ってきた男について、目は地獄の炎のように真っ赤だったと言ってみたり、ダイヤモンドのようにきらきら光っていたと言ってみたり。顔の特徴についてもまたしかりだ……そもそも、その男が細紐の結び目をほどくために、いつまでも墓地にいたってこと自体、にわかには信じがたいじゃないか……」

「でもその細紐は、確かに見つかったんですよ」と鍛冶屋は勝ち誇ったように言った。「少年が証言したとおりの場所から、半ダースも。しかも細紐にはみんな、結び目がついてました」

「だからって、ベンジャミン少年の証言が真実だとは限らない。たまたま細紐が目について、そんな話を想像しただけかもしれないし」

牧師はあたりの墓石に、ぐるりと光をあてた。裸の木が何本か、それを見おろしている。

「そのときの光景を、思い浮かべてみよう……少年がひとりで、夜、ここにいる。道づれは青白い満月だけ。あたりを囲む節くれだった枝は、まるで鉤型に曲がった魔女の指のようだ。それが少年に、つかみかかろうとしている……なにか少しでももの音がしたら、風がほんのひと吹きでもしたら、それだけで昔話の恐ろしいドラゴンがあらわれたかと思ってしまうだろう……」

　ヒューゴ・ニールセンは上着の襟をなおし、うなずいた。

「そうですね、目の前にありありと情景が浮かびます。でも、細紐の話はやっぱり気になるな。男は結び目をほどこうとしていた、と言いましたよね？　実に奇妙だ。どうしてそんなことをしていたのか、さっぱりわけがわかりません。もしかして……」

　ポール・プラットはニールセンのことなどおかまいなく、牧師にむかって言った。

「なにもおれは、頭のおかしいあの女に、罪をすべて負わせようってんじゃありません。結局のところ、彼女もほかのみんなと同じく、被害者にすぎなかったんです。じゃあ、本当に責任があるのは誰か、それはあなたもよくご存じのはずだ。違いますか？　だってそいつが村にやって来たときから、すべてが始まったんだから」

「責任って、何の？　それくらいは、はっきりさせてもらいたいが」とキャンベル牧師はかっと頭に血をのぼらせたように言った。「そもそもその人物は、今ここにいないはずだが」

「どうして、そう言いきれるんですか、牧師さん？」

「ピエール、きみにはいいかげん、うんざりだ……」

「ポールです」と鍛冶屋は訂正した。

「わかってる。きみと話してると、こっちまで調子がおかしくなる。こんなことをしていても、時間の無駄だ。ますますそんな気がしてきたよ」

　牧師は怒ったような手つきで、ランプをエヴァズレイ家の納骨堂にむけた。入口を守る天使像に光があたると、まるで暗闇から飛び出してきたかのように見えた。くるくると舞い散る枯葉が天使に命を吹きこみ、ネオ・ゴチック様式の小さな納骨堂が錆びた鉄柵のうしろに蘇る。礼拝堂を模して小尖塔が四隅に突き出た納骨堂は、祈りの気持ちよりも敵意を掻き立てた。切り妻壁の正面《ファサード》は、上部に丸い小さなバラ窓があって、樫材で作ったゴチック様式のドアは、錬鉄で補強が施されていた。

「見てのとおりだ」と牧師は言葉を続けた。「入口はしっかり閉まっている……」

「いや、違うな」そう言ったのは、ほかの二人より数歩先にいたニールセンだった。「ほんの少しあいてるようです」

鍛冶屋と牧師はびっくりして顔を見合わせ、小さな霊廟の前にいる若者に駆け寄った。ニールセンの言うとおりだった。両びらきのドアにランプの光をむけると、たしかに二、三センチ、隙間があいている。

「牧師さん、やっぱりおかしい」

「子供の悪戯かなにかだろう……」

「そうじゃない。そりゃなかには、不とどき者もいるが、誰もこんなことはしやしない。あなたもよく知っているはずだ」

「ドアが無理やりこじあけられたのかどうかは、はっきりわかりませんが」とニールセンは言った。「たしかにこれは大事《おおごと》かもしれませんね」

ポール・プラットは決然たる手つきで、ドアを押した。ドアはそれに抗うかのように、ぎいっと軋りを立てた。彼は静寂のなかで獲物を待ち伏せるハンターのように、入口の前でしばらくあたりの臭いを嗅いでいたが、やがてきっぱりとこう言った。

「さあ、これ以上ためらってはいられない、ここはおれよりあんたの縄張りだが、先に行かせてもらいますよ、牧師さん。ランプを貸してください」

こうして三人は一列になって、小さな部屋に注意深く足を踏み入れた。なかはほとんどからっぽで、飾りらしい飾りはほとんどない。ちっぽけな祭壇のうえに木の十字架が置かれ、ドライフラワーの残骸がつまった骨壺が、そのまわりを囲んでいた。じめじめしてこもったような、鼻をつく臭いが漂っている。

「ここはいつから、閉めきりになっていたんですか？」ヒューゴ・ニールセンはそうたずねると、地下の死体安置室に続く階段の前で立ち止まった。

「そうだな……」とロバート・キャンベルは考えた。「去年の五月か六月、マージョリー・ラドヴィックが埋葬されたときからだが……」

「どなたですか、マージョリー・ラドヴィックっていうのは？　伯爵夫人？」

「ああ、二度目のね」ポール・プラットが皮肉っぽい口調で言った。

鍛冶屋はさらになにか言おうとしたが、牧師にきっぱり遮られて思いとどまった。

「どうしてそんな質問を、ヴィクトールさん？」と牧師はたずねた。「いや、失礼、ヒューゴさん」

ニールセンは鍛冶屋をふり返った。

「階段を照らしてもらえますか、プラットさん。ニンニクのかけらが二つ、三つ落ちてます。これはけっこう新しそうですが……」

「たしかにそのとおりだ」鍛冶屋はざっと調べてうなずいた。「こいつは最近になって、ここに撒き散らされたらしい。でも、どうして？　納骨堂に置いておくようなものじゃないだろうに」

ニールセンはわけがわからないというように肩をすくめ、こう言った。

「下を見てみましょう」

三人は闇に続く階段を降り、アーチ天井の小さな部屋の前に立った。うえの部屋より幅は狭いが、奥行きがある。えがらっぽい臭いがさらに強く鼻をついたけれど、不思議とそこには甘ったるさも混じっていた。壁には上下二段の窪みが、天使の顔や花で飾られたつけ柱にはさまれ、ずらりと並んでいる。その半分以上には、すでに棺が納められていた。ニールセンが窪みのひとつに目をやると、またしてもニンニクのかけらがあった。けれども彼がそう言いかけたとき、前を歩いていたプラットがよろけて声をあげた。

「おっと危ない。何だ、これは？」

「鎌じゃないですか」とニールセンは床に身をかがめ、長柄の鎌を拾いあげた。

「そんなものをここに置いておくなんて、どういうつもりなんだ。危うく怪我をするところだった」

「死神の鎌っていうわけですかね？」とニールセンは牧師にたずねた。「納骨堂にそれを置いておくのが、キリスト教の習わしかなにかだとか？」

「禁じられてはいないがね」とキャンベル牧師は、口ごもるように言った。「去年の埋葬のときには、こんなものはなかったが。それは断言できる。ほかにはなにも、おかしなものはなさそうだ。ともかく、ここには誰も隠れてなんかいない。怪しい男というのが本当にいたとしても、逃げ去る時間はいくらでもあったんだし。そうだろ、ポール。何度も言うようだが、こんなことしても時間の無駄だろうと……」

　鍛冶屋はぶつぶつつぶやきながらうなずき、さっとあたりを見まわした。

「ローザ・ラドヴィック、旧姓エヴァズレイ」とニールセンは、棺に貼られた銀のプレートを読みあげた。「これがさっき言っていた、頭のおかしい女なんですか、プラットさん？」

「ああ、そうだが……」

　鍛冶屋はそこで言葉を切り、隣の窪みにじっと目をやった。

「ほら、見て、牧師さん……棺の蓋がずれてるみたいだ」

「どこだね？」

「ほらあそこ、もうひとりのラドヴィック夫人、マージョリーの棺です」

　プラットは棺に近寄ってたしかめると、大きくうなずいた。顔に汗が浮かんでいる。

「危うく見逃すところでしたよ。でも、間違いない。誰か、触った者がいるんだ。こじあけたと言ったほうがいいかも……」

　キャンベル牧師とニールセンも棺に近寄り、そのとおりだと認めた。三人は信じられないといった表情で、顔を見合わせた。

「そうだな、ピエール……いや、ポール。きみのいうとおりかもしれん。たしかに奇妙だ。なかをのぞいてみよう」

　三人は棺のふたをあけ、恐る恐る身を乗り出してなかをのぞきこんだ。そこにはなにか奇怪なものがあるのではないか、と本能的に身がまえた。少なくとも、朽ち果てた亡骸を目にしなければならない。ランプの黄色い光に照らし出された彼らの顔は、突然恐怖で凍りついた。恐ろしい光景などという、生やさしいものではない。今、目の前にあるのは、科学と論理の法則にまっこうから挑戦するものだった……

5　ユーカリの匂い

アキレス・ストックの手記（承前）

十月七日

わが友オーウェン・バーンズはロンドンいち気難し屋の美術評論家としてその名を知られ、新聞にもしばしば寄稿をしている。彼は飾りけのない美の表現に賞賛を惜しまず、とりわけ気高き自然の妙を高く評価していることは、読者たちにもよく知られている。車道に投げ出された一輪の鈴蘭《すずらん》を救い出すためなら、馬車や人でごったがえすロンドンのど真ん中で、道の流れをせき止めることも辞さない男なのだ。太い指で拾いあげた儚《はかな》げな花をうっとりと見つめながら、さらにそのあと何時間にもわたって長々と弁じたてる。堕落した現代文明の汚穢《おあい》のなかにあって、かくも光り輝く生命の奇跡は、神が存在することの証《あかし》にほかならないと。

その日も例外ではなかった。わたしたちはマッカーシーの未亡人から話を聞きに、エンジェル小路へむかった。みすぼらしい階段の窓辺に置かれた花瓶が、彼の注意を引いた。埃に汚れた窓ガラスから射しこむ陽光は、どこか遠い地で摘み取られ、はるばるここまでやってきた不幸な花の命を支える、神様の指のようだった。

「きみにもわかるだろ、アキレス。夾竹桃はフランス語で、ピンクの月桂樹と呼ばれている。だからこの花は薄暗いロンドンではなく、ローマかアテネの光のもとで生まれたんだ。そしてもっとも威厳に満ちた人々、もっとも名高い皇帝たちの額を飾った。すぐれた詩人して才能豊かな音楽家だった、かの忘れがたきネロのような。月桂樹やその兄弟たるオリーヴは、地中海地方の魂そのものなんだ。荘厳なドラマの舞台、われらが文明揺籃《ようらん》の地の……」

わが友の長広舌がさらに長引くのを恐れて、わたしは口をはさまず聞いていた。われわれの調査はまだほとんど進んでいないというのに、まったくうんざりさせられる。午前中、まだ早い時間に、ドノヴァン神父を撥ねた馬車の御者から話を聞いた。殺人の可能性は否定しきれないものの、確たる証拠はなにもなかった。被害者の背後に何者かが潜んでいて、馬車の車輪にむかって突き飛ばしたとしても、あたりは真っ暗で大雨が降っていたとあっては、御者が気づくのは難しかっただろう。しつこく問いただしてみたものの、なにも聞き出すことはできなかった。

「粗野で無教養な美術品破壊者ども、それが堕落した現代社会の真の元凶なんだ」とオーウェンは続けた。賞賛から糾弾へと口調が変わっている。「芸術品を毀損《きそん》するのは、もっとも忌まわしい犯罪だ……卑屈な精神のあらわれさ。想像してみたまえ、アキレス。目に見えない巨人たちからすれば、われわれはこの夾竹桃のような無力な草木にすぎない。巨人は生け花やらなにやら、人間の勝手な都合でいつなんどきわれわれを八つ裂きするかもしれないんだ……そんなことを考えたことがあるかね、アキレス？」

わたしはとりあえずもっともらしくうなずいてから、ここまでやって来た目的を思い出させた。

それからしばらくしてわたしたちは、古ぼけているけれどきれいに片づいた小さな居間に腰を落ち着け、マッカーシー夫人の証言を聞いていた。寡婦はわたしたちのことを、警察から正式に委任された捜査官だと思って、丁寧に応じてくれた。

「ジョンはここ何週間も、風邪で元気がありませんでした。なかなか抜けなくて」と夫人は、悲しげな声で言った。目を真っ赤に泣きはらしている。「もちろん心配でしたが、わたしたちくらいの歳になると、いつでもちょっとした病気で具合が悪いものなんです。そうこうするうち、急に風邪が悪化して……」

「それはいつごろのことですか？」オーウェンはわざとさりげなくたずねた。

「一昨日です。けれどその晩、お医者様が来てくれました。いつもとは違う、ブラウン先生という方でしたが……ちょっと変わった方でした。あごひげを生やして、とても背が高くて、大きな眼鏡をかけて。思わず引きこまれるような、不思議な目をしているんです。でもむこうが名のる前に、すぐにお医者様だってわかりました。だからわたしがそうたずねると、ちょっと冗談めかして、顔に書いてありますかなんて訊くんです。お医者様は夫と二人きりで、長いこと診察していました。翌朝にも来てくださったので、とても助かりました。というのもジョンはその晩、何度も吐いて、ひどく苦しんだあとでしたから。お医者様に言われたとおりにしたものの、具合はよくなりませんでした。その日の夕方、ジョンは司祭様を呼んで欲しいと言い……翌朝亡くなったんです」

　マッカーシー夫人は涙声でそこまで話すと、言葉を切って悲しみに満ちた目をあげ、ドアのうえに掛けたキリストの十字架像を眺めた。

「でも今の話はみんな、昨晩、同僚の方にもしたんですよ。ジョンはなにか良心に関わる重大な秘密を抱えていたのかもしれないと言われました。だから司祭様を呼んだのだろうって。そんなわけはないと、繰り返し答えました。だとしたら、わたしも気づいていたはずです。ジョンはずっと、模範的な人生を送ってきました」

オーウェンは磁器が並んだ食器棚を見つめながらたずねた。

「ご主人は工員をされてたんですよね？」

「はい、ベスナル・グリーンの針金工場で、長いこと仕上げ工として働いたあとに独立し、ここからすぐのところに仕事場を構えていました。引退してからは、仕事場も売ろうかと思ったけれど、なかなか決心がつかなくて。あの歳になっても、多少の注文はあったので……」

「人生、山あり谷ありですからね」

「ええ、そのとおりです」

「うまく行かないときっていうのは、さほど深刻ではなくても、慣れ親しんだ配偶者が注意して見ればわかるものです。だからご主人がここ数年、なにか秘密を抱えていたとしたら、あなたは見逃さなかったでしょう。わたしが特に知りたいのは、一九八六年、今から五年前のことなんですが……」

「心あたりはなにも……」未亡人は言葉を濁し、もぞもぞと苛立たしげに指を動かした。「たしかにジョンはときどき、むっつりすることがありましたが、その年に限ったことでは……ひとつだけおぼえているのは、彼がきれいなエメラルドのペンダントをプレゼントしてくれたことです。とても高かったでしょうに。ほかにおぼえていることは、特になにも……」

「ヴァイオレット・ストラリングの名前に聞きおぼえは？」

マッカーシー夫人は目を曇らせた。

「ええ……同僚の方から、話を聞きましたから。でも、馬鹿げてます。ジョンはあの忌まわしい事件と無関係です。あなたも彼を知っていたら、あんな惨劇に関わっていたはずないとわかるでしょう。ジョンは実直な人間です。五十年間も生活を共にしていたのだから、はっきり断言できますとも」

「それはわれわれも、疑ってませんよ」とオーウェンは、うなずきながら答えた。「ブラウン医師のことを、もう少し聞かせてください。彼はその晩、タイミングよくやって来たんですよね。診断はどうでした？　なにか薬を処方しましたか？」

「いいえ、特には」と未亡人は、首を横にふりながら答えた。「主治医の先生がおっしゃっていたのと同じで、体が冷えたんだろうって。すでに出ていた処方箋にざっと目を通し、なにも変えなくていいと言ってました。ただしユーカリの吸引はやめにして、これからは煎じて飲むようにとのことでした。ニガクサも少し混ぜるといいって」

「ニガクサを？」とオーウェンはびっくりしたように言った。

「はい、三十分ほど出かけて、わざわざニガクサを持ってきてくれました。それをユーカリの葉と混ぜ、定期的に煎じて飲むのだそうです……」


その日の夕方、わたしたちはロンドン警視庁のウェデキンド警部の部屋で落ち合った。ウェデキンド警部は四十がらみ、もじゃもじゃの眉をした穏やかな性格の男だが、悪漢じみた口ひげのせいで厳しそうに見えた。

「ブラウン医師のゆくえは、まだつかめていません」と警部はわが友の問いに答えて言った。

「いや、つまり、目ざすブラウン医師という意味ですがね。そりゃ、ブラウンという名の医師は、五万といいますから……」

「医師じゃないブラウンなら、イギリスじゅうに五十万、百万といそうだな」とオーウェンは、真ん中からぴったりとわけた髪を整えながら、くすくすと笑った。「ほかの医師仲間にはたずねてみましたか？」

「もちろん。けれども、そんな男は知らないって言うんです。奇妙な話ですが……」

「奇妙ねえ」とオーウェンは皮肉っぽく繰り返した。

「いずれ見つけ出しますよ」

「そううまくいくかどうか。賭けてもいいが、そいつは司祭を辻馬車の車輪にむかって突き飛ばしたのと同じ人物に違いない……」

ウェデキンド警部は顔をしかめて、葉巻に火をつけた。

「どうしてそう断言できるのか、お聞かせ願いたいですね」

「彼がマッカーシーも殺したからですよ」

ウェデキンド警部はくわえていた葉巻をあわてて手に持ちかえた。

「殺されたですって？　でもマッカーシーは病死だと思っていましたが」

「主治医の診断はそうでしょう。でも医者は、目先の事実しか見てませんからね。老人が病気で苦しんでいる姿しか、目にしていないんです。ともかく、ぜひとも検死解剖をしたほうがいいでしょう。そうすれば、老人がどんなふうにして毒を盛られたのかわかるはずです。でも警部が貴重な時間を無駄にしないよう、友人のアキレスに詳しく説明してもらいましょう……」

オーウェンはそう言うと、わたしにわざとらしい笑顔をむけた。不意打ちを喰らわせたつもりなのだろうが、お生憎さまだ。ブラウン医師なる人物の怪しげな関わりは、わたしだって見逃してはいない。

わたしは咳払いをすると、数時間前にマッカーシー未亡人と交わした会話を報告した。

「というわけで」とわたしは言った。「その《ニガクサ》に含まれるアルカロイドによって老人は吐き気をもよおし、死亡に至ったのでしょう」

ウェデキンド警部は、なるほどという顔でうなずいていた。するとオーウェンがわたしにたずねた。

「それだけ？」

「まあ……そうだが」

「がっかりだな、アキレス。きみからもっと詳しい説明が聞けるものと、期待していたんだが。たとえばブラウン医師はどうやって、ものの三十分もしないでその毒を手に入れることができたのかとか……」

「そりゃ、初めから老人を亡き者にするつもりで来たわけだから」

「たしかに。しかし毒殺という方法は、多かれ少なかれその場で考えたのだろう。なぜってあきらかに犯人は、老人がユーカリの吸引をしていると聞いて、毒殺を思いついたのだから。つまり犯人はとても冷静で、臨機応変にことを運ぶ人物ってことだ。さらに言うなら、犯人は老人のようすを家の近くでうかがっていたらしい。計画がうまく運んでいるかを確かめるため、翌日にも訪ねてきているからね。それにちょうどうまいタイミングで、司祭も殺しているし。老人が司祭を呼んだと知って、犯人は危険を察知したのだろう。きっとなにか告白をするつもりだって。言いかえれば、われわれが追っている相手は手だれの殺人者なんだ」

重苦しい沈黙が続いたあと、オーウェンは叱りつけるような口調で言った。

「で、アキレス？　毒の件は？　まだわからないのかね？」

6　割れたボトル

アキレス・ストックの手記（承前）

「明らかすぎるほど明らかじゃないか」オーウェン・バーンズはさらに追い打ちをかけた。「手がかりは目の前にあったんだ。その鼻先にぶらさがっていたんだ。鼻先にっていうのは、ただの常套句じゃない。文字どおり、その鼻からほんの十センチのところに手がかりがあったんだ。けれど例によって、あまりにも明白なものは目に入らない……」

わたしは助け船を期待してウェデキンド警部の目を見たが、無駄だった。警部は平然と続きを待っている。

「きみは考えたことがないのか」とオーウェンは続けた。「エーゲ海の島々では、どうして街道沿いに夾竹桃が植えられているのかを。もちろん、ないんだろうな。毒にも薬にもならない、ありきたりの好奇心しか持ち合わせちゃいないんだから。それどころか、もしかしたらきみは、真っ青な海にくっきりと映える幸福に満ちたピンク色のつぼみを前にして、なんの感動もしないんじゃないかと思うほどさ……でも、山羊はちゃんとわかってる」

「花の美しさが？」

「違う、夾竹桃には古来知られた毒があるってことをだ」

「なるほど、そういうことか……」

オーウェンは天を仰いだ。

「やれやれ。それにしても、ずいぶん時間がかかったな」

「犯人の手近なところに夾竹桃が一本あった。廊下の窓辺に飾った花瓶に！」

オーウェンににらみつけられて、わたしは先生に悪戯の現場を見つけられた小学生のような思いだった。

「どうして初めから注意をうながしてくれなかったんだなんて、文句を言わないでくれよ。おいおい、ぼくがただ感極まって、自然や花にわけのわからない讃辞を送っていたと思ってるのか。ぼくは言葉を尽くして、きみに指摘したんじゃないか。宿命の女《ファム・ファタル》のように美しくも毒々しいあの木の小枝を二本、無情にも摘み取った野蛮人がいるって。二本の小枝には、少なくとも二十枚の葉がついている。病気の老人を叩きのめすには、それで充分だ。なのにきみはあのとき、ろくすっぽ話を聞いていなかった。いつもそうなんだ。ぼくが大事な知恵を授けようとしているときにね」

「でも……あのときはまだ気づいていなかったはずだ」とわたしは反論した。「あれは夫人から話を聞く前だから、きみだって夾竹桃が事件と関わっているなんて、わからなかったのでは……」

するとオーウェンは、威厳たっぷりに言い返した。

「おいおい、見くびってもらっちゃ困るな。ぼくには探偵の嗅覚が備わっているんだ。そんじょそこらの連中とは違うのさ。誰もがオーウェン・バーンズになれるわけじゃない。がっかりさせられることばかりだぞ、アキレス」

「まあまあ、お二人とも、落ち着いて」とウェデキンド警部が、穏やかな声であいだに入った。

「ただでさえ、ややこしい事件なんですから。話をもとに戻しましょう。ブラウン医師が怪しいというのは、なるほどよくわかりました。検死解剖はぜひとも必要でしょう。でも、バーンズさん、あなたの推理には、まだよくわからないところがあるのですが……」

警部は机の灰皿に葉巻の灰を落とすと、こう続けた。

「というか、正確にはブラウン医師の——偽名なのは確実ですが、とりあえずそう呼んでおきましょう——ふるまいについてなのですが。どうやら彼は、ためらわず思いきった行動に出る人物らしい。マッカーシー老人に毒を飲ませたあと、家の近くに留まって彼の死を確認し、臨終の告白を聞きに来た司祭も躊躇なく殺しているんですから」

「そう、とても決然とした人物です。それは疑問の余地がない」

「つまり彼はその晩、マッカーシー老人を殺そうという確固たる意志を持ってやって来たわけだ。動機はまだはっきりわかりませんが、ヴァイオレット・ストラリング事件に関係があるらしい。マッカーシー老人もそこに、なんらかの関わりがあったようです。要するに犯人は邪魔な証人を消そうとした、ということでしょう。こうして犯人はマッカーシー宅を訪れ、代理の医者だと名のった……」

「いや」とオーウェンは指を横にふった。「マッカーシー夫人がそう思ったんです。犯人はこれ幸いと、誤解を利用した……」

「じゃあ犯人は、とっさに医者を演じたのだと？」

「ええ、おそらく。それならもともと予定していた計画よりも、家に入りこむには都合がいいと判断したんです」

「さらにそのあと、たまたま廊下で見かけた夾竹桃を利用してマッカーシー老人を毒殺しようと思いついたと？　でもね、バーンズさん、初めから殺人を計画していたにしては、いささか出たとこ勝負に頼りすぎているような気がしますが……」

そのあと続いた沈黙のなかに、ヴィクトリア・ストリートの喧騒がやけに耳に響いた。友人の顔に敗北の表情が浮かぶのを見て、わたしは密かに喝采せずにはおれなかった。オーウェンはやがてうなずいた。

「おっしゃるとおり、ウェデキンド警部。これは一本取られましたね。でも、事実はそういうことなんです。犯人はマッカーシー老人が病気で弱っているのを知り、殺人ではなく《自然死》に見せかけたほうが賢明だと考えたのです」

「なるほど。でも彼を黙らせるのに、どうしてこんなに長いあいだ待っていたんでしょうね。だってヴァイオレット・バーンズ事件は、五年も前のことなんですよ」

オーウェン・バーンズはしばらく指先で、椅子の肘掛けをとんとんとたたいていた。

「これまた、おっしゃるとおりです、ウェデキンド警部。その疑問に答えるには、明らかにまだ手がかりが足りません。でも、なにか確固たる理由があるはずだ。それは確かです。自称ブラウン医師本人に訊問すればわかることですが、やつの行方はそう簡単につかめそうもありません。マッカーシー老人はもうこの世にいないし、夫人はなにも知らないようだ」

「おや、いつになく悲観的ですね」と警部はびっくりしたように言った。

「現実を見なければ。霧深い謎のなかを行く唯一の指針……結局のところそれはヴァイオレット・ストラリング事件そのものです。ウェデキンド警部、調書を確認する時間はありましたか？」

ウェデキンド警部はうなずきながら、机のうえのぶ厚いファイルをこぶしでとんとんとたたいた。

「あの事件のことは、ぼくも隅々まで知っているつもりですが」とオーウェンは続けた。「なにか気づいてないことがあるかもしれません。あなたのようなプロの口から詳しく説明してもらえれば、きっと役に立つはずです。どう思う、アキレス？」

「もちろん」とわたしは口ごもるように答えた。「まだわけのわからないことばかりなので……とても参考になりますよ」

「そんなに謙遜しなくてもいいさ、アキレス。きみはこの謎について、すでになにか考えていることがあるのでは？」

「まさか、そんなはずないだろ。ぼくはまださっぱりさ」

オーウェンはウェデキンド警部にむきなおった。警部はファイルをひらいてページをぱらぱらめくりながら、話し始めた。

「残念ながら、大して参考にはならないでしょう。ひとつひとつの事実関係に、疑わしい点はなにもありませんからね。この種の事件の調書としては、珍しいことですけど。まずは被害者について話ししましょう。ヴァイオレット・ストラリング、旧姓アデイは裕福な家庭の出で、一八五四年、ストラリング少佐と結婚しました。けれども夫は結婚後、ほどなくクリミア戦争に加わり、帰らぬ人となってしまいました。若い寡婦は、そのまま再婚しませんでした。夫に先立たれた悲しみから、立ちなおれなかったのでしょう。推測にすぎませんがね。彼女の私生活について、詳しいことはわかりません。友だちはほとんどいなかったということくらいで。両親も亡くなって遺産を相続したあとは、いかにも有閑階級らしい生活を送っていました。少なくとも初めのうちは、わりあい質素な暮らしぶりでした。ところが一八九〇年代に入ったころから、にわかに浪費が目立つようになりました。晩年に近づいて、せっかく持っているお金を使わねばつまらないと思い始めたかのように。彼女が熱を入れた活動のひとつに交霊会がありました。たしかに《超宇宙生命体の会》なる交霊会に参加していたことが確認されていますが、それ以上詳しい経緯《いきさつ》はわかりません。交霊会というのはその性質上、外からは実態がうかがい知れないですからね。ともかく六十二歳になったヴァイオレット・ストラリング夫人は、皆に敬われる貴婦人《レディー》として、フエンチャーチ・ストリートのアパートに蟄居していました。特に係累もなければ、敵もなく。ともかく、一見したところではそうでした。というのも一八九六年九月十二日の夜、何者かが彼女をあの世へと送ったのですから……」

ウェデキンド警部はそこで間を置き、消えた葉巻に火をつけなおした。

「では次に、殺害の状況に話を進めましょう」警部は紫煙を吐き出すとそう言った。「それはわれわれ警察官を悩ませる、謎めいた《密室殺人事件》でした。この事件で問題なのはさっきも言ったとおり、事実関係はとても明快だという点なんです。派手な演出もなければ、わざとらしい目くらましも、辻褄の合わない不可解な証言もありません。そういうところには十中八九、犯人の奸策が潜んでいるものなのですが」

「例えば」とわたしは口をはさんだ。「最初に死体を見つけた人物が、その機に乗じて重要な手がかりを隠してしまうとか……」

「いいぞ、アキレス」とオーウェンが、ウィンクしながら言った。「嬉しいじゃないか。わが教えをしっかりおぼえていたとは」

「というわけでこの事件では、そうした曖昧な点はなにひとつありません。ヴァイオレット・ストラリングの絞殺死体が完全な密室から見つかった、ただそれだけです。彼女の部屋は、建物の二階にありました。警察に通報したのは、アパートの管理人でした。朝、いつものように配達された瓶入りの牛乳が、夕方になっても玄関前の踊り場に置いてあるのに気づき、心配になったのです。玄関のドアが少しあいているのも妙だ。律義な管理人は呼び鈴を鳴らし、さらにそっとなかに入って呼びかけました。けれども返事はありません。管理人は、居間のドアに鍵がかかっているのに気づきました。居間の窓はひとつだけで、隣のキッチンとバルコニーがつながっています。警察官がバルコニーを伝い、外から居間をのぞきこむと、ヴァイオレット夫人が部屋の真ん中にぐったり倒れているのが見えました。まわりにはひっくり返った家具やなにかが散らばっています。

　窓も内側から鍵がかかっていて、こじあけられた形跡はまったくありません。警察官はガラスを割って、なかに入りました。被害者は何時間も前に殺されたらしく、検死報告書には前日の夜だと書かれています。居間のドアは廊下に面したひとつだけで、内側から差し錠がかかっていました。そこにもこじあけられた形跡はありません。ドアも窓も、なにかの仕掛けで外から閉めた可能性は皆無だと、警察の専門家は断言しています。ドアや窓、その周囲にも怪しい痕跡は見つかりませんでした。状況が状況ですから、もちろん念入りに調べましたがね。つまり部屋は完全な密室だったのです。ストラリング夫人はそこで背後から不意を襲われ、絞め殺されました。犯人はそうとう力の強い男だったようです。首のまわりに、絞めた跡がくっきりと残っていましたから。被害者も多少は抵抗したものの、力の差にはひとたまりもなかったでしょう。彼女はもがき苦しみ、最後の力をふり絞って、まわりにあるものをひっくり返しました。椅子を二脚、部屋の真ん中に置いた丸テーブルのうえの花瓶、それに割れたボトルも一本ありましたね。中身が脇のカーペットに大きな染みを作り、惨劇の場面に強烈な臭いを発散させていました。洗浄剤かなにかのようでしたが……」

「ほう！」とオーウェンは声をあげた。「それは知りませんでした。どうしてそんなものがあったのか、説明がついたのですか？」

「いいえ、はっきりとしたことは」とウェデキンド警部は曖昧に答えた。「でも洗浄剤が住宅にあったからといって、さほど突飛なことではないのでは？」

「でもぼくなら、居間のテーブルに洗浄剤なんか置いておきませんが。でもまあ、それはいいでしょう」

「それ以外、部屋にあったのは、暖炉の正面の壁に作りつけの本棚、窓際の隅に肘掛け椅子、反対側の隅には大きな花瓶、ドアのむかって右に本を積んだ小テーブルくらいでしょうか。どうやらストラリング夫人は、犯人と顔見知りだったようです。殺害時刻を考えると、夜、自宅に招き入れたことになりますから。それに夫人の服装から見て、眠っているところを襲われたのでもありません。ベッドも乱れていませんでしたし。これらはすべて、ロンドン警視庁の捜査から導き出された推論です。犯人の正体や動機は、結局わからないままでした。そして密室の謎についても。犯人は犯行後、内側から鍵のかかった部屋からどうやって抜け出したのか？　もちろん抜け穴や、秘密の通路などどこにもありませんでした。床も壁も天井も、一平方センチメートル刻みで念入りに調べましたけどね」

「そこは疑っちゃいませんよ」とオーウェンは言った。警部の話を大いに楽しんでいるらしい。「警察は前にもこの種の事件を扱ったことがあるはずだと、おっしゃるかもしれません。でもこんなに完璧な密室は、前代未聞です。警察が到着したとき、現場はまだ手つかずの状態でした。そしてなんの障害もなく、最良の条件で捜査を進めることができました。なのにまったく成果が得られなかったなんて」

「たしかに、完敗と言ってもいい。あのときは新聞でも、こっぴどく非難されましたよね……」

　ウェデキンド警部は肩をすくめた。

「ご心配にはおよびませんよ。あいつら、毎度のことですから。それに言っておきますが、捜査を担当したのはわたしじゃありませんでしたし」

「警部が担当していれば、今ごろ謎は解けていたでしょうが」

「いやいや、そんなことはありません」とウェデキンド警部は謙遜した。「正直、あなたも困惑されてるんじゃ……」

「たしかに、それは否定しません。かくも芸術的な犯罪者を前にしたら、ぼくなどなんてつまらない、ちっぽけな存在か。この犯人は純粋にして輝ける作品を創りあげたのです」

「そうそう、ひとつ言い忘れていました」ウェデキンド警部はファイルから紙を一枚抜き出した。「事件現場にはもうひとつ、二脚の椅子のあいだに倒れているものがありました。見た目はちょっと変わっていますが、ただの装飾品ではありません。ストラリング夫人は日ごろからそれを使っていたようです。羊毛がたっぷり残っていましたから……」

「何なんですか？」オーウェンはたずねた。

「糸車ですよ」

「い、糸車？」

「ええ、糸車。麻や羊毛、亜麻で糸をつむぐ道具です。ただ、奇妙なことに、紡いだ毛糸の糸巻きが、まっぷたつに切断されていたんです……」

7　助けを呼ぶ声

十月十二日

リージェント・ストリートの洒落たティーサロンで、アン・シェリダンは婚約者のクリストファー・ワーウィックを横目で眺めていた。伝えるべき話はした。さあ、彼はどんな反応をするだろう？　頭の真ん中からきっちり分けて撫でつけた髪の下で、婚約者の顔は紅潮していた。もっともそれ自体は、珍しいことではない。クリストファーはすぐに顔が赤くなった。びっくりするとか、もっとはっきり不機嫌になるとか、そんな反応を予想していた。やけにぶ厚い太縁眼鏡の裏から、灰色がかった青い目が、前に置いたココアのカップをじっと見つめている。整って青白い――紅潮していなければだが――顔つきは知的で、いつもなにか心配そうに考えこんでいるかのようだ。服装には気を遣うほうで、非の打ちどころないグレーの上着にそろいのベスト、懐中時計の銀の鎖がそこに絶妙のアクセントを加えている。爪にはきれいにマニキュアが施されていた。彼はなにごとも成り行きにまかせない。私生活も決まった方法にしたがって、注意深く厳密に組織立てられていた。アンはときどき、倍も歳が離れている男性とつき合っているような気がして――実際は彼女と同じく、二十歳そこそこだったのだけれど――どうして彼に惹かれたのか不思議に思うこともあった。ほとんど共通の趣味もないのだから、なおさらだ。真面目なところ？　誠実なところ？　彼が醸し出す安心感？　にっこり笑うと魅力的だが、残念ながらそれはますます稀になってきた。昨日は長所に感じられたことが、今日は欠点に思えてくることもある。彼がもっと型に囚われない、自由気ままな性格ならいいのに。もしも彼がトラファルガー広場のライオン像にまたがって、おれは世界の主だと叫んだとしたら。もしも彼がつまらないしきたりなんか無視し、あたりのご婦人方《レイディーズ》から顰蹙《ひんしゅく》を買うのもかまわず、ココアのカップをなぎ倒してテーブルを乗り越え、わたしにキスをしたら……アンは笑いをこらえて肩をすくめた。クリストファーに関する限り、こんな《もしも》はありえない。

　クリストファーはココアをひと口飲むと、あいかわらずアンのほうに目をむけずにこう言った。

「自分ひとりで決める前に、話してくれてもよかったのに」

「話ならしたわよ、クリス。エレナは高校時代の親友だったって。ちょっと内気だけど、わたしとはとっても仲がよくて……」

「わかってるさ。今年の夏、再会したときに、彼女が近ごろ結婚したのを知ったんだろ。でも、問題はそこじゃなく……」

「いいえ、そこなのよ、クリス。問題はまさしくそこから来てるの。だからこそ、エレナはロンドンを離れねばならなかった。彼女はこの四年間で、すっかり変わったわ、会ってもすぐにはわからなかったくらい」

　クリストファー・ワーウィックは心のなかでため息をつきながら、婚約者を見つめた。彼女の明るく活発な性格は、間違いなく魅力の一端をなしている。けれどその性格が災いして、ときには分別をなくしてしまうこともあった。二人の口喧嘩も、たいていはそれが直接の原因になっていた。彼女は自分が何を言っているのか——別に難しいことではないのに——ろくすっぽ考えもせずにしゃべっている。それやこれやで二人は、正反対なところだらけだった。だからこそ、惹かれ合ったのだろうか？　たぶん、そうなんだろうと思うと、クリストファーの胸に苦々しさがこみあげた。けれど初めて会った日から、容姿にはひと目惚れだった。すらりとしたスタイル、無邪気で生き生きとした表情。そばかすが浮いた頬のうえには、長い睫毛に縁どられた青い大きな目がきらきらと輝いている。ふんわり波打つ、赤みがかった褐色の髪からも、クリストファーとは対照的な悪戯っぽい性格が感じられた。比較的裕福な家に育ったせいか、アンはどんなときもくよくよ考えこまなかった。わたしなら、なにがあっても大丈夫。人生、大船に乗った気でいた。クリストファーのほうは、そんなふうに思ったことなど一度もなかった。三年間の奨学金を得たものの、化学の試験で失敗してしまった。能力不足だったからではなく、悪性の気管支炎にかかってしまったのだ。やむなく週給一ポンド半で、薬局に勤めた。主な職務は石鹸や写真の薬剤、化粧品などの商品管理。彼に似つかわしい仕事ではないけれど、そう簡単に辞める気はなかった。まだ大学の夜学に通っていたし、自宅に小さな化学実験室を作り、存分に発明の才を発揮して研究にいそしんでいたから。できれば斬新な発明で、いくつか特許を取りたいと思っていた。遊び半分のいいかげんな気持ちでできることではない。

「そう、すっかり変わってしまったのよ、クリス。本当に」とアンは続けながら、婚約者の視線を捕らえようとした。「彼女と知り合ったのは十七、八歳のときだったわ。外向的なタイプではなかったけれど、陽気でにこやかで、生き生きとしていた。その年ごろなら、誰だってそうだけど……」

でも、そんなに昔の話ではないし、アンは今でもそのころのままじゃないか、とクリストファーは言いたかったけれど、黙っていることにした。

「……あれはいつだったかしら？　ともかく、八月の終わりごろ。エレナは真っ青な顔をし、げっそり痩せこけて、表情も虚ろだった。わたしと再会して、心から喜んではいたけれど。リバプール・ストリート駅のホームで、彼女のほうがわたしに気づいたのよ。結婚したばかりだと聞いて、正直驚いたわ……」

「しかも相手は再々婚ときている……」

「そう、もうびっくり仰天」

「ロシアの伯爵かなにかだっけ？　名前は忘れたが……」

「ドリアン・ラドヴィック。だからエレナの新しい姓は、ラドヴィックってわけ」

「そういう理屈だな」

「とってもエレガントで、とっても魅力的らしいけど、歳が彼女よりずっと……」

「そりゃまあ、三度目の結婚ともなればね」

アンは婚約者の手をにぎり、非難がましい笑みを浮かべた。

「クリスったら、ものには言いようがあるでしょ」

「ぼくは単に事実を言っているだけさ。きみから聞いた話をもとにしてね。ぼくの理解が正しければ、つまりこういうことでは。きみの友だちは二、三か月前に結婚したものの、期待はずれの新婚旅行から戻ると、早くも結婚生活に嫌気がさして……」

「そんなこと、誰も言ってないでしょ、クリス。そもそもあの二人は、新婚旅行に行ってないし。

少なくとも、今のところはまだ。ただこの四年間で、エレナはすっかり変わったって言っただけ。ちょっと退屈しているような印象もあったかな。美術学校に通っていたけど、あんまり楽しくなかったみたい。進路を間違えたって思ってたところに、ドリアンと出会って……」

「お金持ちのロシア人伯爵と、悠々自適に暮らせるなら、そのほうが楽だと思ったって？」

「まあ、そんなところね。でもご主人のことは、心から愛しているはずよ。ロンドンを離れたせいで、気持ちが落ちこんでいるんでしょう。いきなり人里離れた片田舎に引っこんで、目にするものと言ったら牛くらい。なんの楽しみもないんだから、無理もないわよね」

「そこは人によって、見解が分かれるところだろうな。田舎暮らしはすばらしいって、頭から信じている連中もいるし。で、きみもこれから田舎の魅力を味わおうとしているわけだ……」

「最初は彼女、何日間か泊りがけで家に来てくれたら嬉しいと言っただけで……」

「でもその数週間後、またぜひにと誘ってきた……」

「ええ、手紙で。一度目は、わたしといっしょだと元気が出るからって。でも二度目は……」

アンはドライフラワーと木綿更紗のきれいなカーテンで彩られたガラス窓に目をやりながらしばらく考え、それから肩をすくめて続けた。

「はっきりとは書いてなかったけれど、むこうでなにか心配事があるような感じが、行間から伝わってきた。そして昨日、もっと心配な電報が届いて……」

「きみは急いですぐ行くと返事をした」

アンは婚約者の目をまっすぐ見つめた。

「ええ、クリス。さもないと、きっと罪悪感に苛まれるわ。エレナはわたしを必要としている。

それは間違いない。だから、汽車の切符を予約したの。明日早々、クレヴァレイ村にむかうつもりよ」

クリストファーはカップをテーブルセンターに置きながら、やけに冷ややかな声で言った。

「きみのやることに、口出しするつもりはないさ。なんだって好きにすればいい。ただ、前もって知らせてくれても……」

「だから前に言ったじゃないの。今年のうちに、彼女を訪ねるつもりだって。そのときはあなただって、別に反対はしていなかったはずよ」

クリストファーは口を結んでこう答えた。

「親友のエレナがどんな人なのか、見てみたいな……」

「とっても美人よ。知り合ったころは、白雪姫みたいっていつも思ってた。本当にすてきだ、わたしも彼女のようになりたいって……そうそう、ちょうど今、写真があるので……」

アンはハンドバッグのなかをごそごそ探ると、写真を一枚取り出した。アーケードの回廊を前に、制服姿の少女が三人写っている。

「わかるでしょう。真ん中にいるのがわたし」とアンは言った。「エレナは左で……」

「背の高い、金髪の？」

「違うわ、それはもうひとりのほう。写真のうえでわたしの左ってこと」

クリストファーは眼鏡をかけなおして長々と写真を眺めていたが、その顔に当惑したような表情が広がった。

「もしかして、彼女にひと目惚れしちゃったとか？」アンは冗談めかして言った。

「この写真で見る限り、たしかになかなか美人だな。きみだって外見の美しさという点では、ひけを取らないと思うけど」

「ありがとうって言っておくわ」アンはふくれっ面をした。

「実のところ、エレナにはもっと違うイメージを抱いていたんだけど」

「だから説明したじゃないの。彼女、このころとは変わったって。高校の最後の年に撮った写真だもの」

クリストファーは写真をためつすがめつし続けながら、気のない表情でたずねた。

「ところで彼女、電報でなんて言ってきたんだい？」

アンは困ったように少しためらっていたが、もう一度ハンドバッグをあけて、青い紙きれをとりだした。そこに印刷された文字に、クリストファーはさっと目を通した。

アン、お願い、すぐに来て。あなたが必要なの。誰かに話さないと、頭がおかしくなってしまいそう。先週の土曜日、信じられない出来事があって。あなただけが頼りよ。エレナ

「信じられない出来事ねえ」クリストファーはしばらく考えてから言った。「いったい何があったんだろう。心あたりはあるのかい？」

アンは思いきり首を横にふった。クリストファーは眼鏡をはずしてしばらく眺めていたが、やがて宙を見つめた。

「おどかすわけじゃないが、どうも悪い予感がする。ぼくなら考えなおしてみるんだが……」

8　雨の晩

十月十三日

その晩、四輪馬車がクレヴァレイ村の東にさしかかったときは、土砂降りの雨だった。後部座席のアンは、水が滴り落ちる幌の下で寒そうに体を丸め、いや増す不安を抑えようと虚しい努力を続けていた。初めからついていない一日だった。まずは汽車が遅れたせいで、ロイストンで連絡便を逃してしまった。そこでホテルに泊り、翌日出ればよかったものを、アンはどうしても夕方までにクレヴァレイ村に着こうと、馬車を探すことにした。ようやく見つけた馬車の御者は、目的地を告げると妙な目つきで彼女を見つめた。天気が悪くなりそうだし、どのみち日暮れまでには着けないから、あきらめたほうがいいとさえ言った。それは間違いではなかった。十分もすると幌をあげねばならなくなり、今はそのうえに雨が音を立てて激しく打ちつけている。ぶ厚い雲のせいで、日が暮れるのも早かった。雨のカーテンのむこうには、木々や雑木林の影が野原を走り去るのが見えるだけだった。

この時間だから、エレナは待っていないだろう。すでに午後九時をまわっている。もう床に就いているのでは？　もしかしたら、屋敷にいないかも。だったら、目もあてられない。こんな荒野でたったひとり、雨に打たれて夜をすごさねばならないなんて……クリストファーの忠告を聞けばよかったと後悔し始めたとき、御者がぶっきらぼうな声でこう告げた。

「着きましたよ、お客さん」

馬車が道をまがった。アンは目をこすってじっと闇を見すえた。だめだ。一条の光もない。馬車が止まると、角ばった建物の影がぼんやりと闇に浮かんでいるのが見えた。

「ここが……グリーンロッジなんですか？」とアンは口ごもるようにたずねた。

「そうですよ。だから言ったじゃないですか。どうします？　このまま乗って、引き返しますか？」

「いえ、けっこうよ。待ってるはずだから」

「お好きなように」

アンはよく考えもせずに答えてしまったけれど、すぐにまた後悔し始めた。スーツケースを両脇に置いて玄関ポーチに立ち、呼び鈴を押してみる。誰か出てこないだろうか。戻りかけた馬車を呼びとめようかと一瞬思ったものの、もう遅すぎた。馬車の脇に下げたランタンの光は、闇の奥に消えてしまった。アンはもう一度、呼び鈴を押した。しかし古い屋敷は、静まり返ったままだった。彼女は喉が締めつけられるような思いで、恐る恐るドアノブに手をかけた。するとドアがあいた。アンは薄暗い小さなホールに入り、何度も友人の名を呼んだ。あいかわらず、返事はない。それでも、これで雨風はしのげるかと思うとほっとした。ともかく落ち着いて状況を考えられる。エレナは留守らしいが、遠くへは行っていないはずだ。おとなしくここで待っていれば、なんとかなるだろう。

左側にあった最初のドアを手さぐりであけると、快適そうな居間が見てとれた。アンはスーツケースを置き、コートを脱いで肘掛け椅子にすわりこみ、安堵の長いため息をついた。汽車と馬車に揺られどおしで、もうくたくただった。なんとか眠気に抗おうと心に決めたものの、目を閉じてしまった。こんな暗がりのなかで、どのみち何が見えるというの？　せいぜい窓のあたりが、まわりの闇より微かに色が薄いだけで。ちょっとくらい休んだっていいはずだ。アンは外の雨音にしばらく耳を傾けた……こうして聞いていると、心地よいざわめきだ。まるで子守歌みたいで……夢の神モルフェウスが口ずさむ子守歌。もう抗いようもない。アンはほどなくモルフェウスの腕に抱《いだ》かれた。

ドアが軋む音がして、アンははっと目をあけた。あたりはまだ、闇に沈んでいる。やがて話し声が聞こえた。男の声だ……クリストファーの声？　まさか、そんなわけない。女の声も聞こえた。エレナの声。そうか、エレナと彼女の夫だ。アンはたちまち目が覚めた。やがて部屋のドアがあき、四角い光が闇に浮かんだ。そのなかに、人影が二つあらわれる。エレナと、手燭台を持った男だ。

「でも、来てくれるって約束したのよ」とエレナが口ごもるように言った。「どうしたのかしら。きっとなにか、都合がつかなくて……」

「明日には来るって。こんなひどい天気だから、しかたないさ」

「だといいけど……」

アンは肘掛け椅子にじっとすわったまま、むこうが気づくのを待っていた。自分から声をかけたら、びっくりさせてしまうだろうと思って。しかしそっと息をひそめていたのは、かえって逆効果だったかもしれない。エレナは彼女の姿を見ると、怯えたように目をぐるぐるさせ、なにか言おうと口をひらきかけた。けれども声が出ないうちに、膝がぐらりとたわんだ。隣の男が危いところで彼女の腰を支え、ゆっくり床にすわらせた。

「エレナ」とアンは叫んで立ちあがった。「ごめんなさい。おどかすつもりじゃなかったんだけど……」

男は驚きの目でちらりとアンを見やり、それから床にへたりこんでいる若い女を心配そうに眺めた。首に巻いた赤い絹のスカーフが、ベージュ色のケープや真っ青な顔に際立っている。

「誰もいなかったので、入ってきたの」アンはエレナに近寄りながら、もごもごと言った。「そしたら、肘掛け椅子で眠っちゃって……馬鹿なことしたわ。まさか、こんな……大したことなければいいけれど」

「大丈夫でしょう」男はエレナの手首をつかんで、脈をとりながら言った。「気を失っただけです。ブランデーをひと口飲めば、元気になりますよ。ちょっと待っていてください。探してきますから」

「す……すみません。わたしのせいで」

「いや、あなたのせいとばかりは。だってほら、彼女はこのところ、感情が昂っていたようだから」

「そうなんですか？　でも……まだ自己紹介してませんでしたね。アン・シェリダン、エレナの友人です」

「そうだろうと思ってました」と男は笑みを浮かべて答えた。「ちょうどあなたの話をしていたところでしたから」

　アンは申しわけなさそうに顔をしかめた。

「それはそうですよね……伯爵」

　男はまたにっこりした。

「いいえ、ぼくは彼女のご主人じゃありません。ただの知り合いです……ヒューゴ・ニールセンといいます」彼は立ちあがって、こう続けた。「ブランデーを持ってきます」

　男はランプを灯すと、居間から出て行った。アンは彼が遠ざかるのを眺めながら、しばらくそのままの体勢でじっと動かずにいた。ああ、またヘマをやらかしてしまった。よく考えれば、ニールセンと名のる男はエレナから聞いたラドヴィック伯爵らしくないと気づいただろうに。この男のほうが若そうだし――三十そこそこだろう――顔もなかなかハンサムだけれど、抗しがたいスラブ系の魅力とはまったく違う。そんなことを考えていたら、エレナの瞼があいた。大きな黒い目は何度もしばたいたあと、じっとアンを見つめた。

「アン、あなたなのね……」

「ええ、わたしよ。あとでゆっくり説明するから。今は動いちゃだめ。ニールセンさんが気つけの飲み物を取りに行っているから。ともかくまずは、それを飲んで。顔が真っ青よ……」

　ほどなくエレナは落ち着いたようだった。ブランデーを数口飲んだおかげで頬に赤みがさし、表情にも生気が戻っている。繊細そうな顔を縁どるふんわりした黒髪は、雨に濡れてまだきらきら光っていた。ケープを脱いで、色とりどりのフリルがついたドレス姿になると、ちょっと放恣な感じもした。エレナはソファの端に腰かけ、アンの話を聞いた。アンは遅れたわけをこと細かに語った。

「ほらね、心配しなくてもよかったんです」ニールセンは暖炉の脇に立ってそう言った。「この国じゃ、汽車が遅れるなんて日常茶飯事なんだから。それはこのぼくが、よく知ってます」

　エレナはうなずきながら、彼ににっこり笑いかけた。

「ええ、そのとおりね。でもわたし、神経が立っていたので」そう言ってエレナは友人をふり返った。「夕方までずっと、ここであなたを待ちわびていたのよ。だってあなたが来るっていう電報を受け取っていたから。日が暮れたら、もういてもたってもいられなくなり、村をひとまわりしてみんなにたずねてみることにしたの。もしかしたら、あなたが旅籠に行ってるんじゃないかと思って……でも、無駄だった。そのときニールセンさんに会ったの。そんな美人がいたら、目にとまらないはずはないなんて言って」

「いや、まさしく」とニールセンは言って、アンのほうに軽く身を乗り出した。「とても美人だってエレナさんが言うものだから。でも実物はそれ以上でした」

　ありきたりなお世辞だとは思ったものの、アンも悪い気はしなかった。じっくり観察してみると、ヒューゴ・ニールセンにますます好感を抱いた。口もとに浮かぶ笑みは、どことなく安心感に満ちている。きれいに整えた口ひげは上品そうだし、三つ揃いのスーツも似合っている。ズボンの裾は、まだ雨で濡れているけれど。

「土砂降りの雨なうえ」と彼は続けた。「ご友人は途方に暮れたようすで、傘も持っていなかったんですからね。ご一緒しましょうと申し出なかったら、紳士《ジェントルマン》としてのわが評判にもとるというものです」

ニールセンはユーモラスな口調で語っているけれど、アンはそれが見せかけにすぎないと感じた。本当はもっと深刻な状況だったのを、そうやってうまくごまかしているのだろう。

エレナは感謝の笑みを浮かべて、先を続けた。

「わたしが馬鹿だったのよ。今日は使用人が休みだったのに、屋敷を無人にして出てしまうなんて。玄関のドアに鍵をかけ忘れたのは、かえってあなたにとってさいわいだったけれど。さもなければ、雨宿りもできなかったんだから」

「そうはいっても」とアンはため息をついた。「こんなふうに、暗闇のなかですわりこんでるべきではなかったわね。眠るつもりじゃなかったんだけど。あなたがたが入ってきたときちょうど目が覚め、とんだ無作法をしたと気づいて……ニールセンさんをご主人だと思ってしまい……それはそうと、ご主人はどこ？　帰りが遅くなるわけでは？」

エレナは重々しく首を横にふった。

「いいえ、夫はロンドンに行ってるの。帰りは数日後ね。むこうで骨董品の店をやっているから。それに……気分転換もしないと。アン、あなたには想像もつかないような出来事が、わたしたちの身にふりかかって……」

続く沈黙のあいだ、アンは真っ青な顔の友人と、うつむいて苛立たしげにひげをいじっているニールセンを交互に眺めた。この部屋は、なにか深い謎に包まれている。ワックスの匂いがぷんぷんする、不愛想な古いオーク材の家具が、そんな印象をさらに強めていた。

ヒューゴ・ニールセンは咳払いをしてから懐中時計に目をやり、こう言った。

「もう十時すぎか。そろそろ失礼しないと。お二人には、つもる話もおありでしょうし。アンさん、お近づきになれて嬉しいです。状況はいささか……作法に外れていましたが。どうかお友だちをお大事に」

彼は女主人にも同じように礼儀正しく挨拶すると、屋敷を辞去した。そのあと、長い沈黙が続いた。アンは友をふり返った。エレナはうつむいたまま、指をこすり合わせている。

「エレナ、わたしになにか説明すべきことがあるんでしょ」

「わかってるけど、そう簡単な話じゃないの……明日にしたほうがいいんじゃないかしら。部屋に案内するわ。ゆっくり休まないと」

「ええ、でも、ちゃんと話を聞かないことには、とうてい眠れそうにないわよ」

エレナはうなずいて、友人の手を握った。エレナの手は、まだ冷たく湿っていた。彼女はニールセンが出ていったドアに目をやると、唐突にたずねた。

「ニールセンさんのことを、どう思う？」

「どうって……」アンは口ごもった。「感じがいい人だけど……」

「ええ、そういう印象を醸してる。今夜は特に、細かな気配りをしていたみたいで。あの人、仕事はなんだと思う？」

「よくわからないけど」とアンは言った。「ひと目見た感じでは、広告かなにかかしら」

「化粧品の販売代理人なんですって」

「へえ、それで？」

「一か月前に、村に引っ越してきたの。彼について知ってるのはそれだけ……」エレナはいぶかしむような表情で、肩をすくめた。「ただ、ちょっと妙だなって。クレヴァレイ村は、商売をするのに理想的な場所だと思えないのよね。でも、問題はそこじゃない。彼は先週、信じがたい発見をした三人のうちのひとりだったのよ」

「信じがたい発見って？」

「今夜はもう、詳しい話をする元気がなさそう」とエレナは涙声で答えた。「でもそこを話さないと、わかってもらえないだろうし。しっかり説明しないといけないわね」

「ご主人に関すること？」

「ええ、ある意味では……かわいそうなドリアン。どうして彼が、こんな目に遭わねばいけないんでしょう。前にも言ったわよね、主人はこれが初めての結婚じゃないの」

「ええ、二度、奥さんに先立たれたって」

　いつのまにかアンは、クリストファーが同じことを言ったときのような皮肉っぽい口調になっていた。いけない、気をつけなくちゃ。彼女はそっと友の手を取り、先を続けるようにうながした。エレナにはつらい話なのだろう。

「四年前、ドリアンはローザ・エヴァズレイと結婚した。ローザは古くから村に暮らす名門一族の出で、この屋敷も彼女のものだった。とても繊細な女性で、ある日この近くの池で溺れ死んだ。二年後、彼はマージョリー・ウォーカーと再婚した。真の愛情からというより、慰めが欲しかったんでしょう。それはマージョリーのほうも、同じだったらしいけど。そして彼女との結婚生活も、長くは続かなかった。一年半前、マージョリーは心臓発作で亡くなってしまった。二人とも、エヴァズレイ家の地下納骨堂に埋葬されたわ。ここへ来る途中、墓地を見かけたでしょ？　気がつかなかったなら、いいんだけど。二人が亡くなってから、色んな噂が流れるようになった……

こんな片田舎でしか聞かないような、くだらない噂よ。馬鹿げた幽霊話……」

「つまり……死んだ二人の姿を見たとか？」

エレナは力いっぱい肩をすくめた。涙で曇った目が怒りに燃えている。

「まあ、そんなところね。誰が見たのか、どこで見たのかもわからないような、どうでもいい噂話。ほかにもいろいろとおかしな事件があって、ニールセンさん、村の司祭さん、もうひとりの村人が墓地を調べることになった。扉があいていたとかで、エヴァズレイ家の納骨堂に入ってみると……」

アンは思わずあとずさりした。

「前妻二人の死体が消えていたなんて、言うんじゃないでしょうね？」

エレナは何度も唾を飲みこんでから続けた。

「それならまだよかったかも……ええ、遺体はちゃんと、それぞれの棺に収まっていたわ。でも、安らかに眠っていたわけじゃない。悪魔の手が、彼女たちの胸、ちょうど心臓のところに杭を打ちこんでいたのよ」

「なんですって！　いったい誰が、そんなことを？」

「それはわからないけれど」

「き……きっと警察が犯人を見つけるわ」とアンは、熱に浮かされたような声で恐ろしげに叫んだ。「頭のおかしい人が、このあたりをうろついていて……」

「ええ、おそらく。でも、まだ続きがあるの。もっと恐ろしいことが……ローザの遺体は比較的よく保たれていたけれど、多かれ少なかれ年月なりの状態だった。ところが、マージョリーの遺体は、驚くほど傷んでなかったの……まるでつい最近、亡くなったみたいに！」

9　ミス・ジェイン・クリフ

アンがクレヴァレイ村に着く数時間前、ロイストン警察署の署長トマス・テイラー警視――ずんぐりした赤毛の男で、疲れきった顔をしていた――はケンブリッジの医学研究所の地下室に降りていった。彼がそこへ行くのは、この三日で二度目だった。なるべくならば行きたくない、不快な場所だったけれど――それはそうだろう――彼の手に余る事件の捜査で、しかたなくやって来たのだ。そもそも墓荒らしなんて、ここらではめったにないことだが、こんなおぞましい事件は前代未聞だ。かてて加えて、死体の謎もある。死後一年半もたっているのに、どうして少しも傷んでいないのか？　まったくわけがわからない。おかげで警視の胃はきりきりと痛みっぱなしだった。これまでずっと、比較的落ち着いた警察官人生を送ってきたというのに。

緑色の上っ張りを着た男のあとについて、丸天井のじめつく廊下を歩きながら、なんとも不気味なこの事件について、警視は心のなかでふり返ってみた。しっかり事実だけに目をむけ、まわりの余分な口出しには影響されないよう気をつけねば。ここ数日、迷信や恐怖心から来る馬鹿げた証言を山ほど聞かされた。どれもイギリスの片田舎でありがちな、くだらない噂話だ。納骨堂の扉に、無理にこじあけた形跡はなかった。しかし専門家によると、錠前は複雑な型ではないので、万能鍵で簡単にあくそうだ。だから墓荒らしの犯人は、必ずしも鍵を持っている人物とは限らない。悪戯か、納骨堂の現在の所有者ラドヴィック伯爵に対する嫌がらせが目的なのは明らかだ。たまたまエヴァズレイ家の納骨堂を狙ったのだとしたら、ほかの棺も荒らされたはずだから。

けれども異常があったのは、ラドヴィック伯爵の元夫人が眠る二つの棺だけだ。その二つは木製だった。ほかの棺はすべて金属製で、錆びついているけれど荒らされてはいなかった。オーク材の蓋はどちらも、こじあけられていた。ネジを抜けばいいものを、そこも奇妙な点だった。もちろん、ネジまわしを用意しておかねばならないけれど。マージョリー・ラドヴィック、旧姓ウォーカーの遺体を覆っていた蓋は、少しずれていた。納骨堂を調べにやって来た三人は不審に思い、墓荒らしに気づいた。そしてローザ・ラドヴィックの棺にも、こじあけた形跡があるとわかったのだった。警察の捜査によると、ほかに荒らされた棺はなかったし、手がかりもまったく見つからなかった。比較的新しいニンニクと、なぜか鎌が落ちていただけで。

あたりが一段とひんやりしてきたのを感じて、テイラー警視は震えを抑えた。入った部屋は、地下鉄の駅を思わせた。白いタイルが床や壁を覆っている。けれども似ているのはそこまで。気温はずっと低いし、人々のざわめきも聞こえない。ずらりと並ぶ大きなキャビネットのなかに潜んでいるのは、ただ無言でじっとしている者たち。隅々まで消毒された部屋にはフォルマリンの強烈な臭いが漂い、死の静寂を破るのは、流しの蛇口からぽたぽたと落ちる水滴の音だけだった。

「ジェイン・クリフさんも、ほどなくやって来るはずです。警察署にはもう着いていますから。でもその前に、うかがっておきたいことがありまして」

「いいでしょう」と緑の上っ張りを着た男は答えた。「来たらここに案内するようにと言ってあります。今回、墓荒らしに遭ったマージョリー・ラドヴィックの姉だとか？」

「ええ、先生《ドクター》。ラドヴィック伯爵を除けば、遺体の身元を確認できるのは彼女だけです。まだ存命の身内は、ほかにいないので。その遺体についてですが、なにか新たにわかったことは？」

医者は三角形の小さなあごひげをたくわえた顔に、そっけない悪魔じみた表情を浮かべて、首を横にふった。

「いいや、まったく。ひとり目のラドヴィック夫人ローザについて、指摘すべきことはほとんどないな。遺体は死後三年を経過したなりの傷み方をしている。どちらかといえば、保存状態はいいほうだが、それは納骨堂の環境が適していたからだろう。知ってのとおり遺体の状態は、場所によってずいぶんと変わるからな。胸に杭を打ちこまれてできた傷は、明らかに死後かなりたってからのもので、ほかに遺体を損傷した形跡はない」

「わかりました」と警視は言った。「でもわれわれが知りたいのは、もうひとつの遺体についてなんです」

「たしかに。しかしそちらも、前にお話ししたこと以外、目新しい発見はなにもない。わたしが見たところ、この女は今月初めに死んだようだ。つまり、二週間前ってことだな。絞殺の跡、引きつった顔、主に腕に残った斑状出血から言って、犯人ともみ合った末、首を絞められたんだろう」

「だったら、杭を打たれて死んだわけでは？」

「それはない。杭を打たれたときは、すでに死んでいたはずだ。死んでから杭を打たれるまで、少なくとも二十四時間は経過している」

沈黙のあと、テイラー警視は指摘した。

「一年以上前に彼女の検死を行った医師によると、死因は心臓発作だったそうですが……」

医者の顔に冷笑が浮かんだ。

「知ってるとも、警視。でもそれは、わたしに関わりのないことだ。わたしは医者として、純粋に医学的な視点からわかることを述べているだけで」

警視はぎこちなくうなずくと、さらにこう続けた。

「そうですか。死亡時期の話に戻りますが、なにかの間違いかもしれないのでは？　あなたもおっしゃっていたように、場所によって死体の傷み方も変わってくるでしょうから」

医者は笑いながら首を横にふった。

「いいですか、警視。マージョリー・ラドヴィックは一年以上前に死んだとされている。わたしが検死した女は、今月の初めに死んだと思われる。もしかしたらわたしの鑑定に一週間、最悪二週間の誤差があるかもしれないが……それにしても数が合わなすぎる」

「つまり棺のなかにあったのは、マージョリーの遺体ではないと？」

「あなたがそう思うなら、そうなんでしょう」

「でも、夫はマージョリーだときっぱり認めてます」

「気が動転していたんだろう。ほかに説明のつけようがない。こんなものを目の当りにしたら、きみだって平常心ではいられんだろう。二人の妻の胸に、杭が打ちこまれていたんだからな。いずれにせよ、ジェイン・クリフが来ればすぐにはっきりするでしょう」

だったらいいのだが、とテイラー警視は心から願った。けれども三日前、この同じ場所にドリアン・ラドヴィックを連れてきたときの反応を、警視は忘れていなかった。堂々とした押し出しの男だがとてもつらそうで、気持ちの昂りを抑えかねているようだった。首までシーツで覆った遺体を見せられると、初めは恐る恐る眺めながら、どうしてこんな目に合うのかと嘆き続けていた。そしてシーツがはがされ、胸の恐ろしい傷を見て、怒りがいっきにこみあげたらしい。

「わけがわからない……誰がこんな恐ろしいことを？　なんのために？　悪魔のしわざだ……」

マージョリーには誰か身内がいるのかと警察にたずねられ、伯爵はしばらく考えてから、姉がひとりいると答えた。国の北部で暮らしているけれど、しばらく前から会っていないと。

テイラー警視はメモを取ったあと、ラドヴィックをしばらくじっと見つめ、その一挙手一投足をうかがった。元夫という立場からして、彼も容疑者のひとりだ。馬鹿げたものだとは言え、ラドヴィックについてさまざまな噂が囁かれていることも、知らないわけではない。彼にとってはさいわいなことに、少年が墓地で見知らぬ男に襲われた晩は、ロンドンにいたことが確かめられている。

遺体のうえに身を乗り出したラドヴィックは、死んだ女を目の前にして、心底動転しているようすだった。遺体は最後の別れを告げるかのような、恐ろしい目で彼を見つめていた。

「それでは、間違いないんですね、ラドヴィックさん。たしかにマージョリーさんだとおっしゃるんですね」

「もちろんです」とラドヴィックは食ってかかるように答えた。「彼女でなかったら、誰だって言うんです？」

そんなことを思い返していたとき、ドアが軋む音がした。職員につき添われて、三十歳くらいの若い女が入ってくる。ジェイン・クリフは妹とよく似ていた。ブロンドの髪、青味がかった目、青白い顔。けれどジェインのほうが小柄で太り気味で、妹ほどは美人と言えない平凡な顔をしていた。

手短に紹介をすませると、警視は医者に合図した。検死医はキャビネットに歩みより、ローラー付きの大きな細長い引き出しを引いた。シーツに包まれた人形《ひとがた》がそのうえに横たわっている。

「たしか前にも、妹さんのご遺体確認にお越しいただいたと思いますが、クリフさん」とテイラーは切り出した。

「ええ、そうですね、警視さん」とジェインはやや甲高い、まのびした声で答えた。「たしかに妹が亡くなったときも、遺体の確認に来ました。あれは去年のことです。ですから、今回ここへ何をしに……」

「すぐにわかりますよ……」

警視はジェイン・クリフを遺体のそばに呼び寄せると、シーツを注意深く引いて遺体の顔を露わにした。ジェインは眉をしかめると、びっくりしたように目を大きく見ひらき、一歩あとずさりした。

一時間後、テイラー警視は警察署の部屋で、ジェイン・クリフの証言を聞いていた。ジェインはまだ当惑気味だったものの、口ごもりながらこう話した。

「マージュは五歳年下だったからなのか、なんでも打ち明けてくれたわけではありません。妹は男性に対して積極的でした。どういう意味か、わかりますよね。ドリアンを捕まえたのが、とても自慢だったんです。なにしろロシアの伯爵様ですから、いいくじを引き当てたものです。でも妹だってすらりとした美人だし、学はあまりないけれど頭は悪くありません。最初、妹から結婚の話を聞いたときは、独り身が寂しくて再婚相手をさがしているだけの男なんだろうと思いました。でも、二人がいっしょにいるところを見ると、本当に仲がよさそうなんです。そりゃまあ、マージュは上流階級の出ではありませんが、うまく合わせていました。結婚から数か月後に会ったときなんか、まるでどこぞの奥様みたいな話し方で。だから身のほどを知りなさいって、言ってやったわ。あんたもわたしも、イングランド人の船乗りとアイルランド人の下女の娘なんだって。でも、いろんな血が混ざり合ってるのが、かえってよかったのかも。どう思います、警視さん?」

「ええ、たしかに。それはともかく、妹さんが亡くなった日の話に戻りましょう。あなたはちょうどクレヴァレイ村の屋敷で、何日かすごしていたんですよね。カーニヴァルの休みのあいだ……」

ジェイン・クリフは大きくうなずいた。

「ええ、そうです。とても寒い日で、雪も降っていました。わたしとマージュは野原へ散歩に行ったんです。二人とも駆けだしたり、雪をぶつけ合ったりして、子供みたいにはしゃいでました。実はもともとマージュは、心臓があまり丈夫ではありませんでした。元気そうに見えますが、お医者さんからも気をつけるように、無理はしないようにって言われていたんです。妹が雪のなかに倒れたとき、わたしもそう注意しました。けれども彼女はすぐに起きあがって、なんでもないと答えました。屋敷に戻ったのが夕方ごろ。居間には村の司祭様がいました。なんの用事かわかりませんが、ドリアンに会いに寄ったのだとか。そのとき、マージュがまた倒れたんです。しかも今度は、意識を失ったままで。ベッドに寝かせているあいだに、司祭様がお医者さんを呼びに行きましたが、折り悪く不在でした。それで病院に連れていく前に、妹は息を引き取ったんです……もちろん、わたしは泣き崩れましたが、ドリアンのことも気の毒でなりませんでした。またしても奥さんに先立たれてしまうなんてと……幸福は、お金では買えないってことですね。母がわたしたちに、よくそう言ってました……」

沈黙が続いた。マージョリー・ラドヴィックが死んだ劇的な状況については、当時の医者やラドヴィックからすでに聞いていたが、ジェイン・クリフの証言とまったく同じだった。だからそこは事実に違いないのだろう。それが確かめられたからといって、今、テイラー警視が抱えている事件の解明にはなんの進展もなかった。むしろ、混迷が深まるばかりだ……

「それでもやはり」と警視はため息まじりに言った。「遺体は本人に間違いないと?」

ジェインの青味がかった目が、涙で曇った。彼女はもう一度、力いっぱい大きくうなずいた。

「ええ、警視さん。辻褄が合わないのはよくわかってます。でも、安置所にあったのはたしかにマージュの遺体です。姉のわたしが言うのだから、間違いありません。ほら、右肩にほくろがありましたよね。マージュにも、ちょうど同じところにほくろがあったんです。だから別人のわけがありません。本当に……」

10
鏡

十月十四日

アンは悪夢に満ちた、寝苦しい一夜をすごした。エレナの信じがたい話を聞いたあとだったので、呆気に取られるやら、好奇心がうずくやらで、床に就くのが思ったより遅くなってしまった。エレナの告白は、ただでさえ乱れていたアンの心をさらに混乱させるばかりだった。ひととおり話し終えると、エレナは友人を二階の寝室に案内した。そして帰り際、ドアの前で涙に暮れながらアンの腕に飛びこんだ。アンは彼女を励まそうと、力いっぱい抱きしめた。エレナはまるで、見かけよりも痩せっぽちの少女のようだった。アンは空元気《からげんき》を出して、《大丈夫よ。わたしがついてるから。なにも怖がらなくていいわ……》と言った。エレナは涙に濡れた唇でアンの頬にキスをすると、部屋を出て行った。

けれども朝になって、部屋の窓を大きくあけ放つと、たちまち気分がよくなった。窓の外には明るい陽光に照らされて、美しい田園風景が広がっている。太陽はそのまばゆい剣《つるぎ》で、雨雲や夜の影、幽霊たちの夜行《やぎょう》を払いのけた。まだいちいちの垣根に残る水滴が、朝日を受けてきらめく光を放った。はるか彼方に目をやれば、家々の赤い屋根のうえから教会の鐘楼が空にむかってきらめくように伸びをし、灌木の茂みに囲まれた野原がゆったりと波打っている。墓地や修道院の廃壚も見えた。石造りの壁は太陽の光を斜めに受けて、黄土色に染まっていた。昨晩目にして、想像していたのとは正反対の、のどかでにこやかな田舎の景色は、都会育ちのアンにとって新鮮だった。彼女はエネルギーを蓄えるかのように、気持ちのいい空気を胸いっぱい吸いこむと、着がえて一階に降りた。台所ではエレナが朝食の準備をしていた。二人は今ある心配を忘れて、高校の教室でともにすごした懐かしい年月《としつき》の話に花を咲かせた。規律は厳しかったけれど、あの頃のことはとてもいい思い出だ。

「よくおぼえてるわ」とアンはスクランブルエッグを頬ばりながら言った。「音楽室に飾るのに、あなたが描いた絵のこと。半分人間で半分樹木のバイオリンが、はびこる木蔦のコートと格闘しているの。とても幻想的で、ひと目見たら忘れられない絵だった。思わずはっと見入ったくらい。構成の才能、細部の描写……ああ、とてもかなわないって思ったたし、今でも思ってる。あの日から、あなたを見る目が変わったわね……あなたはおぼえてる？」

「もちろんよ」とエレナは笑って言った。「絵の先生からは、悪趣味の極みだって言われたけど。あのときから、幻想的な主題はやめにしたのよ」

「残念ね」

「美術学校でも、ああいうのはあんまり受けなかったし」

エレナはため息をつきながら、髪を整えた。

「そう。わたしにしたら、テクニック偏重って感じだった。遠近法の練習や、ものに立体感を与える陰影のつけ方とか……建築の学校にでも行っているみたいだったわ。わたしは色彩や染料や、もっと直観的な芸術表現に興味があったのに」

「でも、絵はまだ描いているんでしょ？」

エレナは首を横にふった。

「いいえ、ほとんど。なんだかすっかり嫌になっちゃって。そうこうしてるときに出会った人が……わたしの人生を変えたの」

「ドリアン？」

「いえ、実は彼の前に、ある人が……」

「まあ、すっかり話してくれなくちゃ」

謎めいた笑みが、エレナの口もとに浮かんだ。

「そうはいかないくて……ちょっと特別な、というか秘密の関係だから」

「もしかして、奥さんがいるとか？」

「そういうんじゃないわ。でも、わけはどうでもいいの。うまく説明できないけど、清く正しい間柄っていうか。だから感情が昂ることはないけれど、彼のおかげで自分自身のことがよくわかったわ。わたしがここに存在している本当の意味が……」

「わかった。とても知的な関係ってことね」

「まあ、そうとも言えるわね。それから、ドリアンと知り合って……」

エレナは目を伏せ、こう続けた。

「彼を初めて見たとき、わたしがどう感じたか、わからないでしょうね」

「そんなにハンサムなの？」

「たぶん、信じてもらえないでしょうけど、わたしのほうから知り合うきっかけを作ったくらい。

でも、絶対誰にも言わないで。ドリアンは偶然だと、信じているんだから」

「大丈夫、心配しないで。で、どうやったの？」

「あたって砕けろよ。ドリアンがピカデリーのショーウインドーをぼうっと眺めているとき、前をよく見ていなかったふりをして彼にぶつかったの。うまく彼がわたしを抱きとめるように加減して……」

アンは目を丸くして叫んだ。

「なんですって！　ずいぶん思いきったわね。あなたにそんなことができるなんて、思ってもみなかった」

「自分でもそうよ」エレナは困ったような顔で言った。「でも、そのときはほかに、どうしたらきっかけをつかめるか、思いつかなかったから。ともかくその機会を、どうしても逃したくなくて」

アンはおかしそうにうなずいた。

「じゃあご主人は、よほどすてきな人なんでしょうね。ますます会うのが楽しみだわ」

「それが今年の春のことで、二か月後に結婚し……」

少し沈黙が続いたあと、エレナは顔を曇らせた。そして心から感謝しているかのように、友を見つめた。

「アン、来てくれて本当に嬉しいわ。あなたといろいろ話してたら、元気が出てきた。昔のことを思い出して、恐ろしい出来事をいっとき忘れて……」

アンはさっと頭をふって髪を整えた。

「それで？　もっと聞かせて。結婚式のこととか。さぞかし立派な式だったんでしょうね」

「立派な結婚式ですって？　とんでもない。セレモニーはなにもなし。わたしの両親からすれば、二度も奥さんに先立たれてるドリアンは、理想の婿とは言えないわよね。父なんか、わたしのことを勘当しかねない勢いだった。いまだに両親とも、ろくすっぽ口もきいてくれないわ。ここに来て以来、両親とはずっと会ってないし。でも、わたしの話はそれくらいにしましょう。あなたの大切な人のこと、わたしも興味津々だわ。名前は……ええと、クリストファーだったわよね？」

「わたしの大切な人？」とアンは考えこむように繰り返した。「はたしてそうなのか……」

　そのとき玄関のベルが鳴って、アンの言葉を遮った。エレナは顔を曇らせた。

「また警察かしら。もう訊問は終わりだと思ってたんだけど……」

「こんな時間に？　まだ八時すぎたばかりよ」

「そうよね」とエレナは言って、立ちあがった。「きっとアームブルースター夫妻だわ。家事の手伝いをしてもらっているの。二人が来るのを、すっかり忘れてたわ」

　エレナは夫妻を連れてきて、アンに紹介した。夫は痩せこけた、険しい顔つきの男だった。名前はフレッド。歳は五十がらみで、白髪まじりの頰ひげをたくわえ、おもに庭の手入れをしているという。苦虫を嚙み潰したような表情の夫とは対照的に、妻のアリス・アームブルースターはぽっちゃり太って血色のいい顔をしていた。活発で働き者らしく、よくいらっしゃいましたと元気よくアンに挨拶した。

「週に三、四日しか来ないけど」とエレナは、二人が部屋を出ていくと言った。「節約しないといけないから。このところ、ドリアンの仕事があまりうまくいってなくて」

「ご主人、何をしているんだっけ？」

「ロンドンに骨董品の店を持っていて、それにとても時間を取られるの。店員をひとり雇っているけれど、ただ店をあけておけばいいわけじゃないから。在庫の管理をしたり、商品の買いつけであちこち遠出したり。だからわたしは、ここにひとりでいることが多くて……」

　これまでロンドンで、あわただしい生活を送ってきたのに、こんな片田舎のだだっぴろい屋敷にひとりきりでいたら、さぞかし退屈だろうとアンは思った。わたしにどうしても来て欲しいって言ったのも、無理ないわ。ただ気になるのは、エレナがそんなふうに説明しながら、やけにおどおどしていたことだ。なんだかご主人のために言いわけをしているみたいだった。もしかして彼女は無意識のうちに、夫の不貞を疑っているのではないだろうか。家を空けているあいだに、浮気をしているのではないかと。だとしたら驚きだけど。新婚数か月なのに……

　でも、エレナが嫉妬するのは無理もない。ドリアン・ラドヴィックはたしかにハンサムだったから。アンはエレナに連れられて図書室へ行き、ドリアンの写真を見せられて納得した。それは結婚式の日の写真だった。晴れやかな笑顔のエレナを腕に抱く男は、三十代から四十代といったところだろうか。ふんわりとした髪、かたちのいいあごと口、両端がぴんと立ったきれいな口ひげ、高く突き出た頬骨、じっとこちらを見つめる、生き生きとした黒い目。目じりには、微かにしわが寄っている。その魅力と生まれつきの気品に、アンは思わず賞賛の笑みを浮かべた。

「すてきな人でしょ」エレナはアンの腕を取って言った。

「ええ……よくわかったわ、あなたがどうして通りの真ん中で、野獣みたいに彼に突進してったのか」

二人は声をあげて笑った。それからアンはエレナにせっつかれて、クリストファーの話をした。ついつい友人のむこうを張って、誉め言葉を連発してしまった。

「つまり、なんの欠点もないってことね」とエレナは冗談めかして言った。

「そこまでじゃないけど。特に最近は、ちょっと真面目すぎるかなって思うこともあって……」

「真面目すぎるって、それが欠点なの？」

アンはまわりを見まわした。

「クリストファーだったら、きっとこの部屋がとても気に入るわ」

「あら、どうして？」

「だって本がたくさんあるから。ドリアンは読書家なのね？」

「それほどでもないわ。この本もほかのものといっしょで、最初の奥さんから受け継いだものだから。ローザ・エヴァズレイの父親はとても教養があって、本を集めるのも好きだったみたい……」

「穏やかで、夢見がちで？」

「ええ、でもそれだけじゃないわ。隣村に建てた靴工場の経営者として、辣腕を振るっていたんだから。父親の死後、ローザが受け継いだけれど、結局売ってしまったの。彼女には商売のセンスがあまりなかったから。この屋敷のことだけ気にかけていれば、それでよかったんでしょう……」

アンはあらためて屋敷の正面に立ってみて、細かな造りがよくわかった。昨晩はじっくり眺めている余裕がなかったが、二本の円柱に支えられた切妻壁の玄関ポーチは、とてもしゃれていて感じがよかった。赤レンガの外壁に、ポーチの白い色がくっきりと映えている。屋敷は二階建てで、いくつも切妻壁が並ぶスレートぶきの屋根は、大空を背景に起伏に富んだ線を描いていた。正面《ファサード》の右端には、芝地に面して広いベランダがついている。芝地は手入れが行きとどいているけれど、ちらほら枯葉が散っていた。ベランダにはガラスの入ったドアが二つ、並んであいていて、右側のドアから石畳の小道がゆっくりとカーブして芝地を抜け、中央の道に続いている。アンとエレナは今、そこにいた。

エレナはアンを手招きしながら小道に抜け、ベランダに入った。

「ここはわたしがいちばん好きな場所なの」とエレナは言った。「とりわけ、今日みたいに晴れた日には。でも、暑い時間は避けたほうがいいわね。真南にむいているから」

アンはベランダに飾られた大きな鉢植えの観葉植物を、うっとりと眺めた。籐《とう》の肘掛け椅子が、いくつか並んでいる。ドアの前には、同じ籐のテーブルもあった。屋敷につながる壁には——壁の右端から、両びらきの扉を通って屋敷に入れる——装飾用らしい調度品が備えつけられていた。戸棚、壁掛けの鏡、小テーブル、花や置物を並べた小さなサイドボード。

アンは肘掛け椅子にすわって、魅せられたようにまわりを見まわした。

「本当ね、エレナ。とってもすてきな場所だわ。ゆっくり楽しめそう」

屋敷の女主人はガラスの胸像にかぶせてあったカンカン帽を手に取ると、それを友人の赤銅色に輝く髪にかぶせた。そして品定めするようにじっと眺めた。

「よく似合ってるわ。これで白いレースのドレスでも着たら、ほれぼれするくらい。もう、光り輝くほどでしょうね」

「残念ね」とアンは、笑い返して答えた。「持ってきた着がえにも家にも、白いレースのドレスなんてないわ」

「だったら、わたしのを貸してあげる。どう思うか、ドリアンに訊いてみましょう」

「もし彼が、あなたより美人だって言ったら?」とアンは、くすくす笑いながら悪戯っぽく言った。

「そうしたら、素直に降参するしかないわね」とエレナは、芝居がかって重々しく答えた。

そしてまた二人して、声をあげて笑った。とそのとき、屋敷に通じる戸口にアリス・アームブルースターがあらわれた。一瞬、咎めるような表情が、その目に浮かんだ。けれどもすぐににこやかな口調で、冷たいお飲み物でもどうかとたずねた。二人がいらないと答えると、アリスは屋敷に戻った。しかし彼女は、さっきまで二人が浸っていた陽気な気分まで、いっしょに持ち去ってしまった。

エレナは顔をこわばらせて言った。

「しかたないわね……アリスはわたしがあんなふうに笑うのを、見慣れていないから。特にここしばらく、いろんなことがあったし……」

「実を言うとわたしも、寝る前に思い出しちゃって。とても信じられない、常軌を逸した出来事だわ……」

「警察もそう思ったでしょうね」エレナはため息まじりに言った。「だからわたしたちを質問責めにした。とりわけ、ドリアンを。でも、彼だって答えようがないの。いちばん驚き、苦しんでいるのは彼なんだから。マージョリーは一年半以上も前に死んだってことは、彼がいちばんよく知っている。そのとおりだって言ってくれる人が、ほかにもいたからよかったけれど、さもなければ信じてもらえなかったかも……でもまだ、疑っているんだわ。ドリアンがなにか小細工をしたんじゃないかって」

「二つの棺を暴いたのは、ドリアンだっていうの？　まさか、ありえないわ」

　エレナはうつむいた。

「そうよね。でも、噂が流れて……前にも話したでしょ、忌まわしい噂。このあたりには、ドリアンのことを青髭みたいに思っている人たちがいるの。わたしは次の生贄だろうって……彼が村ではよそ者で、しかも大陸の出身なのが、事態を悪くしているみたい。根も葉もない、馬鹿げた噂なんだけど、それだけに悪気《わるぎ》がない人たちのあいだにも広がって。例えば、モード・シーモアみたいな人にも……」

「モード・シーモア？」

「村に住んでいる魅力的なおばあさんで、ローザの親戚よ。ついでに言えば、ここでは珍しくドリアンの信奉者。だから悪意で言ってるんじゃないのはわかるんだけど、このあいだ彼女から聞いた話はあまりに馬鹿げてて、とても真に受けられなかったわ。きっといろんな悪口や陰口に、毒されてるんでしょう。納骨堂で起きた出来事より、もっと突拍子もないくらい……」

「もっと突拍子もない？」とアンはオウム返しにたずねた。「ぜんぜん朽ちていない遺体の話より、もっと突拍子もないっていうの？」

「思いきって話すけど、アン。きっと彼女、一時的に頭がどうかしちゃったんだと思うわ……だからドリアンには言わないでね。彼は知らないはずだから」

　それから数秒間、アンはエレナに劣らず顔を蒼ざめさせて話の続きを待った。エレナは首に巻いたスカーフを苛立たしげに直した。

「彼女が言うには、ドリアンは鏡に映らないんですって……」

11　二つの銀の弾丸

アキレス・ストックの手記（承前）

十月十五日

「あなたの見立てどおりでしたよ、バーンズさん」とウェデキンド警部は、わたしたちが正面にすわるなり言った。

オーウェンとわたしはその朝、事件の現状分析をするため、ロンドン警視庁へ警部を訪ねた。事件は混迷していた、と言わざるをえない。われわれの調査は、ほとんど進展していなかったから。

「分析の結果に間違いはありません」とウェデキンド警部は続けた。「夾竹桃の葉に含まれる毒を飲まされたんです。胃から葉の破片が検出されました。それにティーポットからも、細かく刻んだ夾竹桃の葉がユーカリに混ざって見つかりました。胃にはもう、大したものは残っていませんでしたが。犯行の経緯は、あなたが想像したとおりでしょう。マッカーシー夫人は夫の死で、心ならずも不幸な役割を演じてしまいました。そのことはまだ本人に、話していませんが」

続く沈黙のあいだに、ウェデキンド警部は葉巻に火をつけた。それから椅子の背にもたれてそっくり返り、頭上にまん丸い煙の輪をぷかぷかと吐き出した。オーウェンはそれを目で追いながら、もの思わしげに言った。

「鎖の環が、少しずつつながってきました。ヴァイオレット・ストラリングが殺された年、マッカーシーが奥さんにあげたエメラルドのペンダントも、事件をつなぐ鎖の環になるでしょう。この思いがけないプレゼントは、マッカーシーに臨時収入があった証拠と言えます。彼はなにか殺人に直接関わる働きをした見返りに、大金を得たのではないか？　ただの仮説にすぎませんが、調べてみる価値はあるでしょう」

「なるほど。でも、どんな働きを？」

「問題はそこです」とバーンズは指を鳴らして言った。「思うにマッカーシーが事件のなかで果たした役割は、限定的なものでしょう。彼は正直な男だったようですから。少なくとも最初のうちは、用途もわからないまま、ただ依頼された仕事を黙々とこなしていたんです。けれどもストラリング夫人殺しを知って、疑念を抱いたのでは？」

「でも犯人は、どうして五年もたってから邪魔な証人を消すことにしたんだろう？」

　オーウェンは口の先をつまんだ。

「なにかしっくりこないところがあるのは、自分でもわかってますが、大筋は間違っていないはずです」

　またしても沈黙が続いたあと、ウェデキンド警部はわたしたちの調査は進展があったかどうかたずねた。

　オーウェンはボタンホールに挿したカーネーションをいじくりながら――それは彼が困惑しているしるしだった――答えた。

「実のところ、大した進展はありませんね」

「つまり、完全に行き詰っていると？」とウェデキンド警部はからかうように言った。「運に見離されたってことでしょうかね。でも優れた論理学者なら、どんなにありふれた些細な手がかりからでも、つねになにか引き出すものです。例えばマッカーシー夫人に、一昨日あらためて話を聞いた結果、彼女はなにも知らないことがはっきりしました」

「それは大した進展ですな」

「パズルの小さなピースにすぎませんが、きちんとはまりました」

「事件現場から見つかった糸車の件は、考えてみましたか？」

「もちろん」オーウェンは傲然と答えた。「残念ながら、今のところ成果なしですが」

「あの糸車には、なにか巧妙な罠が仕掛けられているのでは？　おそらく、マッカーシーの手によって。謎の犯人は、マッカーシーの腕前を見こんで彼をそそのかしたんです。つまりは、そこなんじゃないですかね。マッカーシーが果たした《役割》っていうのは」

「そうかもしれません」とオーウェンも認めた。「でもその仮説をつき進めるには、まだ手がかりが充分ではないでしょう。驚かれるかもしれませんが、ぼくだってその可能性はすでに考えてみましたよ。もしかしてあなたは、それがどんな罠なのかわかったとか？」

「いや、今のところはまだ」

「しかたありません。思うに今、優先させるべきは、被害者についてもっと詳しく知ることです。彼女は外向的な性格ではなかったようですし、事件から五年もたっているので、容易な作業ではありませんが」

「交霊会の線から、なにかつかめましたか？」

「《超宇宙生命体の会》ですか？　あの会はとっくの昔に解散してます。けれども友人のアキレス君が、ひとつ手がかりを見つけたとか……」

わたしは軽く咳払いをして、こう言った。

「あとからわかったことですが、どうやらうちの顧客のひとりが、かつてその会の常連だったようなんです。ただ、彼女は住所が変わったので、まだ連絡が取れていません」

「つまりは、それだけってことか」とウェデキンド警部は言って、机に並べた書類に目を落とした。「そうそう、今朝、おかしなものが郵送されてきたんです」

「事件に関係があるんですか？」

「ええ、でも捜査の現状を打開するようなものかどうか。詳しくお話しする前に、まずは先入観なしに率直な印象をうかがえればと」

オーウェンとわたしはびっくりしたように顔を見合わせた。ウェデキンド警部は机の引き出しをあけると、ボール紙の小さな箱を取り出した。チョコレートの箱くらいの大きさだが、厚みはもっとある。なかにはなにか、ウールの布に包まれたものが入っていた。警部は机のうえで包みを注意深くひろげ、近寄って中身を見るよううながした。しばらく沈黙が続いたあと、警部はたずねた。

「で、どう思いますか？」

「銀の弾丸が二つ……」とオーウェンは、どこかに罠があるのではと疑っているかのように、ためらいがちに言った。「でも、ほかには……」

「銀の弾丸が二つだって？」とわたしは叫んだ。「なにを言ってるんだ、オーウェン。もっと近くから、よく見てみろよ。これは安物の金属だ。先端も普通の弾丸のように丸みを帯びた尖頭状ではなく、鉛筆の先みたいにただ尖っている。直径は一センチ弱で、長さは五、六センチ。でも、薬莢はついてない。こんな屑鉄のかけらが、銀の弾丸だって？　笑わせるなよ、オーウェン。こんなもの、素人の品だ。いやしくも、ハンターの名に値する者は使いやしない。これじゃあ、三十歩先の水牛だって仕留められないぜ」

「でも、十歩先ならなんとかなる」とオーウェンは言い返して、わたしの胸に人さし指を突きつけた。「それにこの口径なら、ほかの弾丸に劣らず破壊力もあるだろうさ」

ウェデキンド警部はまあまあとなだめるように手をあげると、こう言った。

「バーンズさん、わたしも一見して、同じ印象を持ちました。でも実を言うと、わたしはもうひとつ別の事件が頭にあったからなんです。古い友人のテイラー警視が、目下悪戦苦闘中なんですが、われわれの事件に負けず劣らずやっかいな一件でしてね。テイラーとは昨晩会って……いや、脱線はやめましょう。ともかく、あなたがたの判断がわたしと同じだとわかってほっとしましたよ」

「わが友の判断です」とわたしは急いで訂正した。

するとオーウェンは皮肉っぽくにやにや笑いながら、わたしをふり返った。

「きみも知ってるだろ、こうした弾丸の使い道は？　一説よると、銀の弾丸か祝別された弾丸でないと倒せない怪物がいるんだ」

「狼男とか？」とわたしは茶化すように言った。

「ああ、特にね」

「だから？」とわたしはかっとなってたずねた。「それがわれわれの事件と、どんな関係があるんだ？　ぼくの知る限り、ストラリング夫人もマッカーシーもドノヴァン司祭も、銃で撃たれたわけではなかったはずだけど」

「でも、関係はあるんです」とウェデキンド警部は落ち着き払って言った。「たしかにこの弾丸は銀製でも、祝別されたものでもありませんけどね。実はここに、メッセージが添えてあったんです。**これが謎の事件で、警察の助けになるだろうと**」

　ウェデキンド警部は、紙切れに大文字で書きなぐったメッセージを見せた。

「まだよくわからないんですが」とわたしは肩をすくめて言った。

「この小包は昨日、投函されたものです」と警部は続けた。「包装紙に残っている消印からするとロンドンの郵便局からで、ご丁寧にも差出人の住所、氏名も書かれています。そりゃまあ、本当の名前ではないでしょうけどね」

　ウェデキンド警部が机に置いた紙切れを、わたしたちはのぞきこんだ。警部はさらに言葉を続けた。

「これを受け取るなり、わたしはマッカーシーの未亡人に会いに行きました。彼女は関係ない、わけがわからないときっぱり言いました。たぶん、そのとおりなんだと思います」

　包装紙にはメッセージと同じ金釘流《かなくぎりゅう》の大文字で、こう書かれていた。

差出人：マッカーシー。エンジェル小路、八番。ロンドンE1

12　モード・シーモア

十月十五日

モード・シーモアは教会の裏にある、瀟洒なコテージ風の家に住んでいた。大きなガラス窓があいていて、観葉植物がずらりと並んでいるところは、ラドヴィック家のベランダを思わせるが、シーモアの家のほうが念入りに手入れがされている。それは持ち主である、長い巻き毛をした愛想のいい六十代の老婦人の人となりをよくあらわしていた。紫色のしゃれたドレスに、きらきら光るブローチ。銀縁眼鏡をかけた目が、はぜるように輝いている。その穏やかな午後、アンとエレナが家を訪れると、にこやかに出迎えたシーモアは嬉しそうに顔を紅潮させた。彼女はアンと知り合えて、うきうきしているようすだった。エレナはなにか急な用事を思い出したとかで帰ってしまい、アンは今、老婦人と二人きりだった。アンは内心、友人に感謝していた。これで好きなように話ができる。アンの胸には、明らかにすべき疑問が山ほど渦巻いていた。どれもこれも謎めいていて、もしかしたらエレナが嘘を言っているのではないかと思うほどだった。孤独な田舎暮らしが続いたせいで、少し虚言癖がでてきたのではないかと。モード・シーモアはおしゃべり好きらしいので、思いどおりの方向に話題をむけるのは簡単だろう。

「花作りやガーデニングが大好きなもので」と老婦人はもったいぶった口調で言った。「長生きするにはとってもいい趣味だって言う人もいるんですよ。わたしもそうだと思いたいわね。歳のわりには、いつも元気いっぱいですし。でも、妹は違ってたわ。わたしより若いのに、健康に恵まれなくて、もう何年も前にこの世を去ってしまいました」

「妹さんというのは、伯爵の最初の奥様であるローザのお母様ですよね？」

「ええ、無気力な子で、母はずいぶんと心配したものです。なんにも興味がないんですから。でも妹には、女として無視しがたい切り札がありました。とても美人だったんです。そのおかげで、村の名士アレクサンダー・エヴァズレイに見初められて。彼と結婚したことは、妹の人生でたったひとつの成功でした。それと二人のあいだに、ローザが生まれたことが。ローザは母親ゆずりの美人だったけれど、性格の弱さも受け継いでしまいました。父親が亡くなると、靴工場の社長の座につきましたが、ほどなく会社は売ってしまいました。自分には経営の才覚はないと、よくわかっていたんでしょう。それはそれで賢明な判断だったけれど、ちょっと早まったかもしれないわ。翌年、ドリアンと結婚することになったのだから。彼ならきっと、会社をうまく切り盛りできたでしょうに」

　老婦人が一瞬、間を置いたとき、アンはその顔が輝いたのに気づいた。

「すばらしい方だわ」とシーモアは続けた。「魅力的で、威厳に満ちていて……ローザもあれ以上の夫は望めなかったでしょうね。彼と出会うまで、ずっとつらい時期をすごしてきたんです。かわいそうなローザ……わたしは彼女を愛してました。でも、ひとりで人生に立ちむかうだけの力が、あの子にはなかったんです」

　モード・シーモアは暖炉のうえをふり返った。ドライフラワーの花束と並んで、憂いに満ちた表情の若い女の写真が飾ってある。

「父親が亡くなったあとだから、たしかに落ちこんでいたのも無理ないけれど。前の年には、母親も亡くしていたし。あの子を元気づけようと、わたしもできるだけのことはしたのよ。でもあまり功を奏さなかった、と言わざるを得ないわね。ときには、やけに強情を張ることもあって。そのころからあの子はよくロンドンへ行って、交霊会やなにか、馬鹿げた催しに参加するようになりました。ずいぶん散財したんじゃないかと思うわ……かわいそうに、途方に暮れていたんでしょう。わたしはあの子のために祈りました。神様はドリアンと巡り合わせることで、その願いを聞き入れてくれたんです。彼に初めて会ったとき、ローザに必要な人なんだってすぐにわかったわ。ここだけの話、あんな男性から言い寄られたら、わたしだって……」

モード・シーモアはそこで一瞬言葉を切り、頰を赤らめて遠い目をすると、また話し始めた。

「わたしだって心が動かずにはおれないでしょうね。彼と結婚したおかげで、ローザはすっかり変わりました。太陽の光で、花がひらくように……」

「そうなんですか？　でもエレナから聞いた話では、たしかローザさんは当時、とても病弱で元気がなかったとか……」

モード・シーモアはきっぱりと首を横にふった。

「いいえ、新婚数か月はかつてないほど生き生きとしていました。けれどその年が終わるころになると、また生来の性格が顔を出し始めて。まるで寒い季節の訪れとともに、情熱の炎が少しずつ消えていくみたいに、以前の彼女に戻ってしまったんです。春になっても、状況はよくなりませんでした。もともと太っているほうではなかったけれど、いっそうがりがりに痩せてしまい、血の気がすっかり失せた感じでした。ときにはまるで頭がおかしくなったように、森をさまよう姿も見られて……」

「でも、どうしてそんなふうに変わってしまったんでしょう？」とアンはびっくりしたようにたずねた。

老婦人はため息をつきながら肩をすくめた。

「ローザはわけを話してくれませんでした。でも、わたしはこう思うんです。あの子は自分でも気づかないうちに、周囲の悪影響を受けていたんじゃないかって。ペストが蔓延するみたいに、この村を確実に蝕む害毒に、あの子も蝕まれていたんだろうって」

「どういうことなのか、よくわからないんですが……」

ミス・シーモアの声が、突然重々しくなった。

「噂という害毒にですよ。陰口や悪口は、嫉妬深くて不満だらけで、愚かな人たちが好んで使う武器です。でもわたしたちには、抗う術《すべ》がない。それは純粋な心の持ち主までも冒す有害なウイルス、忌まわしい災いなんです。実を言うとこのわたしも、あやうく噂を信じかけたほどです。でもさいわい、なんとか冷静を保って……」

「なるほど。噂というのは、ドリアンについての？」

「そうです。ひとつひとつ挙げませんが、なにか少しでも不幸な出来事やおかしな事件、事故があると、みんなドリアンのせいにされました。犬が踏み殺されたとか、子供が怪我をしたとか、すべて彼のしわざだって。ただ外国人だというだけで、村では許しがたい罪なんです。しかも名士の跡とり娘と結婚したとあっては、なおさらでしょう。もちろん、誰も面とむかっては言いませんが。ここではまだ、偽善が通用するんです。会えばみんな、《伯爵様》と声をかけて挨拶もします。でもわたしが思うに、それがローザには苦痛だったのでしょう。愛する人が、みんなからつまはじきにされているのが。ローザは生まれつき虚弱な体質でしたから、すっかりやつれてしまったのも無理ありません。やがて悪意の矛先は、ローザ自身にもむけられるようになりました。彼女は夫に毒されている、といわんばかりに。子供を変な目で見ていた、獲物を狙うパンサーのようにこっそりあとをつけていた。そんな噂がまず立ちました。

やがて、ジミー・プラット坊やが岩から転落死する事件が起きました。ジミーはローザに噛みつかれそうになり、無我夢中で逃げたというのです。落ちたときにできた傷のほかに、少年の首筋には奇妙な痕が残っていたせいで、そんな噂がたったのでしょう。ローザも傷だらけだったし。でもそれは誤解だと、彼女は説明しました。ローザは僧院の裏の森でジミーとすれ違い、ただ話しかけようとしただけなんです。けれども少年が怯えるものだから、なだめようとして体を押さえました。彼女に関する噂を聞いていれば、少年が怖がるのも無理ありません。ジミーはローザの手をふりきって全速力で逃げ出し、岩から転げ落ちてしまったのです。警察の捜査も、同じ結論になりました。でも村人たちはみんな、事件はローザの責任だと思いました。ローザと、それからもちろん彼女の夫の責任だと。この一件で、ローザが精神のバランスを大きく崩したのは言うまでもありません。しょっちゅう行方不明になったり、支離滅裂なことを言ったり、夜中に家を抜け出したりするようになりました。そしてとうとう、恐れていたとおりのことが起きたんです。一八九八年八月のある朝、僧院の裏の池で、ローザの水死体が見つかりました。自殺したんです。そこはジミー少年が首の骨を折ったところから、あまり離れていませんでした」

太陽の光がガラス窓から射しこみ、居間はぽかぽかと暖かかったけれど、アンの体に一瞬ぞくりと震えが走った。彼女は死んだ女の写真に目をやった。ローザは銀の額縁のなかから、なにかメッセージを伝えようとしている、秘密を語ろうとしているかのようだった。アンにとってこの溺死事件は、まだ謎に包まれていたから。

「でもそのあと、彼女を見かけた人がいるって、エレナが言ってたけど」

「ただの噂よ」とモード・シーモアは答えた。彼女も薄い色の目で、額縁を見つめている。「わたしが思うに、一種の残像現象みたいなものなんでしょう。ローザが森をさまようのを見たことがある人たちには、彼女が、あるいは彼女の亡霊がまだ夜の散歩を続けている姿がつい見えてしまうんです。亡霊は恨みを晴らすため、この村にとりついているのだと、まことしやかに主張する者もいたくらいです。彼女は夫に殺されたのだと、言わんばかりに……どんなに荒唐無稽な話だろうと、気にしちゃいないんだわ」

「ローザさんが亡くなったあと、ドリアンと結婚したマージョリーにも、同じような話がありましたよね」

ミス・シーモアの眼鏡に、軽蔑の光が宿った。

「亡くなった人の悪口は言いたくないけれど、正直、彼女にはあんまりいい印象を持っていないのよね。男をたらしこむタイプなんじゃないかって。ドリアンと結婚したのだって、彼の美しい目に惹かれたばかりじゃないでしょう。だってほら、彼はエヴァズレイ家の財産を相続したばかりだから、とっても有利な結婚相手だったのよ。ドリアンは気がいいから、たちまち彼女の餌食になってしまったんだわ。わかるでしょ。男の人って、ずっと女性なしではいられないものなのよ。自業自得とまでは言わないけれど……ものごとに内在する正義からは、誰も逃れられないんです」

「マージョリーさんが死んだあとにも、姿を見たっていう人があらわれたとか？」

何秒間か沈黙が続いたあと、モード・シーモアは怯えたような表情でさっと体を起こした。

「いけない、やかんが鳴ってるわ。話に夢中で、すっかり忘れてた……」

ミス・シーモアは申しわけなさそうにアンに微笑みかけて立ちあがると、しばらく奥にひっこんだ。そしてまた戻ってくると、こう言った。

「おしゃべりしていると、いつもこうなんです。ほかのことはすっぽり、頭から抜けてしまう困った癖があって。お茶みたいに大事なことまでも。五分で用意ができます。エレナさんも戻ってくるといいけれど。そういえば彼女、どこへ行ったんでしたっけ。聞いたはずだけれど、忘れてしまって……このところ、記憶力もすっかり衰えたみたいだわ。司祭様みたいになりたくないものね。ロバート・キャンベルさん、ご存じでしょ？　あら、まだ会ったことないの？　とても尊敬に値する、立派な方なんだけれど、ご本人がよく繰り返しているように、《この世に完璧はない》ってことなんでしょう。司祭様の頭には、聖書のことしかないみたいで。もちろん、それはわかりますよ。でもあの方は、少しばかり字義通りとらえすぎるきらいがあるんです。例えば旧約聖書に出てくる族長はかなり高齢だとされているけれど、それについて司祭様と議論しないほうがいいわね。《書いてあることは変えられん》って、そんな調子なんですよ」

アンは笑ってうなずいた。

「それにあの方は、《目には目を》式の考え方を信奉しているんです」とミス・シーモアはわざとらしいふくれっ面をして言った。「もしかしたら、神様より悪魔を信じているんじゃないかと思うくらいで。日曜日のお説教が、そのいい証拠だわ。さいわいお説教の原稿は、目の前の書見台にしっかり置いてあるけれど。だってさっきも言ったように、とっても忘れっぽいから……特に人の名前をおぼえるのが苦手みたいで、いらいらさせられることもあるわ。ポールをピエールと言い間違えるなんて、ありえないわよね？」

「ええ、たしかに少し滑稽ですね……」

「ユーモアのセンスなんか、ほとんどないのに」とミス・シーモアはため息まじりに言った。「この村の人たちは、みんなそうなんです。でもまあ、テレンス・ヒルさんみたいな人もいますが（そこで彼女はぱっと顔を輝かせた）。そうそう、エレナは彼の家に行ったんでしたね」

「ええ、本を返してもらいに……」

「彼をご存じ？　まだなの？　村いちばんの学者さんで、魅力的な方よ。とても立派な蔵書がおありで。本が好きなのね。愛人がわりと言いたいところだけど、彼はもともと筋金入りの独身主義者だから、余技ってところかしら」

「ヒルさんが、ローザさんの死体を発見したんですよね？」

「ええ、そうです」と言って、ミス・シーモアは重々しくうなずいた。「マージョリーの話に戻るけど……おかしな出来事よね。エヴァズレイ家の納骨堂が暴かれるなんて、本当に忌まわしい。ドリアンも気の毒だわ。こんな目に遭ういわれはないのに。心臓に杭を打たれた二人の妻が、棺桶に横たわるのを見せられるのだから」

「もちろんそれだけでもおぞましいのに、いちばんびっくりしたのは、マージョリーさんの遺体が真新しかったことです」

モード・シーモアはわけがわからないと言いたげに、首を横にふった。

「ええ、次から次と、恐ろしいことだらけで」

「亡くなったあとも、マージョリーさんの姿を見たっていう人がいたんですよね。それと関係があるのでは？」

「どうお答えしたらいいのか」とミス・シーモアはためらいがちに言った。「たしかにマージョリーについても、いろいろな噂が流れました……わたしがよく知っている人も、去年の秋、つまり死後約半年後に、彼女を見たと断言しています」

「どこで？」

「グリーンロッジにむかう街道の……墓地のあたりです。たぶん、ただの見間違いでしょうけど。ところがほんの二週間前にも、同じ場所で彼女を見たという人がいて……」

「ほかにもつい最近、奇怪な出来事があったんですよね。黒いケープを着た人物に、子供たちが怯えているとか」

「どうせこのあたりをうろつきまわっている、浮浪者かなにかでしょう。彼らがこそこそ怪しげなことをするせいで、またしても村人たちの想像力が焚きつけられ、ドリアンに対する憎悪が煽られるんです。かわいそうなドリアン……ようやく悪夢が終わったと思っていたのに。エレナと結婚してからは、もとの落ち着いた生活が戻っていました。けれどそんな小康状態は、長続きしなかったようで……」

「でも少女が襲われた事件には、無関係だったんですよね。そのとき、ロンドンにいたんだから」

「村の者たちには、物的証拠なんて関係ありません。ドリアンには邪悪な力があると、思いこんでいるんですから」

アンはこの機を逃さず、気にかかっていた問題に切りこんだ。

「でも妙だわ……だってドリアンには不思議な力があるって、エレナも言ってました。邪悪なものではないけれど……驚くような力が」

それは真っ赤な嘘だった。というのもエレナは、《鏡の一件》を少しも信じていなかったから。モード・シーモアは想像力が旺盛すぎるんだ、と彼女は考えていた。《あんまり馬鹿げた話だから、自分でも確かめてみようなんて少しも思わなかったわ》、とエレナは笑って言った。

アンがちらりと話題をふると、モード・シーモアは待ってましたとばかりに笑って答えた。

「ええ、よくおぼえているわ。あれは先月の終わり、そう、九月二十五日のことでした。間違いありません。父の誕生日ですから。きっとエレナは、わたしの頭がどうかしたと思ったでしょう。でもはっきり言っておきたいのですが、あの出来事（と呼んでもいいでしょう）は悪意に満ちた噂とは無関係です。わたしに言わせれば、ドリアンはまさに特別な人間なんです。父親はロシア貴族の出ですが、母親はトランシルバニア地方の平民です。エレナから聞いているでしょうが」

「ええ、でもそれ以上詳しいことはなにも」

「おそらくドリアンは、母親から多くを受け継いでいるのでしょう。さまざまな伝説が育まれたあの地について、どんなことが語られているのかは知ってますよね。わたしは特に詳しいわけではないけれど、なかには事実に基づいたものもあるだろうと信じています。この世には、人知を超えたものがあるのだと。ドリアンに会ってみれば、あなたにもよくわかるでしょう。彼のなかには、なにか不思議なものがあるんです……」

斜めに射しこむ陽光が、じっと動かないミス・シーモアのきらめくメガネレンズに、一瞬凝縮されたように見えた。そして彼女は、エレナから聞いたのと同じ奇妙な出来事について語った。

その日、ミス・モード・シーモアはエレナに誘われ、ベランダでお茶を飲みながらおしゃべりをしていた。すでに夕方近かった。モードは籐の長テーブルの前にすわっていた。正面の壁に鏡がかかっていて、芝地を抜ける小道に面したドアには背をむけていた。彼女がいる位置は、ドアと鏡を結ぶ軸とわずかにずれていて、ガラスの入ったドアが鏡のなかによく見えた。エレナはテーブルの端、屋敷に通じる扉のそばにすわっていた。ミス・シーモアとは違って壁に背をむけ、芝地が直接視界に入った。だからエレナは、芝地を通ってこちらにやって来る人影が遠くからでも見えたし、夫がベランダのドアをあけ、なかに入ってくるのもじかに見ることができた。けれどもミス・シーモアが目にしたものは、違っていた……

「……夫が戻ってきたとエレナが言うので、わたしはふり返りました。雨が降っていたけれど、ガラス越しにドリアンの姿がはっきりと見えました。彼の表情から、調子が悪いらしいとすぐにわかりました。ドリアンはうつむきがちに、小道を歩いてきます。エレナも同じことを思ったらしく、《彼、疲れているみたいだわ》と言いました。ほどなく、背後でドアが軋む音がして、エレナがおずおずとした口調で《あなたもいらしたのね》と言いました。夫の機嫌が悪いのを、恐れているような感じでした。わたしも反射的にふり返って、挨拶しようとしたんですが……その前に鏡を眺めて凍りつきました。鏡にはたしかに、ドアがあいてまた閉じるようすが映っているのに、人の姿はまったくないんです。でもふり返ると、ドリアンはちゃんとそこにいました。思ったとおり、少し不機嫌そうでしたが。彼は手をさっとあげてわたしに一礼すると、エレナに近寄りすばやくキスをして、屋敷に通じるドアから立ち去りました。雨に濡れた山高帽とレインコートから滴り落ちる水滴の跡を、歩いたうしろに点々と残して。エレナはいささか礼を失した夫の態度にとまどい、わたしとドリアンが姿を消したドアを交互に眺めていました。わたしはまだ驚きから冷めやらず、今見たことを話しそびれてしまいました。目がおかしくなったなら、なんとかしなくてはと思って、ベランダのなかをぐるぐる見まわしました。鏡と背後のドアは、特に念入りに。けれどどこにも、おかしなところはありません。アリスの不思議な国みたいに、家具がひっくり返ったり、ものが宙に浮いてるなんてことはありませんでした。ところがそこにドリアンが、濡れた服をまだ着たまま、ものすごい勢いで戻ってきました。《急いで村へ行かなくては。待ってなくていいから》と彼はぶつぶつ言いました。今度もわたしは、手で軽く挨拶しただけでした。

わたしは呆気に取られながらも、なんとか冷静を保って、鏡に目をむけました。今度こそドリアンがドアを通り抜ける姿が見えるはずだ、と思いながら。ところが、やっぱりそこには誰もいませんでした。ドアがひとりでにあいて、また閉まります。わたしはすぐにふり返りました。するとガラスのむこうに、ドリアンのうしろ姿がはっきりと見えました。きっぱりとした足どりで、小道を遠ざかっていきます」

少し沈黙が続いたあと、アンは笑いながら言った。

「きっとドリアンは悪戯をしたんでしょう。ドアを抜ける瞬間、さっと身をかがめたんです」

「いいえ、それはありえないわ。鏡にはドアのほとんど全体が映っていましたから。たしかに下のほうは、テーブルの光沢でよく見えなかったけれど、それはほんの少しだったので、あなたの説明は成り立ちません。わたしはすぐ、エレナに話しました。そうしたら彼女がどんな顔をしたか、よくおぼえてます。頭がおかしいと言わんばかりに、まじまじとわたしを見つめています。彼女の目には、なにもおかしなことはなかったそうです。ドリアンの姿が消えてしまうなんてことは。それでもエレナは、わたしの話を熱心に聞いてくれました。後日、やはり気になって、彼女にもドリアンと同じように、外からベランダに入ってきてもらいました。それから役割を変えて、わたしが外から入ってみましたが、二人ともちゃんと鏡に映っていました」

そのとき、玄関の呼び鈴が鳴った。

「あら、いけない」とモード・シーモアは壁の柱時計をふり返って言った。

「どうかしましたか?」とアンは心配そうにたずねた。「きっとエレナが……」

「ええ、そうでしょう。でも、お茶のことを忘れて……五分も余分に煎じてしまったわ」

13　森のロマンス

最後の陽光が金の絵筆で、クレヴァレイ村の屋根にそっと触れるころ、アンとエレナはミス・シーモアの家を辞去した。

「魅力的な方ね」とアンは陽気な口調で言った。「彼女とお話しできて、とても楽しかったわ」

「ちょっとおしゃべりだけど。それに、思いこみが激しくて……」

「それほどでもないわよ、ひとり暮らしの人にしては」

「紅茶が濃すぎたって、くどくど言ってたでしょ。おいしかったのに」

それからエレナは一瞬考えたあと、こうつけ加えた。

「あの人、まだセクシーだと思う？」

「同じ年代の男性なら、その気になるんじゃない？」

「わたしは、もっと発展家だと思うのよね」

「へえ？　近所の若い独身男性に、色目を使ってるとか？　例えば、ヒューゴ・ニールセンさんに」

「いいえ、それはないわ」

「じゃあ、誰に？」

「あててみて」

「まさか……ドリアンに？」

エレナはおかしそうに笑ってうなずいた。

「もちろんそんなこと、わたしにはなにも匂わせないわよ。でもドリアンの前だと、やけに科《しな》を作って……だからって、彼女に脅威を感じているわけじゃないけど。わたしが通りで待っているあいだ、彼女、ドアの前であなたになにか言ってたわよね？」

「わたしのことをいろいろ褒めてたわ。とても感じがいいとか、あなたのそばについていてくれて嬉しいとか」

「わたしも嬉しいわよ」とエレナは言って、アンの腕を取った。

「あなたのこんなに晴れやかな顔を見るのは久しぶりだとか。彼女によると、わたしが来たことが、いい効果をもたらしたのだろうって」

「まったくそのとおりだわ。ところでわたしがいないあいだ、どんな話をしたの？」

エレナが気を悪くしないよう、アンは言葉を選んで会話の内容をかいつまんだ。そして話し終えると、すぐに話題を変えた。

「それであなたはどうしてたの？　なかなか戻ってこなかったけど」

「テレンス・ヒルさんも、おしゃべりなのよね。特に本の話となると。そういえば、あなたに会いたがっていたわ。よかったら、明日行ってみましょう」

「もちろん、いいわよ。でも今度は、途中でこそこそ抜け出さないで欲しいけど」

エレナはアンに体をよせ、ぎゅっと抱きしめた。

「心配しないで。ヒルさんは馴れ馴れしい人じゃないけど、彼と二人きりにはしないから」

グリーンロッジに続く道に入った。アンは二人の前に長く伸びる影を見た。そろそろ、日が暮れようとしている。アンは夜の訪れが、なんだか無性に怖かった。とても楽しい一日をすごしたあとだけに、闇がそのぶん力を盛り返し、不気味な者どもを引き連れてくるとでもいうように。なぜかはわからないが、アンは夜のグリーンロッジが恐ろしかった。月に二つの顔があるように、古い屋敷は昼と夜でがらりと様相を変えた。ひとつは煌々と光り輝く顔。もうひとつは謎に満ちた、暗い顔。エレナが持ち帰った本の表紙も、ちょうどそんな不気味な雰囲気だった。アン・ラドクリフ、『森のロマンス』。白い服をまとった女が不安げな顔で、深い森をさまよっている絵だ。彼女は闇のなかで戦っている。エレナや、アン自身と同じように……

アンは夕食のあと、居間でこの本を手に取り概要を読んだ。

「ヒルさんって、こういう本を読んでいるの？」とアンは、ソファに腰かけてテーブルセンターに刺繍をしているエレナにたずねた。「ずいぶん荒唐無稽なお話みたいだけど」

「わたしもまだ読んでないのよね。でもヒルさんよると、このジャンルでは古典的作品なんですって。彼は気に入ったみたい。でも読まないなら、本棚に戻しておいてくれる？」

「どこに戻せばいいの？　どの棚？」

「好きなところでかまわないわ。そのうち整理しなおすって、ドリアンが言ってたから」

アンは燭台を灯し、図書室にむかった。とりあえず、ひととおり棚を眺めてみよう。背表紙に金箔押しされた題名が、ロウソクの光を受けてきらいめいている。冒険小説が並んでいるあいだに、隙間が見つかった。コナン・ドイル、ウィルキー・コリンズ、ブラム・ストーカー、シェリダン・レ・ファニュ……『森のロマンス』を隣に並べるにはぴったりだろう。アンは『緋色の研究』と『カーミラ』のあいだに本を入れた。そしてふと、『カーミラ』を手に取った。表紙が印象的だ。どことなくエレナを思わせる若い女の不安げな顔が、大きく描かれている。なにを見ても、彼女を連想してしまうのだ……これを読めという、運命のお告げかもしれない。アンは忘れないように、そのまま部屋に本を持ち帰ることにした。燭台のゆらゆら揺れる光をたよりに階段をのぼったところで、間違えて別の部屋に入ってしまった。狭い部屋でベッドと戸棚がひとつあるだけだ。気づいてすぐに出ようとしたとき、ドアの脇に飾ってある絵に目がとまった。水彩画で、どうやらエレナの作品らしい。燭台を近づけると、彼女らしい筆づかいが見てとれた。金色の光を浴びて色あいはよくわからないし、デッサンは凡庸だ。山の森を背景に、小さな木に囲まれてつましい家がたっている。そこににこやかな顔の少年が、大きく描かれていた。ありふれた絵だけれど、不思議と胸に訴えかけてくるものがある。アンはしばらくその絵を見つめていた。感覚を研ぎ澄まし、この作品の何がこんなに心をとらえるのか、突きとめようとした。悲しみと陽気さのコントラストだろうか？

はっきりとした答えが得られないまま一階の居間に戻ると、エレナはソファで眠っていた。不安にさいなまれながら森をさまよったあと、小人たちの家で眠る白雪姫のように。そう思ったら、アンは胸が熱くなった。水彩画の才能があったら、このうっとりするような光景を絵にするのに。エレナは横むきに寝て、テーブルセンターをぬいぐるみみたいに抱きしめていた。黒い髪がクッションのうえに広がり、カールしたほつれ毛が乳白色の優美な顔にかかっている。胸もとをはだけたブラウスの下で、胸がゆっくり上下していた。くっきりとした赤い唇はかすかにひらき、ほっそりして機敏そうな指は、いかにも才能ある芸術家らしい。アンはその手に、自分の指を絡ませたかった。けれども目を覚まさせてはいけないと、近くの肘掛け椅子に腰かけ、黙って見つめるだけにした。けれども至福のひとときは、長くは続かなかった。暖炉の薪がはじけた拍子に、白雪姫は目を覚ました。

エレナは目をしばたたかせると、ぱっと顔を明るくさせた。そして豊かな黒髪をなおしながら、勢いよく体を起こした。

「わたしったら、どうしたのかしら」とエレナは、申しわけなさそうに笑いながら言った。「あなたが出て行ったとたん……」

「おとぎ話の王子様といっしょに、夢のなかってわけ？」

「いいえ、王子様じゃないわ。っていうか、わたしじゃなくて、むしろあなたの王子様ね」

「それって……クリストファーのこと？」アンは驚いたようにたずねた。

「ええ、会ったことはないけれど。おかしな夢だったわ……彼といっしょに実験室にいて」

「たしかにクリストファーは、小さな実験室を持ってるけど。その話をしたんだったわね」

「彼が作った飲み物を、わたしに飲ませようとするの。わたしはなぜか用心してる。毒なんじゃないかって。でも恐ろしいことに、拒絶できないような気がして……」

「あら、まあ。なんて怖い悪夢なんでしょう」アンは思わず吹き出しながら立ちあがって、ソファに腰かけている友人に駆けよった。それから、今度は大笑いした。「いつか、あなたの夢の話をしたら、彼、どんな顔をするかしらね……」

「話さないで欲しいわ。きっと誤解されちゃう」

「大丈夫よ。とっても生真面目な人だから。そういえばあなたの写真を見せたとき、なんだかとっても驚いていたみたいだったけど。いけない、こっちに着いたら、すぐに手紙を書くって約束したんだった。まあいい、今夜書くわ。はっきりは言わなかったけど、嫉妬しているらしいのよね……」

「嫉妬って、誰に？」

「誰もかれもよ。とっても独占欲が強くて」

それから何分間か、アンは婚約者の人となりをもう一度語って聞かせた。とりわけ彼の型にはまって融通の利かない性格について。

「歳のわりに、ものすごく古臭いのよ。本人にもよくそう言うんだけど、絶対に認めようとしなくて。だからわざと突拍子もないことをして、からかってやると……」

「じゃあ、突拍子もないことをしましょう」とエレナは陽気に叫んで、アンの手を取った。

「いいわ。じゃあ、何をする？」とアンは笑いながら言って、彼女を見つめる大きな黒い目をじっと覗きこんだ。

「そう……こんなのはどう？」

エレナはアンのほうに身を乗り出し、すばやく唇にキスをした。

なめらかな唇の感触はさらに数秒間続き、やがてアンのなかに奇妙な震えを引き起こした。アンはエレナの悪戯っぽい目を見つめながら、口ごもるように言った。

「ほんと……彼ならきっと、とんでもないって思うでしょうね。もしかしたら、怒りだすかも」

そしてアンは自分から、友の唇に熱い口づけを返した。

14　テレンス・ヒル

十月十六日

テレンス・ヒルの蔵書は壮観だった。量はもちろん、多様な本が並んでいる点でもグリーンロッジの書棚を凌駕している。びっしり本が詰めこまれた棚が、部屋じゅうを埋めつくし、そのあいだにあいた窓から心地よい緑が見えた。もっともその日は、決して穏やかな午後とは言えなかったけれど。窓の外に見える果樹園は、銀色に輝く小雨のベールにしっとりと包まれている。部屋のなかからは見えないが、古い藤の木もあった。屋根の切妻壁まで伸びるその藤を、アンはここに着いたときたっぷり眺めることができた。

細目にあけたガラス窓から、湿った土と草木の香りが入ってくる。古本とナフタリンの臭いがこもる部屋のなかでは、それがなんとも心地よかった。暖炉、くたびれた肘掛け椅子が数脚、ローテーブル、地球儀がおもな調度品だった。もちろん、部屋の主その人も忘れてはいけない。彼は大半の時間を、ここですごしている。もし通りですれ違ったとしても、アンはなんなく彼がテレンス・ヒルだとわかっただろう。田舎暮らしの、痩せこけた老碩学。曲がった背中は寄る年波もさることながら、これまで読んだ本の重みのせいだ。脂っぽい、白髪まじりのくすんだ髪を襟のあたりまで伸ばし、肘が擦り切れた黒い上着の肩にはふけがたまっている。表情はにこやかだが、ときおりしかめっ面をするのは、胆汁の働きにでも問題があるのだろう。そのたび、黄ばんだ顔に深いしわが刻まれた。黒い絹の細紐でとめた銀縁の鼻眼鏡の裏で、色の薄い鋭い目がきらきらと輝き、身のこなしはすばやかった。

テレンス・ヒルはアンとエレナを嬉しそうに出迎え、長い廊下を通って図書室に案内した。そしてシェリー酒をすすめると、とりとめのないおしゃべりを始めた。アンは適当に聞き流し、ときおり笑ってうなずきながら、昨夜の出来事を反芻していた。あの甘美で不安な出来事は、プリズムでデフォルメしたかのように、ときにはぼんやりと、ときにはくっきりと脳裏によみがえった。部屋に戻ったら婚約者に手紙を書くつもりだったのに、結局それもしなかった。疲れきっていただけでなく、気持ちが乱れていたから。あの状況をうまく言いあらわすには、小説にでもするしかないのでは？　そもそも自分でもよくわからない、不思議な感情にとらわれていたのだから、たやすく言葉にしようがなかった。もしもあのとき、心のままに書いていたら、きっと春の微風《そよかぜ》を思わせるエレナの甘い唇のことにも触れずにはおれなかっただろう。幼子の頬にも似たなめらかな肌、悩ましげな黒い大きな瞳、絹のように柔らかな愛撫のことにも……

そういえば、首に巻いていた赤いスカーフが滑り落ちたとき、エレナが見せた奇妙な反応も気になる。首の下におかしな傷痕があったのだ。虫に刺されたような、小さな赤い点が二つ。どうしたのかとたずねると、フォークで刺してしまったのだと、エレナはごまかすように答えた。だとしたらずいぶん大きくて、先が二股のフォークということになる。どう考えても嘘っぽいけれど、アンはそれ以上追及しなかった。翌朝、二人は共犯者どうし、気まずい思いでいっしょに朝食をとった。昨夜はつい、大胆なふるまいをしてしまったけれど、よかったのかどうかよくわからなかった。アンが寝室の隣の部屋にあった水彩画のことをたずねると、エレナは急に顔を曇らせ、しぶしぶ質問に答えた。

「ええ、わたしが描いたのよ。ずいぶん前だけど。見てわかるとおり、色があせちゃって。水彩絵の具は、変色しやすいのよね。あの少年は誰かって？　近所の子よ。かわいくって、好きだった……でも、もうこの世にはいないの。だから記憶で描いたわ。そのほうが、うまくいくこともあるし。あの家や山はどこか？　あれはまったくの想像。頭にこびりついて離れない景色だけど、やはりそれがいい結果になることもあって……」

アンはすばらしい作品だと褒めちぎった。リアルな表現のなかに情感がこもっていると言って。そうやってエレナの気持ちをなだめ、美しい顔を覆うくすんだベールを取り去ろうとして。けれども、うまくいかなかった。彼女は大理石のように冷たい目のままだった。

アンがそこまで思い返したところで、テレンス・ヒルは最近クレヴァレイ村を襲った劇的な事件の話を始め、さらに事件と関連した古い出来事にも触れた。彼がローザの名を口にしたところで、アンは間髪をいれずたずねた。

「彼女の遺体を見つけたのは、あなただったとか……」

引退した文学教師は鼻眼鏡をはずし、色の薄い目でアンをまじまじと眺めた。

「そのとおりです。ほかの人たちよりも先に見つけ出すことができたのは、どこを捜せばいいのかわかっていたからです」

「わ……わかってた？」とアンはびっくりしたように言った。

ヒルは悪戯っぽい笑みを浮かべた。

「見抜いたんですよ、沙翁のおかげで。というか、彼が書いた『ハムレット』のおかげで。オフェリアという登場人物は、むろん知ってますよね。ローザを見ると、いつもオフェリアのことを思い出しました。なぜかはわかりませんが、たぶんメランコリックな美しさのせいでしょう。一日、二日前から彼女が行方不明で、最悪の事態を恐れ始めたころ、はっとひらめいたんです……」

テレンス・ヒルは夢見るような遠い目をして少し間を置いたあと、こう続けた。

「オフェリアの最期を思わせる、死にゆく女の詩情にあふれた姿が浮かんだんですよ。だから朝早く、池にむかいました。あの池に忌まわしい力があることは、ここらではみんな知ってます。わたしは言わば、ランボーの詩に導かれたのです……」

星かげ浮かべ波立たぬかぐろき水に運ばれて
大白百合と見もまごう白きオフェリア流れゆく（……）
すでにして一千余年、狂恋の姫が恋歌ひそやかに
岸の夕べのそよ風にゆれてきこゆる（……）
愁傷の睡蓮《ねむりばす》、彼女をめぐり溜息し（……）
おお、蒼ざめしオフェリアよ、淡雪の美《は》しくはかなく
花乙女みまかりつるよ、流れの水に運ばれて！（……）[1]

1　アルチュール・ランボー「オフェリア」（堀口大學訳『ランボー詩集』新潮文庫、一九五一年）

「見つけるのに、長くはかかりませんでした。もちろん、目にしたときはどきりとしましたが、心底驚いたわけではありません。見とれるほど白く澄んだ顔と、襞《ひだ》の寄ったドレスが、深い緑の暗い水面《みなも》から浮き出ていました。ローザの表情は穏やかで、生きていたときよりもいっそうきれいでした。睡蓮の冠を頂く卵形の顔……死んだあともなおこんなに美しい女《ひと》を見るのは、初めてです。思わず涙がこみあげてきました。彼女の死を悼んだだけでなく、その死が掻き立てた芸術的な感動ゆえに……

　こんなことを言ったら妙だと思われるかもしれませんが、そのときわたしには安堵の気持ちもありました。ここ数年、ローザはただひたすらつらい人生を送っていましたから。きっと神様のお導きだったのでしょう。彼女は神様の呼ぶ声に応えて暗い水のなかに身を沈め、ようやく安らぎを見出したのです。ところがそれは、わたしの間違いでした。悪魔は棺のなかにまで、なおも彼女を苦しめにやって来たのですから……」

　長いため息のあと、テレンス・ヒルはミス・シーモアにまさるとも劣らない共感をこめて、ローザの思い出話をまたひとくさり続けた。けれどもラドヴィック伯爵については、ひと言も触れなかった。エレナがそれとなく夫のことを持ち出し、苦労しているようだと言うと、しかたなさそうに近況をたずねた。

「ロンドンに行ってます」とエレナは答えた。「ここ何日も恐ろしいことが続いたので、休息や気分転換も必要ですから」

「いつ戻られるのですか？」

　さあ、というようにエレナは肩をすくめた。

「たぶん、明日か明後日には。正確にはわかりませんが。はっきり日にちを決めさせないほうがいいだろうと思って。それにほら、わたしも今、ひとりじゃないので……」

　エレナはそう言って、悪戯っぽい笑みをアンにむけた。

「それはけっこう」テレンス・ヒルはうなずいた。「お友だちがいっしょにおられると知って、わたしも嬉しいですよ。しかもこんなにチャーミングなお方と……」

　テレンス・ヒルはそう言ってアンをふり返り、にっこりと笑った。アンは場違いなくらいに顔が赤らむのを感じた。

「それにニールセンさんも、感じがよくていらっしゃるし」

「ニールセンさん？」とエレナはびっくりして言った。「あの人は友だちというほどではありません。どんな方なのか、よく知りませんから」

「そうなんですか？」

「ああ、わかったわ」エレナは苦笑いを浮かべながら、ため息まじりに言った。「先日の恐ろしい嵐の晩、あの方がご親切にも家まで送ってくれたんですが、それを見かけた人がいて……」

　いささかしどろもどろの説明を聞きながら、テレンスはうなずいていたけれど、心ここにあらずというふうだった。

　そしてまた話し始めたとき、その口調はさっきよりもぐっと重々しくなっていた。

「気をつけてください、ミセス・ラドヴィック」

「ニールセンさんのことですか？」とエレナは目を丸くしてたずねた。

「彼でも、別の誰かでも同じです。わたしには、あなたが大変な危険を冒しているよう気がしてならない」

　エレナは、少し引きつったような笑みを浮かべて答えた。

「昨日もそうおっしゃいましたよね」

「わかってます。でも、もう一度言っておいたほうがいいかと。先妻、先々妻のラドヴィック夫人に何があったのか、忘れてはいけません」

「忘れようもないです」

　エレナは、引退した文学教師の不安に満ちた鋭い目で見すえられ、苛立たしげにスカーフをなおした。

「あなたはとてもいい方だと思ってます、エレナさん。よろしければ、ファーストネームで呼ばせてください。あなたも同じような目に遭って欲しくないんです。いろいろ噂が流れていますが、忘れてはなりません。火のない所に煙は立たないんです。ここ最近の出来事を見ても、それはおわかりでしょう……」

「でも……警察を信じてますから」とエレナは口ごもるように言った。「あんな恐ろしいことをした犯人は、遠からず捕まるはずです」

「でもこれは、あとに続く悲劇の序幕にすぎないのかもしれません。なにか、嫌な予感がするんですよ。だから、用心に越したことはありません……」

15　呪われた池

十月十七日

「そうそう、忘れてた」翌日、朝食のときにエレナは言った。「今日の午前、ピム先生の診療所に予約してあったんだ」

「あら、どこか悪いの？」とアンは心配そうにたずねた。

「いいえ、悪いってほどじゃないけど。それにもう、だいぶよくなったし。最近めまいがするので、一度診てもらったの。そうしたら、少し体が衰弱しているようだから、また来るようにって言われて」

アンはやさしく笑いかけながら友を見つめた。

「前より顔色がよくなったって、わたしも思うわ。ここに着いた晩は、真っ青だったから。おぼえてる？　あのとき、あなた、気絶したのよ」

エレナはアンの言葉に少しむっとしたように、顔を赤らめた。

「わたしの立場になってみて……あなたが暗闇のなかに、じっとすわってた。まるで幽霊みたいに……すぐにはあなただって、気づかなかったわ」

「それはわかるけど、あんなふうに卒倒するなんて……でもまあ、その話はもうやめましょう。

で、要するに今日の午前中、わたしはひとりきりってことね。待っているあいだ、何をしようかしら？」

　その質問にエレナが答えたのは、少しして、彼女がドアの前に立って、出かけようとしたときだった。昨日のにわか雨で活気づき、明るい陽光を浴びて金色に輝く田園風景に目をやると、彼女は笑ってこう言った。

「今朝はいい天気だから、馬で近くをひとまわりしてみたら？　うちの馬は人見知りしないわよ。あら、乗れないの？　だったら、健康のために歩くといいわ。わたしもピム先生に、そうするよう言われてるのよ。そろそろ行かなくちゃ」

　エレナはそう言ってアンの唇にすばやくキスをすると、踵を返した。

　二十分後、アンも古い屋敷をあとにした。馬に乗るつもりはなかったけれど、薄手のジャケットに、擦り切れた乗馬ズボン姿だった。あんまりいいとり合わせとは言えないが、持ってきた服のなかでいちばんスポーティーだったから。これから探索するつもりのあたりなら、どのみち誰にも遭わないだろう。街道に沿ってしばらく歩いたあと進路を変え、墓地をすばやく抜けた。途中、エヴァズレイ家の納骨堂をちらりと見やらずにはおれなかった。恐怖に襲われるようなこともなかった。太陽の光が降り注ぐなかで見る納骨堂に、怪しげな気配はまったくない。アンはほっとしながら、修道院の廃墟にむかう小道を抜け、打ち捨てられた建物の前に出た。あたりには草木が生い茂っている。暗い雑草のあいまからいくつもの切り石が顔を出し、陽光を浴びていた。岩が大きく盛りあがったうえに、かつて建物が築かれていたのだろう。規模はさほど大きくはないが、越えがたい天然の障壁といったところだ。そこに松の木が何本か、趣を添えている。そのうしろに、アンがむかおうとしている例の池があるはずだった。今はまだ見えないが、ゴチック様式のアーチを抜けるとき――よくもまあ、まだこうして崩れずに残っているものだ――彼女は不安になり始めた。あたりはますます荒れ果て、不気味な雰囲気を醸している。目の前には険しい岩が並んで、地平線を遮っていた。ジミー坊やはここで首の骨を折ったそうだけど、それも驚くにはあたらないわ。ちょっとでも足を踏み違えたら、どんな悲惨な結果を迎えてもおかしくない。

そんなことを考えながら、アンはふと足を止めて耳を澄ました。なにかおかしな音が、聞こえたような気がしたのだ。風はほとんど吹いていないので、木の葉が揺れる音ではないだろう。鳥の鳴き声や虫の羽音とも違う。それはのこぎりを挽くような、何度も繰り返される鈍い音だった。アンはすぐに肩をすくめ、また歩き始めた。岩のあいだに小道が通っている。そこを抜ければ目的地に通じるのだろう。はたしてしばらく歩くと、三十メートルほど下方に池が見えた。

アンは自分の足音が窪地に響くのを聞きながら、池に続く急な坂道を注意深く下った。やけにおかしな反響をするものだから、誰かがあとをついてくるような感じがした。でもそれは、気のせいに違いない。ようやく目的地に着くのだと、胸をどきどきさせて、彼女はためらいなくおり続けた。

十分後、苦労のかいあって下までたどりついた。田園の風景と呼ぶにふさわしい、すばらしいところだった。テレンス・ヒルが詩情を掻き立てられるのもうなずける。目の前に広がる池の静かな水面《みなも》は、まるで大きな鏡のようだった。それは紺碧とさまざまな緑の色合いが織りなす、一大シンフォニーだ。池に映った青空は、草木の深いエメラルド色や、崖のうえを飾る松の木のシルエットにくっきりと際立っている。白い小さな波が揺れているのを見なければ、あそこが水だとはわからないだろう。

あまりの美しさに、アンは心が震えるのを感じた。この魅惑の一瞬を、エレナと共に分かち合えないのが残念だった。それに今、すばらしい景色を前にして感じる興奮は、エレナの言う美の基準にぴったり合致している。高校生のころ、エレナはよくみんなに熱弁を振るったものだ。昨日のことみたいに、よくおぼえているわ……《いつだって、自然を範に取らなくては。自然は決して間違わないのだから。自然がわたしたちに示すものは何？　それは整然とした無秩序、相反するものをひとつにする技、気まぐれと多様性の調和。例えば光にむかって伸びていく木々の枝は、食べ物を求めて動く、無数の貪欲な指を思わせるのでは？　それは優雅で、意志強固な、詩的で人間的なふるまいなのよ。でもそこには、なにひとつ同じものはない。完全な調和《シンメトリー》は、その不在によって輝くの。直線や幾何学的なフォルムは、美のいちばんの敵。そんなもの、自然のなかにはない。数少ない例外が、太陽の軌道や三日月、波ひとつない水面《みなも》かしら。でもそれは、珍しいからこそ神々しさを感じさせる。色の調和については、話は簡単よ。自然は決して悪趣味に陥らない。どんなに陰鬱な絵でも、魅力を失うことはないわ……》

闇に沈んだこの池を思い浮かべると、アンは身震いせずにはおれなかった。うっすらと池を照らす銀色の月光を浴びて、ローザ・エヴァズレイのこわばった青白い顔が、睡蓮に埋もれた水面《みなも》にのぞいている。哀れな女が命を絶つのに、かくも魅力的な場所を選んだのも不思議はない。この池の美しさは、なにか不吉なものを感じさせる。苦悩に満ちたか弱い魂が、いやでも引きつけられる罠のようなものなのだ。

アンはそこで、はっと体をこわばらせた。背後で物音がしたのだ。こんどは思い違いなんかじゃない。恐怖で凍りついた彼女の目に、影が映った。自分の影の隣に伸びる、もうひとつ別の影が……


「がっかりさせて申しわけありませんが、警視さん」とピム医師は言った。歳は六十くらい。小柄で生き生きとした目と、羊の毛のような白い巻き毛をしている。「マージョリー・ラドヴィックの死について、あらためて言うべきことはありません。わたしが病院に駆けつけたとき、彼女はもう亡くなっていました。明らかに、心臓発作に襲われたんです。病院の医師たちも、同じ診断でした。死亡の状況から見ても、疑う理由はなにもありませんでした。現場に立ち会った人たちが、口をそろえてそう証言しています。マージョリーの姉、夫、キャンベル牧師。牧師は信用に値する人物です。それにマージョリーは、もともと心臓が弱かったし……」

「じゃあ、検死解剖はしなかったんですね？」とトマス・テイラーはたずねた。

「ええ、していません。その必要があるとは思えませんでしたから」

「あなたはマージョリーの生前から、患者として診ていたんですよね？」トマス・テイラーは、あごをさすりながらたずねた。

「いいえ、診ていたというわけでは」ピム医師は少し考えてから答えた。「マージョリーさんが村にやって来てから、まだほんの数か月でしたから。でも彼女の主治医がカルテを送ってくれまして、そこに心臓のことが書かれていたんです。保険絡みで問題になりかけたので、よくおぼえていますが」

「保険といいますと？」

「生命保険ですよ。ラドヴィック夫妻は結婚に際して、お互い生命保険に入ったんです。掛け金がかなり高額だったため、保険会社は保険金の支払いを渋っていました。けれども、一般的な死亡ケースはすべてカバーする契約になっていましたし、われわれ医師の診断にも異論の余地がなかったので、支払わないわけにはいきませんでした」

「金額はおぼえていますか？」

ピム医師はぎゅっと口を結んだ。

「正確にはわかりませんが、二千ポンドくらいだったかと」

警視は口笛を吹いた。

「ちょっとした額だな……でも妙ですね。ラドヴィックさんはそんなことを、ひと言も言ってませんでした」

ピム医師は引きつった笑みを浮かべた。

「自慢話に聞こえるのが、嫌だったんでしょう。でももし、彼を疑っているのなら、あなただけでなく……」

「疑うって、何をです？　ラドヴィックさんが奥さんを殺したのだと？　いいえ、そんなこと思ってませんよ。だって彼女は自然死だと、あなたがはっきりおっしゃってるんですから。墓荒らしについては、彼が背後にいるとは思えません。そもそも、あんなことして、彼になんの得もありませんからね。とはいえ……」

「とはいえ？」

「なんと言ったらいいのか……どうもわたしには、あの男がよきキリスト教徒だとは思えなくて」

「ええ、村ではみんな、そう見ています。ラドヴィックさんが村に来てからというもの、いろいろ恐ろしい出来事がありましたから。それがすべて彼のせいにされているんです。たしかに不審なことが多すぎるのは、認めざるを得ません。エヴァズレイ家の納骨堂で起きた事件が、最後のひと押しになるかも……」

「で、あなたはどうお考えで？」

「わたしは科学者ですから、事実だけを見ています」

「なるほど、そうでしょう。でも、個人的な意見はおありでは？」

ピム医師は謎めいた笑みを浮かべた。

「あなたの意見と、そうかけ離れてはいないでしょうね」

そしてしばらく沈黙を続けたあと、こうつけ加えた。

「いっぽうで、火のない所に煙は立たぬと言いたいけれど、他方、あの男が田舎の狭い村社会で身代わりの山羊《スケープゴート》にされているような気もします」

トマス・テイラーは黙って何度もうなずき、やがて立ちあがった。

「わかりました。これ以上、あなたにお時間をとらせるのはやめましょう。お忙しいところ、ありがとうございます」

「いえいえ、なんの。わたしでお役に立てるなら、いつでもどうぞ。ご苦労のほどは、よく存じております。死後、数か月たつはずなのに、まだ生き生きとしている（という言い方も妙ですが）死体なんて、まさしく科学では説明できない謎ですからね」

警視はピム医師につき添われて、待合室に戻った。なんだか大がかりな陰謀に、巻きこまれているような気分だった。難事件の捜査は、いっこうに進まない。むしろ後退しているくらいだ。謎が解明されるどころか、次々証言を聞くたびに、信じられない出来事が紛れもない事実だとわかるのだから。解けない問題に悶々とするあまり、いっそロンドン警視庁に事件をまかせようかと本気で考え始めた。入れ違いで診療室に入っていく老人に、一礼する余裕すらなかった。待合室に最後にやって来た患者にもずっと気づかずにいたけれど、視線を感じてふり返った。彼はびっくりして、かぶったばかりの山高帽を脱ぎ、もごもごと言った。

「ラドヴィック夫人でしたか……ここでお会いできるとは、思っていませんでした。でも、ちょうどよかった。おたくへうかがうつもりだったんです」

「こんにちは、警視さん」とエレナは、丁寧だが冷ややかな口調で言った。「いい知らせだと嬉しいんですが……」

「いい知らせ？　例えば？」

「あんなおぞましい悪ふざけの犯人を捕まえたとか」

「残念ながら、まだなんです」と警視はうつむいて答えた。「思ったよりも難事件でして。それであなたのご主人にも、お話をうかがいたいと思いまして。そろそろ、ロンドンからお戻りなのでは？」

「まだですが、近いうちには」

「それは残念。ご主人にいくつか、大事な質問があるもので」

しばらく沈黙を続けたあと、警視はさらに重々しい口調で続けた。

「ここだけの話ですがね、奥さん、こんなときにあなたをひとりにしておくなんて、ご主人もいささか用心を欠くのでは……」

「わたしだって、もう子供じゃありません」とエレナは、自尊心を傷つけられたように答えた。

「それに、ひとりでもないし。使用人もいれば、友人にも来てもらっています……」

「友人、といいますと？」


アンははっとふり返り、あとずさりした。背の高い男が、彼女の脇にいきなりあらわれた。咎めるような厳しい表情を、染みの浮いた赤ら顔が強調していた。よろめいて池に落ちかけたアンの腕を、男はがっちりとつかんだ。そのとき彼女は、男の上着の折り襟に小さな十字架がついているのに気づいた。それじゃあ、村の司祭さんというのはこの人なのね。風体もエレナが言っていたのとぴったり合う。

「やましいことでもありそうですね」男はしゃがれ声の説教口調で言った。「そもそも、ここで何をしているんですか？」

「何って……ただ散歩しているだけですが」

男は足の先から頭のてっぺんまで、じろじろとアンを眺めまわすと、さらにこう言った。

「こんな呪われた場所を散歩するなんて、いささか不用心かと。あなたはエレナさんのお友だちですね。たしか、アネットさんとか？」

「アンです。わたしのことを、どなたかに聞いたんですか？」

「ここ数日、村はあなたの話でもちきりですよ。ここらに新しくやって来る人間は、あんまりいませんから」

　アンはうなずき、司祭の厳めしい顔を明るくさせようと、陽気な調子でたずねた。

「あなたがキャンベル牧師さんですよね？」

「たしかわたしはそういう名前で、そういう務めを担う者ですが」

「ここで何をされているんですか？」

　アンがずけずけとたずねたものだから、牧師は不意打ちを喰らったみたいに一瞬考え、こう答えた。

「あなたのあとを追ってきたんですよ。あなたが呪われたこの道に入っていくのを見かけたので、ずっとついて行ったんです」

　アンは少し考えてからたずねた。

「それじゃあ、墓地でわたしを見かけたと？」

「ええ、まあ」と牧師は、口ごもるように答えた。

「でも、変だわ。だって、わたしはあなたに気づかなかったもの」

　牧師は顔を真っ赤にして言い返した。

「ぼんやりしてたんでしょう。それだけのことです」

　アンは肩をすくめ、いささか冷ややかな初顔合わせの雰囲気を和らげようと、同じ軽い調子で続けた。

「そうかもしれませんね……注意が散漫だって、よく言われますから。とりわけ、婚約者に。うかつという点では、彼だって負けていないのに」

彼女は池を指さし、言葉を続けた。

「この場所は呪われてるっておっしゃるんですか？　ここで溺れ死んだローザさんのことを言ってるんですよね？」

「ええ、いちばん新しいところでは」と牧師は、ひときわ暗い水面《みなも》を見つめながら答えた。「ローザの前にも、ここで溺れ死んだ教区民が何人もいましたから。ここは地獄の門なんです。わたしはずっとそう思ってきました。その気持ちはこれからも変わらないでしょう」

「事故だったんですか？　それとも自殺？」アンはさらに切りこんだ。

「事故かですって？」ロバート・キャンベルはにやりと笑った。「見てのとおり、ここはたまたまやって来るような場所じゃありません。たしかに、池の反対側にもう一本、もっとなだらかな道がありますがね。それでもやはり……この美しい景色には、なにか不吉なものがある。よく知られているように、悪魔はきらびやかな衣装をまとって、犠牲者をおびきよせるのです」

牧師はそう言うと、またしても気づまりなほどじろじろとアンを眺めまわし、さらに続けた。

「数年前、夫に先立たれた女が、三人の子供を残してここで命を絶ちました。その少し前にも、失恋のつらさに耐えかねた若い男が池に飛びこみました。砂のうえにこう書き残して。《ひとりの人がいないだけで、すべてが虚しい》と。同じような例は、いくつも挙げることができます。そこでは輝く悪魔の鎌が、一瞬にして神《ヤハウェ》を押しのけてしまうのです」

「つまりあなたは、悪魔を信じていると？」とアンは真正面からたずねた。

「もちろんですとも」と牧師は憤慨したように言った。「疑いようがありません。この村で最近起きた出来事が、そのいい証拠じゃないですか。それはあなたが、いちばんよくご存じのはずだ」

「どういうことですか？」

「エレナさんから聞いているかと……」

「ええ、もちろん。なんの話かは存じていますが……」

アンの軽い口調に、牧師はだんだん苛立ってきたらしい。彼は一段と低い声で続けた。

「どうやらあなたは、お友だちに劣らずよくわかっておられないようだ。いやはや、いったいどうしたら、蒙《もう》を啓《ひら》かせることができるのか？　あなたがたは大きな危険を冒している。それがわからないんですか？」

またしても警告ってわけね。二日で二度目だ。相手の頑固そうな顔が目の前になければ、ほとんど笑いたいくらいだった。彼女は少し体を引いて、もごもごとたずねた。

「何をおっしゃりたいのか……」

「アビシュス・アビスム・インヴォカト」

「どういう意味ですか？」

「奈落は奈落を呼ぶ……なんなら、こう言ってもいいでしょう。一度、罪を犯したものは、また繰り返す、と。よく見るんです。一人目と二人目のラドヴィック夫人の身に、何が起きたのかを。悪いことは言わないので、さっさとここを離れなさい。そしてもう、二度と戻ってきてはいけません」

牧師はそれだけ言うと、軽く一礼して踵を返した。アンは呆気に取られて、遠ざかる牧師を眺めていた。急な坂道をせっせとのぼるそのうしろ姿からは、激しい苛立ちが感じられた。

でも彼は、どこのことを言ってるんだろう？　この池？　それともクレヴァレイ村？　きっとその両方なんだわ……

ほどなくアンも、牧師のあとについて道を引き返した。廃墟のあたりまで来たところで、牧師の姿は見えなくなった。アンは古い僧院をひと目見ていくことにした。崩れかけた建物からは、たしかにロマンティックな香りが立ちのぼっていた。丸天井や大きな門の残骸、尖頭アーチ型の窓。壁の隙間から、青葉が顔を出している……牧師からあんな不気味な話を聞かされたあとだけに、雑草が生い茂る小道を抜け、太陽のぬくもりが残る金色の積み石に触れるのは心地よかった。陽気な気分が戻ってきたとき、彼女はふと足を止めた。また聞こえた。のこぎりを挽くような奇妙な音が、今度ははっきりと。のこぎりの音ではない。音の出所は、難なくわかった。ほどなくアンは道の曲がり角に、男がいるのに気づいた。天井がなくなった広い部屋の隅に陣取り、シャベルでせっせと地面に穴を掘っている。髪を短く刈った、がっしりとした体格のいい男だ。

あまりに場違いな光景に、しばらく呆然としていると、むこうでもアンに気づいた。男の反応は牧師とよく似ていた。

「あんた、何者だね？　ここで何をしてるんだ？」と男は顔をしかめて汗を拭いながら、轟くような大声でたずねた。

「わたしも同じ質問をしようとしてたところよ」

「ふうん……あんただな、ラドヴィックの屋敷に来てるっていうのは」

「ええ、アン・シェリダンです。初めまして、ええと……」

「ポール・プラットだ」男はアンをじろじろと眺めまわしてから答えた。

「鍛冶屋さんの？」

「ああ、そうだ。あんた、馬で来たのか？」

アンは自分の格好にさっと目をやり、笑って答えた。

「いいえ、ちょっとぶらぶらしていただけ。あたりを見て歩こうと思って……」

「そいつは用心が足りないな。ここいらは……」

また例の決まり文句？　とアンは思って、おかしくなった。彼女は気づまりな雰囲気をほぐそうと、努めて陽気にこう言った。

「あなたはいったい何を？　もしかして、宝探しとか？」

男はかちんと来たらしいが、なんとか平静を保った。そしてシャベルを置き、汗に濡れた額を手の甲で拭うと、首を横にふってぶつぶつと答えた。

「いいや、このあたりを少しばかり手入れしているだけだ。ほかに誰も、やる者がいないんでね。手入れをしないと、茨《いばら》が伸び放題になって……」

アンはまわりをぐるりと見まわした。ほかにも地面を掘り返したところがいくつもある。土が小さく山積みされていて、雑草を取り払うというより、探しものでもしているようだ。そういえば廃墟を歩きまわったときにも、同じような土の山を目にした。おかしなことをするものだ。けれども、それには触れないことにした。

アンはありふれた世間話を少ししたあと、一礼してその場を離れた。鍛冶屋は頭がおかしいか、嘘をついているかだろう。急いでエレナに会って、たずねてみよう。彼女なら、なにか知っているかもしれない。

16　嵐の夜

アンは夢のなかでもがいていた。初めはなかなか寝つけず、ようやく眠りに落ちたあとも苦悶はいっこうに和らがなかった。まるで野犬の群れが部屋を取り囲んでいるかのように、ときおり鈍い轟きが聞こえる。犬たちの目はぎらぎらと輝き、まばゆい白い光で部屋を明るく照らし出すほどだ。

アンは額を汗で濡らし、はっと起きあがった。一瞬、稲光で目がくらんだかと思ったら、恐ろしい雷鳴が部屋に響いた。

外は嵐か、と彼女は思い、腕を胸にあててぶるっと体を震わせた。来るものが来たってところね。よく考えれば、前兆はいろいろあった。夕方になって急に気温があがり、エレナはいつになく緊張したようすだった。とりわけ就寝前、最後に話したときには。でも、どんな話題だったろう？　なぜかアンは思い出せなかった。必死に記憶を探っていると、またしても雷鳴が耳をつんざいた。アンは手で耳をふさぎ、雷が収まるのを待った。けれども轟音は頭のなかでいつまでも鳴り響いている。やがて雷鳴に代わり、別の物音がしているのに気づいた。太鼓を打つような音。それが何か、彼女はすぐにわかった。誰かが一階のドアを、力いっぱい叩いているのだ。おそらく、玄関のドアだろう。

アンは部屋着に袖をとおしもせず廊下に出て、雷光をたよりに歩き始めた。こんな真夜中に、いったい誰だろう？　ラドヴィック伯爵？　きっと、そうだ……村から離れたこの家に、こうしてやって来る人が、ほかにいるとは思えない。一階に降りると、音はいっそう激しさを増した。驚いたことに、音に気づいたのは彼女だけらしい。ほかのみんなは、眠っているようだ。いや、使用人のアームブルースター夫妻は、自宅に引きあげたのだった。でも、エレナは？　こんなにものすごい音なのに、聞こえないのだろうか？

　玄関のドアをあけると、稲光が一瞬、ポーチを照らした。夜の闇を背景に、雨に輝く白い人影がネガフィルムのようにくっきりと浮かびあがった。それが誰か、アンにはすぐにわかった。

「クリストファー！」彼女は目を丸くして、口ごもるように言った。「ここで何してるの？　こんな夜中に……屋敷じゅう、目を覚ましてしまうじゃない」

　稲妻のいびつな光が、若い男の顔に名状しがたい怒りの表情を刻んだ。そして彼は、顔つきに劣らず怒気に満ちた声で言った。

「きみこそ、ここで何をしているんだ？　ろくに服も着ないで？　説明してもらおうか」

「だって、もう寝てたのよ。それに、ちゃんとネグリジェを着てるわ」

「揚げ足取りはやめろよ。そんな話をしてるんじゃない。どうして音沙汰なしなのか、わけを聞かせて欲しいな」

「音沙汰って？」

　アンは静かにそう訊き返したものの、期待どおりの効果はなかった。それどころか、クリストファーの口調はいっそう険しさを増した。

「こっちに来てから、もう一週間になるんだぞ。そのあいだ、なんの連絡もくれなかったじゃないか。着いたらすぐに手紙を書くって、約束したのに」

「それはその……書こうと思っていたんだけど。嘘じゃないわ。信じてちょうだい……」

クリストファーは冷たい手でアンの肩を押さえ、言い返した。

「嘘をつけ。きみはこの一週間、ずっとぼくのことを忘れていたんだ」

「そんなことないわ……さあ、入って。いつまでも雨のなかにいないで」

「いいや、ぼくはこんないかがわしい家に、一歩も足を踏み入れるつもりはない」

「いかがわしい家？　どうかしてるわ。なんの話？」

「おいおい、アン。ぼくを甘く見るなよ。きみがあの背徳者の言いなりになってるのは、ちゃんとわかっているんだからな」

「ラドヴィック伯爵のことを言ってるんだったら、まだ会ってもいないわ」

「やつじゃなけりゃ、その兄弟か」

「兄弟なんていないわよ」

「それなら、ほかの誰かだ。きみは恋してるんだ、アン。きみのそんな表情は、初めて見るからね。いかがわしい情熱で、目が輝いているじゃないか。ぼくのほかに男ができた証拠さ……」

「どうしてそんなことが、あなたにわかるのよ？」

「ひとから聞いたのさ。このままじゃすまさないからな」

クリストファーはそう言うと、アンに力いっぱい平手打ちを喰らわせた。アンがぐらりとよろけるほどの勢いだった。クリストファーは獲物を狙う狼のような表情で、悪魔じみた笑い声をあげた。飛びかかってくる、と思ってアンは身がまえたけれど、結局クリストファーは踵を返し、闇のなかに消えていった。

　アンは顔をぐしょぐしょに濡らす熱い涙をせき止めようと、瞼をこすった。とそこで、彼女は喘ぎながら目を覚ました。悪夢から抜け出すまでに、しばらく時間がかかった。夢から覚めたところから始まった夢だけに、真に迫っていた。でもこんなことは、前にもあった。嵐が吹き荒れているのは間違いない。思ったよりは激しくはなさそうだが、雨風は充分強かった。風の勢いで窓があき、船の帆のようにカーテンが膨らんでいた。ときおり、窓の扉がばたばたとぶつかり合う音のせいで、あんな不快な夢を見たのだろう。

　アンは起きあがって窓を閉めた。ほかにも部屋のいろんなものが、風で吹き飛ばされたようだが、それは明るくなってからたしかめよう。もういちど毛布にくるまっても、なかなか寝つけなかった。悪夢の記憶がまだ脳裏にこびりついていて、喉がつまるような思いがした。彼女はなにか飲もうと、一階のキッチンに行くことにした。廊下に出たところで、はっと立ちどまった。新たな夢のなかに入りこんだみたいに、一瞬、わが目が信じられなかった。細目にあいたドアから、ちらちらと揺れる光が漏れている。

　エレナに違いない。屋敷にはほかに誰もいないのだから。アンは足音を忍ばせ、ドアの隙間から部屋のなかを覗きこんだ。はたして、そこにはエレナの姿があった。燭台を手に、なにかをじっと見つめている。はっきりはわからないが、あの水彩画では？　アンはエレナがびっくりしないよう、囁くように友を呼んだ。エレナが気づくまで、何度か繰り返さねばならなかった。やがてドアが大きくひらき、薄暗い廊下にロウソクの光が射したかと思うと、燭台を手にしたエレナの青白い、不安そうな顔があらわれた。

「起こしちゃったかしら、アン？　ごめんなさいね。嵐のせいで、よく眠れなくて」

「わたしもよ。それに、恐ろしい悪夢も見たし。でも、ここで何をしてたの？」

エレナは少し考えてから答えた。

「嵐で目が覚めて……本を取りに来たの。たしか、ここに置いたはずなので。それはともかく、あなたが来てくれてよかったわ。部屋に行こうかと思ったけど、起こしたくなかったので……」

エレナはアンの目をじっと覗きこみ、冷たい手でアンの手を握った。

「わたしの部屋に行きましょう」とエレナはしゃがれた声で続けた。「ひとりでいたくないの……悪夢の話を聞かせて」

それから数分後、アンは毛布にくるまり、エレナの腕に抱かれていた。滑らかな肌の感触が心地よくて、体が温まった。エレナも満ち足りた気分なのだろう、胸を高鳴らせている。エレナにやさしく髪を撫でられながら、アンは夢の話をした。

「不思議ね……」とエレナはつぶやくように言った。「ほんの数日のあいだに、二人ともあなたの婚約者の夢を見るなんて。あなただけなら、おかしくないけれど」

「ええ。でも彼、あんまりいい役まわりじゃなかったわ」

「思うに、あなたは後悔しているんじゃないかしら。悪夢の意味をわたしなりに解釈すると、そうなるわね。もちろんそこには、彼の嫉妬深い性格も反映されているでしょうけど」

「後悔って、彼にまだ手紙を書いていないから？」

「いいえ、そうじゃない。あなたは無意識のうちに、少し疑いを抱いているのよ。彼を本当に愛しているのかって」

「実を言うと、無意識とは限らないかも」

「やっぱりあなたは、ほかに気になっている人がいるのね」とエレナは甘ったるい声で言った。

「そうかもしれない。だったら、思いあたる相手はひとりだけだわ」

「誰？」

「あなたよ……」

その言葉に応じるようにエレナの手がアンのうなじを愛撫し、熱い口づけが交わされた。

「うれしい」とエレナは、そっと唇を離して言った。「わたしたちの麗しい友情は、なにがあっても損なわれはしない。でもこのことは、ずっと二人だけの秘密にしておきましょう」

「わたしもうれしいわ。おぼえている限りずっと昔から、あなたに会うと胸がどきどきした。あのころからもう、二人のあいだには甘い共犯関係があるような気がしていたの。ともかくこんな感じ、男の人には決してわからないでしょうね。残念だわ、この気持ちを言葉であらわせないのが……」

稲妻が輝いたかと思うと、あとに雷鳴が轟いた。閃光のなかに一瞬、しわだらけの毛布が浮かびあがる。二人はその下にもぐりこんで、しっかり抱き合った。

「それはわたしも同じよ。でも、ずっと友だちでいましょうね。なにがあっても」とエレナは言った。

「ええ、約束する。悪夢の話だけど、不思議なほどリアルで面白かったわ」

「悪夢ってそういうものよね」

「そうね。寝る直前にあなたと交わした会話も、夢に出てきたの。でも、よく思い出せないところも、なんだかやけに真に迫ってて……」

「わたしは、はっきりとおぼえてるわ」エレナはため息まじりをついた。「ポール・プラットと牧師さんの話をしていたのよ。でもよかったら、それはいったん忘れましょう」

エレナはそう言うと、アンの顔のうえに身を乗り出し、頬に何度もやさしくキスをした。やがて彼女の唇は、あごをつたって首筋へとむかい、口づけは徐々に激しくなった。アンは肌がひりひりするような奇妙な刺激に、うっとりと身をまかせた。

もうなにも考えられない。意識が朦朧とするなかで、彼女の脳裏に昨夜の会話がふとよみがえった。

「ポール・プラットが修道院の前で穴を掘っていたですって？」とエレナは驚いた。「でも、何のために？　雑草を取り除くなんていう口実、話にならないわ。思うにあの人、正気をなくしてるのよ」

「でも、頭がおかしいようには見えないけれど」

「ええ、たしかに。でも前はあんなじゃなかったそうよ。長男のジミー坊やを亡くすまでは」

「ジミーって、岩から落ちて、首の骨を折った子のこと？　知らなかったわ、それが彼の息子だったとは。それじゃあ彼は、ローザのことを恨んでいるんじゃないの。そんな悲劇が起きたのは、彼女のせいだって」

「ローザだけじゃない。彼女が死んだあと、憎しみの矛先はドリアンにむかったの。ローザがおかしくなったのはドリアンのせいだ。だから息子が死んだのも彼のせいだって思ったのよ。牧師さんも同じ考えなんじゃないかしら。だから二人がその場所にいたのも、きっと偶然じゃないわ。彼らが何をたくらんでいるのか知らないけれど。どうせろくなことじゃない。二人が口にした、あからさまな脅し文句からしてそうでしょ。怖いわ……なんだかこの村ではみんながみんな、ドリアンを目の敵《かたき》にしているみたい。ドリアンに悪意を持っているのよ。きっといつか村人たちが勝どきをあげながら、彼を倒しに押し寄せ……」

目を血走らせた群衆が、大きな農耕用のフォークをふりあげるさまがアンの脳裏に浮かんだ……彼らは誰彼かまわず、見つけしだいに殺していく。犯人も被害者もない。その選り分けは、あの世で神様にまかせようというのだろう。アンは光るフォークの切っ先が、自分にむけられるのを見た。フォークをふりかざす男の目は、殺意でぎらぎらと輝いている。彼女は恐怖のあまり目を閉じた。と次の瞬間、喉もとに鋭い痛みが走った。

アンはその晩二度目、はっと目を覚ました。息が切れている。また悪夢か、と彼女は、曙光がほのかに射し始めた部屋を見まわして思った。エレナは隣でぐっすり眠っている。黒いほつれ毛がかかる友の顔は、穏やかそのものだった。かすかにひらいた唇のあいだから、白い小さな歯がのぞいていた。アンはそこに口づけをしたくなったけれど、せっかくよく眠っているのだからと思いとどまった。彼女はそろそろとベッドを抜け出て、部屋をあとにした。

階段の下まで来ると、アンは一瞬足を止め、古い屋敷の静寂を味わった。そして嵐の一夜が過ぎ、沖の空気を吸いこむ船乗りのように大きく深呼吸した。彼女にとっても、なにかと休まらない夜だった。

おんどりの鳴き声が響いて、魔法の一瞬を破った。するとたちまち、にわとりたちの大合唱が続いた。やがてそのなかに、別の音が混じった。音はだんだん大きくなる。馬車のかしら？　ほどなく、馬のいななきが聞こえた。やっぱり馬車だわ。でも、そんなことがあるだろうか？　まだ、朝の六時にもなっていないのに……

アンははっきり確かめようと玄関にむかい、ドアを大きくあけた。すると朝霧のなかに馬車の影が見えた。二頭の馬は、鼻から白い息を吐き出している。御者が馬車を止めるが早いか、なかからひとりの男がおりてきた。しなやかな身のこなし。背中ではためく黒いケープ。きっとラドヴィック伯爵だろう。男と目が合ったとたん、アンの予想は確信に変わった。

17　ラドヴィック伯爵

十月十八日

アンは屋敷の図書室に入るたび、エレナの結婚写真の前で足を止めた。彼女の謎めいた夫のことが、気になってしかたなかったから。写真は彼の姿を忠実に写していたけれど、やはり本物とは違うような気がしていた。実際に見ると、彼の魅力はさらに際立っていた。いかにもスラブ的な顔つき。うっすらと隈に囲まれたアーモンド形の黒い目が、きらきらと輝いている。一見すると、そこにあるのはちょっと皮肉っぽい、穏やかな共感だけに思われる。けれどもその目にじっと見つめられると、ぐいぐいと引きつける強烈な力に抗うのは難しい。彼と初めて会ったときのアンが、まさにそうだったように。彼女はネグリジェ姿で玄関口に立ち、狼狽したように口ごもりながら自己紹介をした。すると相手は心地よい声で愛想よく挨拶をし、エレナからさんざん誉め言葉を聞かされてきたけれど、想像していたよりずっと素敵だとたっぷりお世辞を浴びせかけた。

ほどなくアンはラドヴィック夫妻と朝食の席についた。エレナはここ何日間かの出来事を夫に語り、アンがいたおかげで助かったと強調した。伯爵は糊のきいた襟もとをゆるめ、アンににっこり笑いかけてうなずいた。

「大変なときにこそ、真の友だちかどうかがわかるんです。あなたが来てくださったのは、エレナにとって天の恵みだと言っても過言ではありません。あんな忌まわしい墓荒らしがあって、彼女はつらい出来事をまたしても思い出さざるをえなかったんですから。結局のところ、警察の捜査はほとんど進んでいないってことなんだな」

「ええ」とエレナは答えた。「昨日の朝、警視さんにお会いしたら、あなたともう一度話したいとか」

「そりゃそうだろう」とドリアン・ラドヴィックはため息まじりに言った。「でも、少し待ってもらおう。嵐のなかを、ほとんどひと晩じゅう馬車を走らせたんだ。そのあいだ、ずっと眠れなかったので、少し休息しないと」

「ロンドン滞在はいかがでした？」とエレナは、ちょっとわざとらしいくらい明るい調子でたずねた。「のんびり、気分転換はできて？」

「いや、あんまりだな」とドリアンは、少し考えてから答えた。「店の景気は、あいかわらずあまりかんばしくない。このところ、売れ行きが悪いんでね。それにあんな気味の悪い事件、忘れようもないし。時がたてばなんとかなるってものじゃない」

アンはドリアンの言葉についてずっと考えながら、その日は一日中エレナとすごした。エレナもすっかりふさぎこんで、アンと同じように、いやそれ以上にじっともの思いにふけっている。彼女は夫が帰ってきて、心から喜んでいるようだったけれど——ドリアンはお茶の時間にも、自室で休んでいた——ここ最近あった出来事が、いっそう実感されてしまうのだろう。アンとエレナは村を散歩したり、ベランダでドミノをしたりしたけれど、二人とも勢いいつもより言葉少なだった。昨夜の甘いひとときについては、お互いひと言も触れなかった。

夕方、テイラー警視があらわれた。エレナは彼を居間で待たせて、ドリアンを呼びに行った。アンは部屋に引きあげて、荷物の整理をした。窓の近くで栞を拾いあげ、一瞬、どきっとした。きっと嵐のときに、風で飛んでいったのだろう。でも、妙だわ。なにか、なくなっている……でも、何が？　アンはあたりを見まわし、最後にナイトテーブルに目を止めた。さっきそこに置いた栞が、なんだかぽつんと寂しそうだ。そうか、寝る前に読んでいた本、『カーミラ』がない。別の場所に置いたのだろうか？　あちこち捜してみたけれど、本は見つからなかった。嵐で窓があいたとき、吹き飛ばされたのかとも思ったが、そんなはずはないだろう。ほかを捜してみなければ……

アンはまだ読み始めたばかりの物語を思い返した。ヒロインについて書かれた最後の数行は、記憶にはっきりと残っている。それは恐ろしい悪夢の話だった。夢のなかでヒロインは、二本の針が喉元にずぶりと突き刺さるのを感じたのだった……

アンは思わず笑ってしまった。あんな本を読んだから、わたしも悪夢を見たんだわ。恐ろしい形相をした農夫が、わたしの喉もとに大きな農耕用のフォークを突きつける夢……だからって、本がどこにいったのかはわからないけれど。

警視が帰ったあと、夕食のときエレナにもたしかめたが、やはり知らないという。明日はアームブルースター夫妻が来る日だから、訊いてみたらと彼女は言った。夫が苦境に立たされているのが、心配なのだろう。アンはあえてたずねなかったけれど、ドリアンの言葉の端々からなんとなくわかった。彼は保険契約のことで、不愉快なあてこすりをされているらしい。そんなこと、墓荒らしとなんの関係もないだろうに。

それでも夜がふけるにつれ、陽気な気分が盛りあがった。居間で心地よい暖炉の火にあたりながら、シェリー酒を何杯か傾けているうちに、アンとエレナの顔はほんのり赤く染まって、ドリアンも得意の弁舌を取り戻した。彼は《バーティ》こと国王エドワード七世がまだ皇太子のころ、フランスで羽目をはずした話を面白おかしく語った。エドワード七世はその年の初め、母親のヴィクトリア女王に代わって王位についたばかりだった。けれどもドリアンに言わせれば、さほどそのときを待ちかねていたわけではないらしい。彼はフランスの特産品好きで有名だったが、それはなにも料理に限ったことではないからと……数年前、パリのレストランでエドワード七世と出会ったときのようすを、ドリアンは生き生きと語って聞かせた。とてもあけっぴろげで滑稽な逸話だったので、アンは思わず眉に唾したほどだった。それでも彼女は、ドリアンにすっかり魅了された。あちこちたくさん旅行して、愉快な話題には事欠かない。エレナが夫に近寄って、そっと手を取っているのを目の前にしたら羨ましくなった。伯爵は本当に魅力的だ。こうして直接会ってみると、エレナがひと目惚れしたのもよくわかる。通りの真ん中で彼の腕に飛びこんだっていうのも、まんざら大袈裟じゃなさそうね。

これからひとりベッドで夜を過ごすのかと思うと、アンは悲しくなった。エレナが共犯者めいた、残念そうな表情でおやすみのキスをしたとき、胸が締めつけられた。伯爵はアンの目をじっと見つめ、おやすみを言った。アンはその目に吸い寄せられそうになった。そして燃えあがる欲望の焰《ほむら》を抑え、眠りについた。

翌日、遅くに目覚めたとき、伯爵はもう出かけていた。エレナは元気満々かと思いきや、妙にやつれて真っ青な顔をし、首に巻いたスカーフを絶えず苛立たしげになおしていた。そしてえんえんと家計のやりくりに頭を悩ませ、ちょうどやって来たアームブルースター夫妻にあれこれ指示を出していた。ドリアンは昼食の直前に戻ってきて、なにか心配事があるみたいに、食事のあいだも言葉少なだった。何をしに村へ行ったのかとエレナがたずねると、ドリアンはちょっと考えてこう答えた。

「鍛冶屋のプラットを訪ねたんだ。そろそろ馬の蹄鉄をつけ替えねばならないんでね。あの男、腕は確かだが、愛想が悪くて……わたしを毛嫌いしているんだろう。必死に平静をとりつくろっていたが、今にも火搔き棒で殴りかかってくるんじゃないかと……」

「それがわかってるなら、どこか近くの村の蹄鉄工のところに行けばよかったのに」とエレナは言った。

ドリアンは肩をすくめた。

「あいつも頭を冷やしただろうと思っていたんだ。納骨堂であんなことがあったあとだから、少しはわれわれに同情しているんじゃないかと」

「同情ですって？　なにを夢みたいなこと言ってるの。むしろ反感が強くなってるわ。どうもプラットは、最近ようすがおかしいみたいだし。ねえ、アン、このあいだ見たことをドリアンに話してあげて……」

そう言われてアンは、古い修道院の前で鍛冶屋と出会った話を手短に語った。するとドリアンは、悲しげに笑いながらうなずいた。

「あたり一帯を掘り返すとなると、けっこう時間もかかるだろうに。それに牧師もいっしょにいたって？」

「いっしょにってわけじゃないけれど、同じ時間に近くにいたことにはなるわね」

「妙だな」と伯爵は口ひげを撫でながら言った。「二人がそこで何をしていたのか、よくわからん。そもそも、さほど仲がいいというわけでもないのに。どうも最近、みんなようすがおかしいようだが……」

エレナは大きくうなずき、こうたずねた。

「特に誰か、思いあたる人でも？」

「ああ、ヒルのことさ。村きっての物知りの」

エレナはびっくりしたように目を見ひらいた。

「あの人もなの？　たしかに変わり者だと思うことはあるけれど、わたしにはいつも愛想がいいわ。ついこのあいだも、アンといっしょに訪問したのよ……」

「今朝、ばったり会ったんだが」とドリアンは、眉をひそめて言った。「今夜、家に来て欲しいそうだ。二人きりで話したいことがあるとかで……」

「それで？」

「彼に招かれるのは初めてだからな」

「何の話かしら？」

伯爵はエレナとアンを順番に眺めた。アンはドリアンと目が合うたび、胸がどきどきした。けれども今、目の前で輝く二つの黒い宝石には、奇妙な冷たさと不安が感じとれた。

「はっきりとは言わなかったが」とドリアンは沈黙ののちに答えた。「単なる近所づきあいの訪問ではなさそうなんだ……」

18　廊下の人影

十月二十日

　その晩、いつものように《ブラックスワン》亭は陽気な雰囲気に満ちていた。紫煙が立ちこめる店内は、あちこちのテーブルからわきあがるざわめきに包まれている。そのなかにときおり大きな笑い声や、ダーツの専用スペースで矢が的に当たる鈍い音が響いた。けれども、そんな周囲の明るい喧騒から隔絶された一角があった。三人の男が奥のテーブルを囲み、真剣な面持ちでひそひそと話している。

　ヒューゴ・ニールセンは二人の仲間をじっと見つめ、うなずきながらこう言った。

「ラドヴィックは昨晩、家に戻りました。それは間違いありません。この目で確かめたわけじゃないけれど、みんなそう言っていたから」

「ヒルがやつを《家に招き入れた》っていうのも本当だろうか？」とキャンベル牧師は、いつになく厳めしい顔つきでたずねた。

「ええ、そうです」とヒューゴはむっつりした表情で答えた。「今朝、本人にたずねたところ、認めていましたから」

「でも、どうして？」と牧師はわめくように言った。「そんなことをしたら危ないって、わかっているだろうに。まったく、なんて軽率なんだ」

「だってほら、テレンスは事態がよくわかっていないから」

「わかってもらわにゃ困る。学者先生のくせして」

「ええ。でも、疑っているんでしょう。もしかしたら、それを本人に問いただそうと、ラドヴィックを招いたんじゃないでしょうかね」

「そこは確かめなかったのか？」

ヒューゴ・ニールセンは肩をすくめた。

「ヒルはああいう人ですからね。謎めかすのが好きなんです。ともかく、それ以上は話そうとしませんでした。彼みたいな頑固者を相手に、言い張ってもしかたありません。だからまずはお二人に相談して……どうするか決めようと思ったんです」

ポール・プラットは指の血の気が引くほどビールジョッキを握りしめ、嫌な目をしてうめくように言った。

「あいつは悪魔の化身だ。しかも図々しいことに、昨日の朝、おれのところにやって来やがった。馬の蹄鉄をかえて欲しいって」

「それで？」と牧師は眉をつりあげてたずねた。

「まあ……注文どおりにしたさ。それがおれの仕事だからな。よほどやつをぶちのめそうかと思ったが、ぐっとこらえたんだ」

「まあ、いいだろう、ピエール……いや、ポール。暴力では解決にならない。無分別な暴力では、という意味だがね。あの手の人間は、言葉で言ってもわからない。だが神の怒りと同じように、暴力はあくまで例外的な手段としなければ。神は最後になって、人間を罰するのも仕方ないと判断した。大洪水は必要だったんだ。金の亡者たちに罰を与えたのもそうだ。徹底してかからねば、悪を倒せないこともある」

「そうとも、きっぱりけりをつけにゃならん」プラットはうなずいた。「あの獣の息の根を止めなくては。それがわれわれの義務なんだ」

ヒューゴ・ニールセンもうなずいて聞いていたが、やがておずおずと言った。

「もちろんです。でも、ぼくたちが自分の手で裁きをくだすのは、法律で認められていません」

「残念ながら」牧師もうなずいた。「人間の裁きは神の裁きに勝ることはない」

「少なくとも正当防衛はしなくては。犯行の現場を押さえることくらいは……」

「もちろん、そうできれば理想的だろう。だが、思うに……ヒルは自分が大変な危険を冒そうとしているのに気づいちゃいないんだ。彼は伯爵を招待し、やつのために家のドアを大きくあけ放った。やつはその機会を逃さず、またやって来るに違いない。よく考えてみると、ラドヴィックはたまたま招待されたんじゃない。自分からしかけたんじゃないだろうか。どう思うね？」

「たしかに、そのふしはありますね」とヒューゴはパイプを吹かしながら言った。

「もしラドヴィックが根まわしをしたのなら、なにかしでかそうとしてるのでは……」

ヒューゴは同意するようにため息をつくと、鍛冶屋にたずねた。

「で、ポールさん、あなたのご意見は？」

鍛冶屋は目を冷たく光らせ、こう答えた。

「やつはまだやめやしないさ。それは間違いない。ヒルの馬鹿めが。はっきり言って、あいつの命もあとわずかだ。大急ぎでヒルのところへ行き、どんな危険が待ち受けているか、よくわからせなくては」

「いや、いや」とヒューゴは言った。「うまくヒルさんを説得できるかどうかわかりません。万がいち、彼がそれを漏らしたら、伯爵を警戒させてしまうでしょう。悪事の現場を押さえるせっかくの機会が、ふいになってしまいます」

「たしかに」とキャンベル牧師も言った。「これはまたとないチャンスかもしれん。でも、どうすればいいんだ？」

「思うに、まずはなんとしてでもヒルさんを守るのが先決です」

「彼の家を警護するとか？」

「ええ、例えば。ほかに何ができるかもわかりませんし。ともかく、敵は夜の闇に乗じてことを起こすでしょう」

「きみの言うとおりだ、ニールセン」と牧師は言った。「ヒルの保護を第一にしよう。だが、本人に気づかれないようにやらなければ。よく考えれば、そんなに難しいことじゃない。そのうえで、チャンスが来しだいあの怪物を滅ぼすため、臨機応変に対処すればいい」

その晩、三人はこっそりテレンス・ヒルの家にむかい、建物に近づく方法を外からいくつか確かめた。まずはそれが先決だ。さもないと闇夜に慣れた敵に、たちまち気づかれてしまうだろう。そのまま明け方まで監視を続けたが、成果なしだった。家に近づくものは誰ひとりいない。三人は手ぶらで引きあげることになったが、時間を無駄にしたわけではなかった。これから数日間に備えて、じっくり策を練ることができたから。敵にとって致命的な罠を仕掛けられるだろうと、彼らは確信していた。

次の晩、三人は九時から監視に取りかかった。クレヴァレイ村には靄《もや》が漂っていたけれど、三日月のおかげで真っ暗闇ではなかった。その晩、テレンス・ヒルは居間にいた。玄関からまっすぐ伸びる廊下の右側、二番目の部屋だ。明かり取りの窓がひとつだけ、狭い芝地に面してあいている。三人はその窓からそっとなかを覗きこみ、家の主人が暖炉の脇で、本を手に肘掛け椅子にすわっているのを確かめた。《敵》は玄関から、堂々と名のってやって来るだろう。なんにしても、居間のドアを見張るのは不可欠だ。それにもっとも適した場所は廊下だが、いつなんどきヒルが出てくるかもしれない。だから居間のむかいにある部屋から、ドアを細目にあけて監視するほうが安全だろう。玄関寄りの部屋は、狭い物置だった。その隣は大きなフランス窓のある来客用の寝室で、外から入るにはちょうどいい。しかも窓は鍵が壊れているので、無理にこじあけなくても、力いっぱい押せば簡単にあけられた。

三人はためらわず、そこを戦略拠点に選んだ。ひとりが細目にあけたドアのうしろから廊下のようすをうかがい、少しでも異変があったらすぐに飛び出せるようにしておく。あとの二人はそっと外を見まわり、定期的にフランス窓から部屋に入り（廊下を通ると、ヒルに足音を聞かれるかもしれないので）、見張り役を交代する。夜は長いから、順番にやらないと足がしびれてしまう。

廊下は薄暗くて、あまり見張りやすいとは言えないけれど、南の端にあるガラスの入った玄関ドアから、少しだけ月明かりが射していた。それに居間のドアの下からも、うっすらと光が漏れている。わずかな光だが、廊下に怪しい動きがあれば気づくはずだ。さいわい来客用寝室のドアは、居間のドアの真正面には位置していなかった。たっぷり二メートルくらいずれている。だから突然ヒルが廊下に出てきても、見つかる危険は少ない。ドアがわずかにあいていることすら、気づかないだろう。

ヒルが図書室に移動した場合でも、計画を変える必要はない。彼が二階の寝室へあがっても――《敵》がそのときまだ、あらわれなかったとして――監視は同じように続けられる。二階にあがる階段は廊下の北端にあるので、そちらにむかう者がいれば来客用寝室から見てとれるはずだ。部屋の位置関係については、これでひととおりの可能性が網羅できた。あとは襲撃があった際、どう対処するかだが、その点について具体的なことはなにも決まっていなかった。正直なところ、敵の出方がわからなかったから。それでも彼らは、万全を期す覚悟で臨んだ。

牧師は十字架を胸もとにさげ、聖水を入れた水筒をベルトにくくりつけていた。ポール・プラットは牧師のアドバイスでニンニクを用意し、さらには大きな農耕用のフォークも持ってきた。こっちのほうが、ずっと頼りになりそうだ。必要とあらばためらわず使う覚悟でいるのだろう、鍛冶屋はフォークの光る切っ先をじっと見つめている。ヒューゴ・ニールセンはスミス&ウェッソンのリボルバー三二口径を備えていた。けれども彼がこの銃にこめたのは、普通の弾薬ではなかった。彼は出発の直前、銀の弾丸を備えた三発の弾薬を自慢げに見せ、対する敵が想像どおりの怪物ならば、これできっぱり倒せるはずだと牧師と鍛冶屋に説明した。

最初の三十分は、特になにも起きなかった。その間、プラットが来客用寝室で見張りについた。フランス窓のところに、仲間二人の黒い人影が浮かぶと、プラットはすぐに近寄り小声で言った。

「声をかけてから入ってこいよ。びっくりするじゃないか。危うくフォークを投げつけるところだったぞ」

「大きな声を出すな」と牧師はささやいた。「われわれだってことは、わかってるだろうが」

「そりゃ、わかってるが、やつかもしれないからな」とプラットは口ごもるように言った。微かな月明かりに照らされた青白い顔が、じっとり湿っている。「暗闇で三十分も待つのはうんざりだな。外のほうが楽そうだ」

「変わったことはなにもないか？」

「ああ、特にはなにも。小さな物音が聞こえたけれど、おかしな気配はない。ヒルが一、二度、立ちあがって……」

「牧師さんが交替しますか？」とニールセンが、一瞬ためらってからたずねた。

「いいだろう。いずれにせよ、まだしばらくはやつもあらわれないだろう」と牧師は、自分を安心させるかのように言った。

そしてプラットとニールセンは巡回にむかった。ニールセンは冷たい夜気に、思わずジャケットの襟を立てた。プラットは黙りこくっているが、苛立っているのがよくわかった。二人の頭上には、靄に紛れた青白い三日月が浮かんでいる。ときおり、犬の鳴き声が聞こえた。けれどもそれと、草のうえを歩く二人の小さな足音以外、あたりは静まり返っている。しばらくすると、あいかわらず緊張気味のプラットがニールセンの袖を引っぱり、家の屋根を指さした。二人は南側から、家をぐるっと迂回しているところだった。

「どうかしましたか？」ニールセンは警戒してそっとたずねた。

「あそこでなにか動いたような……」

「なにも見えませんが……」

鍛冶屋は立ちどまってじっと目を凝らし、肩をすくめた。

「たぶん、猫だろう」

「ええ、おそらく」とニールセンは、疑わしげに答えた。

こういうときは落ち着きが肝心だと言いかけて、ニールセンは言葉を飲みこんだ。そんな指摘は、逆効果になりかねない。プラットはすぐにふくれるからな。明かりの灯った居間の窓の下を通ったときも、異変はまったくなかった。二人がいる位置からは、テレンス・ヒルが肘掛け椅子にすわっているのは見えない。なかを覗くには、来たときにしたように窓に近づき、つま先立ちしなければならなかった。見つかる危険を冒してまで、そんなことをしないほうがいいとニールセンは言った。おれはそんな馬鹿じゃないさ、とプラットはそっけなく答えた。教会の鐘が十時を打ったところで、二人は牧師のところへ引き返した。廊下は異常なしだ、と牧師は言った。次の三十分は、ニールセンが見張りにつくことになった。牧師と鍛冶屋が戻ってきたときも、廊下に変わったところはなかった。まだ《犯行時刻》には早いってことですかね、とニールセンは冗談めかしてつけ加えた。

「やつは午前零時ぴったりにやって来ると思うか?」と牧師が小声で言った。「だったら今は十時半だから、わたしの計算によればちょうどきみがまたここで見張っているときに……」

静かにと言うように、ニールセンはさっと腕をあげた。廊下からはっきりと足音が聞こえる……

部屋の真ん中あたりにいた三人は、細目にあいているドアにさっと駆け寄り、闇に目を凝らした。ぼんやりとした人影が見え、ドアをノックする音が聞こえた。みんな、息をひそめた。《さあ、入って》という小さな声がした。いきなりドアがひらき、長方形のまばゆい光が闇に浮かんだ。ケープを羽織った人影がそそくさと部屋に入るのが、はっきりと見えた。人影の背後でドアが閉まり、廊下はまた闇に沈んだ。

「ど……どうする？」ポール・プラットは口ごもった。

それに答えようと牧師が口をひらきかけたとき、鈍い物音と鋭い悲鳴がして、彼は凍りついた。悲鳴はさらに数秒間続き、やがて死の静寂があたりを包んだ。

「そら、行きましょう」とニールセンは、リボルバーを取り出して叫んだ。

けれどもあたりは真っ暗だ。さっきドアがあいたとき、激しい光が溢れ出たあとだけに、闇はいっそう深く感じられた。三人の足並みが乱れ、ニールセンがプラットにぶつかりつまずいた。

「おっと、危うく転ぶところでした」とヒューゴ・ニールセンは叫んだ。

「やつはもう袋のネズミだ」と鍛冶屋は、急に激昂したように叫んだ。

「くそ、鍵がかかってる」牧師もノブをがちゃがちゃさせながら大声で言うと、今度は拳でドアを叩き始めた。「ヒル、聞こえるか？　助けに来たぞ。あけるんだ」

「窓だ」とニールセンが言った。「やつは窓から逃げようとするはずだ。途中で捕まえなくては。プラットさん、急いで裏にまわりましょう。牧師さんはここを動かないで」

ニールセンとプラットはすっ飛んで外へ出て、ほんの二十秒後にはつま先立ちで、窓から居間を覗いていた。窓ガラスはどこも割れていない。

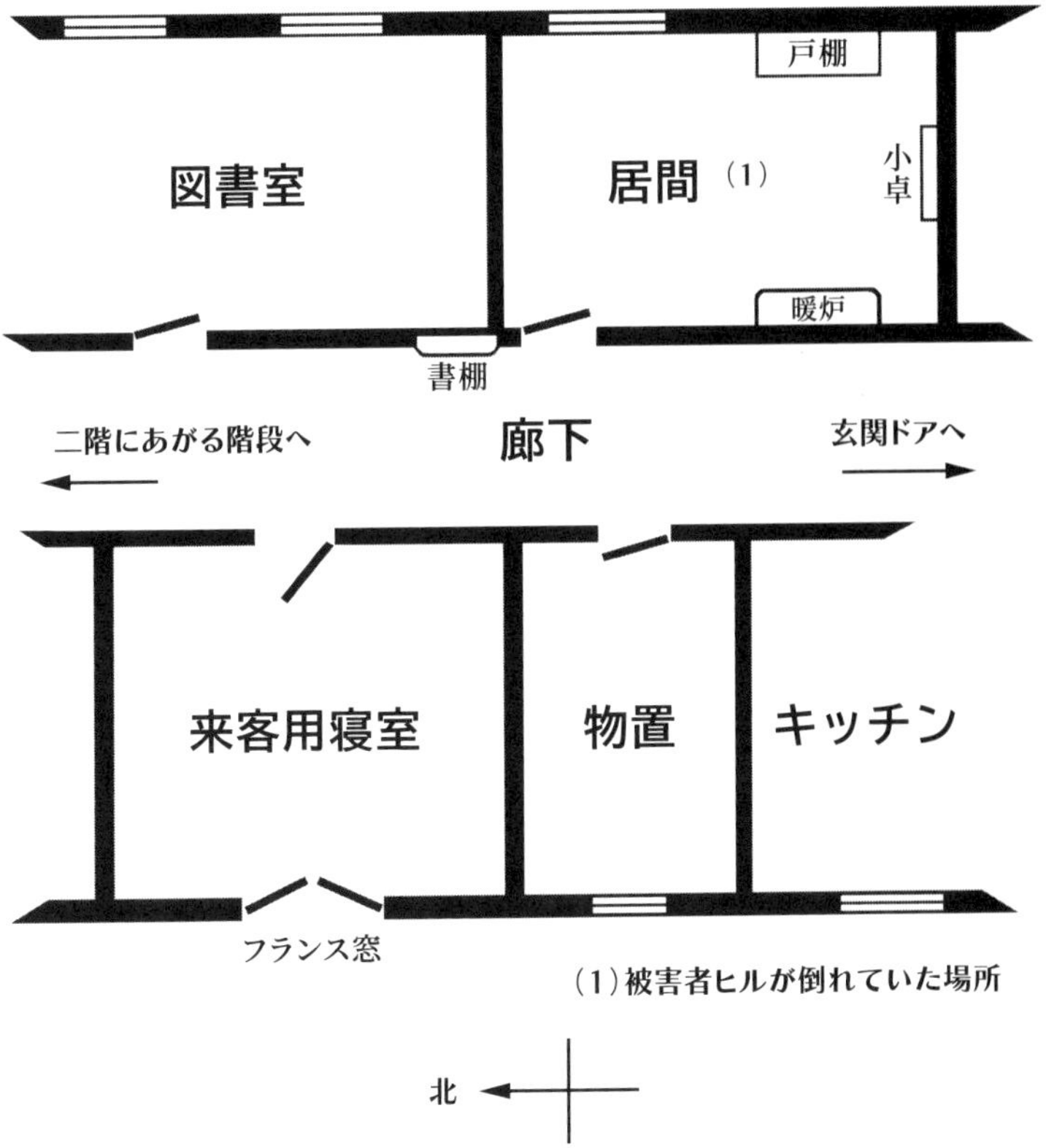

戸棚
図書室
居間
(1)
小卓
暖炉
書棚
二階にあがる階段へ
廊下
玄関ドアへ
来客用寝室
物置
キッチン
フランス窓
(1)被害者ヒルが倒れていた場所
北

「妙な煙が立ちこめてるな」プラットは口ごもった。

「ええ、でも暖炉に吸いこまれていくみたいです……」

やがて煙が少し晴れると、床にテレンス・ヒルが倒れているのがはっきりと見えた。その脇には、肘掛け椅子がひっくり返っている。そしてケープの人物は消え失せていた……

19　糸車の話

アキレス・ストックの手記（承前）
十月二十三日

その朝早く、わたしはオーウェン・バーンズの自宅で、ようやく彼を捕まえることができた。なにしろ昨夜もずっと捜していたのに、見つからなかったから。ソファのうえにひらいたスーツケースが置かれているところをみると、旅行に出るつもりらしい。つまらない隠し立てなんかしてと思ったが、まずは昨晩、何をしていたのかを問いただした。

「きみを待っていたんだぜ」とオーウェンは答えた。わたしのそっけない口調にも、まったく気を悪くしたふうはない。「昨晩、ぼくが何をしていたかだって？　もちろん、ウェデキンド警部と話しこんでいたんだ。すっかり度を失っているようすだったが、今度ばかりは無理もないな。ところできみの顔つきからするに、なにかぼくに大事な話がありそうだな。冷静沈着で知られる元豪農に似合わぬ興奮ぶりじゃないか」

　オーウェンのわざとらしい皮肉を前に、わたしは冷静さを失わないようぐっとこらえて、さりげない口調で言った。

「判断はそっちにまかせるさ。まあ、大したことじゃないだろうが、ただ、糸車の謎が解けた気がするので……」

オーウェンの鋭い目が、一瞬きらりと光った。

「ほう？」

「ほら、おぼえているだろ？　うちのもと常連客で、《超宇宙生命体の会》に通っていた女性がいるっていう話。昨日の午後、ようやく彼女と連絡がとれたんだが……」

「もちろん、おぼえているとも。名前は何ていったかな」

「ジェイン・メリヴェイルさ」

「歳は召しても、さぞかし魅力的な女性なんだろうね」

わたしは一瞬、言葉に詰まったあと、口ごもるように言った。

「でも……どうしてわかったんだ。彼女のことをきみに詳しく話して聞かせたことは、まだなかったはずなんだが……」

「もちろん、なにも聞いてないとも。でもそれくらい、ぼくには一目瞭然だ。ヴァイオレット・ストラリングの歳を考えれば、彼女と仲がよかったメリヴェイルも年配だろうと容易に想像がつく。魅力的だっていうのは、きみの顔に書いてあったさ。彼女の名前を口にしたとき、馬鹿みたいににやついていたからね。美しいご婦人を前にすると、きみは決まってそうなるんだ。それはともかくストラリング夫人について、メリヴェイルさんは何と言ってたんだね？」

「大したことじゃないんだが」とわたしは小声でつぶやいた。「ストラリング夫人とは、そんなに深い付き合いじゃなかったらしいから。それでもある日、交霊会のあとに、家まで送っていったことがあるそうだ。ストラリング夫人の体調が、急に悪くなったとかで……」

「それじゃあジェイン・メリヴェイルは、その交霊会によく出かけてたんだな？」

「だろうね」話の腰を折られたのが癇《かん》に障り、わたしはそっけなく答えた。「でも交霊会については、さして言うべきこともない。その手の会のご多分に漏れず、悩める魂を騙すのに長けた一、二人の導師《グル》が率いていたらしいということくらいで。でも、問題はそこじゃない。ジェイン・メリヴェイルはストラリング夫人を家に送っていったとき、例の糸車を目にする機会があったそうだ。夫人が殺された部屋に置かれているのをね。紡いだ毛糸が山ほど溜まっているのを見て、彼女も奇異に感じたらしい。でもストラリング夫人は、あっさりとわけを説明した……きみなら、もう見抜いているんじゃないか？」

「アキレス、ぼくは論理的な推理をしているのであって、占い師じゃない。きみと鬼ごっこをしてる暇はないんだ。だから単刀直入に言ってもらわないと」

オーウェンめ、むきになり始めたな。わたしはそこから密かな満足感を得たけれど、賢明にもそれ以上彼を挑発しないことにした。

「いやなに、簡単な話さ。それにストラリング夫人の妄信ぶりが、よくわかろうってものだ。霊媒師はある日、彼女にこう忠告した。わが力を最大限に役立てたいなら、自ら糸車で命の糸を紡ぐようにと。毎日、せっせとやらねばならない。突然、糸が切れたりしたら、最悪の事態を招きかねないってね」

オーウェンはいかにも満足そうに大きくうなずき、暖炉のうえに並べた小像をふり返った。

「すばらしいじゃないか、アキレス。運命をつかさどる三人の女神《モイラ》、クロト、ラケシス、アトロポスに対する、見事な暗示になっている……人々の命の糸を紡ぎ、巻き取り、断ち切る三人の女神《モイラ》。彼女たちの小像を、わがミューズの脇に並べてもいいくらいだ……なるほど、きみの言うとおりだと認めねばならん。でも、紡いだ毛糸はたしか、まっぷたつに断ち切られていたはずだが、それはどういうわけなんだ？」

「いやなに、犯人はそこに象徴的な意味をこめたんだろう。ストラリング夫人は殺された。その現実に合わせて、彼女の《命の糸》も断ち切ることにしたのさ。おかげでひとつ、手がかりが得られた。被害者がそんなふうにせっせと糸を紡いでいたわけを知っていたとすれば、おそらく犯人も交霊会の常連だったはずだ」

「名推理だ、アキレス」とオーウェンは、賞賛の笑みを浮かべて言った。初めて歩いたわが子を見守る母親のような笑みだった。

「問題は」とわたしは勢いづいて続けた。「残念ながら糸車は、密室の謎とは無関係だってことだな」

「そうとは言いきれないぞ、アキレス君。糸車こそ、悪魔的な策略の中心にあるのかもしれない。ぼくはつい昨日の晩、そのれっきとした証拠を手に入れたところさ。もちろんきみは、知る由もないのだが。それじゃあ、いったん家に帰って旅支度を整えてきたまえ。一時間後に、ユーストン駅の北ホームで待ち合せよう。十時七分発のロイストン行き列車がある。ちょっと田舎に行って、新鮮な空気を吸おうじゃないか。州の北部に辺鄙な村がある。たぶんそこに、一泊することになるだろう。詳しいことは、道々、列車のなかで説明するから。でも言っておくが、耳を疑うようなことだぞ」

　陰気な空の下、二等車のコンパートメント――乗客はわたしたちだけだった――の窓ガラスのむこうに、小さな森の景色が続いていた。列車はハートフォードシャー州にむかって走っていく。ときおり木立や怠惰な牛たちがあらわれて、かわりばえのしない風景にアクセントを添えた。けれど実を言うと、わたしは機械的に外を眺めているにすぎなかった。オーウェンがウェデキンド警部とテイラー警視から聞いたという話が、脳裏にこびりついていたから。

「殺人犯は煙のように消え去ったと言ったのは、ただのありふれた比喩表現じゃない。内側から完全に閉ざされたその部屋から見つかったのは、被害者の絞殺死体だけだったのだから。ほんの五分前、犯人はドアから部屋に入ったはずなのに。しかも二人の目撃者は、不思議な煙が暖炉に吸いこまれていくのを見たと断言している。死体の首筋には、奇妙な掻き傷もあった」

「まったく、常軌を逸した話だな、オーウェン。驚くべき殺人事件はもちろんのこと、ほかにもおかしなことばかりだ。墓地まで煙の雲を追いかけていった少女もいれば、煙の幕の陰に男があらわれるのを見た少年もいる。その男は、なぜか紐の結び目をほどこうとしていた。伯爵の前妻二人の遺体には杭が突き立てられていて、片方の死体はまったく朽ちていなかった……いやはや、頭がおかしくなりそうだ！　こんな話、あとにも先にも聞いたことがないぞ」

　オーウェンはチェックのツィードジャケットとよく合ったハンチングをかぶりなおしながら、真剣な面持ちで言った。

「こいつは実に恐るべき事件だとも。どうしたって、ぼくが乗り出さずにはすまされない。テイラー警視は昨日の午後、ウェデキンド警部に電話して助力を求めたそうだ。そのウェデキンドからして、お手あげ状態なんだからね。彼は始発に乗り、テイラーといっしょにむこうでぼくらの到着を待っている。そうそう、きみもおぼえているだろ。ウェデキンドがぼくらの前でそれとなく言ってたじゃないか。友人のテイラーが困りきっているって」

「そういや、そうだった。あれはいつのことだったかな？」

「マッカーシーの名前で銀の弾丸が二つ、郵送されてきたときさ。その数日前に、マッカーシーは殺されていたのだが。どうしてウェデキンド警部があのおかしな弾丸と、クレヴァレイ村の事件を結びつけたのかわかってきたぞ。あのときは、狼男の話も出て……」

「なるほど。でも、忘れちゃ困るな。あの弾丸は本物の銀製ではなかった。だから二つの事件を結びつけるには、不充分だと思うが」

「でも、そうなのさ、アキレス。疑問の余地はまったくない。ひとつ言い忘れていたが、テレンス・ヒルが殺された居間の暖炉から、おかしなものが見つかってね。半分燃えて、灰になっていたけれど、何かはちゃんとわかった……あててみたまえ」

「そんなこと言われても……わからないな」とわたしは困惑して答えた。謎また謎の連続で、思考力が麻痺していた。

「この奇怪な事件の、まさに中心にあるものさ。ヴァイオレット・ストラリングの部屋からも見つかったものだからね……」

「糸車か！」とわたしは叫んだ。

「そのとおり。きみも認めるとおり、二つの殺人事件にこれほど共通点があるのは、単なる偶然だとは思えないじゃないか」

20　大失態

アキレス・ストックの手記（承前）

わたしたちは午後早々に、クレヴァレイ村に着いた。ウェデキンド警部は、すぐ旅籠に荷物を置いてくるようにと言った。警部はそこに二人分の部屋を取っておいてくれた。それだけでも、事件の成り行きがいかに深刻かがよくわかろうというものだ。ひと息ついたところで、テイラー警視は事件現場に案内しようと言った。警視はなかなかの好人物だが、こんな難事件の重圧に耐えかねているようすだった。クレヴァレイ村はと言えば、こうした田舎の小村の例に漏れず、のんびりとしているが閉鎖的な感じだった。とりわけわれわれのような都会人の目には、いかにも厳しげに映る自然のなかに、何世紀にもわたってひっそりとたたずんでいる村そのものだ。

ほかの家々と同じく、テレンス・ヒルの家もかなり古びていた。玄関に入るとすぐに、こもった臭いがぷんと鼻をつき、そこからまっすぐ長い廊下が続いている。廊下の上部にはところどころ、本を並べた小さな棚が取りつけてあった。居間のドアの左には浅い窪みがあって、そこにも本でいっぱいの崩れかけた棚が置かれていた。オーウェンは前にかけたカーテンをさっと引くと、笑ってこう言った。

「少なくともこれを見れば、家の主がいかなる人物がわかろうってものだな」

「ヒルは大の愛書家でした」とテイラー警視は言った。「本が恋人だったと言ってもいいくらいです。彼は独身で、浮いた噂のひとつもない男でしたから。ドアは念入りに調べました。証人たちも確認したように、ドアには鍵がかかり、キーは内側から鍵穴に挿したままになっていました。だから彼らは、押し破るほかなかったんです。無理やりあけた跡以外、ドアに異常は見られませんでした。大きな成果こそなかったものの、調べてみたのは無駄ではありませんでした。錠にも鍵にも、かすり傷ひとつ残っていません。つまり、外からピンセットで鍵をまわしたとは考えられません」

「目撃者の証言を聞く限り、そんな暇はなかっただろうし」とオーウェンは言った。

「そのとおり。犯人らしき人物が部屋に入り、内側から鍵をかけて入口をふさいでから、証人たちがドアを押し破るまでのあいだずっと、少なくともひとりはその前に立っていたんですからね」

オーウェンは体を屈めてドアの錠や、押し破ったときに壊れた枠の部分を確認した。ポケットからルーペを取り出して、鍵も丹念に確認したが、手がかりは得られなかったようだ。

「やっぱりだめか」とオーウェンは言った。「木のかけらにも、怪しいところはなにもない。証人たちの言うことが本当なら、犯人はこのドアから逃げ出せなかったはずだ」

「窓からも無理ですね」とテイラー警視はため息まじりに言った。「窓は死体発見時のままです。見てのとおり、やはり内側から錠がかかっていて、不審な痕跡は残っていません」

オーウェンはガラス窓に歩みよった。ありふれた上げ下げ窓で、取っ手の錠がしっかりかかっている。ガラスをとめているパテは古びているけれど、どこにも異常は見られなかった。ガラス自体や木枠にも、おかしなところはない。やはり犯人は、ここから出たわけでもなさそうだ。

部屋は奥行き三メートル、幅五メートルと、あまり広いほうではないけれど、家具が少ないせいか、狭苦しい感じはなかった。ドアを抜けると、正面に窓がひとつだけあいていて、右側には暖炉が壁に作りつけてある。暖炉の正面にある戸棚には、安物の置物がいくつか並んでいた。左側の壁にかかった大きなタペストリーは、ピラミッドを背景に尊大に構えるクレオパトラを描いている。ドアからいちばん離れた反対側の壁には、ドライフラワーの花瓶をいくつかのせた小卓が置かれていた。それでほとんどすべてだった。あとは部屋の真ん中に、本が一冊落ちていただけ。タペストリーに劣らずぼろぼろのカーペットのうえにひっくり返った肘掛け椅子の脇に。

「抜け穴でも見つかったらよかったんですが」とテイラー警視は言った。「でも、そううまくは行きませんでした……部屋じゅうくまなく調べたんですが、成果なしでした」

「この種の事件で抜け穴が見つかるなんて、めったにありませんよ」とオーウェンは苦笑を浮かべて言った。「それじゃあ暖炉からも、手がかりなしですか？」

「そう、残念ながら。暖炉にも、怪しい痕跡はまったくありませんでした。そもそも煙突はとても狭くて、通り抜けるなんてできやしません。見ていただければわかりますが、あれじゃあ子供でも無理でしょう……」

「で、死体は？」

「絞殺でした」と警視は答えた。「よほど苦しんだらしく、顔が引きつっていましたよ。たぶん、マフラーかショールでも使ったんでしょう。首に指の跡が残っていませんでしたから。犯行の手口から見て、犯人は男だと思われます。でも被害者はあまり体格のいいほうではなかったので、断言はできません。検死医によると、テレンス・ヒルは背後から襲われたようです。もっともそれは、死体の位置から見た印象にすぎません。それに被害者が犯人とむかい合っていた場合、抵抗したとき指の爪に犯人の肉片が挟まるものなんです。今回は、それも見あたりませんでした」

「いずれにせよ、犯人はよほどすばやく犯行に及んだってわけですね？」

「ええ、多くの点から見て。でも推定死亡時刻は、目撃者の証言とほぼ一致するんです。あの三人が嘘をついていたんじゃないかと思うほどですよ。もしかしたら、ヒルは前もって殺されていたんじゃないかと思うほどですよ。でも推定死亡時刻は、目撃者の証言とほぼ一致するんです。あの三人が嘘をついているとは思えないし。もし彼らがグルになっているのだとしたら、わざわざこんな突拍子もない話をでっちあげたりしないでしょう。死体に関して、最後にもうひとつ。検死医によると、首筋に残っていた傷痕はどうやら噛み傷のようでした。けれど医者も、あまりはっきりしたことは言いませんでした。傷痕はどう見ても人間の歯列らしくないと、当惑しているようで……」

「つまり殺されたテレンス・ヒルは、野獣に襲われたのかもしれないと？」

「そうなんです」と警視はぶつぶつ言った。「でも部屋に入ったのは、たしかに人間だったのに……」

「おまけにあそこに、煙が吸いこまれていってたし」オーウェンは暖炉を指さしながら、皮肉っぽく言った。

「それについては事件の目撃者から直接話を聞き、ご自分で判断されたほうがいいでしょう。三名とも家で待機しているよう言ってありますから、いつでも呼び出すことができますよ」

「だったらすぐにでも、三人から話を聞きたいですね」とオーウェンは、暖炉の前にひざまずきながら言った。「ふむ……たしかに糸車の残骸らしい。これは被害者のものでしょうか？」

「そこは今のところわかりません。みんなにたずねてはみたんだが、はっきり断言できる者は誰もいませんでした。ということは、おそらく被害者のものではないのでしょう。でも屋根裏部屋には、いろんなものが突っこんであるので……まだそこはなんとも言えないな。では、目撃者を呼んでくるとしましょうか」

「ええ、お願いします」とオーウェンは答え、楽しげに立ちあがった。「どんなことを語ってくれるのか、興味津々ですよ」


十五分後、ウェデキンド警部が事件現場の部屋に運びこんだ椅子のひとつに、ヒューゴ・ニールセンが腰かけた。警部が簡単な紹介をしたあと、オーウェンが話し始めた。彼はまず死体発見の状況について、ニールセンにたずねた。ニールセンは見聞きした出来事を、落ち着いた口調で語った。殺人事件を目のあたりにしたというのに、ほとんど動揺していないかのようだ。けれども、やけに余裕たっぷりの態度がかえってわざとらしかった。それにときおり、ちらりと不安そうに目が泳ぐこともある。

「なるほど」とオーウェンは指を組んで言った。「それでは確認のため、最初からもういちど見ていきましょう。午後十時三十分、廊下に足音が聞こえた。そして居間のドアの前に、人影が立ちどまるのが見えたんですね。人影はノックをして、テレンス・ヒルが『はい』と答えた。その声はとても自然そうに聞こえたと」

「はっきりとは言えませんが、ともかく不安げだったり、怯えたような返事ではありませんでした」

「正体不明の人影はすばやくなかに入り、ドアを閉めたと。そこで二つほど、おうかがいしたいのですが。ひとつは人影が男だったのは確かかどうかです」

ニールセンはあごを撫でながら考えた。

「実のところ、顔ははっきり見えませんでした。ケープの襟を立てていましたから。でも立ち居ふるまいから見て男だろうと思いました。背丈も普通よりも少しありましたし。それ以上は、なんとも言えませんが。姿が見えたのは、ほんの一瞬でしたし。ドアが閉まると、廊下はまたすぐ薄暗がりに包まれました」

「そこで第二の質問なのですが、そのとき鍵をかける音が聞こえましたか？」

「正直なところ、よくおぼえていないんです。人影はドアを乱暴に閉めました。廊下に音が響き渡るくらいに。こっちも呆気に取られていたので……」

「それから大きな物音と、苦しげな叫び声が聞こえ、やがてあたりは静まり返ったと。あなたがたは当然のことながら、最悪の事態を考えた。すべては三十秒ほどのことだったんですよね。あなたがたは慌ててドアに駆けつけた……」

ヒューゴ・ニールセンは肩をすくめた。

「廊下は薄暗く、とても狭くて……」

「ドアには内側から鍵がかかっていて、あなたがたの呼びかけに返事はなかった。そこであなたとプラットさんはすぐさま外に出て、窓の前にまわった……」

「そのとおりです。ぼくたちは廊下をまっすぐ抜け、家の外に出ました。だって闖入者が逃げ出すとすれば、唯一可能な出口が窓だけなのは明らかですから。窓の下に着くと、あいつがあらわれるだろうと待ちかまえていました。ところが、いっこうに姿をあらわしません。あたりは静まり返っています。それでぼくたちは、窓から部屋のなかを覗いてみることにしました」

「そのとき、例の奇妙な煙が漂っているのが見えたんですね。そして煙は、暖炉のなかに吸いこまれていったと……」

「ええ」とニールセンはきまり悪そうに、しぶしぶ答えた。「たしかに信じられないような話ですが、この目ではっきり見ました。視界を遮る煙が暖炉のほうに集まって、徐々に消えていくのを」

「煙のなかには、誰も隠れていなかったんですね？」とウェデキンド警部が念を押した。

「はっきりとは言えません」ニールセンはためらいがちに答えた。「そのときはヒルの死体に、注意がむかっていたものですから。煙が晴れるにしたがい、徐々に見えてきたんです。ドアにもちらりと目をやると、鍵は鍵穴にしっかり差しこんでありました。だって、そこが大事なところですからね……犯人の姿は見えなくとも、まだ部屋のどこかにいるはずです。戸棚のあたりに隠れているのか、窓から見えない隅に潜んでいるのか」

「そこでプラットさんがその場に残り、あなたはドアの前で待機していた牧師さんのところに、大急ぎで引き返したんですね。そして二人で、ドアを破ることにした」

「そのとおりです。ですから、部屋のなかには誰もいないとわかったときには、どんなに驚いたことか。明らかにこと切れている哀れなヒルの死体のほかは、ひとっ子ひとりいないんです（そこでニールセンは居間をぐるりと見まわし、こうつけ加えた）。ご覧のとおり、この部屋には隠れるところなどまったくありません。プラットさんもすぐに戻って来て、牧師さんが警察に知らせに行きました。ぼくは警察の人が来るまで、その場で待っていました」

沈黙が続いた。しばらくすると、ウェデキンド警部はわざとらしく咳払いをした。

「それがどういう意味かおわかりですよね、ニールセンさん。ヒルを殺すことができたのは、生身の人間ではありえない。あなたが言っているのは、そういうことなんですよ」

ヒューゴ・ニールセンは、うっすらと汗のにじんだ額に手の甲をあてて答えた。

「わかってます。でもぼくは、事実をそのままお話ししているだけです。紛れもない事実を。目立ちたいばっかりに、作り話をするような歳ではないですからね」

「まあいいでしょう」ウェデキンド警部はにっこり笑ってうなずいたが、すぐさま真顔に戻って続けた。「ところであなたとあとのお二人が、そんな夜遅くにここで何をしていたのか、教えていただきたいのですが。だってあなたがたは、こんな事件が起きるのを恐れていたとしか思えない。だからヒルのボディガードを個人的に買って出て、見張っていたというわけですか」

ニールセンはうつむいて、こう答えた。

「そこは二人に訊いてもらったほうがいいでしょう、警部さん。ぼくはたまたま成り行きから、この事件に巻きこまれたようなものですから。ほら、彼らといっしょに納骨堂で、信じがたいものを見つけてしまったせいでね……この一件は地元の問題です。ぼくはよそ者にすぎませんから……」

オーウェンはニールセンが訊問の初めに差し出したパスポートを手に取り、こうたずねた。

「あなたはストックホルム生まれなんですね。歳は三十二で」

「はい、そのとおりです。でもイギリスに来て、もう何年にもなります。確かめてもらえばわかりますが、国籍も取得してます……」

「化粧品の販売代理人をされているとか？」

「ええ、今の仕事は」とニールセンは、引きつったような笑みを浮かべてうなずいた。「でも正直、このところ商売はあがったりですが……」

「それにしても、どうしてまたこんな片田舎の村に目をつけたのか……」

「いやなに……とりあえずここを足掛かりにして、この地方全体に販路を広げるつもりなんです。そもそも、ぼくの一存で決めたことではなく、会社の判断でしてね。結果が思わしくなければ、方針転換を余儀なくされるでしょうが」

「どこの会社のお仕事を？」

「ナイス・スキン社の商品を扱っています。あなたもご存じですよね、ナイス・スキン社は？」

「ええ、もちろん。確かリージェント・ストリートに社屋があるのでは？」

「そう、それです」ニールセンはさっとうなずいた。

「今日はとりあえず、こんなところでいいでしょう」オーウェンはわざとらしくにっこり笑って言った。「近々、またお会いする機会があるかと思いますが」

「いつでもどうぞ、ええと……」

「バーンズです。オーウェン・バーンズ」

ニールセンが引きあげると、わが友は不平がましく言った。

「いや、まったく信じられん。あの男、ぼくの名前を聞いたことがないのかね。国王陛下の臣下にまたひとり、われらが文化の基礎を執拗に無視しようとする輩が増えたってわけか。政府はいったい何をしているのか、ほとほと呆れるな」

「まあ、そうかりかりしないで、バーンズさん」とウェデキンド警部は静かになだめた。「彼が外国生まれだからって、それだけで怪しいとは言えないでしょう……」

「そうでしょうか？　さっそくあの男について、詳しく調べたほうがいいと思いますがね。あいつめ、少なくともひとつ嘘をついていましたから。彼はぼくやあなた同様、販売代理人なんかじゃありません。ぼくが仕掛けた初歩的な罠に、まんまと引っかかりましたよ。ナイス・スキン社の社屋があるのはオックスフォード・ストリートです。リージェント・ストリートではなく」

21　吸血鬼

アキレス・ストックの手記（承前）

次にキャンベル牧師から話を聞いたけれど、ニールセンの証言とまったく同じだった。

「つまり、こういうことですね」とオーウェンは言った。「あとの二人が外に出て窓の下にまわったときから、また戻って来るまでのあいだ、あなたはこの部屋のドアの前から一歩も動かなかったと？」

「ええ」と牧師はもったいをつけて答えた。「神様が証人です。そんなに長い時間じゃありませんでしたが、あのときのことは刻一刻、よくおぼえています。いつなんどきあの魔物が飛び出してくるのではと、十字架を手に身がまえていました」

「十字架を？」とオーウェンは驚いたように言った。

「ええ、いつも持っている十字架です。悪魔は恐ろしい力を山ほど持っていますが、全能の神には打ち勝てませんからね」

「なるほど……どうやら犯人の正体を知っているような口ぶりですが……」

「わかってるつもりです。同じことを考えている村人は、わたしひとりではありません。でも、わたしからその名を聞き出せると思わないでくださいよ。どのみちあなたがたにもすぐわかるでしょうが、わたしは密告者になる気はありません。それに牧師という立場上、神の大切な教えのひとつを破るわけにはいきませんし。たとえ事実は明らかだろうとも」

ダンディな名探偵は、口もとにモナリザのような謎めいた笑みを浮かべた。

「そうは言っても、どうして先日の晩、あなたがたがここにおられたのか、そのわけは説明していただけますよね。だってあなたのお話によると、みなさんはヒル先生の命が危険にさらされているのを察知していたとしか思えません」

「それは否定しませんよ。もう何年も前から、悪魔のごとき人物が村に取りついているのは明らかです。そしてその人物は事件の二日前、ヒルのもとを訪れているんです。それは予兆にほかなりません。だから、対処の策を講じねばと思ったわけです。残念ながらわれわれの力は、あの悪魔に及びませんでしたが。でもわれわれは、これからも戦い続けるでしょう。必要とあらば、死にいたるまで」

オーウェンはキャンベル牧師の物騒な物言いに気おされたらしく、話のむきをかえることにした。

「あなたのおっしゃる人物が廊下にあらわれるのを、間違いなくご覧になったんですね？」

「そうですとも。この部屋に入っていったとき、はっきりと見ました。ドアからあふれでた光に、照らされましたから。やつの正体が何者なのか、わたしには疑いの余地がありません。でも正直、顔は見分けられませんでした。ですから、これ以上はなんとも言えません。いいかげんな証言はしたくないので」

「その人物が廊下を通ってやって来るのを見たんですね？」

「ええ、でも人影だけですが。ただの人影です。そのときわれわれは三人とも、むかいの部屋で身を寄せ合って、薄暗がりに包まれた廊下をうかがっていました」

「三人そろって、細目にあけたドアの陰で？」

「そうです。でもそのとき、ドアはけっこう大きくあいてました」

「人影は玄関のほうからやって来たんですね？」

「それは間違いないでしょう。玄関ドアには、差し錠がかかっていませんでしたから」

「けれどもその前に家の付近を見まわったときは、なんの異常もなかったと？」

「ええ、まったく。でもニールセンのところに戻るまでに、何分かかかっていますからね。そのあいだにわれわれの警戒をくぐりぬけ、玄関からそっとヒルのもとへむかうのは容易でした。実際、あんまり大胆に、堂々とやって来たものだから、こちらも一瞬、虚を衝かれてしまいました。おかげで取り返しのつかないことになってしまった、と言わざるをえませんが。このことひとつ取っても、われわれが相手にしているのは並みの犯人ではありません」

　次はポール・プラットが証言をする番だった。キャンベル牧師とは逆に、彼は歯に衣着せずに話した。犯人の正体はわかっている。ラドヴィック伯爵だと。しかもやつの犯行は、これが初めてではない。犠牲者はすべて、自ら手を下したわけではないけれど、やつが裏で糸を引いているのだろう。そうやって前妻や前々妻にも毒気を吹きこんでいったのだ。最初の妻ローザのせいで息子のジミーは命を落としたんだ、とプラットは言った。そしてラドヴィック伯爵が来て以来、クレヴァレイ村で起きた忌まわしい出来事を、激しい口調で数えあげるのだった。

　プラットの証言はあまり明快とは言えなかったが、彼の話を聞いて事件の全体像が浮かびあがってきた。彼がもたらした新たな情報によって、たしかに謎は深まったものの、問題点がどこにあるのかははっきりしてきた。厳密な謎解きが、人間臭い悲劇の色合いを帯びてきたのだ。

鍛冶屋はラドヴィックに敵意を燃やしていたものの、ヒルの居間に入ったのが伯爵だったと断言はしなかった。闖入者の顔は、彼にもはっきり見えなかったから。部屋にたちこめていた煙についてたずねられると、困惑げな顔をした。

「どう言ったらいいのか」と彼は口ごもった。「おれたちはみんな、あっけにとられて……なにしろ部屋のなかは、一面霧に包まれている……ところがその霧が、魔法みたいに暖炉に吸いこまれていくじゃないか。ニールセンも、呆然としていたな。床に倒れているヒルの姿がはっきり見えたとき、アリス・シャーウッドとベンジャミン少年のことが、思わず頭に浮かんだよ……あの二人も墓地の近くで、おかしな煙を見たって言ってたからな。そのあとゆったりとした黒いケープをまとった、不気味な男と出会って……」

そのゆったりとした黒いケープが、やがて巨大な経帷子のように、ますます暗く事件を包みこんでいく。オーウェンまで、途方に暮れているようだ。

沈黙のあと、彼はたずねた。

「ドアの鍵穴に鍵が差さったままになっていたのは、あなたも気づきました？」

「もちろん、そこは確かめた。窓ガラスを割るか、ドアを押し破るか、迷ったんでね……鍵穴に鍵が差さっているのを見て、それならドアに肩から体当たりしたほうが簡単だと思ったんだ。おれはその場に残り、窓を見張ることにした。犯人はまだ部屋のなかにいるはずだ。きっと窓から逃げようとするだろうって考えたんだ。そうしたら、フォークでずぶりとひと突きしてやろうと待ちかまえていたんだが……」

「フォークですって？」とオーウェンはびっくりしたように言った。「フォークなんか持って行ったんですか」

プラットは勢いこんでなにか言いかけたが、悪事の現場でも押さえられたみたいに口を閉じて、肩をすくめた。

「こうなったら、隠し立てしてもしかたないだろう。事件の直後は、なにも言わないほうがいいと思ったんだが。武器を用意して行ったなんてね。こっちの立場が危うくなるだろうから……」

「わたしの理解が正しければ、フォークと十字架で武装したというわけですね」とオーウェンは、疑わしげに目を細めてたずねた。

「ああ、その二つが特に重要だ。聖水とニンニクも持っていったが、おれとしてはフォークのほうが信頼できる。ニールセンは銀の弾をこめた拳銃を持ってきた」

オーウェンとわたしはぎょっとしたように目を見合わせたが、プラットは顔を紅潮させて続けた。

「ともかく、あんな怪物を相手にするなら、用心に越したことはない。ウサギ狩りに行くのとは違うんだから。はっきり言いましょうか？　あいつは吸血鬼だ。本物の吸血鬼《ヴァンパイア》なんです……」

22 赤いスカーフ

アキレス・ストックの手記（承前）

吸血鬼……ついにその言葉が発せられた。そんな話を持ち出したら馬鹿にされやしないかと、みんな慎重に避けてきたのだけれど。なにしろここ最近、忌まわしい吸血鬼伝説は、恐ろしい怪談に飢えた大衆にもてはやされていたから。きっかけとなったのは、三、四年前に出て大当たりしたブラム・ストーカーの小説『吸血鬼ドラキュラ』だった。なるほど客観的に見て、たしかにそう考えざるを得ない。細かな状況、とりわけ棺桶のなかで串刺しにされていた二体の亡骸が示しているように。ウェデキンド警部もテイラー警視もそれとなくほのめかしてはいたものの、まるで名誉にかけてタブーの言葉を口にすまいとしているかのように、いつも曖昧な口吻を続けていた。

思うにこの瞬間から事件は理性を超え、幻想的な色合いを帯び始めた。次々に積み重なる謎は、しばらく前からすでにこの方向を指し示していた。しかしついに一線を越えてしまった。少女アリスの鏡のように、警察のデカルト的合理主義の論理はもはや通用しない……

オーウェンも同じ印象を抱いたらしい。だからこそプラットが出て行ったあと、彼はこう言ったのだった。皆が注目している人物、ラドヴィック伯爵の証言を聞くときが来たようだと。

一時間後、わたしたちは二人の警察官とともに伯爵の屋敷にむかった。使用人の女に案内された居間で、わたしたちはラドヴィックと会った。すでにテイラー警視が訊問をしていたので、彼にアリバイらしきものがあるのは知っていた。ラドヴィックはぐったりと疲れ、苛立ったようすで、わたしたちにもそれを繰り返した。話は単純だった。事件のあった晩、ラドヴィック夫人と友人のアンはとても疲れていたので、九時ごろ寝室に引きあげた。それから十五分ほどして、ラドヴィックも夫人のエレナのもとへ行き、たちまち眠りこんだという。

なるほど、実に印象的な男だった。外見は皆が口々に話しているのを聞いて、想像していたとおりだ。堂々たる風采、よく響く声、力強い目。その個性的なことたるや、わが友オーウェンに勝るとも劣らない。本人を目の前にすると、悪い噂などにわかに信じられなかったが、それでも彼が舞台に立ったら、暗黒の帝王役がぴったりだと思わないではいられなかった。

ふと気づくと、オーウェンも興味深そうにラドヴィックを見つめている。恐るべき敵の力量を見極めようと、畏敬の念をこめて注意深く眺める将軍のように。

「おわかりでしょうが、ラドヴィックさん」とオーウェンは言った。「あなたのアリバイは鉄壁とは言えません」

「妻に確かめれば、嘘ではないとわかるはずです」

「奥さんの証言は法廷で、証拠として認められません。それはあなたもよくご存じのはずです」

伯爵は目を細めて笑った。

「そのあと何が起こるかわかっていたら、まわりにずらりと証人をそろえていたでしょうけどね」

「あなたはいつも、そんなに早くお休みになるんですか？」

「まあ、多かれ少なかれ。たいていは十時から十一時のあいだくらいですが。たしかあの晩は夕食のとき、みんなでワインをひと瓶空けてしまいましてね。そのあとこの部屋で、シェリー酒も一杯やりました。ええ、ちょっと飲みすぎでした。とても疲れていたのに。あのとき、みんなで何を話したのか、詳しくお知りになりたいなら……」

「いいえ、その必要はありません」オーウェンは遮った。「それより、事件の前々日、つまり十九日の晩、被害者のヒルさんと会ってどんな話をしたのかは、大いに興味あるのですがね。聞くところによると、あなたがヒルさんのお宅に行かれたのは初めてだったそうですが……」

この指摘は、いいところを突いていたらしい。伯爵は顔をこわばらせ、苛立たしげに説明した。ヒルに誘われたのは、その日の昼間だった。夜になったら、家に来て欲しいと。なにやら、わけのわからない理由をあげていた。行ってみると、ヒルはラドヴィックが村に来て以来起きた不気味な出来事を並べあげたあと、やけに持ってまわった口ぶりで個人的な質問をあれこれしたという。

「結局何を言いたかったのか、はっきりしたことはわかりません」とラドヴィックは耳ざわりな声で続けた。「よくよく考えると、どうやら忠告のつもりだったようです。できるだけ早くここを立ち去ったほうがいい、そうすればクレヴァレイ村に平穏が戻るのだからと。わたしは彼の話を、そんなふうに受けとめました。無茶な意見であることに、変わりはありませんがね。わたしたちの話し合いは、あまり友好的とは言いがたいものでしたが、だからってけんか腰になったりしませんでしたよ。なんと言うか……老い先短い老人に腹を立ててもしかたありませんからね……」

「老い先短いですって？」

「ええ、ヒルは病気だったんです。あまり長くは持たないと、宣告されていました。あの晩、彼が自分で打ち明けました。話にもったいをつけようとしたのかもしれませんが。はっきり確かめたければ、主治医にたずねてみたほうがいいでしょう」

「たとえそれが事実だったとしても、二日後に殺されていいってことにはなりませんがね。言うまでもないでしょうが、あなたはその主要な容疑者なんです」

今度ばかりは伯爵も、控えめな態度ではいられなかった。

「どうして？　頭のおかしな三人組から、荒唐無稽な話を吹きこまれたってわけですか？　もしかしたら、すべてあいつらがたくらんだことかもしれませんよ。わたしを陥れるためにね。そもそも、警察が彼らの作り話を信じるなんて驚きです。煙に変身して壁をすり抜ける幽霊だなんて……」

「でも三人のひとりは、聖職者ですよ……」

「ひとは見かけによらぬものって言いますから。村の住人に、訊いてごらんなさい。あの牧師は、世界が悪で満ちていると思っている。そして自分こそ正義なのだと、信じこんでいる。そう断言するでしょうよ。鍛冶屋は息子を亡くして以来、酒びたりの日々を送り、憎しみだけに生きている……三人目の男のことは詳しく知らないが、あんまり正直者とは思えません。それに聞くところによると、わたしの妻に言い寄っているらしいし……」

もし嘘をついているのだとしたら、よほどの名演技に違いない。このとき、ドリアン・ラドヴィックの反論は真に迫っていた。彼がクレヴァレイ村にやって来てから起きた、数々の奇妙な出来事について、オーウェンからたずねられたときもだ。そうした出来事はほとんどすべて、村中が彼をターゲットにして仕組んだ陰謀なのだという主張には、説得力があるように思えた。「いいかげん、うんざりですよ」とラドヴィックは言った。「そのつど同じ説明を、何度も繰り返すのはね。クレヴァレイ村の雰囲気は、ますます息が詰まるようだ。近い将来出ていく可能性も、ないとは言えないです」

たしかにこんな状況には、みんな耐えきれなくなっている、とテイラー警視も認めた。けれども今しばらくここにとどまって、いつでも司法当局の呼び出しに応じられるようにして欲しいとつけ加え、奥さんを呼んでくるように言った。

エレナ・ラドヴィックに会って真っ先に思ったのは、ドリアンと彼女は実に似合いのカップルだということだった。エレナは上品で、はっとするほど美しかった。オーウェンも圧倒されたらしく、まるでオリンポス山から女神が降臨したかのように見つめている。けれども彼女は、疲れきっているようだった。顔はやつれているだけに、端正な造作がいっそう際立ち、首に巻いた赤いスカーフが青白い顔色を強調していた。わたしは恐ろしい疑念に襲われた……紹介がすむなりオーウェンが二十一日の晩についてたずねると、彼女は夫の話を裏づける証言をした。

「はい、わたしが寝室に戻って床に着いたのは、九時で間違いありません。それから十五分ほどして、ドリアンもやって来ました。わたしはまだ、眠っていませんでした」

「ご主人はそのあと一時間、隣に寝ていらしたと断言できますか？」

「ええ……わたしはずっと眠れませんでしたから……」

「でもそんなに早く横になったのは、とても疲れていたからなんですよね？」

　エレナはドレスのしわを、せっせと手でのばしていた。その手を目で追いながら、彼女は答えた。

「たしかに……そうなんですが、あなたもご存じのように、眠気は自分で調整できませんから。ともかくあの晩は、なかなか眠れなくて」

「それでは十時半にはまだ、ご主人はいっしょにいたと誓って断言できるのですね？」

　エレナは唇をきゅっと締め、重々しくうなずいた。

「はい、そのあともです……ちょっと起きあがって時計に目をやったら、たしか十一時近くでしたから」

　オーウェンはさらに私的な質問をいくつかした。そして彼女が美術学校に何年か通っていたことを知ると、にわかに興味を示した。

「その道をあきらめてしまったのは、もったいないですね」とオーウェンは言った。「芸術はわれわれにとって、空気のように欠かせないものだというのが、わたしの持論なんです。あなたの水彩画を何点か見せていただけると、嬉しいんですが」

　エレナは訊問が始まってから初めて笑顔を見せた。

「ここには持ってきてないんです……」と彼女は言って少し考え、こう続けた。「一点だけありますが、あまり出来がよくないので……」

「評価はわたしにさせてください」とわが友は、敬意をこめて愛想よく言った。

「そうおっしゃるなら。ほかにもう、ご質問はありませんか」

「いまのところはこれで」オーウェンは二人の警察官にたずねもせず、きっぱりと言った。

エレナはいっしょに二階に来るようにと言って、ほとんど家具も置いていない部屋にわたしたちを案内した。ウェデキンド警部とテイラー警視は下に残り、わたしとオーウェンだけがエレナの作品を眺めた。たしかに才能は感じられたが、わが友の絶賛に値するような作品とは思えなかった。オーウェンはアンの話も聞きたいと言った。屋敷の女主人が友人を呼びに行くと、わたしは彼にそっと言った。

「白状しろよ。これは彼女に取り入るための、下劣な策略なんだろ。エレナがそんなに気に入ったのか。すぐにわかったさ、きみの目は彼女に釘づけだったからな」

「たしかに無人島で二人きりになっても、彼女とならばうまくやっていけそうだ。でもきみだって、彼女の目や全身が醸す印象に打ちのめされたのでは？　あれは人生に疲れ、生気を失った人の目だ。あんなに若くて美しいというのに、尋常じゃないな。けれども絵画について話したとき、彼女のなかにはなにか明々としたものがあった。だからそこのところを、掘り下げるべきだと思ったんだ。すると案の定……」

わたしは薄暗い廊下をちらりと見やった。どっしりとした板張りと花模様のタペストリーが、陰気な雰囲気を醸している。

「そうかい。でも正直言って、ぼくはこんなところで暮らしたいとは思わないな。この屋敷は重苦しくて耐えきれない。時が止まったみたいじゃないか。今いる二階の部屋なんて、まるで廃墟のホテルだ……」

「屋敷の話なんかしてないさ、アキレス。この驚くべき水彩画を見てみろ。荒涼とした自然を背景にした少年の顔はとても人間的で、ほとんど荘厳とも言える限りない悲しみに満ちている。いやはや、ものすごい才能だ。しかも本人が、それにまったく気づいていないのだから……」

「ぼくが気になったのは、首に巻いたスカーフなんだが」

「嚙まれた傷痕を隠しているっていうのか？」とオーウェンは皮肉っぽく言った。

わたしは肩をすくめた。

「できればむしり取って、確かめたかったんだが」

「実を言えば、ぼくもなんだ。それにスカーフだけじゃ、もの足りないくらいさ」

これでよくおわかりいただけるだろうが、オーウェンは美しい女性に目がない。この日、彼は大いに満足したはずだ。というのも次に居間にやって来たアン・シェリダンも、なかなかの美人だったから。わけても彼女の切り札は、赤みがかった長い髪、表情豊かな青い大きな目、涼やかで無邪気な顔つきだろう。青いクレープ地のドレスは手首のところに飾りがついていて、襟もとはしっかりボタンをかけている。こんな魅力的な女性には、できればもっと違う状況で出会いたかった。

われわれの頭を悩ましている事件のことなど忘れたかのように、オーウェンはまず彼女の私生活についてたずねた。特に彼女がエレナと知り合ったころのことには、興味津々だった。まるでオーウェンは幼馴染と再会し、思い出話に花を咲かせる若者のようだ。そんなやり口が、わたしには苛立たしかった。彼が魅力的なアン・シェリダンの歓心をかくもたやすく勝ち得るのを見て、嫉妬心が湧きあがるのを感じた。テイラー警視も繰り返し、ちらちらウェデキンド警部を見やった。協力者の選択を間違えたのではないかと言わんばかりに。

ミス・シェリダンがクレヴァレイ村滞在の話を始めると、オーウェンの顔つきはさっきより引きしまった。彼には珍しく、途中で口を挟むこともなかった。アン・シェリダンもなかなか饒舌だったと言わねばならない。事件の晩に関する彼女の証言は、ドリアン・ラドヴィックやエレナの証言を裏づけていたが、それでも伯爵のアリバイを証明するには足りなかった。アンは午後九時ごろ、床に就いてすぐ眠ってしまい、朝まで目を覚まさなかったという。

アンはここ数日の出来事に、よほどショックを受けているのだろう、むっつりと浮かない顔をしている。ほどなく彼女自身が、はっきりとそう語った。

「本当に恐ろしい事件だわ……状況は日に日に悪くなっています。あの事件が、最後の決め手だったかも。エレナはもう、見る影もありません……ご主人にかかっている恐ろしい嫌疑に、いつか押しつぶされてしまいます」

「ラドヴィックさんのほうは、どんな反応ですか？」とオーウェンはたずねた。

「あなたもお気づきのように、彼は意志強固なひとです。でも生身の人間ですから、我慢にも限界があります。あんな忌まわしい噂を立てられたのでは、どんなに強いひとだって耐えられやしないでしょう」

「つまりあなたは、彼の潔白を信じていると？」

「もちろん、潔白に決まってるわ。彼と話したんですよね？　それで、わからなかったんですか？　彼が……彼が善良な人間だってことに？　教養があって思いやり深く、気持ちのいい人間だって……」

アンは一瞬言葉を切ると、唾を飲みこみ、上ずった声で続けた。

「ええ、間違いありません。彼は潔白です」

ほどなくわたしたちは暇を告げた。ウェデキンド警部とテイラー警視は車で村に戻ったが、オーウェンは少し歩きたいから、つき合ってくれとわたしに言った。墓地の鉄柵の前まで来ると、オーウェンはしばらく立ちどまって墓石を眺めた。薄れゆく夕暮れの光のなかに、墓石はぼんやりと青白く浮かんでいる。

「明日、またここに来ないといけないな。さまざまな要素がこの場所に絡んでいて、容易には無視しがたい」

「もちろんだ。ところで、きみの見解は？」

「見解をまとめるのは、まだ時期尚早だろう。とはいえ、この事件とマッカーシー殺し、ヴァイオレット・ストラリング殺しが密接に結びついているのは間違いなさそうだ。それは糸車や銀の銃弾に限ったことではない」

「ほう、ほかには何が？」

「交霊会つながりさ。ストラリング夫人と同じように、伯爵の最初の夫人ローザもその手の会に通っていた。聞いてなかったのか？」

「いや……たしかに、そうだった。テイラー警視が事件の概要を説明したとき、そんなことを言っていたが、正直、あまり気に留めていなかったんだ。あのときは、ほかにもっと印象的な話がたくさんあったので……で、伯爵のことはどう思う？　有罪、それとも無罪？」

オーウェンはしばらくじっと黙っていたが、やがてこう答えた。

「もしラドヴィックがわれわれの敵だとするなら、ずいぶんと難問を突きつけてきたものだ。だが、彼は無実なのかもしれない。彼の有罪を裏づける確固たる証拠は、なにもないからな。疑惑と噂だけで。そこが気に入らないんだが。ところで、魅力的な若い女性が二人して、彼の擁護にまわっているのに気づいただろ？　ラドヴィック夫人が夫のアリバイについて嘘をついているのは間違いない。彼女は夫が十時三十分に脇で眠っていたと証言した。あのときぼくは嘘だと、ほとんど直感的にわかった」

「実を言うと、ぼくも同じ印象を抱いたな。でも、夫を愛する妻としては当然のことじゃないか？」

「そうとも。だからこそ妻の証言は法廷で重視されないんだ。しかしミス・シェリダンの態度には、もっと驚かされた。彼女は伯爵の潔白を、やけに熱心に言い立てていただろ……まるであの瞬間、ぼくの存在すら目に入っていないかのように。ちょっとばかし奇妙だとは思わないか、アキレス？」

23
旧知

十月二十四日

翌日、朝食のあと散歩に出かけたアンは、空を覆う雲の切れ目から射す陽光にほっとした。それは彼女にとって、忌まわしい日々のあとに訪れたひとときの安らぎだった。悲劇的な出来事が続いて、彼女の心も取り乱していた。まるで嵐に揺れる小舟のような気持ちだ。もう、わけがわからない。なんとか考えをまとめ、焦燥感を抑えようとするものの、いっこうにうまくいかなかった。一触即発の危うい気分が続いている……

アンはエレナのこと、二人の親密な触れ合いのことを考えていた。彼女の夫が戻ってきたあと、さまざまなことがあって、あの昂りは無情にも吹き消されてしまった。五、六日がすぎ、アンは火が消えるように友情が萎えるのを感じた。エレナがなぜか急に元気をなくすのを、ただ漫然と眺めているしかなかった。エレナは食卓でも、料理をほとんど口にしようとしなかった。ドリアンと再会して喜んでいただけに、この変化は意外だった。たまに二人きりになる機会があると、アンはエレナに近づき、そっと腕を取って、青白い頬にやさしくキスをした。エレナは彼女を押し返さず、キスを返すこともあった。けれどそこには、以前のような激情は感じられなかった。二人の美しき友情はなにがあっても変わらないとエレナは断言したけれど、ドリアンの存在によってアヴァンチュールが終わったと見るのが理に適っているだろう。エレナはすっかり無気力になっていた。少しずつ、否応もなく生気を抜き取られていき、誰がなにをしようと手の施しようがないかのように。

けれどもドリアンは、ほとんど気づいていないらしい。たしかに彼は数日前の、快活なエレナを知らない。彼女が一変したのは、どう考えてもドリアンが帰ってきたせいだ。ドリアンは、まわりの陰気な雰囲気のせいだと思っているだろうが。彼は新たな光に目がくらみ、なにも見えていないのだ。アンにはそれがよくわかっていた。だって新たな光というのは、彼女自身なのだから……ドリアンが帰ってきた朝、初めて目と目が合ったとき、自分のなかでなにか尋常ならざることが起きたと、アンははっきり感じた。伯爵のほうも同じだったろうと、彼女はあとになってわかった。ラドヴィックが彼女に示す共感は、初めのうちこそごく自然なものに思えたが、やがて激しさを増していった。恐ろしい出来事が続くからこそ、二人の仲は縮まった。とりわけ昨晩、警察たちが立ち去ったあとに。

ドリアンとエレナ、そしてアンは一致団結して災難に立ちむかおうという気持ちで居間に集まり、シェリー酒のグラスを傾けながら夜をすごした。やがてエレナが寝室にあがると、アンはドリアンと二人きりになった。彼は村にやって来て以来続いた苦難の数々を、興奮気味に語った。二人の先妻の悲劇的な死、自分にむけられる疑いの目について……

アンは不幸を分かち合おうとするかのように、ソファに腰かけたドリアンに近づき、彼の肩に頭を乗せた。彼の深いまなざしが、アンの目に注がれる……そのとき二人のうえに火花が散り、意志と理性の壁は魔法にかけられたかのように、もろくも崩れ去った。次の瞬間、二人はひっしと抱き合い、熱い口づけを交わした……アンはすっかり自制心を失い、情熱に身をまかせた。何日も前から抑えていただけに、その激しさもひとしおだった。初めて知る、甘く力強い戦慄が体じゅうに走った。頬も唇も首筋も、ドリアンの口づけで熱く火照った。喉が快感で震えるあまり、思わず彼女は叫び声をあげた……おそらく、意識を失うほど。というのも、そのあとはっと気づくまでのことは、なにもおぼえていなかったから。

友人を裏切った罪悪感はあったものの、アンは至福の時をすごした喜びで身も心も疲れ果て、ぐっすりと眠った。翌日、皆で朝食のテーブルを囲んだときも、あれが現実だったとは信じられない思いだった。ドリアンはいつものように落ち着いて愛想がよく、エレナも怪しんでいるふうはない。アンに注がれる彼女の視線に、非難の色はまったく感じられなかった。

そして今、アンは夢遊病者のようにぶらぶらと散歩しながら、頭のなかであの心乱す記憶を甦らせていた。墓地の入口をずっと通りこし、クレヴァレイ村の入口に近づいたとき、馬車の音がしてはっと夢想から覚めた。辻馬車が一台、石ころだらけの道をずんずん走って、アンに近づいてくる。またしても警官たちが、皆を質問攻めにしようと押しかけてきたのだろうか？　あらためて思い返してみると、昨日警察官といっしょに来た若い二人の印象は悪くなかった。こっちの話をよく聞いてくれたし、思いやりもあった。アキレス・ストックという名の男は人柄がよさそうだったし、ダンディ風の友人はとても気を遣って質問してくれた……

アンは思わず口もとに浮かんだ笑みを、あわてて消した。どうやら自分の感情を、制御しきれなくなっているみたいだ。道徳の垣根を乗り越え、いろんな男性に次々目移りしたりして……

アンは辻馬車をよけようと脇に退いた。馬車が脇を通りすぎる瞬間、彼女はなかの乗客を見あげた。乗っているのは男がひとりだけ。彼は驚いたようにアンを見つめ、その名を呼んだ。

アンはひと目で誰かわかったが、今、ここに彼がいるなんて、あまりに突飛なことだったので、にわかにわが目が信じられなかった。彼女は硬直したみたいに立ちすくんで、つぶやいた。

「クリストファー……」

24　ペテン師

アキレス・ストックの手記（承前）

「ええ、みなさん、あの男には死期が迫っていました」とピム医師は重々しく言った。「べつにそれは、秘密でもなんでもありません。わたしの見立てによれば、テレンス・ヒルは次の冬を越すことはできなかったでしょう。医学の力では対処できない恐ろしい腫瘍が増えていくに従い、彼の体はここ最近、急速に衰えました。殺人犯はヒルの運命を数か月早める代わりに、耐えがたい苦痛を免れさせたと言ってもいいでしょう。だからって（とピム医師は、悲しげに笑いながらつけ加えた）、わたしが犯人の行いを許しているとは思わないでくださいよ」

ピム医師が診療の合間なら会えるというので、オーウェンとウェデキンド警部、それにわたしの三人は、狭い診察室に立っていた。「もう慣れっこですからね、警察の質問に答えるため、少し時間を空けておいたんです」と医師は冗談めかして言った。

「たしかに」とオーウェンはうなずいた。「犯人はなにも人助けのつもりで、ヒルを殺したわけではありません。それに気になるのは、首に残る奇妙な傷痕です。先生はあれをどう思われますか？　掻き傷、それとも嚙み傷？　検死医によれば、嚙み傷らしいのですが。検死医が到着する前に、あなたもご覧になりましたよね？」

「はっきりとしたことはわからないが」と医者は言って、考えこむように眼鏡をはずすと、棚のうえのギリシャ風胸像をじっと見つめた。おそらく、ヒポクラテス像なのだろう。

「あの傷が死因でないのはあきらかです」とピム医師は続けた。「ヒルは絞め殺されたんですから。傷が死亡の前についたのか、あとについたのかも断定できません。ただ、ひとつたしかなのは、人間に噛まれた傷痕ではないということです。人間の歯列には、明確な特徴がありますからね。あの傷痕は、あまりはっきりしていませんが……一瞬、豹にでも噛みつかれたのかと思いました。でもこのあたりに、そんな野獣はいませんし。もしいたら、誰かが気づいているはずですから。そうですよね？」

ピム医師はそうつけ加えて、皮肉っぽく笑った。この謎は医者よりも探偵の能力を試すものだとでもいうような、挑戦的な口調だった。

「豹か、あるいは虎か」とオーウェンも茶化すように答えた。「そんな野獣がいる村だって、ないとはいえませんがね。でも、たしかにあなたの言うとおりだ。目撃者の証言によれば、現場の部屋に入っていったのは人間だったようですから。ここでひとつ、昔の事件に遡ってみたいのですが。それは今回の事件と結びついているかもしれません。伯爵の二人の先妻についてです」

ピム医師は最近もその件で警察からたずねられたので、きちんとお答えできるだろうと言った。そしてマージョリー・ウォーカーが亡くなった状況について、事細かに説明した。保険会社の根拠なき疑いについても忘れずつけ加え、死体がまったく腐っていなかったのは理解しがたいと言った。この謎については、すでにわれわれの耳にも入っていた。何が不思議と言って、これほど不思議な出来事もなかろうに、なぜかオーウェンはあまり興味を掻き立てられたようすはなかった。いっぽうローザ・エヴァズレイの悲劇的な最期には、入水自殺という捜査結果が出されているものの、気になることがあるらしい。ピム医師によれば、自殺という結論に疑問を挟む余地はまったくないという。ローザは当時、極度の憂鬱状態にあり、精神を病んでいたらしい。それは皆が口をそろえて言うところだし、ピム医師自身の診断でもあった。彼女の傷つきやすい性格や、両親が亡くなって以来ふさぎこんでいたことなど、彼は長々と語った。ロンドンによく行っていたところは、交霊会に通っているらしいという噂も聞いたことがあるけれど、詳しいことはわからないという。その点についていちばんよく知っているのは、伯母のモード・シーモアだろう。ピム医師は悲壮感を盛りあげようとするかのように、ローザもほかの何人かと同じく、呪われた池の黒い水に引きこまれたのだと言って話を締めくくった。

沈黙のあと、オーウェンは相手をじっと見つめたままこうたずねた。

「ローザについては、それですべてですか、先生？」

「ああ、医学的な見地を離れて、長々と話してしまったが」

「間違いありませんか？」とオーウェンはなおもたずねた。「なにか忘れていないでしょうね？医者の守秘義務とやらを気にして、口をつぐんでいることはないですか？」

再び沈黙が続いた。そのあいだに、ピム医師の表情がかすかに変わった。

「もっとはっきりおっしゃっていただけますかな」

オーウェンは肩をすくめた。

「だったら、こう言いましょうか。その若い女性は、子供が欲しくてたまらなかったと聞いてますが……」

オーウェンのやつ、嘘をついてるな、とわたしは思った。これまでの調査で、そんな証言は一度も出てこなかったのだから。彼の口調がやけに落ち着き払っていただけに、わたしはこの推察に自信を深めた。

「若妻ならば当然のことでしょう」とオーウェンは同じ口調で続けた。「ところが一年の結婚生活がすぎても、子供ができる気配はいっこうにない。それ自体は、決して珍しいことではないけれど、やはり……あなたは彼女の主治医でしたから、もしかしてなにかご存じなのでは？　ようやく兆候が訪れたのに……」

ピム医師は探るような目をした。

「知っていたんですか？」

オーウェンは肩をすくめ、にっこり微笑んだが、それははったりにすぎないとわたしは確信した。

「たしかに」と医者は続けた。「ローザは春の終わりに流産しました。まさかあなたが、そこに関心を示すとは。そんなことがあって、精神状態がよくなるわけもありません。もう子供ができないとわかったのだから、なおさらです。でも、誰から聞いたんですか、そんな話？　当時ローザは、絶対ひとに漏らさないで欲しいと言ってました。夫のドリアンも知らなかったんじゃないでしょうか。彼の子供を産めないとわかったら、離縁されるのではないかと恐れていたんです」

情報源は明かせないとでもいうように、オーウェンは質問に答えなかった。ほどなく、わたしのにらんだとおりだとわかった。わたしはオーウェンと二人で僧院の廃墟にむかっていた。ウェデキンド警部は郵便局にまわるそうなので、のちほど旅籠で落ち合うことにした。

「あんな話、よく思いついたな、オーウェン？」とわたしはたずねた。「だって、あてずっぽうで言ったんだろ？」

「ぼくは決してあてずっぽうなんかしやしないさ、アキレス。何度繰り返したらわかるんだ。それはともかく、こいつはちょっとした小手調べにすぎない。それは認めよう。運命の風むきが悪いときには、こっちから攻めこんで真実をあぶり出さなければ。論理を旨とする者にとって、とっさの機転も役に立つ。なんなら、こう言ってもいい。迷路から抜け出すためには、すべての通路、すべての袋小路を試してみる必要があるのだと……」

　廃墟の下に到着するまで、えんえんと続くこんなご高説を拝聴せねばならなかった。オーウェンは滔々と語りながら、荒れ果てた丸天井や緑に覆われた小道を指さした。そのひとつひとつが論拠だとでもいうように。そんなようすを見ていると、彼は天職を間違えたのではないかと、思わざるをえなかった。教師にでもなっていたならば、もっと大成功していたろうに。

「つまりあれは、仮説のひとつにすぎなかったんだ、アキレス。けれど試して損はなかっただろ？」

「なるほどね。でもまだ、よくわからないんだが。それで調査にどんな進展があったっていうんだ。なにもかも、謎だらけだっていうのに。ローザはことのほか落ちこんでいただろうって？そんなこと、初めからわかってたじゃないか」

「巨大なピラミッドも、切り出した石をひとつひとつ積みあげて造られている。つまりは、いくつものブロックの集まりなんだ。馬鹿馬鹿しいほど単純な事象から、傑作は生まれる。ことは推論においても同じだ。いや推論においてこそ、と言ってもいい。なにかひとつ足りないだけで、建物がそっくり壊れるかもしれない。細部だよ、アキレス、細部が大事なんだ。細部を見逃してはならない。それが成功の礎《いしずえ》なんだ」

わたしは話題を変えようと、廃墟に目をやりこう指摘した。

「この僧院だって、かつてはすばらしい建物だったろう。けれども今は、見る影もない。きっとどこかの悪戯小僧が、面白半分に石をひとつ抜き取ったせいで、建物全体が崩れ落ち……」

「きみが才気をひけらかそうとするさまは実に愉快だ。いつも決まって的外れで」

「ユーモアは人それぞれだからね」

「この廃墟は今なお一見の価値があるさ。ここに漂う詩情が、どうやらきみには感じ取れないらしい。それだけじゃない。ぼくをやりこめようとむきになるあまり、きみは観察眼が鈍っているようだ」

「ここに見るべきものがあるっていうのかい？」

「この真新しい溝だが……」

「誰が掘ったのかは、わかってるじゃないか。廃墟の周囲が荒れ放題だったので、ポール・プラットが……」

「そんな話を信じてるのか？　たしかに雑草を抜き取るには、深く掘ったほうがいいだろうが、これじゃあまるで落とし穴だ」

わたしはちらりと確かめ、うなずいた。

「なるほど。それじゃあ、きみの考えは？　《僧院の宝物》でも探していたとか？」

「馬鹿も休み休み言え」

「いいだろう。だったらきみの見解を聞かせてもらいたいな。見解があればの話だが」

オーウェンはうんざりしような顔で首をふった。

「状況を考えれば、明々白々だと思うがね」

しかしそのときにもあとからも、何が明々白々なのか明かされることはなかった。わたしたちは岩だらけの急斜面のうえから、ちらりと池を見やった。なんて美しい場所かと、オーウェンは賞賛を惜しまなかった。道を引き返す途中、ミス・シェリダンが辻馬車の脇で、若い男と話しているのを見かけた。彼女はわたしたちに、軽く会釈をした。二人ともやけに興奮しているようすだった。

旅籠《ブラックスワン》亭に着くと、ウェデキンド警部がビールの小ジョッキを前に、ひとりでわたしたちを待っていた。目が輝いているところから見て、なにかわかったらしい。

「警視庁と連絡をとったところ、あなたのおっしゃるとおりでしたよ、オーウェンさん」と警部は言った。

「初めての朗報ですね」とわが友は皮肉めかして答えた。「で、具体的には？」

「ヒューゴ・ニールセンのことです。部下が少し調べただけで、すぐにわかりました。前科こそないものの、あいつはとんだペテン師です。彼が勤めているというナイス・スキン社に問い合わせたところ、そんな男は聞いたこともないっていうんです」

25　カラスのいる麦畑

「クリストファー……」と言ってアンは立ちすくんだ。「ここで何してるの？」

青年は止まったばかりの辻馬車から飛びおりた。

「ぼくがここで何をしているかだって？」と彼は叫んで、アンの肩に両手をかけた。「心配だったのさ。不安でたまらなかった。きみからの知らせを、ずっと待ってたんだぞ。どうして手紙をよこさなかったんだ？　着いたらすぐに連絡するって、約束したじゃないか」

相反する感情がこみあげてきて、アンは涙をこらえられなかった。彼女はすすり泣きながら恋人の腕に飛びこみ、支離滅裂な言いわけを並べ立てた。あれこれ事情があって遅くなったけれど、今日こそ手紙を書くつもりだったと。実のところアンは、わかっていながらずるずると先送りしていたのだ。そのあいだに次々に事件が続き、何をどう書いたらいいのかますます難しくなった。

クリストファーは頭に血をのぼらせ、力まかせにアンを抱き寄せた。そのひょうしに眼鏡がはじけ飛んだものの、さいわい埃っぽい道に落ちて壊れなかった。彼はそれを拾うと、真ん中からぴしっと分けた髪に無意識に手をやって言った。

「ぼくの身にもなれよ。死ぬほど心配したんだからな。このクレヴァレイ村で起きたっていう信じがたい殺人事件の新聞記事を、昨日の午後読んだときはね。それでいても立ってもいられなくなり、ロイストン行きの始発電車に飛び乗ったというわけさ。まさかあの事件に、きみも関わっているんじゃないだろうね？」

「ええ……いえ……つまり、多少は……」

「ちゃんと説明して欲しいな」

「とても話が込み入ってて……」

「どうします、旦那？」と御者がそこでたずねた。「もう帰っていいですか？　それとも待ってましょうか？」

　クリストファーはもう少し待っているよう御者にたのんで、アンを脇に連れていった。アンは手短に状況を説明し、ラドヴィック夫妻は見るも哀れな状況で、自分も彼らと同じ苦しみを毎日感じているのだと訴えた。もちろん、エレナと夫のドリアン両方と罪深い関係になってしまったことは言わずにおいた。

「わかってちょうだい」とアンは口ごもるようにして、涙ながらに訴えた。「手紙で簡単に説明できるようなことじゃないの。きっとあなたはうろたえて……」

「そうしたら、すぐさまきみを助けに駆けつけただろうさ」とクリストファーは言った。彼も目を潤ませていたけれど、それは同情からというより怒りのあまりだった。

「ええ……それを恐れていたのよ」

「それを恐れていただって？」とクリストファーはむっとしたように言った。「何だってまた？」

「あなたが騒ぎ立てて、わたしを連れ帰ろうとするんじゃないかと……」

「ぼくはいたって冷静さ」けれどもその口調は、少しも冷静そうではなかった。「むきになる理由なんて、なにもないからね。状況はいたって明白じゃないか。さっさと荷物をまとめるんだ。

いっしょに帰ろう」

　あとに続く沈黙のなかに聞こえるのは、畑を荒らすカラスの鳴き声だけだった。アンは恋人から目をそむけた。雲ひとつない空の下に広がる景色が、急に暗く陰ったような気がした。名状しがたい不安で、彼女は思わず身震いした。前にもそんなふうに、ぞくっとしたことがある。あれはフランスの美術館で、奇妙な絵の前に立ったときだった。暗い空に覆われた麦畑に、カラスが群れなす絵だった。平野のなかに、小道が二、三本伸びていて、あてずっぽうにどれかを選べと誘いかけているかのようだ。けれどもその先には、不吉な運命が待っているかもしれない。彼女もまた、決めかねていた。今、まさにこの瞬間に幸福がかかっているのだと、本能的に感じ取っていた。でも、幸福はどこにあるのだろう？　緑鮮やかな草原に黒く浮かびたつ馬車のなかに？　今すぐ彼女を家に連れ戻し、恋人の腕のなかへと運ぶ馬車のなかに？　でも、恐ろしい災難と格闘する友人たちを見捨てていいものか？　あれほどの愛とやさしさを与えてくれた二人を見捨てて？

　馬のいななきで、アンははっと物思いから覚めた。彼女はゆっくりと恋人のほうをむき、こう言った。

「今すぐに？　そんなの無理だわ、クリス。エレナを見捨てるわけにいかない……そんなの、裏切りだもの。彼女はこれまで以上に、わたしを必要としているのに」

「ぼくだって、きみが必要なんだ」クリストファーはじっとりとした、非難がましい目をしてそう言った。

　アンは一瞬ためらってから彼の腕にとびこみ、小さな声で答えた。

「もちろん、そうよね……でも我慢して、あと何日か待ってちょうだい。一段落ついたら、すぐに戻るから。約束する」

「だめだ、アン。もう、さんざん待ったさ。だからぼくと帰るんだ。今、すぐに」

「でも、そうはいかないの。捜査のこともあるし。警察の人に言われてるのよ。いつでも呼び出しに応じられるよう、ここを離れてはいけないって」

「呼び出しに応じるなら、ロンドンでもいいじゃないか。訊問することくらい、必要ならいくらでもできるはずだ」

「まだわからないの？」とアンは苛立たしげに言った。「今、エレナを見捨てるわけにはいかないのよ」

　クリストファーは疑わしげにじっとアンを見つめて答えた。

「じゃあ、選ぶんだな、ぼくか彼女か」

「クリス、馬鹿なこと言わないで」

「ご挨拶だな」

「そうよ、どうかしてるわ。そんなにむきになるなんて」

　クリストファーはうしろをふり返り、ちらりと馬車を見やってこう答えた。

「ぼくがどうするか、よく考えろ」

「どうするの？」

「馬に乗るさ、きみが考えを変えなければ」

「だから言ってるでしょ、こそこそ立ち去ることなんかできないって」

「ああ、そうかい」

彼はひと言そう言うと、くるりと踵を返して御者に声をかけた。

「もう行くぞ。急いでロイストンに戻ってくれ。午後二時発のロンドン行き列車があるはずだ。あれに乗り遅れたくない。ここにはもう、用はないから」

馬車はUターンし、小石だらけの道をガタゴトと走って、アンの前を通りすぎた。見ればクリストファーは顔を真っ赤にさせながら、頑として彼女を無視している。アンの目に涙がこみあげた。けれども彼女は、喉を締めつける激しい感情が何なのか、捉えかねていた。悲しみが怒りや屈辱、疑いと競っている。これでよかったのかどうか、確信が持てなかった。

アンは何度も唾を飲みこみ、帽子をかぶりなおして道を引き返した。涙が頬を伝っていく。曇った視界いっぱいに、カラスの群れが広がった……

26　ドラキュラ談義再び

アキレス・ストックの手記（承前）

「ほら、彼が来たぞ」オーウェン・バーンズは旅籠のドアがあくのをじっと見つめながら、ビールのジョッキを軽く掲げてそう言った。

彼の視線を追った先には、テーブルから立ちのぼる紫煙ごしに、ヒューゴ・ニールセンの姿があった。彼はちょうど店に入ってきたところだった。夕方になるといつも《ブラックスワン》亭にあらわれると聞いていたので、こうして待ちかまえていたのだが、わたしは気持ちの昂りを抑えられなかった。この数時間、あちこち捜しまわったのに見つからなかった。下宿先のマッケンジー夫人にたずねると、今朝出ていく音を聞いたけれど、どこに行ったのかはわからないという。ウェデキンド警部もいっしょだったが、彼女は部屋を見せたがらなかった。ニールセンの荷物がまだあるかどうか知りたいなら、自分が確かめてくると言って。荷物は残っていた。そこで警部はニールセンが戻り次第、警察に連絡するよう伝言をたのんだ。

まさかニールセンは逃げ出したりしないだろう。初めはそう思っていたけれど、彼がいっこうにあらわれないまま数時間がすぎるうち、徐々に疑念が胸に湧いてきた。ウェデキンド警部はロイストンでテイラー警視と会わねばならなかったので、わたしたちにはここでニールセンが戻るのを待ちかまえて欲しいと言った。

ニールセンが思案顔でカウンターに近づくのを眺めながら、オーウェンはそっとこう打ち明けた。

「ウェデキンド警部がこの場にいなくて、よかったかもしれないな。そのほうがむこうも緊張しないだろうし、こちらもことを荒立てずに話ができる。今のところまだ、われわれに気づいていないようだ。飲み物を注文するまで待っていよう……」

ほどなくオーウェンが満面の笑みを浮かべて合図すると、ニールセンはわたしたちのテーブルにやって来た。

彼は丁寧におじぎをして、捜査の進捗状況をたずねた。オーウェンは疲れきったようにため息をついて答えた。

「主な証人からは、ひととおり話を聞いたんですが、全体として新たな手がかりはなにもありませんでした。謎はひとつも解明されていません。ひとつ言えるのは、これがきわめて特異な事件だってことですね」

ニールセンはビールをひと口、静かに味わうと、悪戯っぽい笑みを浮かべて言った。

「新たな手がかりはなにもないですって？　本当ですか？　にわかには信じられないな。それどころか、はっきりとひとり、怪しい人物が浮かびあがってきたんじゃないですか」

「どうやら、ラドヴィック伯爵のことをおっしゃっているようですね」

ニールセンは笑顔のままうなずいた。

「ええ、もちろん」とオーウェンは続けた。「この村では明らかに、みんながそう思っているようですから。それはさておき、われわれの容疑者リストには別の人物もあがっていましてね……」

「ほお？」とニールセンは、呆気に取られたような顔で言った。「誰なんですか、それは？」

「もちろん、ここで名前をあげるわけにはいきません。でも実を言うと、ペテン師がひとりいることを探り当てまして」

「ペテン師ですって？　この、クレヴァレイ村に？　ここではみんな、知り合いだっていうのに？　いったいぜんたいどうしたら、そんなことがありえますかね？」

オーウェンは相手をじっと見つめたまま、嬉しそうにうなずいた。

「あなたは的確に問題点を指摘されました、ニールセンさん。ということはつまり、答えもよくわかっているということだ。でもよろしければ、この忌まわしい捜査のことはいったん脇に置いておきましょう。このところ脳味噌を使いすぎなんでね、ひと休みするのも悪くないかと。どう思うね、アキレス？」

「そりゃそうだ……」とわたしは、いったいどういう作戦なのかといぶかしみながら答えた。

「あんまり考えすぎると、頭が沸騰してしまう……熱いお湯を注いだティーポットみたいに」

「うまいこと言うじゃないか」オーウェンはうなずいた。「でも、お茶の時間にはいささか遅いがね。ビールのほうがよさそうだ。アキレス、よかったらお代わりを頼んでくれないか？　ニールセンさんも一日、大変なお仕事をしてきたあとで、さぞかし喉が渇いていることだろうし……」

わたしが飲み物を持って戻ってくると、ニールセンは注意深く耳を傾けているオーウェンの前で、訪問販売のさまざまなテクニックについて論じていた。

「もちろん、そうしたことはみな」と彼は言った。「外から見ていたのではなかなかわからないでしょう。訪問販売員が抱える苦労の数々はね。ぼくも個人的に、そうした道を突き進もうと考えたことがあるのですが、思い返してみると……」

オーウェンが何をたくらんでいるか、ようやくわかった。ニールセンのやつ、まんまと罠にかかろうとしている。だからわが友がそのあとすぐ、気のない口調でこう言うのを聞いても驚かなかった。

「ところで、あなたのお勤め先について、誤解があったようですが……」

「なんですって？」

「ナイス・スキン社で働いていると、おっしゃっていましたよね？」

「ええ、それがどうかしましたか？」

「でもナイス・スキン社は、あなたの名前など聞いたことがないと言うんです」

まるでギロチンの刃のように、オーウェンの返事には有無を言わせぬ威力があった。ニールセンは数秒間、彫像のように固まりついていたが、やがて苦笑いを浮かべながらうなずいた。

「なるほど、バーンズさん、そういうことですか……警察官がやけに愛想よくしてくるのは、裏があるんだろうって疑うべきでした」

「しかたないでしょう、相手はペテン師なんですから。そうそう、さっきはありがとうございます。クレヴァレイ村に今いるよそ者は、あなたひとりきりだってことを、間接的ながら指摘していただいて……」

ヒューゴ・ニールセンはしばらくじっと黙っていたが、やがて困惑したように、栗色の髪に手をあてた。そしてわたしたちをちらりと見やり、こう言った。

「説明をして欲しいと、思っておられるんでしょうが……」

「そうあってしかるべきなのでは」とオーウェンは、皮肉っぽく答えた。

「いいでしょう。でもお話しするなら、プラットさんや牧師さんにも立ち会ってもらいたいな。そのほうが心強いし、事情もよくわかるので」

　ほどなくわたしたちはポール・プラットやキャンベル牧師といっしょに、牧師館の居間に集まった。すわり心地のいい椅子が並んでいたけれど、飾りけのない部屋だった。牧師が暖炉に火を入れても、雰囲気が和むことはなかった。ポール・プラットは仕事場へ迎えに行ったときからずっと口を結んだまま、しかめ面を崩そうとしなかった。牧師もいつも以上に陰気な表情をしている。ちらちら揺れる炎に照らされた顔は、恨みに満ちているかのようだ。いったい何を話すつもりやら、ヒューゴ・ニールセンもむっつりと考えこんでいる。わたしは怖れと期待で胸をいっぱいにしながら、今や遅しと説明を待っていた。この事件は、悪魔の影に覆われている。わたしはこの神の家に、悪魔が入りこもうとしているのをはっきりと感じた。ニールセンはやけに緊張した面持ちで、オーウェンとわたしにむかって話し始めた。

「すでにおわかりのように、ぼくは化粧品の販売代理人ではありません。それは村に腰を据えるための口実にすぎませんでした。まだご存じでなければ言っておきますが、ぼくはスウェーデンの製鉄会社に勤めています。のみならず……まあ、そこはあとまわしにして、まずはある人物についてお話ししましょう。今から三、四年前、ブラム・ストーカーなる作家により小説化されて悪名の広まった人物です……」

「ドラキュラだ！」とわたしは叫んだ。

「お読みになりましたか？」とニールセンはたずねた。

「ああ……いや。でも、たしかとても好評だったかと」

「あなたはどうですか、バーンズさん？」

「もちろん、読みましたとも」とわが友は、興奮気味に答えた。「思うにあれは間違いなく、世紀の最高傑作だ」

「細かな点もおぼえてますか？」

「いや、あまり正確には」オーウェンは頭を掻きながら答えた。

「それなら、ざっと思い出してもらいましょう。物語をすべてなぞらずとも、われわれが戦う相手、吸血鬼という人類の恐るべき敵がどんなふうに描かれているのかをね……」

ニールセンは言葉を切り、暖炉の火をじっと見つめた。彼が口にした怪物が、まるでそこからあらわれるかのように。

「おそらく吸血鬼は、太古から存在していました」とニールセンは続けた。「名前はさまざまですが、最古の文献にも登場しています。古代バビロニア人に伝わる女悪魔リリトゥは、ユダヤ教祭司《ラビ》の話に登場する悪霊リリスのもとになったものでしょう。古代ギリシャ人のあいだで語り継がれたエンプーサやラミア、ストリゲスは、女の姿をした魔物や妖怪で、眠っている人間、とりわけ子供や若い男の生き血を吸って若さを保っていると言われています。

吸血鬼《ヴァンパイア》はこうした夜の怪物たちと、いくつかの点で異なっています。吸血鬼が好んで跳梁跋扈するのは、東プロシアやボヘミア、ハンガリー、モルドバ、ロシアといった東ヨーロッパ一帯です。彼らは生ける死者であり、生者の血をすすって生きているのです。ブラム・ストーカーの物語で、主要登場人物のひとりであるヴァン・ヘルシング教授は、吸血鬼の特異な能力を列挙しています。諸説わかれるところはあるものの、吸血鬼の特徴を探るうえでよい足がかりとなるでしょう。

それによると吸血鬼は、われわれの誰よりも奸計に長けています。そのうえ恐るべき怪力の持ち主で、二十人力だと言われています。交霊術にも通じているし、催眠術の達人でもある。おかげで誘惑はお手のもの。こうして彼は狙った獲物、たいていは若くて美しい女性の警戒心を楽々と解いてしまうのです。霧や嵐のような自然の力を意のままにし、鼠や狼、梟《ふくろう》、蝙蝠のような下等動物を自在に操ることもできれば、そうした動物たち、とりわけ蝙蝠に変身することもできる。霧隠れの術は言うに及ばず、霧や煙に姿を変えて、暖炉の煙突や鍵穴をすり抜けるのも朝飯前。墓の狭い隙間を通って、蓋のしまった棺桶に戻ることもできるのです。なんとも恐ろしい敵ではありませんか」

わたしはぶるっと身震いし、オーウェンをふり返った。わが友は重々しい顔で、落ち着き払っている。ニールセンはさらに話を続けた。

「しかしさいわい、吸血鬼には弱点もあります。やつの動きを妨げる条件や、正体を見破るこつがあるんです。まず第一に、吸血鬼の姿は鏡に映りません。それに昼のあいだは、力を発揮できません。力を保つには、あるいは力を取り戻すには、彼が生きながら埋葬された故国の大切な土のなかで、定期的に休息をとらねばならないのです。ブラム・ストーカーによれば、吸血鬼が活動できるのは夕暮れ時から夜明けの一番鶏が鳴くまでだそうです。そこのところは、疑問の余地もありますがね。いずれにせよ、移動するときや旅をするときは、故国の土を棺桶に入れて、手近な場所に置いておかねばなりません。新たな犠牲者に近づくにも、制約があります。初めてどこかの家に入るときは、あらかじめそこの人間に許可をもらわねばならないのです。いったんいと言われれば、あとは好き勝手に入れるのですが……」

わたしは口を挟みかけたけれど、なにも言うなとオーウェンが身ぶりで合図した。

「お二人ともご存じでしょうが」とヒューゴ・ニールセンは、暖炉の前を行ったり来たりしながら続けた。「あの怪物はもっぱら人の生き血を吸って生きています。狙う相手が眠っている隙に、あるいは催眠術で相手を眠らせたあと、尖った歯を首筋に突き刺すのです。すると血を吸われた犠牲者も、吸血鬼になってしまいます。こうして次から次へと、悪が広まっていくのです。できるだけ早く、食い止めねばなりません。でも、どう戦ったらいいのか？　方法はいくつもありますが、ここではもっともよく使われる手を挙げておきましょう。吸血鬼は十字架を突きつけられると、とたんに怯んでしまいます。ニンニクの臭いにも耐えられません。聖体パンや聖水も、吸血鬼を退散させるのに有効です。野バラを墓のうえに置いておくと、近づけなくなります。吸血鬼を墓地から遠ざけるには、もうひとつ方法があります。罌粟や稲の実を、墓地の小道に撒いておくのです。するとやつは立ちどまって、実がいくつあるか数えないではいられなくなるんです。途中に紐の結び目があれば、ほどかずにはいられません。しかしそれではまだ、敵をやっつけるのに充分ではないでしょう。あの醜悪な怪物から完全に逃れるには、杭を心臓に突き刺すしかありません。あるいは銀の銃弾を、できれば祝別された銀の銃弾を至近距離から心臓に撃ちこむか」

あとに続く沈黙のなかに、暖炉の火がぱちぱちとはぜる音だけが響いた。部屋に集まった者たちの重々しい表情が、炎に照らされくっきりと浮かびあがっている。

わたしはニールセンの話を聞きながら、頭が朦朧としてきた。いくつものイメージが、脳裏にひしめいた。棺桶、蝙蝠、長柄の鎌、煙、銀の銃弾、ニンニクのかけら、結んだ紐……その意味がようやくわかった。われわれが知る出来事と、すべて結びついていたのだ。しかし、それらを取り巻く謎は解明されるどころか、ますます深まっている。わたしはたずねたいことが山ほどあって、口がうずうずするほどだった。

「そ……そうか、わかった。どうして僧院のまわりで、穴を掘っていたのか」わたしは口ごもるように言った。

言うまでもないだろうとばかりにオーウェンが肩をすくめるのを見て、わたしはほかの三人にむけて続けた。

「伯爵の棺桶を捜していたんですね？　つまり彼が……不死者だっていうのは、疑いの余地がないと？」

「まあね」とポール・プラットは不満げにつぶやいた。「でも、残念ながら見つからなかった。捜そうとしたまではよかったんだが、なにしろ敵はとてつもなく悪賢いやつだからな」

「でも最後には、ありかを突きとめてやりますよ」と牧師が冷たい口調で言った。「やつには故国の大切な土が、なくてはならないんですから。棺桶でなければなにか木箱にでも入れて、隠してあるはずです。やつにとっては、生きるか死ぬかの問題です。それにこの近くでは、廃墟の僧院ほど持ってこいの隠し場所はないでしょうし」

わたしはうなずいたものの、まだ困惑していた。土を入れた箱のありかを突きとめるより先に、もっとすべきことがあるのではないか。わたしはニールセンをふり返り、そこのところを指摘した。

「それは俗信にすぎないかもしれませんよ。あまり文字どおりに受け取らないほうがいいのでは？　例えば、鏡に姿が映らないという話も……」

「だったら、シーモアさんに訊いてみるといい」とニールセンは、ぶっきらぼうに言い返した。

「何を見たか、というより何を見なかったか、詳しく話してくれますから」

鏡の一件についてニールセンがざっと説明すると、オーウェンは当惑したようにたずねた。

「で、あなた自身は？　ご自分の目で確かめる機会はなかったのですか？」

「ありましたよ」とニールセンは不満げなふくれっ面で答えた。「旅籠で、二度ほど。ぼくは手鏡を用意しておきました。でもご存じのように、ラドヴィックはあまりあそこに来ませんから。それにまわりに人がいるなかでは、簡単じゃありません」

「それで？」

「一度目は、彼の姿が見えなかったような気がします。でも条件が悪かったし、一瞬のことでした。二度目はうまく行かず、彼の姿は鏡にしっかり映っていました。でもそれは、真っ昼間でしたから。思うに彼の状態に応じて、その現象は起きたり起きなかったりするのではないかと……」

「なるほど」とオーウェンはもの思わしげに言った。「ジキル博士とハイド氏のようなものですかね……獲物を追っているときは完全な吸血鬼だが、それ以外のときは多かれ少なかれ普通の人間だということですか」

「ええ、そういう見方もできるだろうと。この分野では個々のケースがそれぞれ異なっていて、定説と言えるものはありませんから」

「専門家のような口ぶりですね……」

オーウェンは少し間を置いてから、さらに続けた。

「ニールセンさん、あなたがこの事件で演じている役割について、まだ正確なところをうかがっていませんが。わたしの理解が正しければ、あなたは今回の件のためにわざわざクレヴァレイ村にいらしたんですよね……」

「つまり、吸血鬼騒ぎのためにね」とニールセンは謎めいた笑みを浮かべて答えた。「ええそう、ぼくは世に言う吸血鬼ハンターなんです……」

27　吸血鬼ハンター

アキレス・ストックの手記（承前）

ヒューゴ・ニールセンはパイプに火をつけ、ぷかぷかと煙を吐き出すと言葉を続けた。

「ドリアン・ラドヴィックが住みついて以来、この村で起きた数々の出来事を考えれば、ぼくのような専門家が関心を持つのはもっともじゃないですか。実はほかにも事情があるのですが、それについてはまたあとで触れることにしましょう。ぼくは直接村を監視しようと、今から二か月前、化粧品販売という名目でここにやって来ました。そしてあれこれ見聞きするにつけ、思っていたとおりだと確信を強めました。ぼくが到着する一週間前、少年が部屋の窓から恐ろしい人影を目撃しました。その直前には煙や、蝙蝠らしい奇怪な鳥も目にしています。それからほどなくして、別の少年が墓地で怪しい男を見かけました。男は紐の結び目を、せっせとほどいていたといいます……そうこうするあいだに、ぼくはここにいるお二方と知り合いました。二人とも生ける屍について大まかな知識しか持ち合わせていないものの、ぼくと同じ疑念を抱いていました。彼らなら仕事に手を貸してくれるだろうとすぐにわかりましたが、最初はしばらくようすを見たほうがいいと思いました。やがて墓地で、第二の事件が起きました。少女が襲われたのです。ポールさんからその話を聞いたとき、ぼくは旅籠にいました。ポールさんは逆上していました。そのあとのことは、あなたも知ってのとおりです……ぼくたちは牧師さんといっしょに納骨堂へ行き、そこでラドヴィックの先妻二人の遺体を目にしました。遺体の状況は、ラドヴィックの恐ろしい正体を裏づける新たな証拠にほかなりません。そのあと、ぼくはここにやって来た本当の理由を二人に打ち明けました……」

　すると鍛冶屋は真っ赤に燃えた熾火のように、目をらんらんと輝かせながら言った。

「そう、彼は説明した……けど、いいかい、おれは最初からわかっていたんだ。ラドヴィックがこの村に足を踏み入れたときから、あいつが何者かわかっていた。やつは悪党だ。下劣な怪物なんだって」

「わたしだって、気づいていましたよ」と牧師も言った。落ち着いてはいるが、執念深そうな声だった。「わたしは悪を察知する第六感が働くんです。正直な話、こうやって牧師をしているのも、そのおかげでしょうね」

　沈黙あと、オーウェンはたずねた。

「つまり二人の先妻も、夫の毒牙にかかって不死の吸血鬼になってしまったと？」

「もちろんですよ」と牧師はあっさりと答えた。「証人はたくさんいます。二人の死が公式に確認されたあとにも、彼女たちが村をさまよっているのが目撃されているんです。ローザは死ぬ前から、子供たちに襲いかかっていました。さらには奇怪なことに、マージョリーの遺体はまったく腐っていませんでした。科学では説明のつかないことです」

「なるほど、なるほど」とオーウェンは、苛立たしげに指をこすり合わせながら言った。そんなこと、彼には珍しい。「でも、よくわからないな……あなたのご説明によると、最初に墓を暴いたのは、あなたがたではないんですよね？」

三人はいっせいに、首を横にふった。

「それなら、いったい誰が？　誰が二人の女吸血鬼を打ち倒したんです？　誰が彼女たちの心臓に杭を打ちこみ、ニンニクの房や長柄の鎌を置いたんです？　それはあなたのような吸血鬼ハンターなのでは？」

「わたしではありませんよ」とキャンベル牧師は、もったいぶって言った。「神にかけて本当です」

「おれでもない」とポール・プラットは、ひゅうひゅうという耳ざわりな声で言った。「息子の首にかけて嘘じゃない」

「ぼくでもありません」とヒューゴ・ニールセンはそっけなく言った。「別に隠すことでもないですし。ぼくだって必要とあらば、一瞬たりともためらわなかったでしょう。実に立派な行いですが、誰がやったのかはわかりません。それについては三人でいろいろ考えてみましたが、結論は出ませんでした。けれど動機は明確でしょう。その人物は悪を滅ぼすため、果敢に戦ったんです。まさしくプロの手際だと言っていい」

再び沈黙が続いた。オーウェンはまだ苛立たしげに指を動かしていたが、やがてため息をついた。

「まあ、謎がまたひとつ増えただけだ。それはさておき、物知りで通っていたテレンス・ヒルも、あなたがたと同じ疑念を抱いたようですが、それについて彼と話してみたことは？」

「ええ、多少はね」と牧師が言った。「ヒルとは何度かこの問題について話し合ってみましたが、たしかに彼もラドヴィックを疑っていました。二人の先妻の死にも、無関係ではないだろうって。

とりわけ、ローザの死については。ヒルは彼女のことを、やけに気にかけていましたから。けれどもラドヴィックが、われわれの追っている血に飢えた怪物だとまでは思っていなかったようです。そもそも、吸血鬼の存在を信じていなかったんです……それが命取りになったのだが」

「だから、してはいけないことをしてしまった。ラドヴィックを家に招き入れてしまったと?」

「そのとおり。狼が自由に入れるように、羊小屋の戸をあけるようなものです。いったん入っていいと言われれば、あとはもう好き放題に……」

「あなたがたも、みすみすそうさせてしまったと?」

「知ったのはあとからだったので、もう大したことはできませんでした」

「ぼくは翌日、ヒルに会いましたが」とニールセンが眉をひそめて言った。「説得できませんでした。彼は曖昧な返事をするばかりで。おそらくヒルは、村に流れている噂について、ラドヴィックに問いただそうとしたのです。ヒルがラドヴィックにたずねることとなんて、ほかにないでしょうから……」

「ラドヴィックはヒルが家に招くよう、策を弄したのかも」

「たぶん、そうでしょう。悪賢いやつですから。そんなわけでぼくたちは、ヒルに内緒で身辺警護にむかったんです……残念ながら、失敗でしたが」

「だが土を詰めた箱が、いずれ見つかるだろうさ」とプラットが敵意に満ちた笑みを浮かべて言った。「そうしたら、やつの《大切な故国の土》をそこらに撒き散らすか、池のなかに投げ捨てるかしてやる……」

「それでやつは一巻の終わりです。瓶に閉じこめられたハエみたいに、窒息死だ」ロバート・キャンベル牧師も続けた。「でも、ぐずぐずしてはいられません。急いでまた仕事にかからなければ」

「そんなにさし迫っていると？」とオーウェンは、片方の眉をつりあげてたずねた。

「もちろんです。新たな犠牲者を出してはなりません」

「彼の妻、エレナさんのことですか？」とわたしは口を挟んだ。

「彼女がやけに真っ青な顔をしているのに、あなたも気づいたでしょうが」

思わずわが友と目を合わせると、そこにはわたし自身の不安が反映されていた。オーウェンはなんだか困り果てているようだった。狂気じみたこの事件のなかでうろたえ、身動きが取れなくなっているような。けれども、驚くのはまだ早かった。ニールセンはオーウェンに近寄り、挑みかかるような顔でこうたずねた。

「これで納得いきましたか、バーンズさん？　もしかして、まだ吸血鬼の存在に、疑問を抱いていらっしゃるとか？　だったら、ドリアン・ラドヴィックの真の物語をお聞かせしましょう。ぼくはあの不気味な人物を、何年も前から追い続けていたんです。ここにいる友人たちも、詳しくは知らない話です。それをお聞きいただければ、もう疑問の余地はなくなるでしょう……」

28 ナロードニア・ヴォリア

アキレス・ストックの手記（承前）

ヒューゴ・ニールセンは暖炉の前を何歩か歩き、パイプをぷかぷか吹かすと、こう話し始めた。

「ことの初めはナロードニア・ヴォリアですが、さて、この名前に聞きおぼえのある方がおられるかどうか……」

「知ってますよ」とオーウェンは眉をひそめて答えた。「たしかロシア皇帝アレクサンドル二世の暗殺に関わった革命派グループだったかと」

「そのとおり。彼らは一八八一年、爆弾テロでツァーリを暗殺しました。すでに五回も試みて、無関係な人々を何人も巻き添えにしていたんですがね。爆弾攻撃を得意とする、恐ろしいテロリスト集団ですよ。さいわい同じ年、壊滅に追いこまれましたがね。それを受けて当局は、専門の治安部門を設立しました。テロ活動を摘発する秘密警察オフラーナです。とはいえナロードニア・ヴォリアの後継者を自称する集団は、あとを絶ちませんでした。そうしたなかのひとつが、われわれの目を引きました。一八九〇年代の初頭、ドリアン・ラドヴィックはスイスから来る密輸ルートを使って、革命派に武器や爆弾を調達する補給係に従事していたからです」

ニールセンはそこで間を置くと、話し始めてから珍しくそっと微笑んだ。

「その時期、直接彼に会ったことはありません。だってぼくがまだ、二十歳そこそこのころですから。けれども数年後、ぼくはスイスに行くことになりました。わが社の鉄鋼に関心があった武器製造所と、取引の交渉に出かけたんです。そこで初めて、ドリアン・ラドヴィックの名前を聞きました。仲介者のひとりは、彼と以前つき合いがあったそうで、この恐れ知らずの密輸業者のことをよくおぼえていました。そのとき聞いた逸話のひとつが、とりわけぼくの興味を引きました。それがなければ、さほど気に留めなかったでしょう。ぼくは当時すでに、民間の信仰や吸血鬼伝承に関心を持っていました。それは一八九四年のことです。前年、ドリアン・ラドヴィックは金になる密輸の仕事から手を引き、姿を消していました。仲介者――仮にヴィクターと呼んでおきましょう――の話では、あわててロシアを逃げ出したのだろうということでした。オフラーナの局員からは密輸犯として目をつけられ、テロリスト集団からは密輸品をちょろまかして稼いでいると疑われ、双方から追いかけられていたからです。ラドヴィックはフランス経由でイギリスに逃れたのだろう、とヴィクターは言っていました。ここまでは、特に変わった話ではないとおっしゃるでしょう。ありふれた密輸のエピソードにすぎないと。これからなんですよ、興味深いのは。

一八九三年の初め、ヴィクターはラドヴィックといっしょに汽車で武器を運んでいました。彼はそのときすでに、数か月前から同じ路線で乗客たちの身に起きた奇妙な事件について耳にしていました。二、三人の乗客が行方不明になり、やがて死体がドイツの平野で見つかったというのです。まるで狼に襲われたみたいに喉を嚙み切られ、線路の脇に横たわっていたと。ある晩、汽車が雪原の真ん中で止まったとき、ヴィクターはふと目を覚ましました。ラドヴィックが寝台にいないのに気づき、彼は驚きました。通路に出て車掌にたずねると、機械の故障でしばらく停車するといいます。ラドヴィックはその間に、荷の点検に行ったのかも。ヴィクターはそう思い、凍てつくような寒さのなかを確かめにむかいました。はたして、数車両ぶん離れた貨車のあたりにラドヴィックの姿が見えました。それにしても、妙に不自然な姿勢でいると思ったら……ラドヴィックは線路のすぐ脇で、雪のうえに倒れている女のうえに身を乗り出していたのです。ヴィクターが声をかけると、ラドヴィックはさっと体を起こしました。

『何があったんだ？　この女、列車から落っこちたのか？』

『おれにもよくわからない……ついさっき、外の空気を吸おうと思って列車から降りたら、倒れているのが見えて……かわいそうだが、もう手の施しようがなさそうだ。たぶん、男女関係のもつれかなにかで、殺されたんだろう。喉を掻き切られている。でもすぐには気づかず、助けられるかと思って……ほら、おれも血だらけになってしまった』

ラドヴィックはそう言うと、血で汚れた両手をヴィクターに見せ、袖口ですばやく口を拭いました。ヴィクターは、ラドヴィックの唇に血がついているのに気づきました。

『すぐ車掌に知らせないと』とヴィクターは言いました。

『いや、だめだ。面倒なことになる。ただでさえ、遅れているんだから。おれの客は時間にうるさいうえに……ものわかりが悪くてな。死体は脇に片づけて、黙ってコンパートメントに引きあげたほうが懸命だ』とラドヴィックは答えました」

ヒューゴ・ニールセンはそこで言葉を切り、悲しげに首をふってまた話を続けた。

「なるほど、そうかもしれない、とヴィクターは思い、特に疑いは抱きませんでした。ラドヴィックの態度にはすっきりしないものがあるけれど、少なくとも凶暴な連続殺人鬼には見えません。

密輪のためなら人殺しも辞さない男だが、まさか彼がかねて噂の切り裂き魔だなんて。ヴィクターに言わせれば、《ラドヴィックは粗野なところなどまったくない、上品な男》なのだそうです。

ぼく自身、そのときは確信がありませんでした。職業柄、少しばかり疑念を掻き立てられた程度で。ともあれラドヴィックの名前は、こうして記憶の片隅に刻みこまれました。翌年、ぼくは仕事でロシアへ行きました。国の西側、ウッチ近くの町です。出発の準備をしていて気づいたのですが、そこはラドヴィックが子供時代をすごしたという、ドイツ国境付近の村からも、あまり離れていませんでした。ある晩、ヴィクターがラドヴィックと酒を酌み交わしながら夕食をしていたとき、彼自身の口から聞いたのだそうです。そこでぼくは時間が取れ次第、さっそく調査にかかりました。

ラドヴィックの足跡《そくせき》は見つかりましたが、一家はずいぶん昔に村を離れたとのことでした。一家と言っても、兄弟三人だけなのですが。レヴ、アアロン、それに末っ子のドリアンです。彼らがいなくなってせいせいしたと、みんな思っているようでした。三人には悪い噂がつきまとっていたけれど、誰も理由《わけ》を教えてくれません。ぼくがいくら問いただしても、口をつぐんでしまうんです。なんとか聞き出せたのは、彼らが国境を越えてドイツに渡り、母親の故郷の村に移り住んだということくらいで。グライヴィッツ近くの村ですが、誰も名前をおぼえていませんでした。グライヴィッツなら、さほど遠くありません。けれどもぼくは、調査を続行したものかためらっていました。ともかくグライヴィッツまでは行ってみたものの、初めは成果がありませんでした。もうあきらめようかと思っていたころ、町から南西に下った、オーストリア国境に近い村々で、吸血鬼騒ぎが起きているらしいという話を聞きつけました。ようやく手ごたえがあったぞ、とぼくは思いました……」

ニールセンは猫のように目を光らせながら、さらに話を続けた。

「十八世紀初頭、プロシア東部で猖獗《しょうけつ》を極めたペストは、この地方まで広がりました。当時、ペストは超自然的な原因から起こると信じられていました。民衆の秩序を守るべく、当局は対策を講じる必要に迫られました。そこで報告のあった吸血鬼事件の調査をし、ときには墓地を暴いてまで、ペストの原因と目される吸血鬼の居所を突きとめようとしたのです。

一八八九年、さらに小規模で局地的な疫病の流行がありました。病気はいくつかの村を襲っただけでしたが、それがきっかけでラドヴィック兄弟の足どりをつかむことができました。何年も前のことではありましたが、噂はいまだに語り継がれ、人々の記憶にしっかりと焼きついていました。疫病で死んだ者は、急いで埋葬せねばなりません。そうした死体のなかに、レヴとドリアンも含まれていました。アアロンの行方は、結局わからずじまいでしたが。それはボヘミア公国に隣接する村での出来事でした。ラドヴィック兄弟は、そこに住んでいたのです。疫病で死んだほかの人々といっしょに、二人も墓地に埋められました。埋葬は、たくさんの人たちが見ている前で行われました。あとの話にも関わることなので、これははっきりと言っておかねばなりません。翌日、ラドヴィック兄弟の墓が掘り返されているのを見て、村人たちはどんなに驚いたことか。土の山で囲まれた二つの墓穴の底には、棺が横たわっています。けれどもその蓋には、こじあけようとした跡が残っていました。棺のなかにあったレヴの遺体は、見るも恐ろしいありさまでした。まるでひと晩じゅう悪魔と格闘していたかのように、目は引きつり手足は強張っていました。ドリアンの遺体は、消え去っていました。二人は生きたまま埋葬されたのではないか、と皆は思いました。これまでも、そういうことはありましたから。そして息を吹き返し、棺桶から抜け出そうとしたのだろうと。ドリアンはなんとか脱出に成功し、兄を助けようとしました。けれども棺桶の蓋はしっかり釘で固定されていて、いかな怪力の持ち主でもあけられそうにありません。しかも一メートル以上もの深さに埋められていて、重たい土がかぶさっています。

常識的に考えれば、何者かがなんらかの理由で墓を暴いたのでしょう。しかしそれでは、レヴの苦悶の表情や、ドリアンの死体が消えていたことの説明がつきません。こんな謎めいた出来事が、言うに言われぬ不安を掻き立てたとしても不思議はありません。しかし事態は、それに留まりませんでした。村人たちのあいだに、新たな恐怖の波を広げる証言が飛び出したのです。埋葬が行われた日の夕方、三人の少年が墓地の前を通りかかりました。そこで目にしたものがあまりに恐ろしかったので、誰にも打ち明けられなかったというのです……無理もありません。件の墓の土が盛りあがってきたと思ったら、泥だらけの人があらわれたっていうんですから……墓から抜け出したこの怪物をじっくり見る間もなく、少年たちは一目散に逃げ出しました。それも無理のないことです。そんなことがあったと知って、人々は最悪の事態を覚悟しました。はたして、ほどなく恐ろしい事件が持ちあがりました」

ニールセンは自嘲するかのように首をふった。馬鹿げた話をしているのは、自分でもよくわかっていると言わんばかりに。けれど口を挟むものは誰もいなかった。わたしは彼の口もとをじっと見つめ、続きを待った。

「数日後、森で若い女の絞殺死体が発見されました。首には嚙まれたような跡も残っています。同じような死体が、次々と見つかりました。今度の被害者は、老人と若者でした。レヴの遺体は念のため、心臓に杭を打ってから埋めなおされましたが、もちろんそれで事件は終わりませんでした。墓を抜け出したもうひとりの怪物が、まだあたりをうろつきまわっているのですから。吸血鬼を恐れるあまり、エアラウという地元の町では悪魔祓い師《エクソシスト》を呼んだくらいです。気味の悪い目をした、怪しげな男でした。吸血鬼の犠牲者はそのあとも続いたので、確たる成果があがったとは言いがたいものの、少しずつ下火になっていったことは認めざるを得ません。そして数か月後、事件はすっかり収まったのでした。ドリアン・ラドヴィックが恐怖を撒き散らした怪物だったのは明らかでしょう。犠牲者たちは死人に口なしなので、疑問の余地は残るものの、例外もありました。彼の襲撃をからくも逃れた少年がいたのです。少年はドリアン・ラドヴィックの顔を知らなかったので、彼が犯人だと断定することはできませんでした。けれども少年の証言によると、襲ってきた男はドリアンによく似ているようです。ぼくは彼について、すでにいろいろ知っていましたから、それを考え合わせると、もう疑問の余地はないでしょう。

さらに数年がすぎました。その間、ぼくがドリアンについて知ったのは、彼がロンドンに逃げたということくらいでした。その年、一八九三年、ドリアンは外国人がたむろする胡乱《うろん》な組合主義者グループのなかに紛れこんだのです。ぼくも関係者にあたってみましたが、なにもつかめませんでした。そのころはもう、ドリアンは顔を出さなくなっていたということくらいで。そうこうして数か月がたち、たまたまなにかの話の折に、同じ名前を持つ人物の噂を聞きました。二度、奥さんに先立たれ、三回目の結婚をしたばかりだというのです。なるほど、すべて辻褄が合います……伯爵という称号は別ですが、もちろんそれは詐称でしょう。ぼくが知っているのは、これですべてです」

重苦しい沈黙が部屋を包んだ。オーウェンは指先を組んで、わざとらしい作り笑いを浮かべている。

「面白いお話ですね……正直なところ、こんな状況でなかったら、にわかには信じられませんが」

ヒューゴ・ニールセンは両手を背中にまわして、暖炉の前を歩いていたが、やがて立ちどまってオーウェンの目をじっと見つめた。

「いずれにせよ、ぼくが今お話ししたことは、グライヴィッツ警察署の資料室で簡単に確認が取れますよ。ドイツの役人が、あの件に関する書類を廃棄するわけありませんからね」

29　ラドヴィックの釈明

アキレス・ストックの手記（承前）

　こうして得られた新たな手がかりを、いったいどうとらえたらいいのか、ウェデキンド警部はほとんど困り果てていた。大きな進展があったのは喜ばしいが、おかげで捜査はいっそうどっぷりとぬかるみにはまりこんでしまったようだ、というのが警部の意見だった。英独関係が良好とは言えない状況からして、ニールセンの証言を確かめるのは言うほど簡単ではなさそうだ。さいわい警部はドイツの警察に、個人的な知り合いがひとりいた。オットー・ウェルナーといって、前に一度手を貸してあげたことがある。早速彼は電報を打って、助力を求めた。

　われわれの調査も、その回答次第だ。ニールセンの話はでまかせでないと、ドイツの警察当局から確証が得られれば、容疑者はもう逃れられない。さもなければ、調査はまたふり出しに戻ってしまう。返事が来るまで、何をしていよう？　下手に今すぐラドヴィックを訊問しても、相手を利する結果になりかねない。そこでわたしたちは先を急がず、型どおりの訊問に留めることにした。そうすればむこうも安心して、自分の過去を進んで話すかもしれない。もし嘘をついても、あとからそれが明らかになれば、立場を悪くするだけだ。そもそもこんな状況で、彼があえて新たな犠牲者を出すことはないだろう。たとえわれわれが追っている恐るべき敵だったとしても、そんな危険を冒すとは思えない。

とはいえ、不測の事態に備えておくに越したことはない。わたしは翌朝、陽気なモード・シーモアの話を聞きながら、そんな思いをいっそう強めた。ローザの伯母モード・シーモアは、すてきなコテージでわれわれを温かく迎えてくれた。彼女は村でラドヴィックの無実を信じている、数少ない人のひとりだった。だから自分の証言が、彼をいっそう窮地に立たせることになるとは思ってもいなかった。吸血鬼には鏡に映らないという特徴があることを、彼女は明らかに知らなかったようだ。そして一か月前、ラドヴィック家のベランダで目撃した奇跡について、詳しく話してくれた。ラドヴィックが入って来るときも出て行くときも、彼女の正面にかかっていた鏡に彼の姿は映っていなかったと。ドアがあいたり閉まったりするのははっきり見えたし、それ以外のときにはラドヴィックの姿もちゃんと見えていたけれど。

シーモアにとってこれは、賞賛してやまないラドヴィックの非凡な一面をあらわす出来事だった。オーウェンもその点は同意見らしいが、あれこれ事細かにたずねているところを見ると、この新たな謎を前にして途惑っているようだ。わたしもすっかり意気消沈していた。ラドヴィックに不利な証拠が積み重なり、われわれの疑念は強まるいっぽうだった。どうしたらこんな恐るべき敵に罠を仕掛けることができるかと、わたしの不安はいや増した。

オーウェンは部屋を飾る観葉植物や、それを選んだ趣味のよさを誉めるのが得策だと判断した。会話が始まったときから、シーモアの趣味はオーウェンのお眼鏡に適っていたのだけれど。やがて話題は、亡きローザの母親に及んだ。暖炉のうえに置かれた額縁の肖像は、とても美しかった。オーウェンはそれをしばらく眺めたあと、「大金持ちのアレキサンダー・エヴァズレイが、彼女の哀愁を帯びた美貌に抗しきれなかったわけがよくわかりますね」と切り出した。「持って生まれた彼女の陰鬱な気性は、娘のローザにも受け継がれました」とモード・シーモアが答えると、「女性の魅力の大部分は、謎めいた心の内にあるんです」とオーウェンは続けた。「かく言うわたしも、その手の魅力には敏感なほうでして」と彼は前置きし、抒情的な言葉で一席ぶった。「ローザは両親が亡くなったあと、ふさぎこんでいました」とシーモアがつぶやくと、オーウェンは先ほどとは打って変わり、鋭く切りこんだ。

「ローザさんはそのころから、よく町に出るようになったとか……」

「ええ、しょっちゅうロンドンへ行っては、散財していました」

「交霊会に通っていたという話も聞きましたが」

「そうなんです。けれど、災い転じて福となすっていう諺もありますでしょ。だってそのあとすぐ、ドリアンと出会ったんですから」

沈黙が続くあいだ、わたしは老嬢をじっと見つめた。ブローチと銀縁の丸眼鏡に太陽の光が反射して、少しまぶしかった。

「それじゃあドリアンさんとは、交霊会の折に出会ったということですか？」とオーウェンは、わざと何気なさそうにたずねた。

「ええ、だと思いますが……」

「なるほど。それはまた奇遇ですね。死後の世界を探求に出かけて、現《うつ》し世の愛と出会ったわけですから。そのあたりの経緯《いきさつ》については、詳しくお聞きになっているのでは？」

「いえいえ！　ローザは進んでわたしに話をしてくれましたが、恋愛問題は別で。ですから、その件についてわたしの口から、これ以上お話しできません。記憶もだいぶ、衰えていることですし、ローザがなんと言っていたか、よくおぼえていないんです。あの子が亡くなってしまった今、それがそんなに重要なことなんですか？」

「重要というわけではありませんが、当時の状況を把握しておきたかったので。それはきっと、とてもロマンティックなものだったかと」とオーウェンは答えて、ボタンを外した上着の真っ赤なボタンホールに、夢見るような目をむけた。

「本当に、よくわからないんです」とモード・シーモアは、心動かされたように言った。「でも、おそらくそんなところでしょう。だって交霊会から戻ってきたときでしたから、あの子がすっかり変わったなと思ったのは。あの日のローザは、まさしく花ひらいたばかりのバラのようでした」

ほどなくわたしたちは、シーモアのもとを辞去した。それから旅籠で昼食をとるときまで、オーウェンは注文をする以外ひと言も発しなかった。ひたすら考えこんでいる邪魔をしないほうがいい。コーヒーが運ばれたときになって、ようやく彼は口をひらいた。

「アキレス、ちょっとばかり手を借りたいんだが……」

「手を借りたいって……ぼくの手をかい？　そいつは、驚きだな」

「わかってるさ。でも、きみはなかなか筆達者だからね。われわれの冒険を語ろうなんていう無謀な思いつきも、見事にやってのけている。だからうってつけなんだ。それにきみの視点とぼくの分析を突き合せれば、この事件を特徴づける出来事をしっかり検証できるだろう。ひとりだけで考えているより、二人で知恵を持ち寄ったほうがいいに決まってるさ。たとえ二人のあいだに、歴然たる能力の差があってもね。というわけで、主要な出来事を日付順に細かくまとめてもらえるとありがたいんだが。今回の事件だけでなく、マッカーシーやヴァイオレット・ストラリング殺しも含めてね」

「そうだな……できる限りがんばってみよう。いずれにせよ、そのつもりで最初からメモはとってある。なるほど、わかったぞ……」

「わかったって？」

「すべてがひとつに結びついている。きみはそう思っているんだな？」

オーウェンは蜂蜜を塗りたくるみたいに、甘ったるい笑みをわたしにむけた。

「すごいぞ、アキレス。まったくきみにはなにも隠せないな」


【二つの事件の時系列順まとめ】

一八八九年　グライヴィッツで謎の吸血鬼騒ぎが起きる。
一八九三年　ラドヴィック、秘密警察オフラーナに追われてイギリスに逃亡。そこで一時期、組合主義運動の集まりに出入りする。
一八九六年　ヴァイオレット・ストラリングが殺される。
一八九七年　ラドヴィック、ローザ・エヴァズレイと結婚。
一八九八年六月　ローザ、流産。
　　　　八月　ローザ、池で溺死。その後、彼女の《幽霊》があらわれる。
一八九九年　ラドヴィック、マージョリー・ウォーカーと結婚。

一九〇〇年二月三日
マージョリー、心臓発作で死亡。彼女の《幽霊》もその年の秋と翌年十月に、墓地の近くで姿を見られている。
一九〇一年四月
エレナ、ドリアンと出会う。
六月
二人は結婚。
八月二十七日
アン・シェリダン、友人のエレナと再会。アンはエレナがとても変わったと思う。
九月一日
ピーター少年、部屋の窓から不思議な鳥を目撃する。蝙蝠だろうか？　彼は煙と、恐ろしい顔も目にした。
九月八日
ヒューゴ・ニールセン、村に暮らし始める。
九月十日
ベンジャミン少年、煙の陰に男があらわれるのを目にする。男は細紐の結び目を必死にほどいていた。
九月二十五日
モード・シーモア、ラドヴィックの姿が鏡に映らないことに気づく。
十月二日

十月三日の晩

《ブラウン医師》なる人物が、マッカーシー宅を訪れる。おそらくマッカーシー殺しの犯人だろう。

十月四日の早朝

マイケル・ドノヴァン神父、死の床にあるマッカーシーのもとを去ったあと、辻馬車に撥ねられて死亡。

十月六日

マッカーシー、毒を盛られて死亡。

奇妙な煙のあとを追って墓地まで行った少女が、何者かに襲われる。プラット、牧師、ニールセンは納骨堂に入って、棺が荒らされているのに気づく。驚いたことに、マージョリーの死体は少しも傷んでいなかった。

十月十三日

アン・シェリダン、グリーンロッジに到着。

十月十五日

マッカーシーの名前で送られた《銀の銃弾》が二つ、警察に届く。

十月十八日

ラドヴィック、ロンドンから戻る。

十月十九日

ラドヴィック、テレンス・ヒルに招かれる。

十月二十一日午後十時三十分

テレンス・ヒルが信じがたい状況で殺される。

十月二十四日

追いつめられたニールセンは、この事件で担った真の役割を告白する。

二時間後、わたしはオーウェンの部屋を訪ねてこのメモを渡した。てっきり辛辣な言葉が返ってくるものと覚悟していたら、意外にも彼はじっくりとメモ書きを読んだあと、大きな声でこう言った。

「すばらしいぞ、アキレス！　きみにここまでのことができるとは、夢にも思っていなかった。ほとんどなにひとつ見落としていない。いやあ、とうとう弟子が師に追いついたってわけだな。このメモはほぼ一字一句、ぼくが考えていたとおりだ」

「きみが言うんだから、まんざらお世辞ではなさそうだが」

「もちろんだとも、アキレス。本当によく書けている。きみはこの事件の本質をしっかり捉えているようだ」

「ほう？　だったら、謎はすべて解けたとでも？」

「もちろん、そうじゃないさ。でも、われわれは正しい道を歩んでいるって感じるんだ。きみがまとめてくれたメモのおかげで、大きな前進を遂げることができた。ざっと検討してみるだけでも、すべてが複雑に入り組んでいることがよくわかる」

「ぼくには、まだはっきりとは……」

「《銀の銃弾》、糸車、交霊会という三つの重要な手がかりを、しっかり見きわめなくては」

「でも最後の点は、事件と関連しているのか、まだ確証が得られていないのでは」

「ほぼ、間違いないさ。そこはこれから調べるとして、二つの銀の銃弾は誰が何のために送ったのかも謎のままだ」

「それについては、すでに検討したじゃないか。あれはメッセージだったって。マッカーシーが銀の銃弾を作ったってことを、われわれに知らせようとしたんだ」

「つまりは密告だと？　ふむ、そうかもしれない……けれども銀の銃弾は、ヴァイオレット・ストラリング殺しにも絡んでいるようだ。あの事件のなかで、いったいどんな役割を演じているのかは、まだよくわからないがね。糸車となると、もっと謎めいている。きみの見解はたしかに魅力的だが、テレンス・ヒル殺しにも関わっていたとなると……」

「あれでますますはっきりしたのでは？」とわたしは遮った。「犯人は糸車を使って、内側から鍵のかかった部屋から抜け出たんだろうって。ストラリング殺しでもそうだった。ということは、すべての事件を背後から操る人物がいて……」

「なるほど、そのとおりだろう」とオーウェンはうなずいた。「正直言って、今のところまだ五里霧中なんだが」

「霧と来れば煙、煙と来ればヒル殺しだが、あの事件については、本当にまったく見当がつかないのか？」

　するとわが友は肩をすくめて答えた。

「もちろん、いろいろ考えてはいるさ。三人の目撃者が犯人で、わざと不可解な証言をしているのかもしれない。しかし、その可能性は低いだろう。前にも言ったように、そんなことしたからって意味ないからね。見方を変えれば、三人の証言そのものが、彼らの無実を証明しているんだ。だが三人のうちひとりが共犯者で、犯人の逃亡を手伝ったという可能性はありそうだ」

「誰が？　ニールセンか？」

「いや、彼だけは除外できるだろう。けれどもあとの二人は、犯人がヒルを殺したあと部屋から抜け出せる口――というのはドアと窓のことだが――をひとりで見張っていた時間が少しあったからな。それについてはまたあとで検討するとして、まずは交霊会という第三の手がかりに集中したほうがいい。ラドヴィックの写真を持ってロンドンに戻り、きみの知り合いジェイン・メリヴェイルとマッカーシー夫人から話を聞くことにしよう」

「ああ、大賛成だな。でもその前に、容疑者からも話を聞いておくのが筋じゃないか？」

するとオーウェンは、鷹揚な笑みを浮かべて答えた。

「ぼくもまさしく同意見だね。どうせやつは、なにからなにまで否定するだろうが。だが、ほかにも聞きたいことがあることだし」

わたしたちが旅籠を出たとき、にわか雨がクレヴァレイ村に降り注いだ。傘を広げて墓地の入口の前を通りすぎるとき、わたしは廃墟の僧院を指さしながら友に言った。

「こんな天気なんだから、吸血鬼ハンターたちもひと休みすればいいものを。ぬかるみのなかを掘り返すのは楽じゃないだろう」

「体のことを考えたら、そうするに越したことはないな」

「なにか見つかると思うかい？」

「そいつはわからないが、なにも見つからないのも発見のうちさ」

「ラドヴィックは疑惑だらけだが、率直なところ、どうも信じられないんだ、オーウェン。たしかに彼が犯人かもしれないが、まさか吸血鬼だなんて……いくら鏡の一件や煙、窓の外で羽ばたく蝙蝠らしき鳥のことがあったとしても……」

「心臓に杭を打たれた死体はどうなんだ？　しかも片方の死体は、まったく傷んでいなかった。それは間違いない事実なんだぞ」

「いつだってぼくたちは、この世ならぬ謎を解き明かしてきた。《混沌の王》事件が、なによりもの証だ。でも、今回は桁違いだな。きみもそう思うだろ、オーウェン？　いきなり初めから、謎の山がぼくたちのうえに襲いかかってきて、事態は目まぐるしく変わる。シャワーの冷水と温水が切り替わるみたいにね……」

「うまいこと言うじゃないか、アキレス」とオーウェンは、雨がぴちゃぴちゃ降り注ぐ傘を見つめながら皮肉めかした。「もしラドヴィックとの対決に尻込みしてるなら、ぼくひとりで行ったっていいんだぜ。宿に戻って、ぼくの帰りを待つんだな」

　ラドヴィック邸の玄関ベルを押すと、使用人のアリス・アームブルースターが迎えに出た。彼女はわれわれを書斎に案内し、ご主人様は居間で休んでいるのでしばらくお待ちくださいと言った。本に囲まれていさえすれば機嫌のいいオーウェンのことだからして、さっそく本棚を隅々まで漁り始めた。わたしはそれほど興奮しなかったが、彼に倣って本を眺めながら言った。

「すばらしい蔵書だ。亡きアレキサンダー・エヴァズレイはなかなかの教養人だったらしいな」

「そこまでとは思わないがね。本の状態は申しぶんないが、中身については手放しで褒められない。ここに並んでいる本からは、教養人に見せかけたいという下心が透けて見える。成りあがり者にありがちなことなんだけれど。殺されたヒルの蔵書のほうが、はるかに興味深かった。こっちは昔ながらの本を取り揃えているだけだ」

やがてオーウェンは本棚から小型本を一冊抜き出し、先ほどの批判を翻した。

「おや、シェリダン・レ・ファニュの『アンクル・サイラス』があるぞ。なかなか興味深い。きみに言わせれば大衆文学だろうが、このジャンルで大きな役割を演じた作品だ。ぼくはまだ読んでいないが……」

そのとき、屋敷の主人が姿をあらわした。背の高い、尊大そうな人影が近づいてくるのを見て、わたしは震えを抑えられなかった。けれども、彼が口をひらいて丁寧な挨拶をすると——かすかに訛りのある、よく響く声だった——その印象は消え去った。

「お待たせして申しわけありません。読んでいるうち眠たくなるような本を、ひらいてしまったものですから。小説としての出来は、今あなたが手にされている作品には及びもつきませんよ、バーンズさん」

実はまだ読んでいないのだとわが友が言うと、ドリアン・ラドヴィックは皮肉っぽく続けた。

「だったら、お持ちになってけっこうです。お貸ししますよ。返す機会はいくらでもあるでしょう。これからも、しょっちゅう会うことになりそうですからね。さあ、居間に移りましょう。あちらのほうがくつろげます。アリスにお茶を持ってこさせます。こんな土砂降りのなかをいらしたんですから、ひと息ついていただかないと……」

　その点については、ラドヴィックの言うとおりだった。召使いが淹れてくれた熱いお茶を飲むと、わたしはたちまち元気が出た。オーウェンは湯気の立つカップに触れもせず、いきなり本題に入った。

「それはまた、おかしな質問だ」とラドヴィックは、大声で笑ったあとに言った。「つまりあなたは、わたしが最初の妻と出会った個人的な経緯《いきさつ》について、お知りになりたいとおっしゃるんですね。それが本当に、あなたがたの調査に関わっているんですか……」

「調査に関係なければ、わざわざそんなことをたずねたりしませんよ」とオーウェンは抑揚のない声で答えた。

「なるほど。それなら、答えはノーです。わたしはローザと劇場で知り合いました。交霊会のテーブルの前ではありません。何という芝居だったのか、題名はもう忘れてしまいましたが。たしかに彼女は、よくそんな子供騙しの集会に出かけていたようですが。けれどもそれはわたしと出会う前で、その後は行かなくなりました。わたしがいたおかげで、霊魂やなにかに頼らずにすむようになったと思いたいんですが」

「それじゃあ、あなたはその手の集まりに通ってはいなかったと？」

「ええ、わたしの趣味ではありません」そのあと彼は、少したためらってから続けた。「一、二度試してみましたがね。まあ、面白半分にやってみただけで、本気で信じちゃいませんよ。そもそも、誰かあの世の人物と話をする必要などないですし。わたしが生きているのは今、この世界であって、過去ではない」

「そうですとも」とオーウェンはうなずいた。「けれども、過去という言葉が出たところで、あなたの過去についてうかがいたいのですが。まずはイギリスに来る前の時期について。よくおわかりだと思いますが、あんな事件があった以上、すべてこと細かに裏を取ることになりますよ。ですから全面的に協力していただければ、時間を無駄にしなくてすむんです」

「いいでしょう」とラドヴィックはそっけなく言った。「でも、すっかりお話ししたつもりなんですがね。これ以上、何をお知りになりたいと?」

オーウェンはポケットから手帳を引っぱり出し、ページをめくってこう言った。

「あなたは最初の結婚の折、つまり一八九七年にイギリス国籍を取得されています。その二、三年前、ロンドンにアンティークの店をひらきました。けれど移民課に問い合わせたところ、一八九三年にはもうイギリスに来ていたとのこと。その間、何をしていたのかがはっきりしないのですが……」

続く沈黙のあいだに、ラドヴィックの顔はみるみる曇った。

「大したことはしてませんよ。その場その場の成り行きで、いろんなことをちょこちょこと……」

「それについてはなにも聞かされていませんが」

「仕事先を選んでいる余裕なんか、ありませんでした。ほかのわが同胞たちと同じように、食うや食わずの暮らしを送っていましたから」

「貴族だというのに、意外ですね。伯爵の称号について、もう少し詳しくお聞かせ願えますか?書類によれば、あなたは一八六六年四月十七日、キエフ生まれだとか。お名前はドリアン・ラドヴィック。それで間違いありませんね。よく考えてから答えてくださいよ。たとえどんなに時間がかかろうと、のちほどじっくりと確認しますからね」

　ラドヴィックは明らかに困惑したようすで、疑り深そうに目を光らせた。そして観念したように話し始めた。

「けっこう。そうやってちくちくと皮肉られるのはもうたくさんだ。わたしは生まれてこのかた、さんざん侮辱を受け続けてきたんでね。そもそも、いつ、どこで生まれたのかも、正確なところはわかりません。わたしは一八六五年、クリスマスの晩に、オデッサ郊外にキャンプしていたジプシーたちに拾われたんです。歓迎の贈り物代わりだったのか、凍死しかけた赤ん坊が入ったかごを、何者かがキャンプの近くに置いていったのでしょう。もの心ついてから、少なくともわたしはそう聞かされました。育ての親は正直な人たちだったし、わたしは彼らよりも明らかにヨーロッパ系の外見をしていましたから、その話を疑う理由はなにもありません。母は親切な人で、わたしをドリアンと名づけました。父はちょっと厳しかったけれど、寛大な心の持ち主でした。彼らについておぼえているのは、それくらいです。ある晩、狂信的な村人たちがわたしたちを極悪人のように責めたて、キャンプに火を放ちました。そんなことがなければ、もっといろいろ話を聞けたでしょうに。恐ろしい迫害から生き残ったのは、わたしと飼い犬一匹だけでした。たまたま散歩に連れ出そうと思い立ったおかげで、難を逃れることができたのです。

　またしても、運命が救いの手を差し伸べてくれました。その地方に渡ってきたユダヤ人の小さなコミュニティーに加えてもらったのです。彼らもささやかな商売をして暮らしていましたが、とても教養ある人ばかりでした。おかげでわたしは彼らから、多くを学ぶことができました。どこかに腰を落ち着けるや、すぐにまた追い立てられる流浪の生活でしたから、学校にはろくに通ったことがありません。けれども彼らが授けてくれたもの、とりわけ立派な教育はのちのちとても役立ちました。こうして十年の年月が流れ、わたしたちは国中を巡り歩いた末、とうとう一八八七年初冬、ワルシャワにたどり着きました。町には緊張感が漂っていて、わたしたちのコミュニティーに悪意を抱いて神経を尖らせた人々がいることはわかりましたが、どうすることもできません。寒さと雪と食糧不足で、留まらざるを得ませんでした」

ラドヴィックはそこで言葉を切ると、宙の一点をじっと見つめ、唾を飲みこんでまた話を続けた。

「歴史は永遠の繰り返しにすぎませんからね、そのあとのことは察しがつくでしょう。キャラバンは燃やされ、わたしたちは殴り殺されたり、追い払われたりしました。わたしが難を逃れたのは、若くて元気だったのもさることながら、見た目に際立った特徴がなかったおかげです。助けてくれた靴直し職人の老人は、わたしの作り話を信じました。殺されたユダヤ人たちに監禁されていたのだと言ったんです。あなたの質問にお答えするなら、もうおわかりのとおり、わたしには貴族の血など一滴も流れてはいません……」

オーウェンは憐れむように無言でうなずくと、こうたずねた。

「で、それから？　どうやってイギリスまでやって来たんですか？」

ラドヴィックは唇をつぼめて答えた。

「そのあとなにをしたのか、できれば忘れたいくらいです。わたしは盗みを働いたり、物乞いをしたりしながら、その日暮らしを続けました。そうこうするうち、おかしな男と知り合いました。

わたしに劣らず一文無しなのに、自分は伯爵だと言い張るんです。初めはでまかせだろうと思っていました。けれども一家が没落の一途をたどった話を聞いているうちに、いつしか信じるようになりました。彼は零落した最後のひとりなのだそうです。名前はラドヴィックといいましたが、わたしはいつも伯爵様と呼んでいました。そうすると、彼が喜ぶんでね。ファーストネームは何だったか……ともかくドリアンではありません。彼は変わり者で、いつだって楽天的でした。今はたまたま不幸のどん底にいるけれど、すぐに抜け出せると信じて疑いません。しかもそのためには、手段を選ばないときてる。彼にはそれまでもずいぶんと驚かされましたが、貨物列車を襲撃するつもりだと告げられたときほどびっくりしたことはありません。彼が言うには、一台の車両に数百万ルーブルの現金が積まれているのだそうです。どうしてそんな話に乗ってしまったのか、自分でもいまだにわかりません。だってどう考えても、正気の沙汰とは思えませんからね。こうして、綿密な計画が立てられました。モスクワから十五キロほどのところで、列車が通る線路のすぐ脇に、彼は家を借りました。列車は時間通りにやって来たものの、盛り土の下に仕掛けた爆薬はうんともすんとも言いません。精巧な発火装置に不備があったようです。彼は腹立ちまぎれに、どこが悪かったのか突きとめようと装置をばらばらにし始めました。彼の体を吹き飛ばした恐ろしい爆発のことは、今でもまだ忘れられません。文字どおり、跡かたもありませんでしたよ。家のなかに身のまわりの品がいくつか、残っていただけで。そこで彼の身分証を見つけたとき、思いついたんです。多くの大事な友人たちを奪ったロシアの地を離れ、どこか遠い国で新たな人生を始めようと。彼はわたしよりずっと年上でしたから、身分証の生年月日をうまく書き変えたり、ファーストネームも変えたりして、ドリアン・ラドヴィック伯爵が誕生したというわけです……逃げも隠れもしませんよ」とラドヴィックは皮肉っぽい、悲しげな口調でつけ加えた。「ついでに言うならイギリスじゃあ、こんな称号はほとんど役に立ちませんでしたがね。少なくとも初めのうちは」

「苦難の人生ですね」とオーウェンは言った。「しかも、それがまだ続いている……でもよくよく考えてみると、身分詐称を問題にするのはあなたの国の司法当局で、ここではそんなことでとやかく言われないと思いますよ。しかしおわかりのとおり、そのほかの点については捜査がしかるべく進んでいます」

「よく承知していますとも、バーンズさん。こうやって毎日のように根掘り葉掘り質問されていれば、忘れる間などありません」

オーウェンはラドヴィックに礼を言い、次は夫人にお話をうかがいたいと続けた。屋敷の主人が出て行くと、閉まったばかりのドアを見つめているオーウェンに、わたしは目でたずねた。

「辻褄はすべて合っている」と彼はため息まじりに答えた。「だが、どれも確かめようのない話ばかりだ……」

「じゃあきみは、信じていないと？」

「そうは言わないが」とオーウェンは続けた。「確かめようがないうえ、実に感動的だ。ユダヤ人迫害の悲惨なくだりなんか、もう少しで涙がこぼれそうだった。あの感極まったような震え声、苦しみをこらえながら遠くを見つめる目……なかなかの名演技じゃないか。即興で思いついたのだとしたら、感服するね。でもおそらく、前からじっくり練りあげていたんだろう。いつか追及の手が伸びたときのために。とはいえ今のところ、嘘だという証拠もない。この手の証言は珍しくないんだ。あるとき、質屋の男を問い詰めると……」

　そのときドアがあいた。ラドヴィック夫人が来たのかと思いきや、あらわれたのはアン・シェリダンだった。彼女もわたしたちに劣らずびっくりしたらしく、入口の前で足を止めた。

「すみません」とアンは口ごもるように言った。「寝室から降りてきたところで、みなさんがいらしていると知らなかったものですから」

「ともかくお入りください」とオーウェンは立ちあがって言った。「少し時間がありますから、おしゃべりでもしましょう」

　オーウェンはありふれた世間話をぺらぺらとまくしたてたあと、いきなり額に手をあてて叫んだ。

「そういや、昨日の朝、お会いしたんでしたっけ。なにやらあなたと一生懸命お話ししていた若い男性はどなたですか？」

　アンは唇を結んだまま黙っている。

「まあ、わたしたちには関係ないことですが……」

「婚約者です」アンはようやく口をひらいた。「ちょっと言い争いをしていました。わたしの滞在が長引くのを、彼が嫌がって……ここに来るのも反対したくらいですから」

　けれどもアンの婚約者だというクリストファー・ワーウィックについては、ロンドンに住んでいて化学者だという以外、多くを知る時間はなかった。ちょうどそこに、ラドヴィック夫人のエレナがやって来たからだ。アンはわたしたちに軽く会釈をすると、すぐにその場を立ち去った。

　わたしはエレナをひと目見て、顔色が悪いのに驚いた。だからといって彼女の美しさは、ほとんど損なわれてはいなかったけれど。黒い髪をアップにして丸くまとめ、魅力的な首筋が露わになっている。けれども首の下あたりには、いつものようにスカーフが巻かれていた。黒いクレープ地のワンピースが、青白い顔色と痛々しいまでに対照的だ。まるで彼女のまわりだけ、冷たいすきま風が吹き抜けているかのようだった。

「わたしになにかお話があるとか」とエレナは弱々しい声で言った。

「ええ、そうなんです」とオーウェンは、雰囲気を盛りあげようと陽気な口調で答えた。「こんなことお願いすると、びっくりされるかもしれませんが……」

オーウェンが話し終えないうちに居間のドアがあき、またしてもアン・シェリダンが姿をあらわし、すみませんというように片手をあげた。目には興奮の色がはっきりと見てとれる。彼女はすたすたとローテーブルに歩み寄った。

「バーンズさん」とアンは口ごもりながら言った。「じゃあ、見つけてくれたんですね？」

「見つけたって、何を？」

「わたしの本ですよ。ほら、テーブルのうえにある……さっきも目にしたのに、あの本だって気づかなくて。部屋を出てから、そういえばって思ったんです……何日もずっと、捜していたんですよ」

オーウェンはテーブルに一冊だけ置かれていた本を取りあげた。うえにのせた手袋に隠れて、表紙はよく見えない。

「ああ、これのことですか？」と彼はページをめくりながらたずねた。

「ええ、ありがとうございます、オーウェンさん。本当にどうも」

オーウェンが差し出した本を受け取ると、アンの笑顔はたちまち落胆の表情に変わった。

「いえ、これじゃないわ……著者が同じだったので、勘違いをしてしまいました。わたしが捜していたのは『カーミラ』で、『アンクル・サイラス』ではありません……」

アンは枕もとに置いておいた本が忽然と消え失せた話を手短にすると、困惑したように何度も謝って居間を出て行った。

しばらく沈黙が続いたあと、オーウェンは愉快そうにエレナをふり返り、こう言った。

「ささいなことのようですが……わたしも経験上、よくわかります。読みかけの小説が見つからないのは、本当に苛立たしいものだってね。それはともかく、何をあなたにお願いしたいかというと……」

「びっくりするようなことだとおっしゃってましたが……」若い女の顔に蒼ざめた笑みが浮かんだ。「わたしの水彩画についてですか？」

「いえ、そうではありません。これはわれわれの調査に関わっていることで。いくつか確認するようにと、ウェデキンド警部から頼まれているんです」

「どういうことでしょう？」

「よろしければ、首に巻いたスカーフを外してみていただけますか？」

「スカーフを？」とエレナは驚いたように言って、首筋に手をやった。

「ええ、お願いします」とオーウェンは言って、目を伏せた。「もちろん、お嫌ならば……」

「嫌ではありませんが」とエレナは言って、スカーフの結び目を緩めた。「でも、どうしてそんな……」

彼女はスカーフをほどいてオーウェンに手渡した。わが友はタンスに歩みより、ウェリントンの胸像にかけた。

「こうすれば、厳めしい風貌も少しは和らぐというものです」彼はそう言うと、エレナに近寄り悠然とつけ加えた。「ちょっと首筋を見せていただけますか?」

「何ですって?」エレナはむっとしたように言ってあとずさりした。

「申しあげたとおりです。いやなに、ちょっと確かめるだけですから、ほんの数秒で終わります。あなたの首に傷がないか確認して欲しいと、ウェデキンド警部が言うんですよ。拒むのはご自由ですが、その場合、正式の出頭命令を出して……」

エレナは顔を引きつらせ、助けを求めるみたいにあたりを見まわした。けれどもスカーフはもう外してしまったし、目の前にはいかにも人畜無害そうな顔でオーウェンが立っている。そうなるともうきっぱり拒絶するわけにもいかず、彼女は見るも哀れなようすで震える手を除け、首筋をわれわれに晒した。

脇の喉に近いあたりに、刺し傷の跡がいくつか見てとれた。そのうち二つはとてもくっきりとしていて、うじゃうじゃけた白っぽいかさぶたがまわりを囲んでいた。

30　月明かりの池

「なんてことだ！」ドリアン・ラドヴィックは怒りを爆発させた。「少しはプライドってものがあるだろうに。もしあいつらに服を脱げと言われたら、そうしてたのか？　信じられん。あの二人、自分を何様だと思っているんだ？　正式な警察官でもないくせに！」

「そんなにむきにならないで」とエレナはため息まじりに言った。「ほかにどうしようもなかったのよ……もし拒絶したら、警察署に呼び出されて……」

「そんなもの、ただの脅しに決まってるさ。なのにわたしときたら、お茶まで出してやったりして。初めから、そうとわかっていたらな！」

「で、あの人たち、あなたにはどんな話をしたの？」

「大したことはなにも……あれこれ、言いがかりをつけてきただけで。あいつら、口実なんかどうでもいいんだ。馬鹿げた質問で、責めたてるばかりで。十年前にわたしが何をしていたかだの、どうやってイギリスに来たのかだの、そんな類のことをあれこれと。ともかく、今後あの二人が非公式にここへやって来たら、わたしは会ってもかまわない。けれどもきみは、やつらにドアをあけるんじゃない」

「でも、あなた……」

「口答えするな。わかったな？　絶対だぞ」

「いいかげんにしてよ。気分が悪くなってきたわ」

「自分が悪いんだぞ」

「やめて、お願いだから」とエレナはうめくように言って、最後は叫び声をあげた。

居間のドアはひらいたままになっていた。その近くに立っていたアンは必死に唾を飲みこむと、自分の部屋に引き返した。

アンは明かりもつけずにベッドに倒れこみ、すすり泣き始めた。ドリアンとエレナの口論が、まだ耳のなかで響いている。まるで自分もそこに加わっていたかのように、彼女は打ちのめされていた。悲しみで胸が潰れそうだ。わたしは行く先々に不幸をもたらしている。とりわけ、大事にしている人々に。ドリアンの怒り、エレナの不安、クリストファーとの仲たがい……みんなわたしのせいだ。心の奥では、みんながしあわせになって欲しいと、それだけを願っているのに。アンは三人とも愛していた。それぞれ、愛し方は違うけれど、心底愛している。こんなふうにみんなの気持ちがこじれてしまうのなら、わたしなんかいないほうがいいんだ。

いないほうがいい、いないほうがいい……熱い涙を流すアンの頭に、その言葉が繰り返し鳴り響いた。このままでは、どうにも気持ちを落ち着けられそうもない。彼女は起きあがって浴室へ行き、戸棚にあったエレナの睡眠薬を飲んだ。服を着たままベッドに横たわると、やがて頭がぐるぐるまわり始めた。と同時に、彼女は意識がいっそう冴えわたるのを感じた……わたしはいないほうがいいんだろうか？　そんな簡単な話じゃない。アンは自分がどこまでもエゴイストとしてふるまってきたと、認めざるを得なかった。エレナが落ちこんでいるのにつけこんで彼女を抱きしめ、あまり道徳的とは言いがたいやり方で慰めた……そうやって、心にずっと秘めていた幻想を満たしたのだ。だっておぼえている限り遥か昔から、エレナを欲していたのだから。口にはできない情熱を、彼女に抱き続けていた。あのときまで、それを行動に移す機会がなかっただけで。クリストファーに申しわけないとは、一瞬たりとも思わなかった。実際、アンはなんの迷いもなく彼を裏切った。そして今度はドリアンと抱き合い、エレナも裏切ってしまった。エレナはここ最近、見るからに疲れきっていた。だから部屋でぐっすり眠りこんでいるのをいいことに、何度も繰り返しドリアンと抱き合った。そう、わたしはこんな浅はかな衝動も抑えられない、エゴイズムの怪物になり果てた。

恐ろしい悪夢を見て、アンははっと目を覚ました。額が嫌な汗でじっとりと濡れている。曇った窓ガラスのむこうに青白い月が見えた。どうやら、零時すぎらしい。そういえば、夕食を食べていなかった。起こさないほうがいいと、ラドヴィック夫妻は思ったのだろう。アンは起きあがって窓を大きくあけ、湿った空気を胸いっぱいに吸いこんで、満天の星を眺めた。古い修道院の朽ちかけた壁が、蒼ざめた星明かりに照らされている。いわく言いがたい奇妙な感情が、胸にこみあげてきた。これはメッセージだろうか？　瞑想と祈りへの誘いでは？　すべての罪を洗い流す、最後の機会かもしれない。

アンはセーターに着がえ、忍び足で階段を降りて外へ出た。玄関のドアをそっと閉め、墓地のほうへと歩き出す。錆びた鉄柵の扉を押しあけると、ぎいっという陰気な音がした。月明かりに導かれて、彼女は墓地のなかに入った。あたりは昼間のように明るかった。墓石がうっすらと燐光を放って、里程標さながらまわりを囲んでいた。エヴァズレイ家の納骨堂を飾る天使像が無言の挨拶を投げかけ、フクロウは枝のうえからよく響く鳴き声をあげている。どこにいるのだろうとうえを見あげながら、アンは歩き続けた。茨の棘がちくちくとひっかかった。はずすのはひと苦労だったけれど、彼女は気にせず僧院にむかって進んだ。地面に横たわる聖母マリアの胸像が、哀願するようにこちらを眺めている。その先に目をやると、落ち葉に埋もれかけた怪物像《ガーゴイル》の首が、敵意に満ちた表情でアンをにらみ返した。

すべての罪を洗い流そう……頭のなかで小さな声が、祈りを唱えるみたいに何度も繰り返した。でも、清めの水はどこにあるのだろう？　かつてはこのあたりに、聖水盤があっただろう。でも、どこに？　月が道案内をしてくれるわ。ほら、あそこの岩のあいだから、道が伸びている。池に続く小道が……。

池……清めの水。これこそ、待っていたメッセージだ。

背後で枝が折れる音がして、アンははっとふり返った。すたすたと近づいてくる人影がある。池までの険しい道を案内してくれる黒い天使だろうか？　それともクリストファーみたいに、彼女を連れ帰りに来た白い天使？

アン、と名前を呼ぶ声がした。やっぱり、クリストファーだわ。けれどもすぐに、ドリアン・ラドヴィックだとわかった。月明かりを浴びて、目が冷たく光っている。

「アン、ここで何を？」

「べつに……」とアンは口ごもった。「ちょっと散歩してただけ。眠れなかったから」

「こんな時間に？　夜中の三時じゃないか」

ドリアンは彼女の腕を取り、厳しい表情でじっと顔を見つめた。

「信じられないな。きみが屋敷を出たところから、あとをつけてきたんだが……」

アンは涙がこみあげてくるのを感じてうつむいた。

「自分でも……よくわからないの。なんだか、ここにいてはいけないような気がして。明日、ロンドンに帰るわ」

「ここにいてはいけないって？　わたしにはきみが必要なんだ、アン。わからなかったのかい？　わたしの力になれるのは、きみだけだ。エレナはおかしくなり始めている。正気を失いかけてるんだ」

「エレナはとても不幸なんだと思うわ……」

「いや、彼女はまともじゃない。人が変わってしまったみたいに……きみだって、気づいたはずだ」

ドリアンはアンの腰に手をかけた。彼の目に映る月が大きく膨らむのが見えた。と同時に、アンはにわかに気力が抜けるのを感じた。

「わからないわ、ドリアン。わたしにはもう……」

「きみが必要なんだ」とドリアンは喘ぐように言った。

貪るような彼の手がブラウスの下に入りこみ、背中に沿ってうえにあがってくる。そしてアンの昂る胸をまさぐった。彼女はドリアンの唇が首筋に触れるのを感じた。電流が走り抜けたかのような激しい衝撃で、アンは体を痙攣させた。

「わたしもよ、愛してるわ……」

31　大いなるイワン

アキレス・ストックの手記（承前）

十月二十六日

マッカーシー夫人はオーウェンが封筒から取り出した写真を、震える手でつかんだ。

「つまり……」と彼女は涙で目を曇らせて言った。「ブラウン医師を名のっていたのは、この男じゃないかとおっしゃるんですか？」

「ええ」オーウェンはうなずいた。「そこのところを、確かめたいと思っているんです」

写真というのは、昨晩テイラー警視のところから借りてきたドリアン・ラドヴィックのポートレートだ。少し凶悪そうに写っているので、実物とは印象が違うけれど、見分けがつかないほどではない。今後の成り行きを左右する、重大な一瞬だ。老婦人がじっくり写真を眺めているあいだ、わたしは今か今かと待ちかねていた。

昨日はロイストンに泊り、朝一番の列車でロンドンに戻ってきた。昼食もろくすっぽ食べていなかった。オーウェンいわく、一分でも無駄にすればそれだけ犯人を利することになるのだそうだ。ほんのわずかなチャンスでも、犯人に与えてはいけない。もちろん、わたしも彼の意見に大賛成だった。しかし汽車を降りるなり、胃のなかが空っぽのまま町を駆けずりまわったあとだったので、一日分のエネルギーが尽きかけている感じがした。オーウェンはジェイン・メリヴェイルの勤め先――というのは、ハムリーズのおもちゃ売り場なのだが――に直接出むいて、彼女と連絡を取るようわたしに言った。今日のうちに、どうしても彼女の話を聞きたいということで、夕方、ティーサロンで待ち合わせることにした。そのあいだ、オーウェンは友人が勤めている新聞社デイリー・テレグラフの資料室で調べものをした。社屋前のフリート・ストリートで、彼はいらいらしながらわたしを待っていた。目あてのものが見つからなかったので、できれば今日のうちにもう一度、ここに来なくてはならないと彼は言った。それからわたしたちは近くの地下鉄駅にむかい、マッカーシー夫人宅へ行くため地下鉄に乗って、最寄り駅のオルドゲート・イースト方面にむかったのだった。

「この人ではありません」マッカーシー夫人はしばらく考えた末に答えた。

「間違いありませんか？」オーウェンは念を押すように言った。「あわてなくてけっこうです。時間はありますから……ご主人を殺した犯人かもしれないってことを、お忘れなく」

見ればオーウェンはわたし同様がっかりしたように、椅子の背もたれに体を沈みこませている。

そのとき夫人が、こうつけ加えた。

「でも、少し似ているような気も……」

オーウェンははっと背を伸ばした。

「どういうことですか？　この男でないのは確かだけれど、似ていると？」

マッカーシー夫人は眼鏡をかけ直し、写真をじっくり見ながらうなずいた。

「ええ、顔つきがどことなく。目もとのあたりかしら……」

「変装しているからでは？　ブラウン医師はつけひげをしていたと思われますが」

「それでも、別人なのは確かです……写真の男は、何て言ったらいいのか、感じのいい上品な顔をしていますが、《ブラウン医師》のほうはもっとでっぷりして、物腰は決して悪くないのに、粗野な顔つきでした。あの目つきは今でも忘れられません。写真の男と似ていますが、もっと鋭くて……」

オーウェンは自分でも、もの思わしげに写真を眺めまわしたあと、封筒に戻してしばらく考えこんだ。やがてその瞳に、わたしがよく知る小さな光が灯るのが見えた。彼もわたしと同じことを考えているらしい。

「ありがとうございます、マッカーシーさん」とオーウェンは言った。「とても貴重な証言をいただきました。おかげさまで、憎むべき殺人犯を捕まえることができそうです」

「だといいんですけど。本当に、そうなって欲しいものです。決して目には目をと思っているわけではないですが、犯人が死刑になればほっとするというのが、正直な気持ちです」

「それが正しい法の裁きというものですよ」とオーウェンは言って、重々しくうなずいた。「ところで……二つの銃弾が入った小包が警察に届いた件で、先日問い合わせがあったかと思いますが。差出人の住所が、こちらになっていた小包です……おぼえていらっしゃいますよね？」

「もちろんです。でも、わたしはそんなもの送ってません。本当です。夫でもありません。そのときはもう、この世にいなかったのですから」

「しかしあの銃弾には特殊な加工が施されていましたから、作ったのは針金工場の仕上げ工だったご主人かもしれませんよね？」

「たしかに。作ったのは夫だったとしても、あれは銃弾ではないでしょう。」

「おや」とオーウェンは驚いたように言った。「どうして、また?」

「先日、思い出したのですが」とマッカーシー夫人は答えた。「何年か前のこと、夫が銃弾のようなものを作っているのを目にしたことがあるんです。ところが夫はそれを、なにかの鞘にはめこもうとしていました……」

「銃身だったのでは?」

「いいえ、そうは見えませんでした……お話しできるのはそれくらいですが、ふとそんなことを思い出したものですから」

「何年か前、と言いましたよね? もしかして、五年前では?」

「はっきりとはおぼえていませんが、何をおっしゃりたいのかわかります。でも、信じてください。夫はヴァイオレット・ストラリング殺しとは無関係です。ジョンは本当にいい人なんです」

「いずれにせよ、よくおぼえていましたね……」

マッカーシー夫人はまた涙ぐんだ。

「そんなことが記憶の片隅に残っていたのは……その日、わたしが仕事場へ行ったとき、夫がちょっと困ったような顔をしたからなんです。というか、苛立ったような顔を。夫はやけにそっけない返事をしました。そんなこと、めったにないのに。でも、単なる偶然でしょう。夫があんなおぞましい事件に関わっているはずありません。彼はとっても善良な人間です……」

ほどなくわたしたちは、コマーシャル・ロードのパブで昼食を終えた。ようやく腹が落ち着くと、わたしは目下の問題についてじっくり考えられるようになった。オーウェンもビールの小ジョッキをいっきに空け、ひと息ついた。目の前の窓ガラスを震わせて舗道を走り去る乗合馬車を眺めながら、彼はこう言った。

「あれこれ手がかりがあふれているが、焦ってはいけない。パズルのピースをひとつひとつよく吟味したうえで、組み立てにかかるんだ」

「それなら、エレナの首筋にあった奇妙な刺し傷についてだが、きみは彼女の説明を信じたのかい？」

「テーブルに肘をついたとき、テーブルマットのうえで腕が滑って、フォークが刺さったっていう話か？　いいや、とうてい信じられないね。これまたとてつもない偶然ってことになるからな。傷の位置も合わないし……」

「傷口のうちふたつは、まだくっきり残っていたが」

「ああ。けれども、人が噛んだ痕にも見えなかった」

「たしかに。しかし、われわれが相手にしている敵は、《人間》なんだろうか？　問題はそこだよ！」

「それについては、前にも論じたじゃないか、アキレス。そこのところは冷静に考え、性急に結論を出さないようにしなければ。たとえあらゆる手がかりが、同じ方向を指し示していようともね。とりあえずは、ドイツ警察の返答を待とう。その結果次第で、こちらの方針もきっぱり決まるさ」

「そのあいだに、吸血鬼の新たな犠牲者が出るかもしれないぞ。わかっただろ、あの女はなんとしてでも夫を庇おうとしている」

「彼女も吸血鬼の犠牲者なら、どうして庇ったりするんだ？」

「ニールセンの話を忘れたのか？　吸血鬼は催眠術に驚くほど長けていて、獲物を意のままに操ることができるんだ」

「忘れちゃいないさ、アキレス。きみはびっくりするかもしれないが、ニールセンの見事な解説を聞く前から、ぼくには知っていることばかりだったし。彼についてもドイツ警察が何と言ってくるか、待とうじゃないか。いいか、ラドヴィックが犯人だとする物的な証拠は、今のところなにもないんだ」

「あいつは無実だと思っているのか？」

「そうは言ってないがね、アキレス。われわれがここにいるのは、まさしく彼を追いつめるためだ。しかし、ずいぶんと時間を無駄にしてしまった。さあ、ビールを空けたまえ。次へと駒を進めようじゃないか」

　ほどなくわたしたちは、骨董屋の薄暗い店内に足を踏み入れた。古い家具やらなにやら、雑多な品がところ狭しと並んでいる。入口のベルがちりんと鳴ると、ぼんやりとした目つきの若者があらわれた。歳は二十《はたち》そこそこだろう。すり切れた上っ張りを着ている。店主と話したいのだが、とオーウェンは言った。

「ラドヴィックさんとですか？」と店員の若者は、警戒するような目をしてたずねた。「店長は留守にしてます。店にはめったに顔を出さないんです。でも、なにかお探しの品がおありなら、お調べしますが」

　オーウェンはぐるりとあたりを見まわした。

「きみが店を切り盛りしてるのかね？」

「ええ、まあ……ここより作業場にいることのほうが多いですが……このところ、商売はあがったりなもので」

わたしは内心、にやっとした。最後のひと言は、言わずもがなだろう。陽もろくに射さない小路の奥にあったのでは、客などそうそう来やしない。ショーウィンドーの指物《さしもの》だって、塗りなおしが必要だ。どれもこれも面白みに欠け、目を引くような珍品はひとつもなかった。

けれどもオーウェンはいくつかの品を指さして、すばらしい修復の腕前だと褒めそやした。とりわけなかのひとつが気に入ったそぶりで、二、三日考えるあいだ取り置いて欲しいと、チップに十シリング札を若い店員に手渡した。効果てきめんだった、と言わざるを得ない。店員の口はにわかに軽くなり、わたしたちは隣接する小さな作業場を見せてもらうことができた。店と同じように質素で狭苦しい、なんの面白みもない場所だった。ほかに大した収穫はなかった。若者は一年弱前からそこで働いていて、店主とはほとんど仕事上のつき合いしかなかった。給料はわずかだが、客も少ないので文句は言わなかった。小路を二本隔てた先に、ラドヴィックの仮住まいがあるという。

わたしたちはさっそく行ってみた。袋小路の奥の古びた建物に入ると、郵便受けのひとつにラドヴィックの名前があった。どの部屋かはわからないが、消去法で突きとめた。最上階のドアだけ、表札がでていなかったからだ。オーウェンは何度もノックしたけれど、予想どおり返事はなかった。

「なんなら、ウェデキンド警部といっしょに出なおすことにしよう」

「ちょっといいかな、オーウェン」とわたしは、苛立たしそうにため息をつきながら言った。

「思うに店やなにかは、すべてただの見せかけなんじゃないか？」

「あるいは、定期的にロンドンへやって来るための口実かも……それはともかく、まずはもう一度デイリー・テレグラフ紙の資料室へ行かねば。ジェイン・メリヴェイルに会う前に、目あてのものを見つける時間があるといいんだが」

資料室の時計が五時半を告げたとき、オーウェンは一八七九年の新聞の束にせっせと目を通しながら、興奮で頰を紅潮させて叫んだ。

「あったぞ！　ユリイカ《ユリイカ》とうとう見つけた。これを読んでどう思ったか、聞かせてくれ」

わたしは何ごとだろうと、十二月づけの新聞記事を覗きこんだ。そこには同月十九日、三度目になるロシア皇帝アレクサンドル二世暗殺計画失敗の経緯《いきさつ》が書かれていた。

「革命派グループ、ナロードニア・ヴォリアが事件の背後にいるという点を別にすれば、何も注目すべき記事ではないように思うが」わたしはざっと目を通して言った。

「そうとも、ナロードニア・ヴォリアはニールセンが言っていたテロリスト集団だ」とオーウェンはつけ加えた。

「ああ、おぼえているさ。でもそれが、ラドヴィックとどう結びつくのか。やつが反体制グループに協力したというだけで……」

「そうとも、アキレス。でも、細かく記事を読んでみたまえ。とても気になることが書いてあるから」

「まだよくわからないな……」

「脱線したのはお召し列車の二両目だけだった。テロ計画の首謀者アレクサンドル・ミカイノフは、爆破のタイミングを間違えたんだ。事件がどこで起きたのか、見てみろよ。アレクサンドル・ミカイノフはモスクワから十五キロのところで、線路に隣接する家を買っておいた……どうだ、なにか思い出さないか？」

「なるほど、ラドヴィックの友人だったっていう変人がやりそこねた列車襲撃の話か。でも、事件の場所以外、共通点はないが……」

「たしかに、共通点はそこだけだ。でもやつの話を聞いて、ぼくはこの皇帝暗殺未遂事件を思い出した。ニールセンがナロードニア・ヴォリアのことを持ち出したせいで、頭にひっかかっていたからだろう。それに一連の皇帝暗殺計画については、テロリストたちが裁判にかけられたあとに、たしか解説記事を読んだことがある。ロシアでは有名な出来事だから、ラドヴィックも知らなかったはずはない。とりわけやつは、のちに過激派と関係があったことだし。やつがでたらめを並べ立てるのに、この事件から着想を得たのは間違いないだろう……」

「つまり、ラドヴィックは嘘をついていたと？」

「もちろんさ、アキレス。前にも言ったように。でも、きちんと確かめたかったからね。ニールセンの話はまだ裏がとれていないが、ラドヴィックが怪しいのはますます明らかだ」

ジェイン・メリヴェイルと待ち合わせをしたティーサロンは、そこからすぐのところにあった。メリヴェイルは時間どおりにやって来て、たちまちわが友に魅了されたようだ。それはオーウェンのほうも同じだ、と言っておかねばならない。ミス・メリヴェイルは五十の坂を越えているけれど、黒い巻き毛に縁どられ、カンカン帽をかぶった顔は、生き生きとした美しさを保っていた。悪戯っぽい小ぶりの鼻と、緑色の大きな目、くっきりとした唇が、彼女の魅力と生来の優美さを引き立てている。けれどもオーウェンが彼女に魅了されたのは、そうした美的な側面からばかりではなかった。ご活躍、ご高名のほどは――わたしから聞いただけでなく――よく存じています、とジェイン・メリヴェイルはオーウェンに打ち明けた。こうしてあなたとお知り合いになれたと友だちに話したら、どんなに羨ましがられるかと。ひとに誉めそやされることほど、オーウェンが好きなものはない。しかも相手が魅力的なご婦人とくれば、なおさらだ。要するに二人はたちまち打ちとけ、わたしたちはさっそく本題に入ったのだった。ヴァイオレット・ストラリングについては、前にわたしが聞いた以上のことはわからなかった。

「交霊会の折、ミス・エヴァズレイなる方に会われたことがあるのでは？」とオーウェンはたずねた。

「会ったかもしれませんが、よくおぼえていなくて……」

「ミス・ローザ・エヴァズレイというのですが」オーウェンはさらにたたみかけた。

「ローザ？」とメリヴェイルは、片方の眉を吊りあげて繰り返した。「その名前には、聞きおぼえがあるような……」

オーウェンがローザの外見をざっと説明すると、メリヴェイルはうなずいた。

「ああ、わかりました。お父様の霊とお話ししたいと言っていた、お若い方だわ。でも、ストラリング夫人が亡くなられたあとでした。わたしが会ったのは、二、三回だったと思います。そのころはもう、交霊会にはあまり顔を出さなくなっていましたから」

「どうしてです？」

「実を言うと、なんだか胡散臭いと思うようになったんです。交霊には仕掛けがあるんじゃないかって。ぼんやりと光る手や青白い人影があらわれたり、くぐもった低い声や鎖の音が聞こえたり……」

「たしかにそれは、インチキ霊媒師の常套手段ですからね」オーウェンはうなずいた。「でも今では、すべて嘘だと確信しているんですね？」

「ええ」とメリヴェイルはため息まじりに答えた。「さいわい、はっきり目が覚めました。それまでに、ずいぶん大金をつぎこんでしまいましたが、後悔はしていません。だって長年捜していた男性と、ようやく巡り合うことができたんですから。一夜を共にすごしたあと、忌まわしい偶然のせいで行方がわからなくなっていたんです。笑われるかもしれませんが……」

「とんでもない」オーウェンはきっぱりと言った。「不可能な愛ほど気高いものはありません」

「再会するまで、十年も待ち続けたんですよ。《超宇宙生命体の会》に行かなかったら、それも叶わなかったといつも思ってます。わたしが会を抜けたあとのことですが。本当に感動的な、すばらしい再会でした……結局そのあと、数年しか続きませんでしたが」

「日常になってしまうと、やがて幻滅が訪れたと？」

「ええ、バーンズさん」とメリヴェイルは、懐かしむように言った。「それが人生なんでしょう」

「われわれはいつでも、ないものねだりをするものです」とオーウェンは、もったいぶった口調で答えた。「それはそうと交霊会の中心人物、つまり霊媒師の足跡を追っているのですが。あなたがたにあの世からのメッセージを伝えた人物はどんな男だったか、お聞かせ願えますか？」

「お安い御用だわ。だって、とても特徴的な容貌でしたから。ずんぐりした体つき、頬骨の張った大きな顔、とっつきにくそうな厳めしい表情。鋭い目は、まるで心の奥底まで見とおすかのようです……」

　わたしはオーウェンとわけ知り顔で笑みを交わした。

「もしかして、ブラウンという名だったのでは？」とわが友はたずねた。

「そうかもしれませんが、名前は知りません。本人は《大いなるイワン》と名のっていました」

「イワン雷帝気取りってことですか」とオーウェンは腹立たしげに言った。

「ええ。たしかにどことなく、ひとを圧倒するような感じがありましたから。今にしてみると、思いあたることとですが。彼はストラリング夫人が亡くなったあと、奇妙なことを言っていました。まるでストラリング夫人に天罰が下ったかのように、疑り深い者たちには気をつけるようにって。そのころはもう、わたしは交霊会に顔を出していませんでしたから、人づてに聞いた話ですけれど。ストラリング夫人が殺されたのは、ちょうど三か月ほどカナダに行っていた時期でした。会の誰かが教えてくれたんです。ある晩、彼女が大っぴらに、《大いなるイワン》をペテン師だと非難したと」

「なるほど……」とオーウェンは、あごをさすりながら言った。「それはなかなか興味深いですね。つまり彼女には敵もいたわけだ。では、写真を見てもらいましょう。写真の人物は、おそらく霊媒師本人ではないでしょうが、万が一ということもある。ともかく、あなたのご意見を聞かせていただければ」

　ジェイン・メリヴェイルはオーウェンが差し出した写真をさっと眺めると、笑って答えた。

「ええ、たしかにこの人ではありません」

「やっぱり」とオーウェンは目をしばたたかせながら言った。「でも、もっとよく見てください。もしかして、この男に会ったことがあるのでは？」

「見るまでもありません。これが誰かは、よく知ってます。ドリアン・ラドヴィックですよね……」

「何ですって？」とオーウェンは叫んだ。「ああ、そうか……友人のアキレスから聞いたんですね？」

いや、そうじゃないと、わたしは思いきり首を横に振った。

「いいえ」とジェイン・メリヴェイルは言って、にっこり微笑んだ。「交霊会を主催していたのはラドヴィックなんです。彼ですよ、わたしたちに《大いなるイワン》を紹介したのも……」

32 去り行くアン

十月二十七日

まるで天上の指が立ちのぼる霧をわしづかみするように、太陽の光が射しこんだ。墓石が静かに浮かびあがる。真珠色に輝く霧に包まれた古い僧院の崩れかけた壁が、ブロンズ色に染まっていった。

アンは昂る気持ちを抑えて、この見慣れた光景から目を背け、部屋の窓を閉めた。そしてベッドの脇に置いた荷物をじっと眺めた。つらくてたまらなかったけれど、決心は揺らがなかった。クレヴァレイ村を出て行こう。もう二度と、戻ってくることはないだろう。村での日々を思い返すと、胸が苦しくなった。ここに着いたのは、ちょうど二週間前。それが遥か昔のようにも、つい昨日のようにも思える。あれからいろいろなことがあったけれど、雨に濡れて屋敷に着いた晩の光景は今でもはっきりと目に浮かぶ。闇に沈んだ人気《ひとけ》のない部屋。やがてエレナが帰ってきて、わたしは目を覚まし……それからは苦しみと喜び、怖れと幸福を交互に味わい、ついには罪悪感に押しつぶされそうになっている。まるでそれが初めて体験した絶頂へと至る、物狂おしい興奮の代償であるかのように。僧院の脇でドリアンとすごしたあの一夜のことは、決して忘れないだろう。二人が結ばれた瞬間を、月が見守ってくれた。あまりに激しい至福のひとときにわれを忘れ、湿った草や小石だらけの地面に裸で横たわり、茨で傷だらけになっても、痛いとさえ思わなかった。翌朝——というのは昨日のことだが——目を覚ましたとき、シーツに血痕が点々としているのに気づいて、びっくりしたくらいだ。しかし脚や腕、首、肩が擦り傷で覆われているのを見れば、驚くにはあたらない。そのあと浴室の鏡に映してみて、惨状のほどを確認した。とりわけ背中はひどいものだった。顔が無傷でまだよかったと、アンは胸を撫でおろした。

昨日は自己嫌悪でいっぱいになって、ずっと部屋にこもったまま、自らの恥ずべき行いを反芻していた。難破船から逃げ出すネズミみたいに屋敷をあとにするのかと思うと気持ちが落ちこんだけれど、もうここに留まってはいられない。愛する者たちの幸福と、自分自身の救いがかかっている。心は千々に乱れ、まともにものも考えられない。それが日々、ひどくなっていくのだ。今わたしは、奈落の縁に立っている。なんとしてでも引き返さなくては。たとえその先に待っているのが、死ぬほど退屈な毎日だとしても。

何度も涙にむせいだあと、アンは夕食の時間、覚悟を決めて食堂に降りていった。ドリアンとあんなことがあったあとなので、エレナから非難の眼差しをむけられるだろうと恐れていた。裏切りの証である、傷だらけの裸身を晒しているような思いだった。しかし友人の目に、非難の色は少しもなかった。それどころか、エレナは微笑みさえ浮かべていた。顔色と同じ、青白い笑みだった。生き生きとした表情は、ほとんど見てとれない。なるほど、ドリアンの言うとおりなのかもしれない。エレナは狂気に沈みかけているのだ。ドリアンもアンに笑いかけたけれど、明らかに困惑しているようすだった。明日の朝、ここを発つつもりだと告げると、二人とも引きとめようとしたが、アンの決意が固いのを見て、結局あきらめた。

そして今、出発のときが来た。アンは大きく息を吸いこみ、荷物を手に階段を降りた。玄関の脇に荷物を置き、キッチンに入る。たっぷりの朝食が並んだテーブルに、ひとりぶんの食器だけが置かれていた。エレナはテーブルのむこう端に腰かけ、彼女を待っていた。隠しきれない悲しみが、顔にあらわれている。黒い大きな目が、哀願するかのようにアンを見つめた。もしかして気が変わるのではと、一縷の望みを託しているのだろう。アンはこの無言の問いかけに、あわててこう答えた。汽車に乗り遅れないよう、急がねばならないと。

「ドリアンが二輪馬車を用意したわ。外で待っているけれど、朝食をとる時間くらいは……」

「ええ、本当にありがとう……すっかりお世話になって。いろいろあったけれど、生涯でもっともすばらしいひとときを送れたわ。あなたがしてくれたことのお返しは、ぜんぜんできそうもないけど」

「そんなことないわ、アン。お礼を言わなくちゃならないのは、わたしのほうよ。あなたには、すっかり助けてもらって……あなたがいなかったら、わたしはどうなっていたか。これからも、何があるかわからないし」

「馬鹿なこと言わないで。最後はみんなうまく収まるから。頭のおかしな犯人を警察が捕まえて、すべて一件落着よ。ともかく、恐れることないわ。ドリアンがついてるじゃないの」

「ええ、だけど彼も、いつもここにいるわけじゃないし、このところようすがおかしい気がして……なんだか怖いわ」

そう言って泣き崩れるエレナを、アンは抱きしめてなだめるしかなかった。玄関前の階段で、アンはエレナを引き寄せさよならを告げた。ドリアンは馬車に荷物を積んでいる。アンが座席につくと、馬車は走り出した。彼女はふり返って最後にもう一度、友人に身ぶりで別れの挨拶をした。エレナも目に涙をためて、必死に手をふった。やがて馬車が街道に出ると、エレナの姿は茂みの陰に隠れて消えた。アンは奇妙なおののきにとらわれた。エレナが自分の人生から、永遠に失われたような気がした。

馬車に乗っているあいだ、ドリアンは言葉少なだったけれど、アンにはそれがありがたかった。グリーンロッジから遠ざかるにつれて、生まれ変わるような気がした。朝の新鮮な冷気が心地よかった。それに軽やかに走る馬のリズミカルな足音や、まだわずかにたなびく夜霧を払いのける生き生きとした日の出の光景も。そう、彼女は村を発つと決めたことを、後悔していなかった。最初はしばらく幸福なひとときがあったものの、最後はまるで悪夢のようだった。駅に着くと、ドリアンはホームまで送ってくれた。彼はほかの乗客たちの近くに荷物を置き、じゃあ気をつけてと言ったあと、小声でこうつけ加えた。

「また会えるといいんだが、アン」

磁気をおびたようなドリアンの視線を受けて、アンは欲望の波に貫かれるような気がした。しかし彼女は気力を奮い起こして、顔をそむけた。

「わからないわ」と彼女は口ごもるように答えた。

「でもほら、わたしはよくロンドンへ行くから。今夜もだ。お得意さんのひとりに、独身最後の大騒ぎをしようって誘われているんでね……」

「それじゃあ、女は抜きでしょ」

「まあね。でも、別の機会に……」

「だめよ、ドリアン。これっきりにしましょう。それがみんなにとって、いちばんいいのよ」

遠くから聞こえる汽車の音が、アンの言葉にこだまのように響いた。ほどなく彼女はコンパートメントの席にひとり腰かけ、黒いケープに身を包んで手をふる愛人のエレガントな姿を窓ガラス越しに眺めた。エレナにさよならを告げたときと同じように、体に震えが走った。それはまた別の性質の震えだったけれど。愛したつもりの男《ひと》だったのに、今は妙に嫌悪感を催す。ドリアンには理性を超えた、抗いがたい肉体的な魅力を感じた。でも彼の側に、そんな弁解の余地はない。既婚者なうえ（しかも結婚はこれで三度目だ）、いつでも冷静なのだから。礼儀正しく洗練した物腰は、見せかけにすぎない。ときおり、そっとエレナのようすをうかがうときの彼の目がびっくりするほど冷たいことに、アンは気づいていた。ほとんど残酷なくらいだ。もうドリアンにはなにも感じない。彼とのあいだを隔てる窓ガラスが、突然魅力を断ち切ったかのように。彼の微笑みにも、なにか不安を掻き立てられるほどだった。

まるで霧に呑まれるように、ドリアンの姿はもくもくと立ちのぼる汽車の煙に包まれた。汽笛一声、列車が動き出す。駅舎や白い柵が、たちまち小さな林の景色に取って代わられた。そのときアンは、大きな解放感に包まれた。彼女はいつまでも、その充実感を味わった。不幸な友人のことが最後にまた頭をかすめなければ、思い残すことはなにもなかっただろうに。

33　オーウェンのひらめき

アキレス・ストックの手記（承前）

その晩、ロイストンにあるテイラー警視のオフィスで、時計が十時を告げた。ウェデキンド警部とオーウェン、それにわたしは捜査の現状を整理するため、警視に請われて二時間前、ここに集まったのだった。煙草の煙でいっぱいの部屋には、ぴりぴりとした緊張感が張りつめている。ラドヴィックに対する疑惑は、増すいっぽうだった。けれどもあまりに多方面から押し寄せるものだから、どういう戦略を立てようか決めかねていた。まずはじっくり作戦を練ってから、逮捕するなり訊問で追いつめるなりしなければ。

テイラー警視は深々と椅子に腰かけ、もの思わしげに机を眺めながら、ぷかぷかと葉巻を吹かしていた。マホガニーの机には、ファイルが数冊並んでいる。そのあいだに緑のシェードをつけたスタンドが置かれ、リボルバー一丁と、謎の人物から警視庁に送られた二発の《銀の銃弾》を照らしていた。

テイラー警視は紫煙の雲を吐き出すと、ウェデキンド警部にたずねた。

「それじゃあラドヴィックは今、自宅にいないんだな？」

「ああ、友人の集まりに呼ばれて、ロンドンに行っている。でも、心配無用。部下をひとり、監視につけてあるから。出かけることは昨日のうちに、ラドヴィック本人から聞いている。今のところはまだ、外出するなとは言えないからな。今日は自分でもロンドンで、ちょっと調べてみた。何をしたのかは、知ってのとおりだ……」

ウェデキンド警部はオーウェンの勧めで部下をひとりつれ、骨董品店の近くにあるラドヴィックの小さな独身者用アパートへ行ってみたのだ。

「時間がなかったので家宅捜索の令状は取らず、わたしの責任で部屋に入った。ラドヴィックが突然やって来る心配はなかったからね。部下は手先が器用だったので、ドアを破る必要はなかった。鍵をあけるのには、少し時間がかかったけれど。ほかの部屋の錠より、精巧にできていた。最近つけ替えたらしいのは、ラドヴィックが警戒している証拠だろう。残念ながら、家探しは不首尾に終わった。洋服ダンスのなかがいっぱいだった以外、大したものは置いてないし、怪しい書類もない。そもそも奇妙なことに、書類の類がいっさい見あたらないんだ。つまり、片づけたばかりなんだろう」

「なるほど」とオーウェンはうなずいた。「納骨堂荒らしがあったあと、ラドヴィックは何日間かロンドンですごしていますよね。警察に目をつけられると、わかっていたんでしょう。その独身者用アパートも警察に調べられると思い、備えておいたんです」

「たしかに」ウェデキンド警部は指を鳴らして腹立たしげに言った。「ついてなかった。あと数日早ければ、確たる証拠が手に入ったかもしれないのに」

「ええ、でも愚痴は言いますまい。やっとストラリング殺しと結びつける手がかりが得られました。アキレス、お二人にざっと説明してやってくれないか。きみには話を手短にまとめる才能があると、ここ数日でよくわかったんでね」

わたしは咳払いをすると、口をひらいた。

「ええと……つまりこういうことなんです。ラドヴィックはペテン師だと思って間違いなさそうだ。イギリスの地に足を踏み入れて以来、ずっと怪しげな稼業にいそしんでいる。その前は、武器の密輸に関わっていました。ともかく彼は一八九六年以来、もしかするともっと前から、《超宇宙生命体の会》という名で知られた交霊会をロンドンで催しています。それはジェイン・メリヴェイルさんが、きっぱりと証言していますし、いつでも裁判所で、正式な証人にもなってくれるでしょう。交霊会はもうかる商売で、その手口はよく知られているとおり、悩みを抱えた人たち、それもなるべく金持ちの人たちを集め、哀惜する死者たちと話ができると信じこませるのです。けれどもそれにはお金がかかると言って」

「なるほど」とウェデキンド警部が口を挟んだ。「しかし、インチキだということがはっきり証明されない限り、犯罪とまでは言いきれませんがね。それに五年も前の事件だから、確証をつかむのが難しそうだ」

「たしかに。けれども、やれ心霊体《エクトプラズマ》の出現だの、ぼんやり光る手だのと、インチキ臭さがふんぷんとします。どれもこれも、手品師の技を身につけた騙しのプロだと思わせることばかりだ。だからヴァイオレット・ストラリングは、気をつけたほうがいいとみんなに注意をうながしました。そのあと、完全な密室内で殺されたのです。インチキ呼ばわりされて怒った霊に、罰せられたかのように。霊媒師の《大いなるイワン》は、会員たちにそう言っていたそうです。この巧妙な殺人事件に、警察も困惑するばかりでした。まずは犯行の《方法》を明らかにしなければ、犯人を突きとめることもできないからです。しかもこの殺人は、二重の意味であくどいものでした。邪魔者を黙らせるだけでなく、霊の力を疑うとどんな恐ろしい目に遭うかわからないと、ほかの人々にも警告を与える効果がありますからね。

《大いなるイワン》の正体はまだ謎ですが、共犯者が誰かはわかっています。そう、ラドヴィックです。知らないとは言わせません。霊媒師として《大いなるイワン》を会に引き入れたのは、彼なのですから。《大いなるイワン》の容姿については、メリヴェイルさんのおかげで詳しくわかっています。それはマッカーシー夫人が言っていた《ブラウン医師》とそっくりです。そして《ブラウン医師》が、彼女の夫マッカーシーを殺したこともわかっています。つまりその男を捕まえて、マッカーシー夫人に確かめてもらえれば、追いつめることができるというわけです。《大いなるイワン》も、共犯者であるドリアン・ラドヴィックもね」

「あとはその悪党を見つけるだけか」とテイラー警視は言って、灰皿のなかで葉巻をもみ消した。

「さほど難しくはないはずです」とわたしは口を挟んだ。「おそらくラドヴィックの同国人でしょう。スラブ系の特徴が外見にはっきり出ているので、二人はどことなく似て見えたんです。証人も言っていたようにね。さらには、レスラーのような体格だったそうですし」

「そうですな」とウェデキンド警部もうなずいた。「移民局で少しばかり資料を調べれば、すぐに手がかりが得られるだろう。その間に、ラドヴィックが白状するかもしれないし」

「あとは殺人事件そのものの謎を解くだけです」わたしは机に置かれた銃と銃弾を注意深く見つめながら言った。「犯人はヴァイオレット・ストラリングを殺したあと、内側から鍵のかかった部屋からどうやって抜け出したのか？　心霊現象《オカルティズム》を騙しの手口とする二人の詐欺師にふさわしい、まさに魔法のような犯罪です。そしてマッカーシーは、どうやら彼らのために手品に必要な道具を作っていたらしい。でも彼は律義な針金職人でしたから、ストラリング殺しのことを知るまで、気づいていなかったのでしょう。もちろん、まったくの推測にすぎませんが、彼の名前で送られてきたこの二発の銃弾と、マッカーシー夫人から得たそのほかの手がかりからして、間違いなさそうです。とはいえ、どうしてマッカーシーは事件のあと五年もたってから殺されたのか、という問題は謎のままです。この手製の《銃弾》とストラリング殺しのあいだには、密接な関連があるのでしょう。これは銀の銃弾だろうと、ずっと思っていました。しかしマッカーシー夫人から最後に聞いた話からして、どうも早計だったようです。これにはほかの用途があったのです……今、言えるのは、そんなところですかね」

「お見事、アキレス。現状を的確にまとめている。ところでこのリボルバーは、ニールセンのものですよね？」とオーウェンはテイラー警視にたずねた。

「たしかに」と警視は答えた。「けれども、不法に所持していたわけじゃない。ニールセンは銃器の携帯許可証をちゃんと取っていた。彼が働いている会社は、この種のものも作っているんでね。いっぽう、弾倉に入っている三つの実弾は、彼のお手製だが。こんな製品を大々的に作っていたら、会社は破産の憂き目を見ていただろうが」

オーウェンは銃をつかんで、いかにも通《つう》らしくためつすがめつすると、三つの銃弾を弾倉から取り出し、ランプの明かりに照らして調べた。

「銀の銃弾か」と彼は言った。「吸血鬼を倒すための特製ですね。大量生産の銃弾と違って艶はないけれど、なかなかよくできている。近距離から撃てば、普通の銃弾と同じ威力があるでしょうね」

わたしは銃弾をひとつつまみあげ、マッカーシーが作ったと思しき銃弾と見比べた。

「でもこの二つには、はっきりとした違いがありますね」とわたしは、ぼんやり考えながら言った。「ニールセンの銃弾は先端が丸みを帯びた尖頭形の、伝統的な形をしています。けれどもうひとつのほうは、先が尖った円錐形になっている。それにマッカーシーの銃弾のほうが、ずっと長さがあるし……本当に銃弾なのか、たしかに疑問です……」

「わたしが興味深いのは」とウェデキンド警部は、強面《こわもて》風の口ひげをしごきながら言った。「ラドヴィックを特徴づける心理学的な側面なんだが」

「おや、警部さんは心理学にもお詳しいと？」とオーウェンは茶化すように言った。「それは知りませんでしたね」

ウェデキンド警部は皮肉を無視して続けた。

「いっぽうではプロのペテン師、他方では残忍な吸血鬼、つまりは恐ろしい衝動を抑えられない病人ということだ。この二つは、両立しがたいように思うのだが……」

「そうとは限らないだろう」とトマス・テイラー警視が言った。「犯罪者のなかには、いくつもの異常性を併せ持っている者もいるからな。それはきみだって、よく知っているはずだ。彼の前妻二人についても、触れておかねばならない。二人は病死とされているが、ラドヴィックのことだから、巧みに死へと至らしめたのかもしれない。ひとり目の妻ローザ・エヴァズレイとは、交霊会の席で出会ったに違いない。彼女と結婚したのは、財産目当てだろう。ローザはなかなか美人だったし、騙すのも簡単そうだったので、何度も交霊会に呼び出して、彼女が受け継いだ遺産をちびちびとかすめ取るよりは、妻にしてしまったほうが手っ取り早いと考えたんだな」

「ああ、わたしもそう思う」とウェデキンド警部はうなずいた。「やつは二人の前妻の死と無関係じゃなさそうだ。しかし吸血鬼の一件は、にわかには信じられん。きみも知ってのとおり、わたしは聖トマス並みに疑り深いんでね。この目で確かめないことには……」

「ニールセンの証言を、まだ疑っていると？」

「問い合わせの返答がドイツから届いたところで、きちんと考えることにしよう。そろそろ返事があってもいいころなのだが……」

「きみがここにいることは、警視庁に伝えてあるのか？」

「もちろんさ。でも、どうしてそんなことを？」

「なにか連絡があるかもしれないからな。当直係も置いてある」

ウェデキンド警部はうなずいて、オーウェンにたずねた。

「ところでバーンズさん、ニールセンのことをどう思いますか？」

「今日の午後、会いましたよ。少なくともその件については、嘘をついていないでしょう。だってなんの根拠もなく、あんな荒唐無稽な話をするものですか。それに怪物退治トリオだって、せっせと仕事に精を出していることだし……残念ながら、今のところ成果なしですが」

「土が詰まった吸血鬼の棺を見つけようと、僧院の庭を掘り返していると？」警視庁の警部は皮肉っぽい薄笑いを浮かべた。「正直なところ、バーンズさん、あなたがあんな伝説をまだ信じていたなんて、驚きですね」

「ともあれ、あの三人が本気なのは間違いないでしょう」

「狂信的な神父、酔いどれ鍛冶屋、吸血鬼ハンター……けっこうな三人組ですな」

「けれども、ラドヴィックのことを正しく見抜いていたのはあの三人組です。だって言わせてもらえば、やつが大悪党なのは確かですからね。おや、何をしてるんだ、アキレス？」

　わたしはリボルバーを縦にして銃口を天井にむけ、マッカーシーが作った弾を銃身に挿しこもうしていた。でも、うまくいかない。弾の口径のほうが銃身よりも大きいので、円錐形の先端がぴったりはまっただけだった。それでも銃弾は、バランスを保っている。わたしはちょっと自慢げにそれをオーウェンに見せ、こう言った。

「残念ながら、ほんの少し大きさが合わないようだな」

「何を実演して見せようっていうんだ？」

「何をってことはないが、マッカーシー夫人が夫について言っていたことを、ふと思い出したものだから。マッカーシーはこの銃弾を鞘にはめこもうとしていたって。だからぼくも、同じようにしてみただけで……」

「そんな子供じみたことにかかずらって、注意散漫になっていちゃ困るな」

　わたしは言い返す気力も失せて、すべて机のうえに戻した。

「さてと」とテイラー警視は言って立ちあがった。「今夜はここまでにしよう。古い諺にちなんで言うならば、ひと晩寝ればいい考えも浮かぶというものだ」

　わたしを見つめるオーウェンの目のなかに、驚きが広がった。彼はいきなり手を挙げた。

「ちょっと待ってください……今、思いついたのですが。信じがたいことに……」

「棺桶のことで？」ウェデキンド警部は冗談めかしてたずねた。

「いえ、棺桶のことではなく……密室の件です。期せずして今、わが友のおかげでひらめいたんです。彼にはそういう、持って生まれた才能がありまして」

「つまり、ヴァイオレット・ストラリング殺しに関することで？」

「そうです。まだ、ただの仮説にすぎませんが、考えれば考えるほど、間違いなさそうだ」

オーウェンはわたしがいじっていた銃弾を手に取ると、皆に見せながら続けた。

「これは怪物退治のために作られた銃弾ではありませんでした」

「銀製ではないし」とウェデキンド警部は言った。

「そもそも、銃弾ですらありません……これは金属製の軸なんです。でも、殺人犯が練りあげた奸計に、なくてはならないものでした」

「じゃあ、糸車と関係があるのか？」わたしはおずおずとたずねた。

「いいや、アキレス。糸車は無関係だ。いみじくもきみが前に言っていた以上の役割は、なにも演じちゃいないさ。今、皆さんが目にしているこの軸が、おそらくは驚くべき密室の謎を解く鍵なんです。明日早々に、事件現場でその証拠をお目にかけましょう」

まさにその瞬間、ノックの音がして、制服警官がドアをあけた。

「何だ、ジョンソン？」とテイラー警視はそっけなくたずねた。「そうやって、わたしの返事も待たずに飛び込んできたからには、それなりの理由があるんだろうな？」

「申しわけありません、警視殿。一刻も早く、これをお見せしたほうがいいかと思いまして。ロンドン警視庁から送られてきた電報です」

テイラー警視は電報をひったくると、さっそく読み始めた。彼の顔は徐々に蒼ざめ、最後にはすっかり血の気がなくなった。

警視は唾を飲みこみ、絞り出すような声でこう言った。
「待っていた返答が届いた。読みあげよう……」

拝啓、ウェデキンド警部殿。ベルリン警察より。グライヴィッツの書類を確認。殺人事件の容疑者、ドリアン・ラドヴィックの名前あり。ラドヴィック、埋葬ののち蘇生、間違いなし。エアラウで吸血鬼事件あり。悪魔祓い師により、連続殺人事件終結。ラドヴィック、行方不明。生存ならば、ロシアに帰還かも。本日、書類一式をロンドン警視庁に送付。敬具。オットー・ウェルナー

34　馬鹿騒ぎの一夜

ドリアンは使用人のアームブルースター夫妻に、午後は自由にしていいと言った。昼食を終えて早々に、夫妻がグリーンロッジをあとにすると、ドリアンも出発の準備にかかった。

「今夜は帰れそうもない。だってほら……ビールを山ほど飲むことになるからね。アルフレッドはやる気満々だ。思いきり羽目をはずして、独身最後の晩を楽しむと言っているよ」

アルフレッドなんていう名前、エレナは初耳だった。もしかしたら、ほかの女と会いに行くための口実では？　やけにめかしこんでいることだし。シルクハットをかぶり、黒いケープの下に夜会服を着ている。玄関前の階段で、気取って微笑むドリアンに、エレナは笑顔を返そうとした。

「下手をすると……明け方まで続くかもしれないな。そんな馬鹿騒ぎをする歳じゃないんだが、まあ仕方ない。アルフレッドにはさんざん世話になっているからな……明日の午後には戻れると思うが、くれぐれも気をつけて。今夜はアームブルースター夫妻もいないので、ひとりきりだってことを忘れないように」

ドリアンがやけにやさしげな目をするものだから、エレナはますます怪しんだ。彼女は最後にもう一度、夫に手をふると、玄関のドアをそっと閉めて居間に戻り、肘掛け椅子にすわりこんだ。そして暗い、生気のない顔で部屋を眺めた。夫の前で見せていたのとは、対照的な表情だった。エレナはこの場所、この屋敷を忌み嫌っていた……アンが帰ってしまうと、とてもがらんとして空虚な感じがした。まあ、いい。どうせいつまでもここにいるつもりはないのだから。さっさとこの呪われた場所を離れ、きっぱり忘れてしまおう。その力があるかどうかはわからない。でも彼女は、心にしっかり誓っていた。忘れよう、きっぱり忘れようと……これまでのことを、すべて忘れるんだ……

そんな物憂い想いにぼんやりと沈んでいるあいだにも、日は静かに暮れていった。エレナは肘掛け椅子から動かなかった。村まで行ってみようか。でも、村で何をするっていうの？　ヒューゴと話すとか？　そんなことをしているときじゃないわ……

エレナは気力を奮い起こして立ちあがり、キッチンへ行った。グラスにコニャックを注いで、ひと息に飲み干す。二杯目、三杯目と続けたあと、寝室にあがってネグリジェに着替え、毛布の下に体を滑りこませた。やがて眠気が、重くのしかかってきた。

エレナは冷たい夜気を感じて、体をぶるっと震わせた。気がつくと、知らない家の屋根のうえにいた。どうしてこんなところで野良猫みたいに、天窓の脇を歩いているんだろう？　そもそもここはどこ？　足もとにはクレヴァレイ村の小さな家々が、教会のまわりにうずくまって眠り、ビロードのような夜空には満天の星が輝いている。しばらく眺めているうち、テレンス・ヒルの家の屋根にいるのだとわかった。家の周囲をうろつく人影まで見えて、なんだかいっそうおかしかった。あたりは薄暗く、距離も離れていたものの、難なく誰だかわかった。ポール・プラット、牧師、ヒューゴ・ニールセンだ……エレナは危なげなく立てる場所を探して、煙突の口に近づいた。煙突はびっくり箱のような形をしていた……パンドラの箱のような……ふたを持ちあげたら、どんな災厄が飛び出してくるのだろう？　そう思うと不安を感じずにはおれなかったけれど、エレナはいつの間にかふたをはずしていた。そのとたん、彼女ははっとあとずさりした。羽根飾りの形をした煙が、煙突から吹き出したのだ……銀色の奇妙な煙はしばらく目の前に浮いていたが、やがて不気味な形に変わっていった……ケープを着た男の形に。ケープの両裾はうえにむかって巨大な蝙蝠の翼みたいにひらき、ぴんと立った広い襟のあいだには貪欲そうな赤い目が光っている……喉もとに鋭い痛みを感じたその刹那、エレナはドリアンの顔に気づいた。ぞっとするような微笑を浮かべ、血に染まった白く鋭い犬歯をむき出した顔に……

けだるさのあと、凍えるような寒さに襲われた。そして今、見渡す限り広がる白い雪原の真んなかで、エレナはうめいていた。熱い涙が雪のうえに、小さな穴を点々と穿った。ドリアンはまだそこにいた。少し離れたところで、雪に横たわる少年のうえに身を乗り出している。エレナは気が触れたかのようにわめきながら、ドリアンに飛びかかったけれど、ものすごい力で乱暴に押し返された……そうでなくても、彼の恐ろしい顔を前にしたら尻込みしただろう。ドリアンの犬歯は、獲物を平らげようとする野獣のように血を滴らせている。やがて彼の人影は、煙の渦を立ちのぼらせながら闇に消えた。

煙は子供部屋の窓の前にたなびき、墓地で少女を脅かした。煙は少年を追いかけようとして、いくつも結び目のある細紐の前で止まった。それは奇妙な光景だった。するすると地を這いながら、行く先々に死と悲しみを撒き散らす不気味な煙が、細紐みたいなとるに足らないものに遮られるなんて……死の煙が発する硫黄の臭いは、ますます激しくエレナの鼻を突いた。煙は玄関ドアの隙間からなかに忍びこみ、蛇のように階段を這いあがって長い廊下を進み、少しためらうように寝室のドアの前で止まった。それからもやもやとうえにあがって鍵穴に吸いこまれ、部屋のなかに煙の筋が広がっていく。まるで何者かが煙草の煙を、鍵穴からなかに吐き出しているかのように……耐えがたい悪臭は、目がひりひりと痛むほどだった。

　エレナははっと目を覚まし、暗闇のなかで大きく瞼をひらいた。吹き出た汗のように肌にまとわりつく、生々しい悪夢を追い払おうと、彼女は必死に闇の奥を見つめた。それでも、耐えがたいほどの悪臭は消えなかった。ふと傍らに目をやると、ベッドの脚もとに人影があった。顔のあたりで二つの小さな裂け目が三日月のように輝き、こちらをじっとにらみつけている。そのときが来たのだ、とエレナは一瞬で悟った。彼女が微動だにしないうちに、人影はうえから飛びかかってきた。痺れた脳に吹きこまれる激しい臭気で、エレナは気を失った……

35　ヴァイオレット・ストラリング殺し

アキレス・ストックの手記（承前）
十月二十八日

わたしが八時少しすぎに旅籠の食堂に降りていったとき、オーウェンはすでにテーブルにつき、朝食を前にしていた。彼はちらりとわたしを見やると、こう言った。

「そんなシケた面《つら》してないで、しっかり朝食をとって元気を出せ、アキレス。今日は忙しくなるからな」

わたしは席につき、やって来た宿の主人に注文を伝えると、オーウェンに言い返した。たった四時間しか寝ていないのだから、見違えるほど元気になれるわけない。そもそもこっちは身も心も、きみほど頑丈にはできていないのだと。昨晩、オットー・ウェルナーの電報を受け取ったあと、わたしたちはウェデキンド警部とテイラー警視といっしょに、長々と作戦会議を続けた。いよいよあいつの尻尾がつかめた。じっくり問い詰めれば、自白に追いこめる。しかしヴァイオレット・ストラリング殺しの奸計を暴く証拠が見つかれば、われわれの立場はいっそう強化されるだろう。そのためには、あと数時間かけてもかまわない。そんなわけでオーウェンとわたしは今日、ロンドンでウェデキンド警部と合流して、ストラリング夫人の部屋へ出むき、わが友が思いついた密室の謎解きをたしかめることにした。テイラー警視はクレヴァレイ村に残り、ラドヴィックが戻るのを待ちかまえる役を引き受けた。ラドヴィックにはそれまでずっと、監視がつけられているはずだ。

わたしがベーコンエッグを食べ始めるや、旅籠のドアがあいて最初の客が顔を出した。ラドヴィック家の庭師フレッド・アームブルースターだった。彼はわたしたちに挨拶をした。ご主人が戻ってきたかどうか、オーウェンはたずねた。

「ひと晩じゅう、馬鹿騒ぎをしたあとだっていうのに？　まさか、そこまでお元気じゃないでしょう……たぶん、午後のティータイムまで戻って来やしませんよ。奥様もお屋敷にいらっしゃらないようなので、さし迫った用事もないなら一杯ひっかけようと……」

「えっ」とオーウェンは驚いたように言った。「エレナさんは家にいない？」

「はい、屋敷は空っぽだったって、女房が言ってました。ちょっと忘れ物をして、家に戻ってきたときに。奥様も旦那様につき添って、ロンドンに行かれたんじゃないですかね」

「ラドヴィックにつき添って、独身最後のどんちゃん騒ぎに行ったって？」

「いや、そうじゃないでしょうけど」庭師はうなじをこすりながら、考えこむように答えた。

「奥様は何か別の用事があって、いっしょにロンドンへ行ったのだろうと。旦那様が出発するぎりぎりになって、急に奥様も思い立ったのでは？　はっきりしたことは、わかりませんけれど。わたしたちは昨日の昼すぎに、お暇《いとま》したものですから。もしかしたら奥様は、アンさんのところへ行ったのかもしれません。だってほら、昨日の朝、アンさんが発たれてしまい、ずいぶんと落ちこんでいましたから……」

「そうかもしれないな……」とオーウェンは言って、疑わしそうな目でわたしをふり返った。

ほどなくフレッド・アームブルースターは帰っていった。彼と入れ違いにヒューゴ・ニールセンが入ってきて、つかつかとわたしたちのテーブルに歩み寄った。

「あなたに謝らなくてはいけませんね、ニールセンさん」とオーウェンは、彼を歓迎するように言った。「あなたを疑っていたのは間違いでした。言いわけさせていただくなら、あなたの話があまりに信じがたいものだったので……」

ドイツ警察の返事によって事件が確認されたことを知り、ニールセンは苦笑いを浮かべてうなずいた。

「お気持ちはわかりますよ。あなたがたの立場だったら、ぼくだって同じようにしたでしょう。これでもうあの忌まわしい人物について、疑いの余地はなくなりましたね。それで、これからどうするおつもりで？」

オーウェンはナプキンの端でそっと唇を拭うと、ちらりとわたしのほうを見てから、ニールセンににっこりと笑いかけた。

「あなたのことは信用できそうなのでお話ししますが、ストラリング事件のことは聞いたことがありますよね？　ご存じないですか？　夫に先立たれたヴァイオレット・ストラリングなる女性が、五年前にロンドンで殺された事件ですが、その状況というのが謎めいてまして」

「五年前ですか？　ぼくはそのころまだ、ロンドンにいませんでした。ヴァイオレット・ストラリングという名前には、なんとなく聞きおぼえがありますが、それ以上のことは……」

「なるほど。だったらその奇妙な事件について、ざっとお話ししましょう。それとドリアン・ラドヴィックがどう結びつくのかについても」

オーウェンは説明し終えると、こう締めくくった。

「驚くべき謎ですよね。よろしければ、あなたもごいっしょに事件現場に行ってみませんか？　そこでわたしは、この謎を解明してみせるつもりなんです」

「なんですって？」ニールセンは目に称賛の光を浮かべ、驚いたように叫んだ。「それじゃああなたは、手品の仕掛けを見抜いたと？　いやはや、好奇心を掻き立てられる。もちろん、お供しますよ」

オーウェンは壁掛け時計をふり返って言った。

「だったら準備はいいですか？　汽車はぴったり二十五分後に出発です」

午後二時、わたしたちはフェンチャーチ・ストリート四十二番で、待ち合わせをしていたウェデキンド警部と合流した。警部は赤毛で険しい目つきをした、がっちりした体格の男を連れていた。ジャック・オルセンという名の錠前屋だった。

ニールセンがいっしょにいるのを見て、警部は異を唱えようとした。けれどもオーウェンがさっと遮り、彼のおかげで貴重な手がかりが得られたのだからととりなした。

「まあ、いいでしょう」と警部はしぶしぶ答えた。「人数が多いのも悪くない。さいわい現在の家主は、快く検証を承諾してくれました。部屋を傷つけないと約束してあるので……そこはしっかり頼みますよ、バーンズさん。いいですね？」

「もちろんです」とわが友は、むっとしたような顔で答えた。「見損なっちゃ困るな。ぼくは今まで、そんな雑な仕事をしたことありません」

「けっこう。それじゃあ、行きましょう」警部はそう言って、鉄柵の扉を指さした。「そうそう、ひと言つけ加えておきましょう。先ほど入った報告によると、ラドヴィックはロンドンの独身者用アパートを出て、駅にむかったようです。上機嫌で部屋に戻ったのが午前四時でした。パブからパブへと尾行した警官によると、その間やつと友人たちはずっと飲み続けだったとか……」

ほどなくわたしたちは、事件のあった部屋に入った。現在もまだ、居間として使われているようだ。オーウェンはもったいぶったようすで、密室殺人のさまざまなトリックをひとくさり列挙した。けれども読者諸氏をわずらわせないよう、そこは省略することにしよう。

「しかし今回の場合」とオーウェンは続けた。「問題の所在はもっと単純です。今見たとおり密室トリックは、基本的に誤った証言に基づいていますが、ここではそれが成り立たないからです。言いかえれば、犯人は二つある口、つまりドアと窓のどちらかから逃げたはずなんです。窓に怪しい痕跡は、まったく残っていませんでした。窓枠にも、ガラスを固定するパテにも、不審な点はありません。それゆえ、窓から逃げた可能性はないと思っていいでしょう。すると残るはドアだけです」

オーウェンはそう言ってふり返ると、もの思わしげな顔でドアを見つめながら言葉を続けた。

「ドアには内側から、差し錠がかかるようになっています。それを除けば、特筆すべきことはなにもありません。ドアにもこじあけたような跡は、まったく残っていませんでした。ドアの枠にも壁にも、小さな穴ひとつ見あたりません。鍵穴から通した糸をひっかける釘がどこかに刺さっていた可能性も、まったくないということです。外となかをつなぐのは、小さな鍵穴ひとつだけ。けれども、針金かなにか巧妙な仕掛けを鍵穴に挿しこみ、外から差し錠をかけるなんて、とてもできない芸当でしょう……オルセンさん、鍵の専門家としてどう思われますか？」

鍵職人はドアに近寄り、何度もあけ閉めして注意深く調べ、肩をすくめた。

「たしかに、不可能でしょうね」と彼はつぶやくように言った。

「それなら残るは？」

「ドアの枠か、ドア板か」と言ってオルセンは考えこんだ。「けれどそちらにも、怪しい跡はまるでない。パテでふさいだ穴もなければ……」

「ほかには？」

「そうですな……あとは蝶番《ちょうつがい》かな」とオルセンは、自信なさげに答えた。

「蝶番ですか。なるほど」とオーウェンは言った。「蝶番は二つついています。この手のドアはとても軽いので、それで充分です。もっとよく調べるために、ドアを外してみることにしましょう。ちょっと手伝ってもらえますか、オルセンさん。差し錠がかかっていなければ、簡単です。ドアをあけて支えていますから、あなたはうえに押しあげてください」

ドア板は簡単に外れた。蝶番がよく見えるよう、そちら側をうえにしてドアを横に倒した。

「蝶番にも異常はありませんね」鍵職人は眉をひそめた。

「事件当時、警察も異常に気づきませんでした。調べ方が悪かったのではありません。それでも見落としがあったのです。外から見ただけでは、ほとんど気づかないことですが……」

「ずいぶんと自信たっぷりですね」ウェデキンド警部はそう言って、にやりと笑った。「ただの仮定にすぎない気がしますが……」

「自信はありますとも。だってほかに説明のつけようがないのですから」とわが友は憤然と言い返した。「それをこれから証明してみせますよ。けれども先を急ぐ前に、まずはこの蝶番の構造を確認しておいたほうがいいでしょう。昔ながらの仕組みです。蝶番とは軸に沿ってドアを回転させる部品で、金属製の二つの鞘というか、チューブからなっています。チューブは片側の口があいていて、反対側の端は丸く閉じています。ちょうど二本の試験官のひらいた口と口を合わせて縦に重ね、なかに金属製の軸を通したようなものです。下の鞘はまだドア枠についたままで、上の鞘はドアについています。この場合もそうですが、軸は下の鞘にしっかりと挿しこまれ、上の端が一、二センチ外に飛び出ています。その部分が上の鞘にはまって、心棒として働くわけです。ここまではいいですね？　けっこう。ここで鍵の専門家に、金属製の心棒についてひとつおたずねしましょう。今見えているのは、上に飛び出している端だけですよね。それでは下の鞘に隠れている端は、いったいどんな形でしょうか？　まっすぐ横に切断されているか、それとも傾斜がついて尖っているか？」

オルセンが答えないうちに、オーウェンは片手を上着のポケットに入れ、《銀の銃弾》をひとつ取り出してこう続けた。

「例えばこの棒の端みたいに、尖っているでしょうか？」

鍵職人はまたしても眉をひそめ、きっぱりと答えた。

「こんな形のものは、見たことがないですね。もちろん、どちらでも蝶番としての機能に違いはありませんが、普通はこんなふうになっていません……」

「普通はこんなふうになっていない！」とオーウェンは勝ち誇ったように繰り返した。「それならもし、今ここにある蝶番の心棒がこんな形をしていたら、奇妙なことだとお認めになりますね？」

「そりゃまあね。でも、まずは心棒を鞘から抜き出してみなければ……そうしろとおっしゃるんですよね？　初めからわかっていれば、もっと大きなペンチを持ってきたのですが」

「ともかく、やってみましょう。ぼくが思うに、そう難しくはなさそうだ」

鍵職人は道具箱からペンチを選び出すと、ドア枠の下側についた蝶番の前にひざまずいて作業にかかった。筋肉を張りつめ、思いきり力をこめる。ところが二、三回まわして引っぱると、驚くほど簡単に抜けた。上側の蝶番の心棒も、同じようにするりと抜けた。鞘に隠れていた二本の心棒の先端は、灰色をしたゴムのようなものに覆われている。鍵職人がそれをペンチでそぎ落とすと、円錐形の先端があらわれた。《銀の銃弾》の先と同じ形だ……

しばらく沈黙が続いたあと、オルセンは頭のてっぺんをさすりながら言った。

「いやはや、旦那の言ったとおりだ。こりゃ珍しいな……」

オーウェンも興奮を抑えかね、自慢げにたずねた。

「この奇妙なゴム状の物質は、いったい何でしょうね？」

「樹脂を使った接着剤でしょう……素人の仕事だな。だからって、心棒の先がこんなふうに尖っている理由にはならないが」

「樹脂を使った接着剤」とオーウェンは、唸るような声で繰り返した。「ストラリング殺しの現場には、割れた瓶がありましたよね？　中身の洗剤が飛び散って、強烈な臭いを放っていたとか。それには、れっきとした意味がありました。犯人はこの接着剤の臭いをごまかすために、わざわざそんなことをしたのです。蝶番に仕掛けたトリックが、その臭いでばれるかもしれない、それが唯一の弱点だったから……」

「なるほど」とウェデキンド警部は困惑したように言った。「それでもまだ、よくわからないんだが……蝶番には、たしかに仕掛けがしてあった。しかし外した蝶番を、どうやって廊下からはめることができるんです？」

ニールセンは黙っていたけれど、その表情から察するに、警部と同じ疑問を抱いているようだ。それはわたしもだった、と言わねばならない。

「おっしゃるとおり」とオーウェンは言った。「それは一見、不可能そうです。不可能そうだからこそ、警察もあえて蝶番から心棒を抜き出してみようとはしなかったのです。今、われわれがやったようにね。だからって、警察を責めようとは思いません。正直なところぼく自身、二つの《銀の銃弾》と、わが友アキレスの天才的なふるまいがなければ、とうてい思いつかなかったでしょうから。昨晩、彼がリボルバーの銃口に、この《銃弾》を挿しこもうとしているのを見て、はっとひらめいたんですよ。その瞬間、蝶番が心棒のまわりで回っているようすが、ありありと目の前に《浮かんだ》んです……それじゃあ、どのように《不可能》が可能になったのか？

まずはもともと挿しこまれていた心棒を、ドア枠に取りつけられた下の鞘から抜き取らねばなりません。これがもっとも力のいる作業ですが、犯人と共犯者は必要な道具を用意しておいたのでしょう。こうして心棒を抜き取った下の鞘の穴に、樹脂の糊を少し流しこみ、底あげをします。それからドア板に取りつけられた上の鞘に、今われわれが抜き取った金属製の心棒を挿しこみます。ええ、《銀の銃弾》によく似た、下の端が尖った心棒です。けれどもあらかじめ、心棒をドライアイスにこすりつけ、よく冷やしておくのです。そこらの店によくあるドライアイスの塊でいいんです」

「わかった」とニールセンが、笑みを浮かべて叫んだ。「心棒はドライアイスのおかげで、しばらく上の鞘のなかにくっついているのか」

「そのとおり。やがてドライアイスが溶けると、心棒は自然と下に滑り落ちます。心棒の下側の先が、銃弾のように尖っていたわけも、これでおわかりでしょう。さもないと、下側の鞘にするりと入りこむのが難しいですからね。犯人たちはこんな仕掛けを施したあと、外したドア板を廊下側から持ちあげます。ひとりはドアノブをつかみ、もうひとりは吸盤で張りつけた取っ手をつかんだのでしょう。こうしてドア板をそっと横に移動させ、あらかじめ出しておいた差し錠のボルトが、ドア枠の止め金にはまるようにする。こうしてドア板が正常な位置、つまりドア枠のなかにぴったりはまったら、心棒が落ちる音を耳を澄ませて待つだけです。心棒は下の鞘にうまくはまるとは限りませんが、ほんの少し余裕があれば、銃弾のように尖った先端からなかに滑りこむでしょう。あとは吸盤で張りつけた取っ手とドアノブで支えたドア板を軽く揺さぶれば、小さな《銃弾》は下の鞘にぴったりと収まり、粘着性の樹脂に刺さって固定される。もちろんおわかりのとおり、これはとても微妙な作業ですから、大急ぎでできることではありません。でも、時間はたっぷりありました。ひと晩じゅうかかってもいいくらいに。何度も繰り返して、やっと成功したのかもしれません。どうです、なんとも奸智に長けた仕掛けではありませんか。犯人はよほど頭がよく、手先の器用なやつでしょう。手品師の技を身につけた、悪戯の天才とくれば、自ずと正体も明らかだ」

「信じられん」とウェデキンド警部は言って、嬉しそうに拳を握りしめた。「お見事ですよ、バーンズさん。あなたは実にすばらしい！」

オーウェンは大きくうなずくと、こう答えた。

「それほどでもありませんよ。本当なら、もっと早くこの謎を解くべきだったんです。銀の輝きと、そのシンボリックな側面に、目を晦まされていたんですね。とはいえ《銀の銃弾》、つまり偽の心棒を送ってくれた匿名の人物には、感謝しなくては。そのおかげで、トリックを見破ることができたのですから。それが送り主の意図だったのでしょう。でも、いったい何者だろう？　なかなかの切れ者に違いありません。だって、ひと目でわかる《メッセージ》ではありませんからね」

ウェデキンド警部は細工を施した蝶番と糊の残りかすをボロきれに包むと、喜色満面でこう言った。

「さて、昔の事件はこれで解決しました。なにはともあれ、一段落だ」

「ええ。けれどもまだ、最後の詰めが残っています。例の怪しげな霊媒師、《大いなるイワン》を見つけ出さなければ。さもないと、ラドヴィックを追いつめられません。たとえ交霊会を催したことは認めても、殺人事件への関与は否定して、罪をすべて共犯者にかぶせるかもしれませんからね」

「どうも気になるな」とニールセンが考えこみながら口を挟んだ。「今の話を聞いて、グライヴィッツの近くで吸血鬼を追い払った悪魔祓い師を思い出しました。魔術師、霊媒師、悪魔祓い師……そんな類のいかがわしい連中が、ラドヴィックのまわりには集まってくるようだ」

「たしかに、そうですね。で、あなたのお考えは？」

「はっきりしたことはわかりませんが、それらはどれも見世物の世界や詐欺師の仕事に絡んでいて……彼らの多くは中央ヨーロッパの出身者です」

「つまり《大いなるイワン》は、ラドヴィックの同国人かもしれないと？」

「まさしく」

「ご心配なく」とウェデキンド警部は言った。「わたしたちも同じ意見ですから。外見的な特徴からも、そう考えられますし。すでにそちらの方面から、捜査を進めています」

「そうそう、忘れるところでした」とオーウェンは、指をあげて遮った。「人探しといえばもうひとり、リストに加えて欲しい人物がいるんです。金髪美人で歳は二十五くらい。一九〇〇年の二月初めに行方不明になっているはずです」

警部はもじゃもじゃの眉をひそめた。

「突然、何の話ですか？」

「ひと晩寝たら、ひらめいたんです。たのみますよ、ウェデキンド警部、大事なことなんですから」

そんなこんなで、現場検証はおひらきとなった。ウェデキンド警部の許可を得て、わたしとオーウェンは一日、ロンドンに留まることにした。警部もオフィスに戻ってやらねばならないことがたくさんあったので、わたしたちに倣った。クレヴァレイ村のほうは、テイラー警視に任せておいて大丈夫だろう。

ヒューゴ・ニールセンはしばらく迷っていたが、結局わたしたちと同じく、ロンドンのアパートに泊っていくことにした。家でいっしょにお茶を飲まないかというオーウェンの誘いを、彼は断らなかった。

ほどなくわたしたちは、セントジェイムズ・スクエアにあるオーウェンの部屋で、スコーンの皿と湯気がたつティーポットを前にしていた。オーウェンが解き明かした殺人事件の謎が、自ずと話題の中心になった。ニールセンはわが友のすばらしい推理に称賛を惜しまず、こう指摘した。

「オーウェンさん、われわれは同じような殺人事件を、まだもうひとつ抱えています。テレンス・ヒル殺しの謎です。でもあなたのお手並を拝見したら、それもほどなく解明されるものと確信しましたよ」

オーウェンは悠然と葉巻に火をつけ、こう答えた。

「たしかに、そうあって欲しいですね。でも正直なところ、まだ進退きわまっている状態です」

「謎は解けないと?」とニールセンはたずねた。

「解けないかって？　そんなことはありません。とりあえず、仮説は立てています。ただ心理的な側面から見ると、今ひとつ納得がいかなくて」

「そりゃすごい！」とニールセンは言った。「さぞかし驚くべき仮説でしょうね。ぜひ、聞かせてください。まだ秘密でないなら」

「いえ、ここだけの話ですが。それにあなたも、同じ結論に達しているのでは？　犯人は密室から抜け出すのに、共犯者の力を借りたのだと」

ニールセンは疑わしげににやりと笑った。

「つまり、警備にあたった三人のうちのひとりが共犯者だっていうんですか？　プラットさん、牧師さん、あるいはこのぼくが」

「そのとおり。でも、ご心配なく。あなたはリストから除外してあります。それにプラットさんもね。よく考えれば、犯人の手助けができるのは牧師さんだけですから」

「どういうことですか？」

「だってほら、あなたとプラットさんが家の裏にまわり、窓の下に行っているあいだに、牧師さんはドアの前にひとりでいました。ほんの一分ほどですが、犯人がドアの錠をあけ、牧師に鍵をあずけて逃げ出すには充分です。牧師は別の鍵を内側の鍵穴に、ぎりぎり落ちないくらいに挿しておきました。あなたとプラットさんが窓の外から見たのは、その鍵です。それから牧師はあなたが戻ってくる前に、本物の鍵で廊下からドアに施錠しました。すると内側から挿してあった鍵は落っこちてしまいますが、窓の外で見張っているプラットさんには気づかれずにすむでしょう。そのとき彼は、犯人がいつ窓から飛び出してくるかと身がまえているので、そこまで注意がまわらないはずですから。あなたと牧師でドアを押し破ると、目の前に禍々しい光景が広がっています。あなたの視線がそちらに釘づけになっている隙に、牧師は本物の鍵を内側の鍵穴に挿し、床に落ちている偽の鍵をそっと回収したというわけです」

「たしかに、辻褄は合ってますが」とニールセンは、きれいに手入れをした口ひげを撫でながら言った。「でも正直なところ、牧師さんがラドヴィックの共犯者だったなんて、想像できませんね。だって牧師さんは、やつに対する敵意をむき出しにしていますから。彼が共犯者だとしたら、ぼくはすっかり騙されていたことになる。まさかそんな、信じられません……」

「ぼくもですよ」オーウェンはうなずいた。「だからさっきも言ったように、これは純粋に仮定の話です」

「ほかにも謎が残ってますよね」

「現場に糸車のあった件？」

「ええ、それもですが、どうにもわからないのは煙のことです。だってぼくもプラットも、煙が暖炉に吸いこまれて消えていくのを、はっきり見たんです……」

「煙か」とオーウェンは繰り返して、肘掛け椅子にゆったりとすわりなおし、考えこむように瞼にしわを寄せた。「この事件には、謎めいた煙がつきものらしい。なにしろ、毎回のように出てきますから。毒気に満ちた煙、悪魔の吐息。ドラキュラは煙に姿を変えてそっと獲物に近づき、ほんのわずかな隙間や鍵穴から忍びこむ……」

とそのとき、柱時計が午後六時半を告げたかと思ったら、まるでそれがこだましたかのように玄関のベルが鳴った。オーウェンは眉をひそめて立ちあがり、しばらく姿を消した。やがて戻ってきたとき、その手は紙切れをつかんでいた。

「ウェデキンド警部から電報が届いた」と彼は浮かない顔で言った。「テイラー警視から連絡があって、ラドヴィックはクレヴァレイ村に着いたそうだ。ところがエレナが、朝から行方不明らしい……」

36　消えたエレナ

アキレス・ストックの手記（承前）
十月二十九日

翌日の昼近く、ラドヴィックの屋敷の居間は張りつめた雰囲気だった。そこにウェデキンド警部とオーウェン、それにわたしが集まり、あらためて容疑者から話を聞いていた。事が事だけに、ラドヴィックの身に新たな疑いがかかっていることは伏せておくことにした。わたしは彼の役者ぶりに、またしても内心、舌を巻いた。《この新たな運命の雷《いかづち》を頭上に受け》、見事に被害者を演じている。妻の失踪に、彼は無関係かもしれない。けれども疑惑の数々を考えると、とてもその言葉を信じられなかった。

先を続ける前に、電報が届いた時点にいったん話を戻そう。ニールセンは驚くべきニュースに、ことのほか衝撃を受けたようだ。そして最悪の事態を恐れたのか、この新たな不幸は自分の責任だ、もっと早く《怪物》が手を出せないようにするべきだったと言った。オーウェンはアン・シェリダンの住所を知っていたので、訪ねてみようと思いついた。しかし彼女の家に、エレナは来ていなかった。今、どこにいるのか、アンにも心あたりはないという。行方不明の知らせを聞いて、彼女はわたしたちに劣らず心配そうだった。わたしたちは不安を募らせながら、アンのもとを辞去した。ニールセンは自責の念で、すっかり打ちひしがれていた。ラドヴィックは三人目の妻も亡き者にした。それはもう疑いえないと思っているのだ。ウイスキーを数杯あおって、ようやくニールセンは落ち着いた。

実のところ、ラドヴィックに疑いをかけるのは無理があるだろう、とウェデキンド警部は、汽車でクレヴァレイ村にむかう道々説明した。一昨日、ロンドンに着いてから、昨日の午後、クレヴァレイ村に戻るまで、ラドヴィックはほとんど途切れなく監視されていたのだから。独身者用アパートでひと眠りした数時間は、別だけれど。

そして今、目の前にいる男は、驚きと不安の表情を浮かべている。やつれた顔、生気のない目、乱れた髪。彼は絶えまなく煙草を吸い続けた。

「まったく、わけがわかりません……」とラドヴィックは悲しげに言った。「一昨日の午後、わたしがここを発ったとき、妻に変わったようすはまったくありませんでした。どこかへ行くつもりだなんていうそぶりは、微塵も見せなかったのに……そんな予定があるなら、わたしに話していたでしょう。ところが昨日の午後、家に戻ってみると、妻の姿がずっと見あたらないって使用人のアリスが言うんです。でもわたしといっしょなのだろうと思い、心配していなかったと。急いで警察に知らせました。テイラー警視が近くにいたので、すぐに連絡がつきました。わたしが村を発ってから、誰も妻を見かけていないそうです」

「奥さんの持ち物は調べてみましたか？」とウェデキンド警部がたずねた。

「もちろんです」とラドヴィックは、むっとしたように答えた。「なくなっているものは、なにもありません。ネグリジェ以外は……」

「ベッドを使った形跡は？」

「ありました」

「だとすると、エレナさんは夜中に出て行かれたようだ」とウェデキンド警部は、顔をしかめて言った。「奇妙な話ですが……」

「ええ、ただごとじゃありません」

「よくわかりますよ、ラドヴィックさん。お気持ちはお察しします。前にもお二人、奥様を亡くされているんですから……」

「もっとほかに、言うべきことがあるでしょうに」屋敷の主人はかっとしたように言った。「くだらない質問でわたしを煩わせている暇があったら、もっとよく捜してください」

「捜していますとも。とても真剣にね。本当です。すでに何人もの人たちに聞きこみをしています。村のなかだけではありません。とりわけ、あたり一帯の御者や駅員たちにね。今のところ成果なしですが、必ず見つけますからご心配なく。エレナさんのご無事を祈ってますよ。あなたのためにもね」

ラドヴィックは苛立たしげに髪をかきあげ、ため息まじりに言った。

「いいかげん、うんざりですね。そんなねちねちとしたあてこすりは。あなたが結婚されているかどうかは知りませんが、今のわたしと同じ思いをしないですむといいのですが」

「たしかに結婚生活で、あなたのような経験はしていませんが」

会話はこんな調子で、さらに三十分ほど続いた。やがて外から馬のいななきが聞こえ、呼び鈴の音がした。ほどなくアリス・アームブルースターがテイラー警視を案内してきた。警視はわたしたちに軽く会釈をした。

「なにかわかりましたか、警視さん？」とラドヴィックは、立ちあがりながら勢いこんでたずねた。

「エレナさんについてですか？　いいえ、まだなにも。でも、あなたの警護にやってきたんです、ラドヴィックさん。旅籠ではみんな、頭に血をのぼらせています。とんでもない噂が、流れているので――もちろん、あなたについてです。これが初めてではないでしょうが、エレナさんが行方不明になったことで、事態はますます悪くなっている。あなたの身辺警護に、見張りの警官を何名か、屋敷に配置しなければなりません……」

「自分の身は自分で守ります。この屋敷にあなたの部下が寝泊りするんなんて、冗談じゃない」

「外で見張りますから、ご心配なく。それに、いつまでも……」

ラドヴィックは両手で頭を抱え、嘆きの文句を発した。

「このままでは、とても持ちこたえられそうもない……」

「それは告白ですか？」

「告白だって？　わたしが何を告白すると？　こんな辺鄙な田舎の村は、もう出て行くつもりだって言ってるんです。村人はみんな、狂信的なやつらばかりで」

「それも悪くないでしょう」とテイラー警視は、考えこみながら言った。「そうすれば、あなたがここで暮らすようになって以来、続けざまに起きた怪事件にも終止符が打たれるでしょうから」

「いつだって、身代わりの山羊《スケープゴート》が必要なんだ。そういうことですね？」

「それを言うなら、狼は羊小屋から遠ざけるべきだってことです」と警視は、怒りに燃えるラドヴィックの視線を悠然と受けとめて答えた。

ラドヴィックが激しく言い返そうとしたとき、外で馬車の音がした。

「部下が到着したようです」とテイラー警視は言った。「でも、妙だな。こんなに早く着くとは……」

今度はアリス・アームブルースターが案内する間もなく、男がひとりずかずかと入ってきた。

「ピーターズじゃないか」とテイラー警視はびっくりしたように叫んだ。「そんなに血相変えて、いったい何ごとだ？」

若い制服警官は頬を紅潮させ、口ごもるように答えた。

「見つかりました……牧師様が、あそこを調べてみようと思いついたんです。すると、池で溺れ死んでいました」

37　布切れ

アキレス・ストックの手記（承前）

エレナの死体は三年前、ローザの死体が見つかった場所のほど近く、岸のすぐ脇あたりに浮いていた。水面《みなも》に枝を伸ばす灌木に半ば隠れているので、ひと目ではわからない。けれども、牧師の鋭い目と直観はごまかされなかった。

「わたしにはわかってました。エレナはここにいると」と牧師はきっぱり言った。池のほとりでは、警察官たちがでこぼこの地面に足を取られながら、せっせと歩きまわっている。

狭い岸辺を除けば、あたりには苔むした大きな岩がごろごろしていた。崖から転げ落ちてきたのだろう。水面《みなも》に映る秋の色は、漂う靄にすっかりかすんでいた。心揺さぶるロマン派の絵のようだ。それは若さゆえの美しさ、《悪魔の美しさ》を思わせた。この呪われた場所は、新たな生贄を得たのだから。

「ほかにはありえません」と牧師は続けた。「わたしにはわかっていました……だからエレナが行方不明になったと知ったあと、彼女に救いの手を差し伸べるため、せっせと祈りを捧げていなければ、もっと早くここに来ていたでしょうに。でも、残念ながら遅すぎました。悪魔はそのフォークを、すでにふりあげていたのです。最後はこうなるしかありませんでした。不幸な女の運命は、あの男と結婚したとき、すでに決していたんです。あいつの忌まわしい計画は、誰もが知るとおりです。あなたがたにも、警告したじゃないですか？　彼女は大変な危険を冒していると、何度も言いましたよね？　怪物の二人の先妻のように、いつか非業の死を遂げるだろうって」

　牧師の舌鋒は激しさを増すいっぽうだったので、テイラー警視は証言を書き留めるという口実で彼をその場から遠ざけた。ピム医師はネグリジェを着ただけの遺体を調べたあと、とりあえず所見を述べた。

「死後、一日以上たってますね。おおよそ、一日半というところかな。死因は溺死と思われるが、今のところ、それ以上のことはなにもわかりません。一見したところ、暴行の跡はありません。首のつけ根に軽微な傷痕があるけれど、死後についたもののようだ。となると、おそらく自殺でしょう……」

　遺体が岩だらけの道を、担架で運ばれていくのを目で追いながら、オーウェンはこう言った。

「エレナ・ラドヴィックが真夜中、自ら命を絶つためここにやって来たとは、にわかに信じられませんね。なにしろ、あんなネグリジェ姿ですから」

「でも、すっかり気持ちが落ちこんでいたら、冷たい夜気もほとんど気にならなかったのでは？」とわたしは言い返した。

「気温だけの問題じゃないさ」

「じゃあ、何が問題なんだ？」

「ともかく……まずは警察の現場検証が終わるのを待つことにしよう。それはそうと、エレナが足に何をはいていたか、気づいたかい？　気づかなかった？　パンプスさ。こんな切り立った、細い坂道を下るには、ちょっと軽装すぎると思わないか？」

「それじゃあ、新たな殺人事件だと？」

「そう思わないか、アキレス？」

「まあ、そうかもしれないが……困ったことに、今回は容疑者にアリバイがあるからな」

「ああ、たしかに鉄壁なアリバイだ。あまりに鉄壁すぎて、かえって疑わしくなるくらいに。またしても演出の臭いがふんぷんとする」

オーウェンは吐き捨てるようにそう言った。彼はこの出来事に面喰らっているのだろう。ようやく追いつめたと思ったら、敵は新たな大技を仕掛けてきた。オーウェンは抑えた怒りを静めようとするかのように、猟犬みたいにあたりを漁り始めた。彼には珍しいことだったけれど。ほどなくオーウェンは、茂みに引っかかった白い切れ端を――紙だろうか？――つかみ取り、不審げな顔で臭いを嗅いだ。彼が近づいてくると、それが布切れだとわかった。

「手がかりがあったのか？」

「おそらく……」

「そんなちっぽけな布切れからなにかわかったら、お慰みだな」

「ああ。でも、ほかに手がかりはないし」オーウェンはそう答えて、布切れをポケットにしまった。

案の定と言うべきか、この新たな死によって、クレヴァレイ村を取り巻く怒りの感情は静まるどころではなくなった。その晩、旅籠で夕食をとっているとき、村民たちが怒り心頭に発しているのを思い知らされた。自殺かもしれないなんて、みんな少しも思っていない。溺死そのものより、エレナの喉に残っていた傷痕のほうに関心が集まっていた。もしあのときラドヴィックが旅籠に姿をあらわしたら、はたして無事でいられたことか。わたしたちもあれこれ当てこすりを言われたり、いつまで犯人を野放しにしているのかと、手きびしい批判を受けた。

オーウェンはその晩も翌朝も、むっつり黙りこんでいた。遅く目ざめると、ラドヴィックの新たな訊問に立ち会うつもりはないとウェデキンド警部に言った。わたしたちは事件現場に戻ってみたけれど、収穫はなかった。夕方、ウェデキンド警部が旅籠にやって来て、テイラー警視がロイストンのオフィスでわれわれを待っていると告げた。

「検死医の報告書が、ちょうど届いたところでね」警視はさっそく本題に入った。「あらかじめ言っておくが、目新しいことはなにもありません。死亡時刻がもっとはっきりしたくらいで。検死医によると、死体が見つかった前の晩、午前零時から四時のあいだだそうです。腕と肩に斑状出血の跡がいくつか、うっすら残っていたけれど、襲われたとかもみ合ったと言えるほどはっきりしたものではありません。おそらく途中、岩にぶつかったのでしょう。脚の下にあった小さな引っ掻き傷も、同じように説明がつきます。あのあたりには、灌木の茂みがたくさんありますから。胃のなかからも血液中からも、怪しい成分は検出されませんでした。要するに、他殺の可能性は低いということで……」

「そう思うんですか？」とだしぬけにオーウェンがたずねた。

「何ですって？」テイラー警視は狼狽して訊き返した。

「彼女は殺された、ぼくはそう思いますがね」

警視は少しわざとらしい笑みを浮かべた。

「わたしもですよ、バーンズさん。いや、わたしたちだけじゃない。でも、まだ証拠がないのでね」

「エレナは殺されたんです。おそらく、ローザ・エヴァズレイと同じ方法で。それは証明できると思います」

「どうやって？」

「これによってです」

オーウェンはそう言ってポケットから封筒を取り出し、テーブルに置いた。

「これを見る前に、現場検証の結果について確認したいのですが。死体発見現場からは、特になにも見つからなかったんですね？」

「ええ、前にも言ったとおり」

「それじゃあ、エレナが浮いていた池の底も、丹念に調べたんですね？」

「あなたもご覧になったとおりに」

「だとしたら、あるべきものがなかったことになる」

「何ですか、それは？」

「夜中にあの場所まで行くのに必要なものですよ。あそこまで行く、切り立った小道を進むのに必要なもの……」

「ランプか」とウェデキンド警部が叫んだ。

「ええ、死亡時刻は明らかになりました。だとすると、ランプが必要不可欠でしょう。彼女がはいていた靴だって、岩だらけの道に適しているとは言えません。そこで封筒の中身を見てもらいましょう。検死医が先に気づくだろうと思っていたんですが、どうやら被害者が水に浸かっているあいだに、臭いの痕跡が消えてしまったようだ……」

「これは？」とテイラー警視は叫んだ。「ただのまっさらな布切れじゃないですか？　なんの冗談です？」

「そりゃまあ、ただの布切れですが、見てください。これは引きちぎれた一部分でね。小道の下の茂みに引っかかっていたんです。たしかに臭いはほとんどしませんが、きちんと検査すれば、染みこんでいる薬品が何かわかるはずだ」

警視は布切れを手に取り、臭いを嗅いでみた。

「なるほど」と彼はつぶやいた。「なにかうっすらと臭うな。病院のような臭いだ。そうか、わかった、クロロホルムの臭いだ！」

オーウェンは目を細めてうなずいた。

「となれば、ことの成り行きは容易に想像がつきます……どう思いますか、ウェデキンド警部？」

「そうですな」と警部は、悪漢じみた口ひげをしごきながらもごもごと答えた。「おそらく……犯人は眠っているエレナの不意を襲い、クロロホルムを染みこませた布を彼女の鼻にあてた。それから布をエレナの口につっこむか、自分のポケットにしまうかして、彼女を池まで運んだのでしょう。自殺に見せかけるため、手近にあった靴をはかせるのも忘れませんでした。けれども途中、布が茂みに引っかかってしまった。犯人は無造作に外したものの、破れた布の一部が枝に残ったままなのに気がつかなかった。あたりは真っ暗ですから、無理もないでしょう。あとはエレナを池に沈めるだけで……」

「それはさほど難しいことではありません」とオーウェンは言った。「理屈のうえからはね。いざやってみると、たやすいことではなかったと思いますが。エレナの脚にあった引っ掻き傷は、苦労のあとを物語っています……光景が目に浮かびますよね？　犯人は肩にかついだ彼女を片手で押さえ、もう片方の手にはランプを持ち……」

「たしかに。被害者はほっそりしているとはいえ、犯人が男なのは明らかだ。しかも、がっちりした体格の。となると、容疑者の幅は狭まるな」とテイラー警視が言った。

「そうでしょうかね？」ウェデキンド警部は皮肉っぽく応じた。「手持ちの容疑者はたくさんいますが……まずは鍛冶屋。あいつは筋肉隆々だ。それから牧師。彼もいい体格をしている。ニールセンだって、細身だが力はありそうだ」

「誰か忘れてはいませんかね？」とオーウェンがたずねる。

ウェデキンド警部は笑って首を横にふった。

「やつのことは、もちろん忘れちゃいませんとも。ラドヴィックも体格的には、犯人役にうってつけだ。けれどもやつは容疑者リストから、完全に外さざるを得ません。もちろん、今回の事件に限った話で、そのほかの事件は別ですがね。彼は事件の晩、午後十時から明け方四時まで仲間といっしょにいたと、少なく見つもっても半ダースの人々が断言するはずです。それに加えて真面目な部下の証言もあり、わたしは全幅の信頼を置いています。要するに、これほど確固たるアリバイを備えた容疑者はめったにないってことです」

「ええ、わかってますとも……」オーウェンは押しとどめるような身ぶりをした。「けれど前にも言ったように、だからこそ胡散臭いんです。その意見は、今でも変わっていません。今日もじっくり考えたのですが……」

「それで、結論は出たんですか？」

「犯人はラドヴィックだ。やつがこの新たな殺人事件を、綿密に準備したんです。この事実をもとにして、もうひとつ明らかになったことがあります。それによって、われわれの捜査は大きく前進し、謎のブラウン医師にして《大いなるイワン》を捕まえるのも容易になるはずです」

「ちょっと待ってくれ、オーウェン」とわたしは口を挟んだ。「そんなふうに話を逸らせて、胡麻化そうったってだめだぞ。はっきり答えてもらおうか。エレナを殺したのは、ラドヴィックなのか？」

　わが友の目が、悪戯っぽくきらりと光った。

「つまり、イエスかノーで答えろっていうんだな、アキレス？」

「ああ、そうとも」

「だったら、答えはイエス。ラドヴィックがエレナを殺したんだ」

38 群衆の怒り

アキレス・ストックの手記（承前）

けれどもオーウェンは、それ以上詳しい話はしなかった。少なくとも、わたしの前では。そしてクレヴァレイ村に残り、《ひと働き》して欲しい、《ぼくの目となり耳となって》欲しいと言ったのだった。それはわたしをのけ者にするための体のいい口実で、オーウェン自身とウェデキンド警部はロイストンに留まり、翌朝早々ロンドンに戻って、あれこれやらねばならないのだという。

こうしてわたしは四十八時間、旅籠のバー《ブラックスワン》亭にどっしりと腰を据えることになった。なんといってもそこは、村の状況を把握するのに適した戦略拠点だったから。けれども、死ぬほど退屈だった。おかげでビールの消費量は憂慮の域に達し、わたしの観察眼にも悪影響が出かねなかった。わたしは郷愁で胸をいっぱいにして、遥かな地に想いを馳せた……わが生まれ故郷、南アフリカの雄大な景色に。目も眩むような光と、暖かな気候に……わが心の拠り所。こんな雨に濡れた、灰色の辺鄙な村とは大違いだ。ここは不安と怒り、憎しみに蝕まれ、忌まわしい事件に怯えている。不気味な吸血鬼の影に覆われた小さな村。吸血鬼が激しく羽ばたかせる羽根の音が、はっきりと聞こえるようだ……

ありえないことだとは思いながらも、わたしは《暗黒の帝王》の到来を、無意識のうちに待ちかまえていた。けれど、ラドヴィックは姿をあらわさなかった。あの男がじっと耐えながら屋敷に閉じこもり、暖炉の前を行ったり来たりするさまが頭に浮かんだ。やつはわが身を守るため、悪賢い策をめぐらせていることだろう。いかに鉄のアリバイがあろうとも、われわれが追及の手を緩めていないだろうと、よくわかっているはずだから。

バーではもっぱらヒューゴ・ニールセンといっしょにいた。しかし彼もこれまでのように、自信たっぷりでにこやかなようすはしていなかった。すっかり打ちひしがれ、心ここにあらずという感じだ。つらい気持ちを抑えて、わたしの話に耳を傾けているのだろう。ニールセンはまるで別人のようだった。それは明らかに、エレナの悲しい最期と結びついている。彼はそれに責任を感じているのだ。

「ぼくは使命を果たせませんでした」とニールセンは何度もお代わりを繰り返したあと、生気のない目で嘆いた。「ぼくの役目は怪物を倒し、これ以上の被害を出さないことだったのに。でも、ぼくにはそれができなかった……新たな殺人を食い止められなかったんです。最悪だ。この事態を、予想すべきでした。ぼくにはなにも見えていなかった。かわいそうに……こんな目に遭うなんて。これまでも、さんざん苦しんできたというのに」

「これまでも？」

「だって、あんな男と暮らしていたんですよ」

「まあ、たしかに」とわたしは機械的に答えた。「毎日がバラ色というわけにはいかないでしょうが……」

横目でちらりとようすをうかがうと、ニールセンは両手で持ったビールのグラスをじっと見つめていた。彼はエレナに言い寄っていると、ラドヴィックは疑っていたが、ただの邪推ではなかったようだ。二人がそういう関係だったなら、ニールセンがこんなに落ちこんでいるのも無理はない。実際のところ、わたしには今ひとつ信じられなかったけれど、ともかく探りを入れてみることにした。

「ええ、たしかに残念な出来事でした。ラドヴィック夫人はあんなに美人だっただけに……」

ニールセンはなにか言いかけたけれど、結局ため息をついただけだった。しばらく沈黙が続いたあと、彼は謎めいた表情でこう言った。

「ええ、そう、エレナさんは忌まわしい怪物といっしょに暮らして、苦しみぬきました。あいつは彼女の命を奪った。彼女を痛めつけ、ぼろぼろにし、決して消えない爪痕を残した。あいつのせいで、彼女はこの世に生き続けることが叶わなかった……もはや幸福を感じられなかったんです……」

おそらくニールセンは、吸血鬼の犠牲者がたどる運命のことをほのめかしているのだろう。伝説によれば、吸血鬼に襲われた者の魂は、決して永遠《とわ》の休息を得られないという。呪われた運命から解放されるたったひとつの方法は、心臓に杭を打ちこまれるか、銀の銃弾を浴びるかだ。けれどもニールセンなら、そんな気味の悪いこともやりかねないと思い、わたしはラドヴィックの鉄のアリバイにさっさと話題を切り替えた。

「そんなもの、誰が信じるっていうんです?」とニールセンは、苦々しげに笑って言った。「あのゲス野郎は、彼女を無残に殺した。それはたしかです……やつはまたしても、悪魔じみた奸計のひとつを実行に移したのでしょう」

「友人のオーウェンも同じ意見です。それにきっと今ごろは、ラドヴィックのアリバイを粉砕するべく、がんばっているはずだ」

「信頼していますよ。バーンズさんには分別がおありだ。それに先日は、ストラリング夫人殺しの謎も見事解き明かしました。必要とあらば、いつでもお力添えしますとお伝えください。これでも推理の才は、捨てたもんじゃありませんよ……」

　なるほどヒューゴ・ニールセンは馬鹿じゃない。けれども最後のひと言は、いささかうぬぼれすぎではないかと思った。偉大なるオーウェン・バーンズの分析精神に力を貸すだって？　よくもそんな大口が叩けたものだ。わたしはいささか腹が立った。

　けれどもわたしを驚かせたのは、ニールセンばかりではなかった。夕方になるといつも旅籠のバーにあらわれるポール・プラットが、その晩はわたしの隣に陣取ったのだ。彼は決して饒舌ではなかったが、例によって話題の中心はラドヴィックがもたらした災厄についてだった。

「ストックさん、あんた、結婚は？」とプラットはつっけんどんな口調でたずねた。

　彼が何を言いたいのかよくわかっていたので――家族や子供のこと、息子を失った癒やしがたい悲しみといったところだろう――わたしはなるべく軽い調子で答えた。

「いいえ、残念ながら、まだ夢の女性は見つかってません」

「でもまあ、そんなに遠くへ行かなくても、案外見つかるもんさね」

「ほう？」とわたしは少し困惑して言った。

「欲しいものが手近にあるのに、あてもなく歩きまわることはない」

「何の話だか、よくわからないのですが」

「何の話かって、ラドヴィックの家に何日か泊っていった娘っ子のことさ。なかなかべっぴんだったろ？」

「シェリダンさんですか？　ええ、たしかに。とても魅力的でしたよ」

「あんたなら、うまくやれたと思うんだがな、ストックさん」

「どうしてって、どうしてそう思うんです？」

「どうしてって、勘だよ。あんたと彼女なら、お似合いじゃないかってね」

「なるほど……あなたがそうおっしゃるなら。でも、彼女にはもう恋人がいるんですよ」

「そうかい？」とプラットはグラスを空けると、びっくりしたように言った。「でも、そっちは長続きしそうもないな。そう何度も会ったわけじゃないが、恋をしてるって感じじゃないのは見てわかった。どう言ったらいいか、臭うんだよ、そういうことっていうのは」

粗野ななりをしたこの男を、いささか見くびっていたようだ。アン・シェリダンについてわたし自身が思っていたことを、彼は短い言葉で的確に言いあらわした。わたしはあれこれ考えた末に、ようやくわかったことだったのに。

二日目の監視を続けているあいだに、オーウェンからメッセージが届いた。検死はもう少し長びきそうだが、調査は順調に進んでいる、明日には村に戻れるだろうが、これまで以上に警戒を怠らないようにと書かれていた。

最後の言葉にはいらっとさせられた。わたしの役目などとるに足らない、どうでもいいようなものだとよくわかっていたからだ。むかっ腹を立てながら店に陣取っていると、牧師が入ってくるのが見えた。いつもどおり、陰鬱な顔をしている。牧師はわたしのテーブルに腰かけると、埋葬は明日の予定だと告げた。けれどもいつまでも長居はせず、説教の準備があるからと言って帰っていった。

説教だって？　正直、わたしは最悪の事態を恐れていた。牧師の弔辞は、死者を送る祈りではなく終わらないかもしれない。もしかしたらそれが引き金になって、ドリアン・ラドヴィックに対する私刑騒ぎが持ちあがるのではないか。ラドヴィックがどうなろうと、なんの憐れみも感じないだろうが。


翌日の午後、参列者でいっぱいの教会から出たとき、わたしの恐れが杞憂だったとわかり、ほっと胸を撫でおろした。ロバート・キャンベル牧師の説教は、驚くほど抑制が効いていた。もちろん悪魔の存在を訴え、その奸計に気をつけよと呼びかける激しい口調は、いかにも彼らしいものだった。そして最後には、教会中を震わせ朗々と響きわたる声で、《悪魔よ、去れ《ヴァデ・レトロ・サタナス》》と叫んだ。けれど一瞬たりともラドヴィックを指さしたり、じっとにらみつけたりして、あからさまな非難をむけることはなかった。

ウェデキンド警部やテイラー警視のほかにも四名の警察官が、ラドヴィックを取り囲むようにして葬儀に参列した。ラドヴィックはサングラスの陰に、《悲嘆》を隠していた。じっと彼に注がれる怒りの視線を見れば、警官たちがいるのも無駄ではなさそうだ。エレナの両親は控えめながらも、彼を避けていた。オーウェンに言われて、アン・シェリダンも参列していたが、とても動揺しているようすだった。わたしは彼女につき添って励ました。そのあいだにも葬列は、もの悲しい空の下、墓地へと進んでいった。ときおり吹き抜ける湿った冷たい突風にあおられ、枯葉がくるくると舞っている。

葬列の道々、オーウェンは捜査の状況を手短に説明した。事件は大詰めをむかえているので、安心していいそうだ。今は瞑想のときだから、詳しい話はできないけれどと。しかるべきときが来るまで彼は話さないと、わたしは経験的にわかっていたので、それ以上たずねなかった。

葬列は墓地に着いた。エヴァズレイ家の納骨堂を囲む墓石のあいだに、参列者たちは散らばった。納骨堂の扉がひらかれ、葬儀屋が棺を台にのせると、牧師が信者たちの前に立ち、傍らの天使像に劣らず体をこわばらせて、死者の思い出を称える最後の弔辞を述べた。彼は人生の春に故人を襲った運命の悲劇を、大仰な口調で滔々と語った。居並ぶ人々はそれを聞いて怒りを新たにし、やがて鈍いざわめきがあがり始めた。エレナはこれから、二人の先妻のもとへ行く。彼女たちもまた、若くして神のもとに召されたのだと牧師が言うと、ますます怒りは高まった。あちらこちらから非難の声があがり、四人の警察官も危ないと思ったのか、ラドヴィックのまわりを守るように取り囲んだ。しかし人々を抑えようと牧師が最後に発した言葉は、かえって最悪の結果を招いた。彼は天を見あげ、群衆にむかってこう言い放った。

「われわれがどのように思おうと、この人物もまた神がお造りになったのです。慈悲深き神は、つねに怒りと暴力を遠ざけてきました。マグダラのマリアを弁護するため、イエスがおっしゃった言葉を思い出すのです。《罪なき者だけが、まずこの女に石を投げよ》と」

「おれは罪など犯してないぞ」顔を紅潮させた若い男がそう叫んで土を握り、ラドヴィックの顔に投げつけた。

「おれも罪を犯しちゃいない」と別の男も叫び、大きな石を投げた。石は的に命中し、取り乱したラドヴィックのこめかみから血が流れ出た。彼は急いで血を拭おうとしたが、二発目の石があごにあたった。警官たちは興奮を静めようとしたけれど、それが間違いだった。群衆はラドヴィックを囲んで土を浴びせ、殴りつけた。

あまりに突然の出来事だったので、わたしたちはしばし呆然としていた。このままではラドヴィックは殺されてしまう。わたしはそう思ってアンをその場に残し、群衆のなかに飛びこもうとした。するとそのとき、オーウェンがきっぱりと言い放つ声がした。

「牧師さん、信徒たちを静めるんだ。さもないとあなたがうえから、騒ぎの責任を取らされるぞ」

ここは一番、体を張らねばならないと思ったのだろう、牧師はラドヴィックのうえに覆いかぶさり、自らを盾にして彼を守った。拳をふりあげた群衆も、聖職者を殴るのはためらわれ、興奮はたちまち静まった。警官たちはその機に乗じて形勢を立てなおした。わたしのありさまは、決して見られるものではなかった。上着の袖は破れて鼻から血を出し、あごは青あざだらけ。それでもラドヴィックの惨状に比べれば、まだものの数ではないだろう。彼は顔じゅう血だらけになって、ぐったりと地面に横たわっていた。しばらくして馬車で運ばれていくときも、まだ意識を失ったままだった。

39　アキレスの冒険

アキレス・ストックの手記（承前）

翌朝、ゆっくり起き出して旅籠の食堂におりると、主人に鍵とオーウェンのメッセージを渡された。メッセージを読んで、わたしは当惑した。《クレヴァレイ村の毒気にあてられないよう、しばらく離れたまえ、アキレス。ロンドンで気分転換をしたほうがいい。人ごみに紛れるのも、ときには悪くないものだ。ついでに魅力的なアン・シェリダンにも、ひと言挨拶しに行ってみてはどうだろう。彼女も慰めを求めているはずだから、きみには適役だと思うのだが。ぼくのアパートは自由に使っていい。ぼくもできるだけ早く、合流するつもりだ。》

わたしは言われたとおりにした。その日の午後、アンの部屋の呼び鈴を鳴らすと、彼女はわたしを見て嬉しい驚きだという顔をした。そして快適そうな二間のアパートに通してくれた。クレヴァレイ村の墓地でのふるまいはとても勇敢だったとわたしを誉め、まだ顔に残っているそのときの痕を心配してくれた。実際のところ、クレヴァレイ村の事件では、彼女のほうがずっとショックを受けているはずなのだが。

それからピカデリーサーカス近くのレストランに誘って、いっしょに夕食をとった。アンは村での出来事をぽつぽつと語ったが、口にできないこともあったのだろう、ときおり困惑気味の沈黙が続いた。彼女は恋人の話もした。もうきっぱりと別れたそうだ。相手の男はアンを手ひどくふっておきながら、悲壮感たっぷりに謝ってよりを戻そうとした。けれども、彼女はそれをはねのけた。クレヴァレイ村を発つ日、エレナの身によくないことが起こるような、虫の知らせを感じた話をするとき、アンの目には涙があふれた。

「お気持ちはよくわかりますよ」とわたしは言った。「でも、自分を責めてはいけません。あなたはこの悲しい出来事の、被害者にすぎないのだから」

「本当にそうなのかどうか」と彼女はうめくように言った。

「悲しみのあまり、気弱になっているんですよ。親友を亡くされたのだもの、無理もありませんよ」

「エレナを愛していたんです、ストックさん……」

「アキレスと呼んでください」わたしは慰めるようにアンの手を握りながら言った。「お二人はとても仲がよかったんですよね」

アンは悲嘆に満ちた目をわたしにむけた。

「ただの友情ではありません……女が男を愛するように、彼女を愛していたんです。わかりますか？」

それはべつにいけないことではないだろうと、わたしは驚きを抑えながら、なだめるように答えた。けれども内心、だんだん居心地が悪くなってきた。アンの頬にかかる涙や悲痛な表情は、人目につかずにはいないだろう。今にも大声で、すすり泣きが始まりそうだ。

「話さないではいられなかったの……さもないと、頭がどうにかなりそうで。みんな忘れられると思っていたのに、新たな悲劇が起こって……」

「ぼくに話せばいいんです、アンさん。そのためにいるんですから……」

アンは涙を拭った。

「じゃあ、店を出ましょう。みんなが見てるから。よかったら、わたしの部屋でもう一杯いかが？」

「それはもう、大賛成です」

「話の続きは、そこで……」

「まだ続きがあるんですか？」

「ええ、そうなの……」

家にむかう辻馬車のなかで、アンはわたしの肩にしなだれかかって泣き崩れた。わたしは少し困惑しながら、絹のような髪がかかる彼女の手をやさしく握った。アンはわたしを信頼し、頼っている。それは喜ぶべきことなのだろうが、なんだか不安でしかたなかった。

ほどなくわたしは居間のソファに腰かけ、アンが二つのグラスにマディラワインを注ぐのを眺めていた。彼女は乾杯をするると、自分のグラスをいっきに空け、二杯目を注いだ。このペースだと、彼女の涙は尽きそうもないな、とわたしは思った。

「忘れたくて飲んでるの、アキレス……飲めば話せるから」

「だけどなにも、すべて話さなくてもいいんですよ、アン」

「そりゃそうよね。でも、話せば気持ちが楽になるわ。わからないでしょうね……わたし、恥ずかしくてたまらないの」

「打ち明け話はもう聞きました。でも、なにがそんなに……」

「だったら、これを見てちょうだい」と彼女は激しい口調で言った。「口で言わなくても、わかるでしょうから」

そう言ってアンは背中をむけ、上着を脱いでブラウスのボタンを外しにかかった。でも誘惑しているのではないことは、ようすでわかった。もしわたし自身、少しばかり飲みすぎていなかったら、礼節なんかかまっていられなかっただろう。けれどもわたしは黙ったまま、彼女がブラウスを脱ぐのを凍りついたように眺めていた。アンは髪をあげ、傷やあざだらけの背中を露わにした。

「なんてことだ！」とわたしは叫んだ。「どうしたんです？　まさか、これは……」

「ええ、そう、ドリアンよ。彼のせいで、わたしは誇りもなにも失ってしまった」

「あいつに叩かれたんですか？」わたしは逆上したように言った。

アンは首を横にふり、またしても泣き崩れた。

「いいえ、でも、催眠術にかけられて……だって、そうとしか思えないわ。会ってほんの数日で、身を許してしまうなんて……」

「身を許したですって？　でもあなたには、たしか恋人が……」

「ドリアンの力はとても強くて、抵抗できなかったんです。彼の射貫くような目、魅惑的な声……わたしは文字どおり、ひとたまりもなかった。村を発つ前の晩、つまりエレナが溺死する前日の晩、わたしは恥ずかしさと絶望のあまり、ゾンビのようにふらふらと池にむかいました。終わりにしたかったんでしょう。わかりますか？　もう、自分に耐えられなかった。ところが、ドリアンがあとを追ってきて……見方によっては、そのおかげで助かったのかもしれません。でも……彼はわたしの服を脱がし、地面に押し倒しました。わたしには、抗う術がなかった。全身が麻痺したみたいで、痛みの感覚もありませんでした……小石や灌木の棘に体がこすれても、なにも感じないんです。きっと身も心も、ドリアンに支配されていたんだわ。わたしは彼の手のなかで、されるがままでした。だからこそ翌日、わたしは大急ぎでクレヴァレイ村を離れたんです。卑怯だったと言われるかもしれません。だってそのあとエレナがどんなに苦しむか、わかっていたんですから……」

ドリアンは命に別状ないと、前日、夜遅くに知らされていた。あんなに激しく殴られたのに、よく無事だったと少しほっとした。けれども今は、それが残念に思えてきた。あいつはどこからどう見ても卑劣漢だ。罪を贖わせることなどできやしない。わたしはこみあげる怒りの大波を必死に抑えた。アンはそんなわたしを、涙で濡れた目でじっと見つめた。

「もうわかったでしょ？　エレナが溺れ死んだと知って、どれほど苦しんだか。あんなにやさしかったエレナを、裏切ってしまったのだから。二十四時間後、そのすぐ近くで彼女は命を絶った。何を伝えたかったのかは明らかだわ……」

「エレナは自殺じゃないんだ、アン。それはどうやら、たしからしい」

「だとしても、わたしはエレナの死に大きな責任がある……ああ、神様、なにもかも忘れることができたら……沸き立つ熱湯に浸かり、金《かね》のブラシで肌をこすって、恥ずべき行いの痕を洗い落とすことができたら……」

「そんなふうに考えてはいけません」とわたしは言って、アンがブラウスを着るのを手伝った。

「アキレス、もう一杯、注いでくれる？」

ほどなく、さらにもう一杯、注ぐことになった。恐れていたとおり、飲めば飲むほどアンの目には涙があふれた。今にもヒステリーを起こしそうだ。医者を呼んだほうがいいだろうか。でも、この時間では難しいだろう。かといって、彼女をひとりにして帰る決心もつかなかった。

「もう、横になったほうがいいですよ、アン。よかったら、いっしょについていますから。このソファは寝心地よさそうだし……」

アンは真っ赤な目に感謝をこめてわたしを見つめ、寝室に姿を消した。しかし三十分ほどすぎても、激しいすすり泣きがまだドア越しに聞こえていた。わたしは少しためらったあと、彼女のもとへ行った。服が床に散らばっている。アンはベッドに横たわり、体を半ばシーツで覆い、手足を震わせていた。ちらりと見ただけでも、魅力的な体つきをしているのがわかった。子供にするみたいにシーツをかけてあげながら、わたしは一生懸命なだめた。すすり泣きが、徐々に治まってくる。わたしがついていたほうが、彼女も気持ちが落ち着くようだ。

わたしは服を着たまま、彼女の脇に体を縮こまらせて横になり、しばらくいっしょにいてあげようと言った。ありがとう、とつぶやく声がし、やがて聞こえるのは彼女の寝息だけになった。そしてほどなく、わたしも眠りに落ちた。

翌朝、目覚めると、びっくりしたことに、天使がわたしをのぞきこんでいた。うっとりするような天使が。青い大きな目は明るく輝き、すっかり元気そうだった。髪が肩にかかるさまがとても優美だ。彼女はシーツの端っこで、恥ずかしそうに胸を隠していた。

「さすがに英雄ね、あなたは」とアンは囁くように言った。

「英雄だって？　どうしてまた？」

「だってあなたはアキレスじゃない。偉大で勇敢なアキレス。恐るべき戦士にして、気高き紳士だわ……」

わたしは体を起こし、着たままの服を納得顔で見まわした。

「ソファに戻るつもりだったんですが……」

「とても立派だわ。あなたのおかげで、だいぶ元気になりました。こんなにやさしくしてもらったのは初めてよ」

「それはどうも。でもぼくだって、無邪気な少年ってわけじゃありませんからね」

アンはわたしの唇の端に、そっと口づけをした。それはわたしの最後の言葉を裏づける結果になった。どんなことに耐えようとも、欲望だけには忠実であれ、とオーウェンは常々言っている。彼の忠実な弟子たるわたしは、思いきってその教えを実行に移し、今度はわたしから口づけを返した。ほどなくわたしの服は、アンの服とともに仲よく床に散らばった。

夕方近くに、わたしはアンの部屋をあとにした。事件に進展があれば、そのつど知らせるからと約束した。話題はどうしても事件のことになってしまう。けれどもわたしの細やかな気づかいで、アンも落ち着きを取り戻し、クレヴァレイ村での出来事を筋道立てて話せるようになった。彼女の証言は、事件に新たな光をあてるほどではないものの、心理的な側面からいくつか判明した事実もあった。オーウェンだってわたしの個人的な《調査》結果を誇らしく思い、賞賛してくれるはずだ。そういや、彼のことをすっかり忘れていた。部屋でひと晩じゅう待っていたかもしれないぞ！

わたしは急いでオーウェンのアパートにむかった。なかに入ると部屋は空っぽで、煙草の臭いも漂っていなかった。どうやら彼はわたしを罵りながら、ここで何時間もすごしたわけではなさそうだ。それでも午後八時、彼が戻ってきたとき、その目には非難の色が浮かんでいた。

「ようやく姿をあらわしたのか、アキレス！　いったいどこに泊ったんだ？」

「暖かい場所に、魅力的なご婦人とね」

「ははあ……そういうことか。悩める女性を慰める技を、またしても発揮したんだな。あんまり褒められた話じゃないが」

「そいつは誤解だ。あれこれ調べてきたんだぞ。きみの輝かしい調査の手からも、漏れてしまった出来事を」

「それなら道々、話を聞こうか。これから警視庁へむかうから。ウェデキンド警部とテイラー警視が待っている。きみはもう少しで、大団円を逃すところだった。そっちがよろしくやっているあいだ、ぼくのほうは汗水たらしてがんばっていたんだ」

「大団円だって？　で、相手は？」

「もちろん、ラドヴィックさ。やつは元気いっぱいとは言いがたいが、だいぶ回復している。少なくとも、われわれを手こずらせるくらいには。ほかにも何人か、サプライズゲストもいる……」

40　サプライズゲスト

アキレス・ストックの手記（承前）

　ドリアン・ラドヴィックは顔を腫らし、額に包帯を巻いて腕を吊っていたけれど、いたって元気だった。いつものように傲慢そうな笑みを、その場に集まった六人――というのはテイラー警視、ウェデキンド警部、オーウェンとわたし、それに不愛想な目をした二名の屈強な制服警官のことだが――にむけている。制服警官はわたしたちが入ってきたドアの両側に立って、ラドヴィックを見張っていた。部屋はそこそこ広いものの、備品はわずかだった。スチールの戸棚、コート掛け。ファイルが数冊置かれた大きなテーブルを囲んで、椅子が六脚ほど並んでいる。ランプシェイドのついたスタンドが放つ円錐形の光が、唯一の明かりだった。飾りけのないこの部屋は、もっぱら訊問のために使われるのだろう。事の成り行きが成り行きだけに、ぴりぴりと張りつめたような雰囲気だった。オーウェンはラドヴィックの真正面に腰かけると、部屋を包む重苦しい沈黙を破った。

「用心なさっているようですね、ラドヴィックさん。それにはおよびません。お忘れですか、われわれはあなたの命を救ったんですよ。われわれがいなければ、今ごろあなたは死体安置所か、大好きな棺のなかでしょうよ……」

「ひとは皆、木の箱のなかで朽ち果てる運命にあるのでは？」とラドヴィックは混ぜ返した。

「たしかに。でもそんなこと、できるだけ先延ばしにしたいものだ。それはさておき、ひとつ記憶を新たにしていただきましょう。グライヴィッツとロシア国境に近い、ドイツの田園地方で起きた事件についてですが……」

オーウェンはファイルをひらくと、一八八九年にその地方を襲った吸血鬼騒ぎについて語り、ラドヴィックにかかる疑いを並べたてた。話が終わると、ラドヴィックは頭をのけぞらせて大笑いした。

「こいつはまさしく魔女裁判だ！　まさかロンドン警視庁が、そんなヨタ話を信じるなんて。いったい誰に吹きこまれたんですか？」

「あなたもご存じの人物ですよ。何年も前から、あなたの足跡を追っている人です。エアラウで起きた悲劇については、昨日着いたドイツ警察の詳しい報告書によって確認が取れました」

「どれもこれも、わたしとは無関係です」ラドヴィックは声を轟かせた。「偶然の一致ですよ、誰か別のドリアン・ラドヴィックのことだ。あなたの情報が、間違いないならばね。わたしの知る限り、兄弟はいません。昔話を繰り返すのは、もうたくさんだ。子供時代の悲しい物語は、これまでにしましょう」

「確かめようのない物語ですしね、ラドヴィックさん。あなたも、よくわかっているはずだ」

「けれどもそれで、よしとしていただかないと。ともあれ、あなたのヨタ話よりはずっと信憑性がある。地中数メートルの深さに埋められた棺桶から、わたしが抜け出したなんて」

「たった一メートルですよ。誇張してはいけません。あなたほどの手腕があれば、充分やり遂げられる大技です。それにわたしは少しばかり、奇術には詳しいんでね。棺桶から抜け出すのは、そんなに難しいことではありません。棺桶の四隅を、前もって斜めに切り取っておけばいいんです。ちょうどふたのうえから、釘を打ちつける部分を。切り取った部分に露出した釘の底部は、鋭いペンチで簡単に切断できるでしょう。あとはふたを少しずつ押しあげるだけ。土が落ちてきて、うえに空間が増えれば、そのぶん抜け出しやすくなります。もちろんこれは、いちかばちかの挑戦です。あなたの兄のレヴは、やりそこねてしまいました。あなたは地上に出ると、兄を助けるため必死に墓を掘り返したでしょう。けれど、間に合いませんでした。しかし棺桶のなかでもがき苦しんだ恐ろしい形相は、あなたの計画に役立ちました。あなたが土のなかから出てくるのを目撃した、三人の少年の証言もです。もしかしたらあなたは、誰かが通りかかるのを狙って、わざと姿を見せたのかもしれません。

こんな手のこんだ大芝居を打ったのは、疫病に続いて流れ始めた吸血鬼の噂を皆に信じこませ、怪物のふりをしてあたりいったいに恐怖を撒き散らすためでした。そこに奇妙な悪魔祓い師があらわれ、怪物退治に名のりをあげます。大枚払って悪魔祓いを頼まなければ、本人はもとより一族郎党怪物の餌食になるだろうと言って。脅し文句なのは明らかですが、あなたは罪のない者たち、ときには子供までもためらわず犠牲にしました。こうして人々から搾れるだけ搾り取ると、当然のことながら徐々に強請《ゆすり》は終わりになりました。

ラドヴィック兄弟に、そんな恐ろしいことができただろうかって？　大いにあり得ると思いますね。故郷の村では、ずいぶんと悪名が高かったようですから。彼らの名前を聞いただけで、みんな顔をそむけたそうです。兄のレヴが死んだなら、悪魔祓い師の正体はもう明らかでしょう。もうひとりの兄、アアロンのほうです。彼は事件の前に、行方知れずになっていました。そうそう、鋭い目つきが特徴だったとか」

　ラドヴィックは使えるほうの手で煙草に火をつけ、無邪気そうな表情を装ってたずねた。

「それも例の報告書とやらに書いてあるんですか？」

「いいえ。でもこう考えれば、事実にぴったり適合すると思いませんか？」

「なるほど。でもひとつだけ問題なのは、わたしがそのラドヴィック兄弟やらと、無関係だってことです」

「けっこう。ではここで、もうひとつ別の証言を聞くことにしましょう。問題になっているのは、やはり同じドリアン・ラドヴィックです。彼は三、四年後の一八九三年、世を騒がせました。またしても、奇妙な偶然の一致です。だってあなたが大陸を離れてイギリスに渡ってきたのも、同じ年の末だったんですから」オーウェンはウェデキンド警部をふり返って続けた。「警部、あの男を連れてきてください」

　ラドヴィックは立ちのぼる紫煙越しに、ウェデキンド警部が部屋から出て行くのを目で追った。足音が廊下を遠ざかっていく。ほどなく警部は、ヒューゴ・ニールセンを従え戻ってきた。ニールセンは顔をこわばらせ、ラドヴィックをのぞくみんなに会釈をした。彼はオーウェンにうながされ、ラドヴィックが関わった武器密輸の話をした。喉を掻き切られ、線路脇の雪原に横たわっていた女の一件も忘れずに。革命派集団ナロードニア・ヴォリアが行った過激なテロ活動についても、前もって簡単に触れた。

　今度はラドヴィックの顔に、動揺の色が浮かんだ。彼は新たに火をつけたばかりの煙草を灰皿のなかでもみ消し、ニールセンにむかって軽蔑したように言った。

「さっきの話も、きみが出所らしいな。妻を誘惑しようとしたのも、わたしに対する嫌がらせのつもりだったのか？　おまえは何者なんだ？　そうやってわたしをしつこく攻撃して」

ヒューゴ・ニールセンは指の先を見つめながら、静かな声で答えた。

「クレヴァレイ村に引っ越してくるまで、直接あなたに会ったことはありません。ぼくはただの吸血鬼ハンターです。そう思っていただければけっこう」

「このわたしが吸血鬼だと？　吸血鬼なのか、それとも名うての詐欺師なのか、意見を一致させてもらいたいな」

「両方ってこともありえるでしょう。ともかく、今の話に間違いはありません」

「おまえは嘘をついている。吸血鬼に襲われた女なんて、ただのでっちあげじゃないか」

するとニールセンは笑って答えた。

「ええ、そうです。それは認めましょう。喉を掻き切られて線路脇の雪原に横たわっていた女の話は、もっともらしく見せるためにつけ加えたものです。告発の説得力が増すだろうと思ってね。でもあなたは今、はしなくも正体をあらわしました。だってそれ以外は本当のことだと、暗黙のうちに認めたわけですから。つまり革命派集団のために、武器を密輸したことを。そのラドヴィックは、吸血鬼騒ぎに乗じて強請《ゆすり》を働いたラドヴィックと同一人物でしょう。吸血鬼騒ぎがあったのは、子供が切り殺される事件が続いた時期とぴったり一致して……」

「いいかげんなことを言うな！　わたしはなにも認めてないぞ」

「でもあなたの年恰好は、武器の密輸をしていたラドヴィックとそっくりですからね。同じ年齢、同じ外見、同じ物腰……」

「証明できるのか？　できないなら、黙ってろ。さもないと、名誉棄損で訴えるぞ」

「まあまあ、落ち着いてください、ラドヴィックさん」とオーウェンが、とりなすように口を挟んだ。「そう興奮しないで。まだ話は、始まったばかりです。よろしければ、あなたの足跡をさらにたどることにしましょう。舞台はイギリスに移ります。そして問題になるのが、例のスピリチャル・サークル《超宇宙生命体の会》、ヴァイオレット・ストラリング殺し、マッカーシー殺し、ドノヴァン司祭殺しです」

　オーウェンはすでにわれわれも知っている一連の出来事を、詳細に語った。さまざまな事件の関連性、蝶番を使った密室殺人のトリック、ラドヴィックがローザ・エヴァズレイと出会った経緯《いきさつ》について。

　話が終わると、長い沈黙が続いた。ラドヴィックはじっと考えこみながら、包帯で吊った腕をかすかに揺らせていたが、やがてこう言った。

「お次は猟犬を放ちますか……」

「そんなことをしても、吸血鬼相手では無駄でしょう。犬なんてひとたまりもない」

「たしかにこのあいだは、嘘をついてしまいました。わたしはあの会を主宰していて、その折、ローザと知り合いました。ついでに言うなら、わたしは《大いなるイワン》をさほど買ってはいませんでした。仕事のつき合いだけで、個人的なことはなにも知りません。彼に助力を仰いだのは、霊媒師として評判が高かったからです。その世界ではピカいちだと言われていたし、それを裏づける事実もありました。彼がストラリングさんを殺したというご指摘は、もっともだと思います。わたしもあの事件があったあと、同じ疑いを抱きましたからね。でも、わたしはまったく無関係だ。悪いのは彼、彼ひとりです」

「実を言うと、そう答えるだろうと思ってました。だからとりあえず、その話はここまでとしましょう。ブラウン医師こと《大いなるイワン》の本名も、ご存じないんでしょうね？」

「おっしゃるとおり」

「住所をたずねても無駄だと……」

「まさしく」

「けっこう」とオーウェンは両手をこすり合わせながら言った。「では次の章へと進みましょう。でも、あまり面白くはないかもしれません。あなたの二人目の妻マージョリーの遺体が少しも傷んでなかった秘密についてですから。でもその前に、ひとり目の妻ローザの悲劇的な最期について、ひと言触れておきましょう。ちなみにあなたは三人目の妻、不幸なエレナを殺したのと同じ手口で、ローザも殺したのです。あなたはローザの美しい目に魅せられました。女性の美しさについては、けっこううるさいほうですからね、あなたは。でもあなたを魅了したのは、それだけではありません。彼女の持参金、田舎のすばらしい屋敷、莫大な財産も見逃せません。あなたの手にかかれば、ローザをくどき落とすなどたやすかったでしょう。生来の気弱な性格と、父親の死も相まって、彼女はすっかり落ちこんでいたときでしたし。こうしてあなたは、彼女の財産をわがものとしました。結婚のあとにも、ローザは不運に見舞われました。待ち望んだ赤ん坊を流産で失い、二度と子供を産めないだろうと言い渡されたのです。そのせいで彼女は精神に異常をきたし、あたりをふらふらとさまよい歩くようになりました。子供たちのあとを追って、もの欲しそうにじっと見つめるようになったのです。けれどもそれは、獲物を狙う吸血鬼の目ではなく、母親になれない女の絶望に満ちた目でした。つい耐えきれずに、やさしく子供に触れようとしたこともありました。しかしジミー坊やのように、子供たちはそれを誤解しました。パニックを起こしたジミーの悲惨な結末は、知られているとおりです。突き出た岩のうえに落ちたとき、首もとにできた傷を見て、吸血鬼に襲われた痕だと勘違いした者もいました。

ローザはしばしば夜にも、村をうろつきました。そんな奇怪なふるまいは、あなたと結婚したあとに始まったことでした。ヨーロッパの果ての霧深い地方からやって来た、謎めいたロシア人伯爵ドリアン・ラドヴィックと結婚したあとに。言いかえれば、皆にとってあなたは悪の根源、多くの読者を震撼させたドラキュラの化身でした。あなたは思いがけず、忌まわしい過去にとらわれることとなったのです。こんな不愉快で危険な状況には、さっさとけりをつけねばなりません。そこであなたは躊躇《ためら》うことなく、狂気を募らせた妻のローザを亡きものにしたのです。その手口については、あとで触れることにしましょう。けれども噂は止みませんでした。日が暮れたあと、あたりをさまよう人影があると、ローザの悲しい亡霊だとみんなが思いこんでしまったのです。それは噂話にすぎませんが、二人目の妻マージョリーについては事情が違い、証言はもっと正確です。もっとも新しい目撃談は十月の初め、正確には一日です。これまた気になる偶然の一致ですが、棺のなかから見つかった真新しい死体は、検死報告によればちょうどそのころ亡くなったもののようでした。さらに証言では、マージョリーの幽霊はあなたの屋敷に通じる街道を歩いていたといいます……これは信じるにたる証言です」

ラドヴィックは嘲るようににやりと笑った。

「吸血鬼のお次は幽霊ですか！　あなたの推理はもう少し論理的かと思っていましたよ、バーンズさん」

「いいでしょう。では純粋に論理的な角度から、この最後の謎を検討してみましょう。棺のなかにあったマージョリーの亡骸は本人に間違いないと、肩の黒子《ほくろ》から姉が確認しました。だとすれば、一年半前に埋葬された遺体はマージョリーのものではなかったことになる。やはり姉の証言によると、マージョリーはやまっけのある女で、成功のためには手段を選ばなかったようです。加えて彼女が死後、あなたに残した多額の保険金についても、触れておかねばなりません。そこでどうしても思い浮かぶのは、保険金詐欺という言葉です。あまり道徳的とは言いがたい二人が、折りよく出会ったわけですから。お互い打算で結婚したとは思いませんが、悪党二人は手を組んでひと儲けをたくらみました。マージョリーはあなたとぐるになって、死んだふりをしたのです。その大筋を説明しましょう。動機はもう明らかですよね。あなたがた二人は贅沢三昧の暮らしをして、お金が足りなくなり始めました。マージョリーは姉を証人にして、雪のなかを散歩中、突然心臓発作を起こしたふりをしました。彼女は実際に心臓が弱かったので、信憑性は充分です。キャンベル牧師にも証人役をさせようと、屋敷に呼んでおきました。マージョリーは屋敷でもう一度発作を装い、部屋に運ばれました。それから病院に救急搬送されたものの、死亡が確認されたのです。ほどなくやって来たピム医師は、マージョリーと何度か顔を合わせたことがあるだけでした。死因を疑う理由はなにもなかったし、検死した遺体が別人だとは思ってもみませんでした。実は屋敷から運び出すとき、マージョリーにとてもよく似た別の女と、すり替わっていたのです。彼女はそのために選ばれ、同じ髪型、同じ服装に整えられていました」

オーウェンは少し間を置くと、責めるようにラドヴィックを指さしながら続けました。

「本物のマージョリーが雪のなかで心臓発作を演じていたころ、あなたは身代わりとなるこの女に致死量のジギタリンを飲ませました。おそらく、カクテルかなにかに混ぜたのでしょう。ジギタリンは毒薬ですが、少量ならば心臓発作の薬としても使われます。だから死体からその成分が検出されても、不審がられないでしょう。それに死亡の状況から見て、他殺を疑う余地はありません。どうやって犠牲者を死の罠におびきよせたのか？　それはわからないけれど、あなたのことだからその悪魔的な魅力を発揮して、うまく言いくるめたのでしょう。ざっと手順を説明するなら、あなたはその日、犠牲者の女を家に招き、なにか悪ふざけを口実に妻とそっくりのかっこうをさせてから、マージョリーの寝室と隣り合った部屋で毒を飲ませた。マージョリーは気絶したふりをして寝室に運ばれると、すぐに起きあがって女の死体を運びこみ、自分のかわりにベッドに寝かせ、どこかに身を隠した。これで手品の一丁あがり！　あとは保険金をせしめるだけです。ついでに言うなら、遺体の身元確認をしたのは姉でした。しかし彼女はマージョリーが雪のなかで心臓発作を起こし、苦しそうに倒れたのを見ていましたから、死体安置所でじっくり遺体を眺めはしませんでした。さあ、こんなところでしょうか。どう思われますか、ラドヴィックさん？」

そのときのラドヴィックの表情は、ポーカーで強敵と戦っている男のようだった。犯罪の天才二人が、今まさに剣を交えている……

「バーンズさん、あなたに才能がおありなのは否定しません」とラドヴィックは皮肉っぽく言った。「しかし小説でもお書きになったほうが、それを生かせると思いますがね。あなたの想像力をもってすれば、もっとも有名な人気作家とも肩を並べられる。それはもう、間違いありません。

できれば今からあつかましく、サインをもらっておきたいほどですよ」

「そうですか。でもお認めいただいた才能を、まだ全面的に発揮していないんでね。だから今しばらく続けさせてもらいましょう。今度は、美的感性をもっと自由に羽ばたかせてね。というのもこの先は、さらに直観力が必要となりますから。あなたが共犯者とどんな取り決めをしたのか、正確にはわかりません。とにもかくにもマージョリーは、しばらく舞台裏に身を隠さねばなりませんでした。おそらく、どこかで《別の人生》を送っていたのでしょう。それでも彼女は定期的に、あなたのもとを訪れました。まんまと手に入れたお金の分け前を受け取るために。

しばらくすると、あなたはエレナと再婚しました。彼女も遅かれ早かれ、けっこうな財産を相続するでしょう。そうしたらたっぷり分け前をやろうと、あなたはマージョリーにほのめかしました。そうこうするうちに、あなたとマージョリーのあいだに諍《いさか》いが起きました。理由はわかりませんが、嫉妬か、あなたがお金を出し渋ったのか、そんなところでしょう。彼女は金づかいが、ずいぶん荒かったようですから。それは十月一日の晩のことでした。その日、マージョリーがあなたのもとを訪れたのは、目撃者の話からも明らかです。あなたは彼女を脅したけれど、相手も負けてはいません。マージョリーはあなたが犯した罪の数々を、すべて熟知していました。なかでもいちばんの重罪は、ヴァイオレット・ストラリング殺しでしょう。殺人の動機は、すでに知ってのとおりです。けれどもマージョリーは、どんな証拠を手にしていたのか？　あなたを震えあがらせるような、どんな切り札を？　時系列に沿って事件の経過を見てみると、翌日、つまり十月二日にあなたの忠実な共犯者、《大いなるイワン》こと《ブラウン医師》がマッカーシーのもとを訪れ、彼を毒殺しています。マッカーシーはあなたのために、仕掛けを施した蝶番の心棒を二本作った職人です。マージョリーの切り札はマッカーシーだった。自慢するほどのことではないけれど、ぼくはそう推理しました。それまであなたはマッカーシーを、急いで始末する必要はないと思っていました。彼は警察沙汰とは縁のない、無害な老人だとわかっていたからです。けれどもマージョリーのひと言で、力関係は一変します。彼女はあなたの反撃を恐れ、こう警告したのでしょう。自分の身になにかあったら、あなたを告発するよう老人に指示してあると。ただのはったりだったかもしれません。でもあなたは、少しの危険も冒すまいと決意し、まずはその場でマージョリーを絞め殺しました。でも、死体をどこに隠したらいいだろう？　そこであなたは、とんでもないことを思いつきました。その晩のうちに死体をエヴァズレイ家の納骨堂に運び、棺のなかにある偽のマージョリーの死体と入れかえたのです。古い死体は軽くなっているので、始末しやすいですからね。おそらく森に穴でも掘って、埋めたのでしょう。翌朝、あなたはロンドンへ行き、共犯者に事情を説明しました。そしてマージョリーの脅しが本当かどうか確かめもせず、さっさとマッカーシーを《始末する》ことにしたのです。ラドヴィックさん、事件の概要はざっとこんなところです。事実関係は、これでぴったり嚙み合うのでは？　マージョリーの死体が驚くほど真新しかったのも、合理的な説明がつきます」

「なかなか面白い。でも、どうしてわたしが死体の胸に、杭を打ちこんだりしたっていうんです？」

「もちろんそれは、あなたではありません、ラドヴィックさん。ご自分の過去を想起させるようなことは、するわけないですよね……」

「けっこう。ただ残念ながら、あなたのたわごとには、なんの証拠もありませんよね」

「かもしれませんが……」

オーウェンはそこで言葉を切り、テーブルのうえのファイルをひらいて大きな封筒を取り出した。なかには二枚の写真が入っていた。彼はそれを、ラドヴィックの目の前に並べた。

「あなたの二番目の妻、《本物の》マージョリーの写真は、もちろん見ておわかりでしょう。もう一枚はアガサ・シムラーという、リバプール出身の若い女の写真です。彼女は一九〇〇年二月一日、つまりマージョリーが死んだとされる日のちょうど二日前に、突然行方不明になりました。どうです、女性にはお詳しいあなたのことだから、二人がよく似ているとすぐに気づかれたでしょう。いや、誰が見ても一目瞭然だ。どこを探せばいいのかさえわかれば、彼女の足跡《そくせき》を見つけ出すのも、さほど難しくはありませんでしたよ」

写真を眺めるラドヴィックの額に、玉の汗が浮かんだ。彼は顔をしかめて立ちあがった。

「たしかに二人は似ているが、双子というほどではないしょう」

「まあね。でも同じ髪型にすれば、化粧しだいでそっくりになりますよ」

ラドヴィックは嘲るように手のひらを返して答えた。

「単なる偶然の一致です。がっかりですね、バーンズさん。もっと鮮やかな謎解きを期待していたのに……」

「またしても偶然の一致ですか？　あなたには、偶然の一致がつきまとっている。まあ、いいでしょう。どんなにわからず屋の陪審員だって、これで充分納得するでしょうが、まだ足りないとおっしゃるならしかたない。貴族を自称するにふさわしい、完璧な証拠を要求する権利が、あなたにはありますから」

　オーウェンはじっと考えこむふりをして、煙草に火をつけながら続けた。

「さて、何をお示しできるだろう……理想的な証拠か。生きた明白な証拠。今、お話しした仮説とあなたをしっかり結びつけるもの。ヴァイオレット・ストラリング殺しと、グライヴィッツ地方であった惨殺事件の両方にあなたが関わっていたことを同時に示すミッシングリンク……ああ、わかった……そういやもうひとり、証人を用意してあったんだ。それにぴったりの証人を」

　オーウェンの合図でウェデキンド警部が立ちあがり、またしても部屋から出ていった。ほどなくおかしな物音と、がさつな罵り声が聞こえ、手錠をかけられた男を連れて警部が戻ってきた。二名の制服警官が、男を部屋に押し入れた。がっちりした体格の、力の強そうな男だった。広い肩幅には小さすぎる上着を着ている。ぐるりと部屋を見まわすその目に、わたしは背筋がぞくっとした。

　オーウェンはラドヴィックにむかい、わざと愛想よく言った。

「ラドヴィックさん、ご紹介するまでもありませんね。あなたのお兄さんです。ここに居並ぶ方々も、皆さんとっくにおわかりのことでしょう。こちらの魅力的な御仁は、アアロン・ラドヴィックその人です。あるときはグライヴィッツの悪魔祓い師、あるときは《超宇宙生命体の会》の霊媒師《大いなるイワン》……」

41　絞首台の影

アキレス・ストックの手記（承前）

「そしてまたあるときは、《ブラウン医師》」とオーウェンは続けた。「まだほかにも、名前はたくさんあるでしょうが。それはともかく、あなたがたお二人がよく似ているのは否定できません。しかし言っておきますが、今度ばかりは偶然の一致でごまかせませんよ。あなたのスピリチャル・サークルの元常連ジェイン・メリヴェイルさんが、霊媒師はこの男だったと認めています。それにマッカーシー夫人だって、《ブラウン医師》と同一人物だと言ってます。彼女のもとを訪れたときは、つけひげで変装していましたが。アアロン・ラドヴィックの名と、彼がイギリスにやって来た日時は、移民局で確認できました。移民局はあなたと同時期に、彼にも臨時滞在許可証を出しています。あなたがいくら言葉巧みに抗弁しても、彼が兄でないとはとうてい信じられませんね。どのみち、本人が認めていることですし。マッカーシー夫人に追いつめられたあとに……ウェデキンド警部、アアロンさんを連れ帰ってください。兄弟同士の悲しい再会場面なんかに、皆さんつき合わされたくないでしょうから。でも部下の方々は、くれぐれも気をつけるように。彼の目を見てはいけません。強力な催眠効果で、メデューサでさえ塩の柱に変えるほどですから」

わたしはほっと安堵のため息をつきながら、この不快な男が部屋を出ていくのを眺めた。彼はまるでドリアン・ラドヴィックの戯画《カリカチュア》だった。今、こうして書いている瞬間も、あの獰猛そうな顔、心の奥底まで見通すような冷たい目が頭から離れない。オーウェンをじっとにらみつけるドリアン・ラドヴィックの目も、あれとそっくりだった。彼はもう、打ち負かされたとわかったのだろう。もう何本目にもなる煙草に火をつけるとき、腕が激しく震えるあまり、きれいな口ひげの先が燃えそうになるほどだった。

「もちろん」とオーウェンはさらに続けた。「エレナを溺死させたのもアアロンです。事件の晩、あなたが友人とビールやウィスキーで、飲めや歌えの大騒ぎをして、しっかりアリバイを固めているあいだにね。クロロホルムを染みこませた布切れが、池の近くで見つかりました。アアロンはエレナの寝こみを襲い、顔にそれを押しあてたのです。あなたが数年前、最初の妻にそうしたように。もしかしたら、それもアアロンがやったのかもしれませんが。それはまあ、どちらでもいい。いずれにせよ、犯人の名はラドヴィックだ。こんなことをわざわざ言うのは、ここにひとり、やたらと細かいことにこだわる男がいるからでね（オーウェンは悪戯っぽい目をわたしにむけた）。エレナを殺したのは《ラドヴィック》だと言った言葉に嘘はなかったと、はっきりさせておかなくては。しかし、どうして彼女を殺したのか？　あなたの三番目の妻を厄介払いしたわけは何か？　まさか、習い性となってしまったから？　いいや、それじゃあ動機として不充分だ。もちろん、別の理由があるはずです……先へ話を進める前に、ドリアン・ラドヴィックさん、あなたはこの物語で、被害者でもあるということを、指摘しておきましょう……」

「きさまは悪魔の化身だ」ラドヴィックは目をぎらつかせ、うめくように言った。

「だったら、お互い気が合うじゃないですか」とオーウェンは陽気に胸を張った。「でも、驚きだな……こちらが攻撃を仕掛けているあいだは、びっくりするほど落ち着いていたのに、弁護をしてやろうとしたとたん、そんなに怒り出すなんて。あなたには、どう接したものやら」

「とっとと消え失せろ」

「行儀が悪いですよ、伯爵さん！　下品な悪態はそれくらいにして、話をよく聞いてください。最後の謎を解くためには、あなたの手助けが必要なんですから。ということで、あなたは被害者でもありました。でも誰から、どんな被害を受けたのか？　あなたが企てたのではない事件の数々を再検討してみれば、事の成り行きが見えてきます。不気味な人物の出現を告げる謎の煙。ブラム・ストーカーのドラキュラによく似たその人物は子供たちを怯えさせ、蝙蝠を呼び寄せ、結んだ紐の前で立ち往生し、ヒル老人を殺したあと、文字どおり煙のなかに消えていきました。納骨堂が荒らされ、あなたの先妻二人の胸に杭が打ちこまれていたこともあります。つまりはあらゆる手を尽くして、吸血鬼の存在を人々に信じこませようとしているんです。けれどもそれは、あなたがどうしても避けたいことのはずだ。昔の悪事をほじくり返されるのは、嫌に決まってますからね。あなたを破滅に追いこもうという意図は明らかです。つまりこれは、憎しみに駆られた病的な人間が、長い時間をかけてじっくり計画した冷徹な復讐劇だったのです。そこへもってきて、エレナは日々やせ細り、いかにも吸血鬼の犠牲者らしくなっていきました。しかも首もとには、奇怪な噛み傷さえ残っています。まさか本当に吸血鬼がいるわけないとすれば、エレナがあなたを陥れようとしたのは、ほとんど疑いの余地がありません。彼女がわれわれに首筋を調べさせるのを見て、あなたにもそれがわかったでしょう。フォークで刺してしまったなどという話は、どのみち信じられません。あなたが前から傷痕に気づいていたかどうか、それはなんとも言えません。あのときあなたは、アンさんの魅力に気をとられていましたから。けれどもエレナが偽の噛み傷を、わざとらしくわれわれに見せるものだから――嫌がるふりはしましたが、あんなに目立つスカーフを巻いていたら、不審がられるに決まってます――あなたも怪しんだに違いありません。そのときからすでに、彼女の運命は決していました。アン・シェリダンがいなければ、あなたは力づくでも彼女の秘密を聞き出していたでしょう。しかしいずれにせよ、あそこでエレナに暴力をふるうのは危険だ。保身が好奇心に勝ったというわけです。

友人から独身最後の大騒ぎに誘われたのは、まさしく渡りに船でした。一石二鳥も望めます。新たな殺人事件で鉄のアリバイがあれば、前の犯罪についても疑いが晴れますからね。そこであなたは兄に電報を打ち、指示を与えました。悪い思いつきではなかったものの、村人たちはさらに憎しみを募らせ、あなたは危うくリンチで殺されそうになりました。きっとエレナは草葉の陰で、笑っていたことでしょう。まさしくそれが、彼女のもくろみだったのですから。そこには二本の軸がありました。

中心となる一本の軸は、あなたを吸血鬼に仕立てあげることです。そのために、先ほど並べたような奇怪な出来事を装って村人たちを誘導し、憎悪を掻き立てて自ら裁きをくだすようにしむけたのです。もう一本の軸は、公式な裁きへ至る道です。エレナはあなたが警察に追いつめられることも望んでいました。罠にはまってもう逃げられないという思いをさせたかったのです。そのために、二つの手がかりをわれわれに残しました。ひと目ではわからない、とても巧妙な手がかりです。あまりにあからさまだと、かえってなにかたくらんでいると怪しまれかねませんからね。ひとつ目は、細工を施した蝶番の心棒の複製です。エレナはそれを警察に送りつけ、マッカーシーとヴァイオレット・ストラリング殺しのあいだに関連があるとほのめかしました。もうひとつは、半ば燃え落ちた糸車です。ストラリング殺しとテレンス・ヒル殺し、どちらの現場にも糸車があれば、二つの事件が結びつきます。ストラリング殺しはヒル殺しの第一容疑者ラドヴィックはストラリング殺しにも関わっていると、警察は疑うはずです。早晩、あなたの過去が暴かれ、悪事の数々が明らかになるでしょう。そして兄の忌まわしい役割についても。何本もの糸で、すべてが結ばれている。あなたはねばつく蜘蛛の巣に、すっかり絡み取られてしまったのです。

なんて悪知恵の働くやつだ、とあなたは言うでしょうね。悪知恵ではあなたにかないませんが、二枚舌という点ではエレナも負けてなさそうです。暗黒の帝王、悪だくみの達人ラドヴィックをしのいでいました。それも初めから終わりまで、終始一貫して。アンさんからうかがったところでは、最初の出会いはエレナのほうから演出したそうじゃないですか。道でわざとあなたにぶつかって。彼女の家はたしかに裕福なほうですが、あなたにほのめかしたほどではありません。あなたはうまく引っかかり、結婚することになりました。しかしエレナはあなたに体を許しているときも、心のなかではせっせと復讐の作戦を練っていたのです。彼女は窮地に陥った夫を助けるため、必死の努力をする妻を見事に演じました。テレンス・ヒルが殺された晩、夫にアリバイがあったように嘘までついているよう見せかけて。でもあの晩、彼女はあなたとアンさんのシェリー酒に、睡眠薬を混ぜたに違いありません。そうやって自分は、自由に動きまわれるように……」

「なんだって？」とテイラー警視が遮った。「話がよくわからないんだが、バーンズさん。それじゃあ、あの奇怪な状況でヒル老人を殺したのは、エレナだというんですか？　共犯者なしに、彼女ひとりでは不可能だと思うのだが……」

「ええ、そのとおりです」とオーウェンは、両手の指先を組み合わせながら答えた。「けれどもエレナが死んでしまった今、共犯者が誰かはまた別の話となります……」

「ひとつ思いあたることが」とわたしは、咳払いをしてから口を挟んだ。

「ほう？」

「いや、大した手がかりじゃないが、エレナはラドヴィックと出会う少し前に、別の男性と知り合ったっていうんだ。アンさんがエレナから聞いたそうだ。プラトニックというか、いささか特殊な関係だったらしい。でもエレナには、それが忘れられなかったとか。既婚者ではないという以外、詳しいことはわからないけれど」

「そういえば」ニールセンも指を鳴らしてうなずいた。「ぼくも思い出しました……雨の晩、エレナを屋敷に送って行ったとき、どういうわけか彼女がその男のことを話したんです……特別な関係だったという印象は、ぼくも抱きましたね。でも、それ以上はなにも言いませんでした。男の名前さえも……」

「興味深い手がかりですね」オーウェンはうなずいた。「それだけでは、どう追っていけばいいのかわかりませんが、エレナのご両親カー夫妻から、なにか話が聞けるかもしれません……控えめで魅力的な方々ですが、ラドヴィックさん、あなたのことはあまりよく思っていないようだ。葬式のときに、気づいたでしょうがね。あなたとは、距離を置くようにしてましたから。今朝、カー夫妻にお会いして、いろいろと興味深い話をうかがってきました。でもその前に、ひとつおたずねしたいのですが。事件の概要はわかりました。エレナの憎しみがどんなに激しかったかも、明らかになりました。でも彼女は、どうしてそんな策を巡らせるほどあなたを憎んでいたのか、思いあたることはありませんか？　もちろんあなたの悪行の数々からして、敵はたくさんいたでしょうから、可能性はたくさん考えられるでしょうが」

「頭がおかしかったんだ」とラドヴィックは、真っ赤に燃えている煙草の先を見つめながら、耳ざわりな声で言った。「完全に常軌を逸してた……わたしに言えるのはそれだけだ」

「なにかほかにもおありでしょう」とオーウェンは考えこむように言った。「なければしかたありませんが……いずれにせよ、ぼくにはわかりました。一枚の絵のおかげで」

オーウェンはそう言って、ファイルの下にあった平たいボール箱をつかみ、なかから額を取り出した。わたしはすぐにぴんときた。エレナの水彩画だ。

「ラドヴィックさん、エレナはとても豊かな感受性の持ち主でした。とりわけこの絵が、それをよく物語っています。もしあなたが、もっと注意深くこれを見ていたなら、景色に見おぼえがあると気づいたでしょう。この美しい山なみ、これはシレジア盆地を見おろすクルコノシェ山脈です。自分では行ったことがありませんが、とてもすばらしいところだと聞いています。でもあなたは、もちろん知ってますよね。エアラウの村からも、よく見えるそうですから。前景に描かれている少年の顔にも、見おぼえがあるはずです。あなたはかつてこの無邪気な目を、少なくとも何秒間か、じっと見つめたのだから。そしてそのあと、永遠に閉じさせてしまった。

エレナの両親に話を戻しましょう。ぼくは彼らから、いろいろ聞かせてもらいました。あなたももっと親しくしていたら、話を聞くことができたでしょうに。そうすれば早めに感づいて、リンチを逃れられたかもしれません。外交官だったカー氏は、奥さんとなる女性とドイツで出会いました。夫婦仲はよかったものの、二人には子供がいませんでした。ある日、彼らはバカンスで、夫人の生まれ故郷であるシレジア盆地に行き、十歳くらいの物乞いの少女と出会い、家族全員を失ったという悲惨な運命に心を動かされました。幼い弟を亡くし、母親は悲しみのあまりに自ら命を絶ち、父親も酒に溺れたあげくに妻のあとを追ったというのです。カー夫妻は少女を養女にして、イギリスに連れていこうと決意します。カー氏の地位をもってすれば、行政手続きはすんなりとすみました」

オーウェンはそこで少し間を置き、ラドヴィックをにらみつけたまま先を続けた。

「もうわかりましたね？　水彩画に描かれたやさしい顔の少年は、エレナの弟にほかなりません。ついでに言っておけば、ぼくはこの話を聞く前から、この絵に事件の根幹が潜んでいると直感していました。一見、ありふれた絵のようですが、エレナはこのなかで彼女の人生を激変させた出来事を描き、永遠に封じ込めたのです。あなたはエレナや、彼女に近しい人々の人生をめちゃめちゃにした。薄汚い脅迫や、数えきれない悪事で、ほかにも多くの命を奪ったのです……」

オーウェンはそう言うと立ちあがり、テーブルのむこう側にまわって、ラドヴィックの正面に立った。ラドヴィックは殴られるのを恐れたかのように、体を縮こまらせた。オーウェンは軽蔑をこめて、そのさまをじっと見つめた。

「あなたには無理でしょうが、エレナの実の両親の立場になってみることです。悪魔祓い師の要求を拒んだばかりに、あなたのような忌まわしい怪物に息子を惨殺された両親の立場に……そうすれば、どんな仄暗い力が生き残ったエレナを掻き立てたのかがわかったでしょう。個人的な立場から言わせてもらえば、もしこの手であなたを裁けるなら、あなたを待ち受けている並みの罰とは桁違いの、厳しい刑に処すでしょうね……」

42　女の直感

アキレス・ストックの手記（承前）

アンはわたしを居間に通すと、差し出された包みを受け取った。

「何かしら？」と彼女は、興奮で頰を紅潮させてたずねた。

「びっくりするようなものさ」

「びっくりするのは大好き」アンはリボンをほどき、赤い包装紙をひらきながら言った。「でも、こんなことしなくても……」

わたしは咳払いをした。

「実を言うとぼくからではなく、オーウェンのプレゼントなんだ。これを読めば、いろいろ納得がいくだろうからって」

「『カーミラ』だわ！」と彼女は叫んで、取り出した本を嬉しそうにふりまわした。「ほんとに驚きだわ。すっかり忘れてたけど……納得がいくって言ったわよね？　どういうこと？」

「これは若い女の話でね……彼女は別の若い女に好意を抱く。でもその女は、奇怪な病気に冒されていて……ともかくこれは、初めて吸血鬼をテーマした小説のひとつなんだ」

「そうだったの」アンはうなずいた。

「きみがこの本を読もうとしているのを見て、エレナがあわてて隠したわけも、それでわかる。

なにしろ若い女どうしの、淫らな愛の物語だから、きみに疑念を起こさせかねない。彼女の二重のたくらみが見抜かれるかもしれないと思ったんだろう。もしかしたらエレナは、この本からインスピレーションを受けたんじゃないかな。夫を罠にかけるのに、ブラム・ストーカーの『吸血鬼ドラキュラ』を参考にしたように。オーウェンはそう考えている。でも、事件のことはこれくらいにし、よかったら話題を変えて……」

「いいえ、アキレス。最後まできちんと話しましょう。さもないと、いつまでも頭から離れないから。すべて知っておきたいの」

「じゃあ、そうしよう」わたしはため息まじりにそう言うと、ソファに腰かけた。「それで、どこから始めたらいいかな?」

アンは唇に指をあて、少し考えてからこう答えた。

「わたしの理解が正しいなら、屋敷に来て欲しいというエレナの誘いも、計画の一部だったのね」

「ああ、彼女が吸血鬼の犠牲者を演じ、どんどんと《衰弱》していくさまを、そばで見ている証人が必要だったんだ。それに女学校時代、きみが彼女を気にかけていたことも、感じ取っていたんだろう。だからこそ、カーミラの物語を真似してみようと思いついたのさ。なにもかも、ドリアンは吸血鬼だとみんなに信じこませるための策略だった。エレナは夫に血を吸われ、自らも吸血鬼と化してしまった。だから伝説に従えば、彼女もきみの血を吸おうとしたって不思議はない」

エレナは女たらしの夫をそそのかし、アンを誘惑させたのかもしれないとさえオーウェンは思っていた。吸血鬼は女を誘惑することに長けているから。でも、そこまでは言わずにおいた。

「いろんな事件があったあとだから」とわたしは続けた。「エレナが夫を恐れたとしてもおかしくない。けれども彼女は終始一貫、ドリアンを褒めそやし続けた。彼を疑うなんて馬鹿げていると、何度も繰り返した。でも彼女がお芝居を演じているのは明らかだった」

アンは悲しげにうなずくと、わたしの隣に腰かけた。

「で、ほかには？　たなびく煙、荒らされた納骨堂、うろつく人影、ドリアンが映らない鏡……」

「どれもこれも、ただの手品さ。正体不明の共犯者が手伝ったのだろう。そいつはとても頭が切れて手先が器用で、発煙筒についても詳しいに違いないが……」

「だったら、クリストファーかもしれないわ」とアンは叫んだ。「化学製品は彼の得意分野だから」

「実を言うと、ぼくもそれは考えた。でも、辻褄が合わない点がたくさんあって……」

「そうよね。そんな手品をしてみせる度胸が、彼にあるはずないもの」

「背中にしょった発煙筒から立ちのぼる煙に隠れて村の墓地をうろつき、好奇心の強い少女の目を引くくらい、誰にでもできることさ。顔に不気味な仮面をかぶり、襟を立てた長いケープをまとったり、店から買ってきた家禽を脚にくくりつけ、窓の前で羽ばたかせるのもね。納骨堂のなかにニンニクの束や大鎌を置いておくなんて、もっとたやすいことだ。死体の胸に杭を打ちこむのは、あんまりぞっとしないけれど、力はさほど要らないだろう」

「でも、どうしてエレナはそんなことをしたの？　やはり吸血鬼の存在を、みんなに信じこませるため?」

「もちろんさ。そのうえ、願ってもないチャンスが舞いこんできた。オーウェンいわく、エレナは夫とマージョリーの口論を盗み聞きしたのだろう。保険金詐欺の話を聞いて、もちろん彼女はびっくり仰天した。マージョリーを殺し、死体を納骨堂に運ぶ夫のあとを、彼女はそっとつけていった。エレナにとっては、思いがけない幸運だった。なんとドリアンは、一年以上も前に死んだと思われているマージョリーの真新しい死体を、棺桶のなかに収めたではないか! その心臓に杭を打ちこめば、みんなはマージョリーが吸血鬼だったと思いこむはずだ。ついでにローザの死体にも、同じように杭を打っておこう。棺が暴かれたとき、ドリアンがどんなにあわてるか想像して、エレナはほくそ笑んだことだろう。彼女は数日のうちに計画を実行に移し、墓地で少女を驚かそうと再び発煙筒を使って吸血鬼を演じた。もくろみ通り鍛冶屋や牧師が怒りに駆られて墓地にむかい、納骨堂に入って棺のなかを覗いた。誰が杭を打ちこんだのかはさておき、ドリアンは本物の吸血鬼だと、誰もが思いこむだろう。重要なのはそこだった。

マージョリー殺しのあと、エレナは以前にも増して注意深く夫を見張るようになった。彼の動向を探るため、ロンドンにも行ったのでは? アアロンが弟に会いに来たことも、きっとあるだろう。あの二人はマージョリーを殺したあと、とても警戒していたはずだから。そこでエレナは二人がこっそり話し合うのを聞き、マッカーシー殺しのことや、針金職人がストラリング殺しで演じた役割を知った。そして蝶番のトリックに使った心棒の複製を、警察に送ろうと思いついた。実際に行ったのは、共犯者のほうだろうけれど」

「またしても、例の謎めいた共犯者ね!」とアンは叫んだ。「わたしだって一、二度、見かけていてもいいはずなのに……信じられないわ。そんな人、本当にいたのかって思うくらい」

「ああ、どうしたって必要さ。とりわけ、鏡のマジックではね」

「そうそう、あれはどうやったのか、とても興味あるわ」

「さして難しいことじゃないさ。基本的にはね。エレナと共犯者は、念入りに手品の準備をしたはずだから。あのベランダのことは、きみのほうがよく知っているだろうが、芝地の側に二、三メートルの間隔をあけて、ガラスの入った同じようなドアが二つ並んでいる。モード・シーモアは壁の鏡を正面にして、籐の肘掛け椅子に腰をおろした。鏡には近いほうのドアが、つまり少しずれて彼女が背にしているドアが映っていた。というか、映っているのだと思っていた」

「わかったわ！」とアンは指を立てて言った。「本当はもうひとつのドアが映るように、鏡を動かしたのね」

「そのとおり。額縁ごとではなく、鏡の面だけを。そのほうが、目立たずにすむからね。調べてみたところ、最近鏡を台から外した形跡が見つかったよ」

「でも……それじゃあ、話が合わないわ。だってシーモアさんはドアがあくところも見たのよ」

「まさしく。エレナの共犯者はゴムとカーテンレールを組み合わせた仕掛けを軒下に取りつけ、二つのドアを連動させたんだ。片方のドアをあけたら、同時にもうひとつのドアもあくようにと。それについてもオーウェンは、板張りの壁に釘やネジを刺した跡を見つけたよ。あとは役者の腕次第だ。帰宅した気難しい夫を演じるのは、さほど難しくないだろう。つけひげ、ラドヴィックと同じ服、こもった声でごまかせる。けれどもエレナが演じる役は、もう少しやっかいだ。だってモード・シーモアが計画どおりにふるまうよう、タイミングを計ってしむけねばならないのだから。それから鏡の位置をそっともとに戻し、ドアの仕掛けも片づけておかねばならない」

「でも、うまくいったってわけね。だってシーモアさんは、すっかり信じこんだもの。だけど、よく見抜いたわね、あなたのお友だちは。どうやったら、そんなことを思いつくのかしら？」

「鏡さ……あいつは難解な謎に直面すると、いつでも鏡とにらめっこを始めるんだ。うまい具合にあそこにも、鏡が一枚これみよがしにかかっていたので……」

アンはうなずいた。

「残るはテレンス・ヒル殺しの謎ね」

「そう。でも、その件は問題が別でね。オーウェンもまだ頭を悩ませているんだ」

するとアンは、なんとも天真爛漫に叫んだ。

「もしかしたら、そっちも鏡のトリックなんじゃないの？」

「いや、そんなことはないだろう。毎回、鏡じゃ、芸がなさすぎる」

アンはふくれっ面をした。

「ふうん……わたしを馬鹿にしてるのね？」

「とんでもない！　ただ、事件の状況からして、そうじゃないだろうと……」

「女の直感は侮《あなど》れないわよ」

「まあ、それはさておき、まずはきみの心配をしなくては」

アンの魅力的な青い目が、悪戯っぽく輝いた。

「あら、どんな心配を？」

「ちょっと背中を見てみたいな。傷の具合が気になるから」

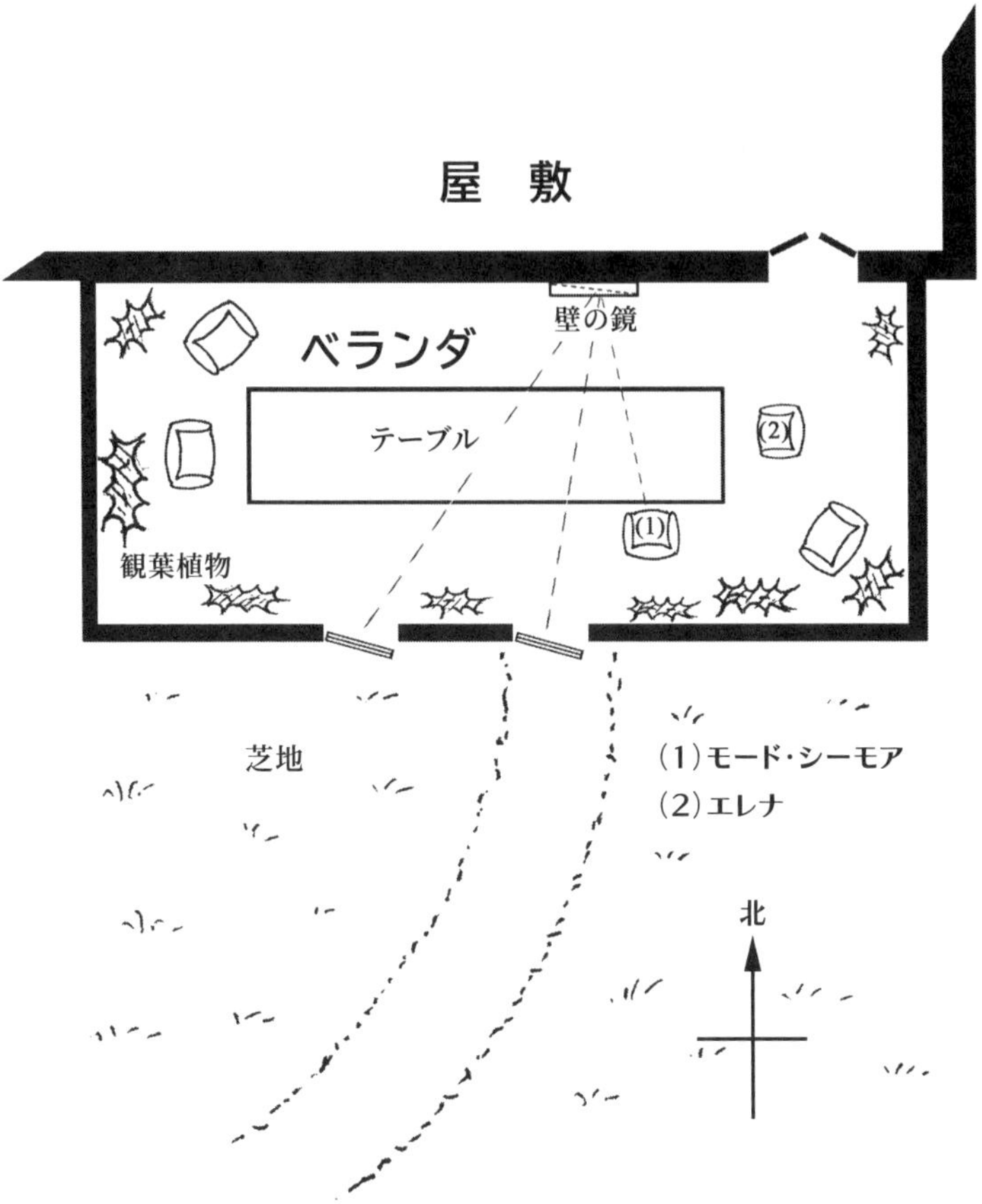
屋敷
ベランダ
壁の鏡
テーブル
(2)
(1)
観葉植物
芝地
(1)モード・シーモア
(2)エレナ
北

「いいわよ。お医者さんごっこってわけ？」

アンがブラウスを脱いでいるあいだに、わたしは彼女のヘアピンを外しながら言った。

「ぼくは仕事を間違えたかな。オーウェンにはよく、《親愛なるドクター・ワトスン》なんて呼ばれるんだ」

「ドクター・ワトスン？　それって、わたしの知り合い？」

「《ストランド・マガジン》に載っている小説を読んでればね。ワトスンはそこに出てくる探偵の引き立て役なんだ。その探偵っていうのがオーウェンにそっくりで、作者は彼をモデルにしたんじゃないかと思うほどさ」

「やだ、何するの？　背中はそっちじゃなくて、反対側よ」

「いけない！　間違えた！」とわたしは言ってアンを胸に抱きよせた。

ほどなく、むこうもその気になり始めたかと思ったとき、アンは突然体を起こした。

「わかったわ……エレナの共犯者が何者なのか。そもそもの最初から、彼女がその男といっしょにいた。わたしはそれを、しっかり目にしてた。雨のなか、村の屋敷に着いたときに。ええ、ようやくわかった。わたしが肘掛け椅子に腰かけているのを見て、どうしてエレナが気を失ったのか。彼女はわたしが二人の会話を聞いてしまい、計画がだめになったと思ったんだわ。でもわたしは寝ぼけていて、よくわからなかった……」

「何だって？　誰なんだ、その男は？」

エピローグ

オーウェン・バーンズは駅のホールに入るたび、いつも気持ちがそわそわした。その日、一九〇二年二月末もやはりそうだった。彼はチャリング・クロス駅のホームにむかっていた。午前十時。人ごみは落ち着き始めているが、雨氷や雪片がきれいな模様を作る大きなガラス屋根の下は、いつもと変わらぬ雰囲気だ。乗客たちのざわめきが、あたりに立ちこめている。機関車が蒸気を吐き出すリズムに合わせて、不安そうな目が壁の大時計をじっと見つめる。蒸気機関車のしゃがれた響きは、ホールのなかに不気味にこだました。人々の足どりは活気にあふれ、顔にはありとあらゆる感情が読み取れた。喜び、希望、悲しみ。仕事仕事の毎日に、うんざりしているような表情も。

オーウェンが汽車に乗るのは――今、まさにそうしようとしているのだが――多くの場合、心をときめかせる事件の調査に出発するときだった。それはまた、ひとつの事件が終わるときだ。事件の終わりは、しばしば苦い想いを伴う。さっき読んだ新聞記事からして、今日も同じだろう。オーウェンはそんな精神状態で、一等車のコンパートメントに入ったのだった。ほかに客はいない。ほどなく警笛が響き、汽車が動き出したとき、コンパートメントの扉があいて、男がひとりずかずかと入ってきた。大きなスーツケースを両手に持ち、ハンチングを目深にかぶっている。男が帽子を脱いで、こちらに笑いかけたとき、オーウェンははっと気づいた。

「ニールセンさん！」とオーウェンは叫んだ。「偶然ですね。ちょうどあなたのことを考えてい

「バーンズさんじゃないですか！　驚いたな。お会いできてよかった……たぶん、これが最後になるでしょうから」

「おや、イギリスを離れるんですか?」

ニールセンはスーツケースにちらりと目をやり、ため息まじりに答えた。

「ええ、フランスに渡ります。ここではもう、するべきことはありませんから。ぼくのことを考えていたと言いましたよね。それはまた、どうして?」

「われわれがひとときに関わった、悲しい事件ゆえにです。つい最近、あの事件もエピローグを迎えました。新聞を読みましたよね? ラドヴィックが昨日の朝、絞首刑に処せられたとか」

ニールセンはオーウェンとむかい合わせになって、蒸気で曇った窓の脇に腰かけると、ため息をついた。

「もちろん、読みましたとも。まあ、惜しい人を亡くしたとは言いませんがね。やつの忌まわしい亡骸から離れられると思うと、嬉しいくらいです」

「ドーヴァーまで行って、フェリーに乗るんですね?」

「はい、あなたもですか?」

「いや、残念ながら、少し手前で降りなければなりません。お役所絡みのつまらない事件があるものですから。できればあなたといっしょに、旅を続けたいところです。パリに滞在して、友人たちと会って……本当に、羨ましい」

ニールセンは少し考えてから答えた。

「バーンズさん、ちっとも羨ましいことなんかありませんよ。そもそもぼくは、フェリーに乗るのが怖いんです」

「船酔いですか？」

「いえ、むしろ心理的な問題で……」

「……女性に関連した？」

ニールセンは悲しげな笑みを浮かべて、窓の外を見つめた。

「そう、突然の別れ、不可能な愛。あれからもう数年になりますが、どうしても忘れられません。彼女は人妻で、ぼくは大事な仕事で国を離れねばならなかった。そんな悲恋の舞台が、ドーヴァーの白い絶壁でした。カモメの鳴き声、オパール色の海、白い波頭、潮の香り。フェリーは情け容赦なく、最愛の女《ひと》からぼくを引き離していく。岸辺に残る彼女の悲しい別れの微笑みは、ぼくの瞼にいつまでも焼きついていました。愛する人ともう二度と会えない。そう思ったらつらくて、心が蝕まれてしまいます」

「よくわかりますよ」とオーウェンは、したり顔で答えた。「悲しいかな、あなただけではありません。ドーヴァーの埠頭には、つらい心情を吐露した落書きが、いくつもありますからね。でもあなたは、今もまたそんな経験をしているのでは？」

「ええ……事情は少し違いますが」

「ラドヴィックの事件に関したことで？」

ニールセンはしばらく沈黙を続けた。それは認めたも同じだった。ぼんやりとした目に、やがて皮肉っぽい表情が浮かんだ。

「ところで、あの事件の謎はすべて解けたんですか？」

　オーウェンはシガレットケースを取り出し、ニールセンに勧めた。ニールセンは礼を言って一本抜き取り、火をつけた。

「そうですね。心理的な側面で、いくつか細かな点を除けば。それは犯人の口から聞かないと、わからないことなので」

「ほう？」とニールセンは驚きの声をあげた。「それじゃああなたは最後の試練、つまりテレンス・ヒル殺しの謎も解明したと？　本当ですか？　だったら、ぜひ詳しく教えてください。まさか、国家機密でもないでしょうし」

「ヒントを与えてくれたのは、若い女性でしてね。あなたもよくご存じの方です。あの魅力的なアン・シェリダンさんですよ」

「たしかに魅力的な方だ。彼女も、あの事件で傷ついたひとりですよね」

「でもご安心を。友人のアキレスが、彼女を元気づけようと励んでいますから。おかげでこっちはお見限りだ。でもまあ、それはどうでもいい。なぜかシェリダンさんは、ヒル殺しの謎にも鏡が使われていると思いこんでいまして。理由は本人にもわからないようですが……」

「吸血鬼事件なんだから、鏡が絡んだって驚くにあたらないのでは？」

「おっしゃるとおり。だからぼくもその観点から、問題を再検討してみました。あの事件でずっと不思議だったのは、犯人が信じられないほどすばやくヒルを殺したという点です。あなたもよくご存じだから、細かな点は省きますがね。午後十時半ぴったり、廊下に人影があらわれ、ヒルがいる居間にいきなり入っていきました。その数秒後に犯行があって、犯人は姿を消した。いやはや、信じられない。暖炉のなかから燃えかけた糸車が見つかったのだから、なおさらです。けれどもすでに知ってのとおり、あの糸車はヒル殺しとヴァイオレット・ストラリング殺しを結びつけさせるための囮《ルアー》でした。ということは、前もって用意されていたわけです。でも、どうしたらそんなことが可能でしょう？　あなたがたは犯人が部屋に入るところを見たし、そのあと三人で出入口をずっと見張っていたのですから」

「ここまでのところ、あなたの推理に反論の余地はありませんね」

「そこで鏡という視点から、すべてを見なおしたんです……でも、どんなふうに鏡を使ったのか？　そもそも、どこに鏡を置いたのだろう？　そういえば居間のドアの左脇に、壁に作りつけた小さな書棚がありました。前には舞台の幕みたいに、カーテンがかかっています……鏡を隠すにはうってつけの場所だ。そこであなたがたが目にしたという光景をたしかめることにしました。でも、現場検証するには鏡が必要です。探してみると、ちょうどいい大きさの鏡が二階で見つかりました。衣装ダンスの扉についている鏡です。鏡はネジで留めてあるだけなので、簡単に外せました。しかもネジには、最近いじったような跡もありました。鏡を書棚の前に置いてみると、あなたがたが見張り場所にしていた来客用寝室から、隣の部屋、つまり廊下の同じ側に並んでいる物置のドアが、ちょうど鏡に映って見えるのが確認できました。ここで問題になるドアのうち、あなたがいる側の二つ、すなわち来客用寝室のドアをＢ、物置のドアをＣと呼び、ヒルが殺されていた居間のドアをＡと呼びましょう。三つのドアの位置関係は、Ａを頂点としてほぼ正三角形になっています。ここまではいいですか？」

「大丈夫ですよ。現場のようすは、まだよくおぼえていますから、バーンズさん」とニールセンは微笑みながら言った。

「たしかに、特等席にいたんですからね。人影があなたがたの注意を引きつけるため、わざと音を立てて廊下を歩いてくるのを見張るのに、うってつけの場所に。もちろん、人影はよく見えませんでしたが。人影はドアをノックし、ヒルの声色を使って、入っていいとつぶやきました。それからドアをあけてなかに入り、すぐまたドアを閉めました。真っ暗ななかに、突然ひらいたドアのむこうから、四角い光があふれ出たのだから、まるでマグネシウムのフラッシュを焚いたかのようでした。くっきりと目に焼きつく、一瞬の出来事です。何があったのか、もうおわかりでしょう。人影が姿を消した部屋は、犯行現場のAでなくCだったのです。けれども証人たちは、鏡のマジックに騙されてしまった。またしても、と言うべきでしょうね。モード・シーモアの前例がありますから」

「なるほど……すばらしい」

続く沈黙のなかに、汽車がガタゴト走る音が響いた。やがてオーウェンは、また口をひらいた。

「犯人の計画は次のようなものだったと考えて、真実からさほどかけ離れてはいないはずです。おぼえていますよね、ポール・プラットは十時直前、屋根のうえに人影が見えたと言ってます。それは錯覚でなく、エレナでした。夫とアンに睡眠薬を飲ませ、眠りこんだのをたしかめてから駆けつけたのです。走れば十分ほどで着きますから。屋敷の北側に、大きな藤の木があります。身が軽い人間なら、あれをのぼって屋根にあがるのは簡単です。彼女は長いケープのほか、長い紐をつけたボール紙製のふたを用意していました。あとは共犯者の合図を待つばかりです。共犯者は、十時から十時二十分のあいだに行動を起こすことになっていました。

　共犯者はまず洋服ダンスから鏡を外して、廊下の書棚の前に置き、カーテンをまくりあげて棚の隙間に押しこみました。それから、フランス窓の近くの生垣に隠しておいた糸車を持って、ヒルのもとにむかいます。ヒルは彼と知り合いだったので、警戒しませんでした。共犯者はヒルを絞め殺し、かぎ針かなにかで、吸血鬼に襲われたような痕を首筋につけておきました。暖炉に火を起こして、糸車を放りこみます。そして暖炉の煙突をとおし、屋根のうえにいるエレナに合図します。エレナは煙突の口をボール紙のふたでふさぎ、くくりつけた長い紐を、家の外壁に沿って下までたらします。暗闇なので気づかれません。彼女は藤の木を伝って屋根からおり、紐の先がたれている近くで待機しました。

　そのあいだに共犯者は、作戦の最終段階にかかりました。まずCの部屋、つまり物置に入って明かりを灯します。次に犯行現場の居間の内側から、ドアの鍵穴にそっと鍵を挿しこみます。ぎりぎり、落っこちない程度に。それから廊下に出て、合鍵で外から施錠をします。内側から挿してある鍵が、奥まで入っていなければ可能でしょう。十時半ごろになって、ほかの二人が見まわりから戻って来ました。エレナは紐を引きます。煙突の口があいて、部屋に溜まった煙がゆっくりと外へ出始めます。通気が限られているので、いっぺんには出てしまいません。エレナは玄関から家に入り、わざと足音が聞こえるように廊下を歩いてきます。

　彼女はCの部屋に入ります。けれどもさっき説明したとおり、目撃者たちは鏡のトリックで、それがAの部屋だと思いこんでしまいました。彼女は明かりを消し、大きな物音と恐ろしい悲鳴をあげます。けれどもあなたがたは、それが居間から聞こえる物音だと思いました。鏡に映ったCのドアと実際のAのドアとでは、あくむきが左右逆になりますが、あたりは暗かったし、あいたのは一瞬でした。それに目撃者たちは動転していたので、気がつかなくとも不思議はありません。三人の目撃者が居間のドアを押し破り、ヒルの死体を見つけて大あわてしている隙に、エレナは物置を抜け出して、鏡をそっともとに戻したのでしょう。鏡について、もうひと言つけ加えるならば、三人の目撃者が来客用寝室から廊下に飛び出したとき、犯人はいつ、どうやってカーテンをおろして鏡を隠したのか？　たしかドアに駆けよるとき、あなたがたのうちひとりが暗闇でつまずきましたよね。そうすればまくりあげたカーテンを、怪しまれずに引っぱりおろせるというわけです。では、煙の話に戻りましょう。これも、われらがうろつく人影好みの目くらまし《ルアー》でした。なにも《ドラキュラ》が不思議なガスに変身して、暖炉の煙突を抜けて飛び去ったわけではありません。あなたとポール・プラットは、窓の外から部屋の煙を目にしました。ぼくの記憶がたしかならば、煙に関するプラットの証言は、かなりあやふやなものでした。いっぽうあなたの証言は、もっと暗示に富んでいました。そうやってあなたは、彼の判断に影響を与えたのでは？」

　そのあと、また沈黙が続いた。ヒューゴ・ニールセンは窓ガラスのむこうをすぎ去る景色を、じっと見つめている。家もまばらなロンドン郊外の風景は、やがて雪原に変わった。

「冬は好きではないけれど」と彼は言った。「魅力的なところもある。白く輝く雪は、人間の文明が持つ欠点を隠してくれる……」

「至言ですね、ニールセンさん」オーウェンはうなずいた。「おっしゃるとおり、われわれの文明やそれを築いた人々は、えてして難点だらけです」

「じゃああなたは、わかっていらしたと……」

「ここまで推理がいたれば、難しいことではないでしょう。午後十時から十時半まで、Bの部屋、つまり来客用寝室にひとりでいて、自由に動きまわることのできた人物はひとりだけ……それはあなたです。目撃者たちの証言からして、見張りのリーダー役は明らかにあなたでした。それに何者かの足音が廊下から聞こえてきたとき、あなたはほかの二人の反応をうまく制御できる立場にいました。人影は背が高かったと証言したのも、あなたひとりでした。そうやって疑いをラドヴィックにむけ、エレナからそらしたのです。初めは細目にあいていたBの部屋のドアも、なぜか急に大きくひらかれたし。

さらにつけ加えるなら、あなたは鏡の一件で嘘をついています。ラドヴィックが鏡に映るかどうか、ある晩、旅籠で試したけれど、持参した手鏡には映らなかったと。あとからもう一度調べたら、今度はちゃんと映っていたと、含みを持たせていましたが、それでもね……結論は自ずと明らかだ。ラドヴィックは陰謀の標的にされていたのです。あなたがエレナを屋敷に送っていった雨の晩のことを、シェリダンさんがはたと思い出しました。ええ、またしても彼女です。なにもシェリダンさんは、あなたがたが聞かれて困るような会話を、聞いてしまったわけではありません。でもあなたとエレナが、やけに打ちとけた口調で話していたというのです。残念ですよ。彼女がもっと早く気づいていれば、ヒルさんはまだ生きていたでしょうに……」

「いや、あの男は死期が近づいていた。本人がそう言ったんです」

「つまり、彼のためにしたことだと？　緩慢な死の苦痛を味わわずにすむように？」

ニールセンはあいかわらず景色を眺めながら、少し考えてうなずいた。

「ええ、それもありますが、ほかに手がなかったんです」

「だと思ってました。だってヒル殺しは、あなたがたがたくらんだほかの目くらましとはちょっと違ってますからね」

「ヒルは恐ろしく勘が鋭くて、ぼくとエレナがどんな関係かを見抜いていました。それにぼくが吸血鬼ハンターだっていう話も、あまり信じていませんでした。ぼくとエレナの話を盗み聞きしていたかもしれません。彼は計画を台なしにしてやると脅迫しました。ぼくの本当の意図を、だんだんと用心するようになりました。それでも彼が家にラドヴィックを招待するよう、ぼくは最後にもう一度、なんとかヒルを言いくるめました。ラドヴィックを試すという口実にしました。ご存じのように、吸血鬼は一度も誘われたことのない相手の家に入りこむことができません。そんな状況からやむにやまれずヒルを殺したのですが、もちろんぼくたちはそれを利用して、ラドヴィックに罪を着せようとしたんです。本物の吸血鬼が関わっているように見せかけて」

「それじゃあ本当は、吸血鬼ハンターではなかったんですね？」

「ええ、でも吸血鬼に興味はありました。前にもご説明したように、仕事でスイスへ行ったときに、たまたまラドヴィックの話を知ったんです」

「お見事。周囲の目を、二重に欺いていたってわけですか。まずは化粧品の販売代理人を装い、次にはこれだ。途中で第一の化けの皮がはがれるのも、計画のうちだったのでは？」

「もちろんです。徐々に効果が出るよう案配し、ここぞというタイミングで、いっきにラドヴィックの過去を暴くために」

「吸血鬼ハンターとはね」とオーウェン・バーンズは愉快そうに繰り返した。「うまいもんだ。正直、ぼくもずっと信じていましたよ。怪物の実在を示す証拠が、次から次へと出てくるものだから。そうやってプラットと牧師を意のままに操り、彼らの怒りを煽り立てたのか。少女が墓地で怪人に襲われると、プラットはビールの力をあおった勢いで、《野獣》狩りへむかうと息まいた。それもあなたがそそのかしたんですよね。納骨堂の棺が暴かれていると、早くみんなが気づくように。ところであの晩、煙に覆われた吸血鬼役を演じたのはあなた、それともエレナですか？」

「あれはエレナでした。でも、どうして？　それが重要なんですか？」

「いいえ、もちろん、どちらでもいいことです。ただ、あの出来事にもっと注意を払うべきだったと思ったものですから。発煙筒を自在に使いこなすなんて、プロの花火職人かなにかでないと、簡単にはできないことです。ちなみにあなたは、主に銃器の製造に携わる会社に勤めておられる。もうひとつ、あなたを疑うに足る大事な事実がありました。あなたが村にやって来たのとほんの数日違いで、最初の事件が起きているんです。そして事件は、そのあともえんえん続きました。でも正直に告白すると、これほど明々白々なのに、ぼくはなかなか見抜けなかった。ほかの事件では、こんなことなかったのに。いやまったく、なさけない……」

ニールセンは同情するように、にっこり笑みを浮かべた。

「そんなことありませんよ、バーンズさん。それどころか、あなたはあらゆる点ですばらしかった。きっぱりそう言いきれるのは、このぼくだからこそです。でも、どうしてこのことを、公にしなかったんですか？」

名探偵は困ったように肩をすくめた。

「ためらったからですよ。この悲劇では、たくさんの人が死んだ。そこにもうひとり、犠牲者をつけ加えるのをためらったんです。エレナのしたことは許されませんが、それでもぼくは彼女が憐れに思えてなりません。実はご両親の許可を得て、エレナの水彩画をもらい受けました。あの絵を見ていると、彼女がどんなに大きなドラマを抱えていたかが、言葉で語る以上によくわかります。もちろんやり方は認められませんが、彼女が行動し、自らを犠牲にすることで、少なくともあの吸血鬼を倒すことができたのだと言っても過言ではないでしょう。あの男の残虐非道な行いは、万死に値します。あなたの計画どおり、じわじわとなぶり殺しにされても仕方のないやつだったんです。だからぼくはためらい、ずるずると先延ばしにしました。あなたと話そうと思いながら、結局もう関わるまい、あとは自然の成り行きにまかせようと心に決めたのです。ぼくの推理は仮説にすぎないのだから、あなたを当局に告発する義務もないと思って……」

「で、今は？　真実を知った今はどうなんです？」

「あと少し、待つことにしましょう。少なくとも、あなたが海峡を越えるまで」

オーウェンはニールセンの不可解な目の奥をのぞきこみながら、いきなりたずねた。

「彼女を愛していたんですね？」

「ええ、バーンズさん、誰よりも強く。もうおわかりでしょうが、ぼくはエレナがラドヴィックの前に出会ったという謎の男です。二人のあいだには、このうえなく清らかな純愛が続きました。ところがある日、偶然話の流れから、ドイツのとある地方のことが話題になりました。そこは二人とも知っている場所でした。エレナはそれまで、子供時代のことをいっさい語りませんでした。ぼくは深く考えもせず、この偶然の一致のおかげで二人の仲がもっと縮まるだろうと、無邪気に思ってしまいました。そしてラドヴィックの恐ろしい所業について話したんです。ぼくもあなたと同じく、やつが吸血鬼を演じていたと見抜きました。そしてラドヴィック兄弟の策略について、エレナに詳しく話して聞かせました。エレナはそのときまでなにも知らず、本当に吸血鬼がやったことだと素直に信じていたようです。さらに間の悪いことに、やつは今ロンドンにいるらしいという噂も、ぼくは小耳にはさみました。その話をすると、エレナはたちまち凍りつきました。まるで憎しみに取りつかれた雌豹です。心にあるのはただひとつ、弟を殺した犯人を亡きものにすることだけ。その日、ぼくはエレナを失ったのです。恋人に変わりはありません。でも彼女の心と体からは、生気がすっかり抜け出てしまいました。ただ復讐のためだけに生きる、抜け殻のような女の傍らで、ぼくは暮らしていたのです。その目的を達成するためには、《怪物》を誘惑して近づくしかない。やつと結婚することも辞さないと、彼女は思いこみました。ぼくは天地がひっくり返ったような気がしました。もちろん、全力でやめさせようとしましたが、エレナは頑として聞き入れません。まるでヒマラヤを動かそうとするようなものです。ぼくたちの失われた幸福を取り戻すには、そうするしか方法はないのだと彼女は言いました。ラドヴィックをじわじわと死へ追いつめることが、この数か月間、二人にとって唯一の生きる目的だったのです……」

オーウェンは重々しくうなずくと、きっぱりこう言った。

「この悲しい事件のことは、きっぱり忘れることにします」

ヒューゴ・ニールセンは窓のむこうに続く雪原を見つめながら、力のない声で答えた。

「それならあなたは、まだ恵まれていますよ、バーンズさん。ぼくは決して忘れられないでしょうから。もうすぐぼくはフェリーに乗る。もの悲しいカモメの鳴き声を聞き、見せかけの希望に満ちた、さわやかな海の香りを吸いこむ。白い優雅な絶壁が遠ざかるのを眺め……それはやがて霧のなかに消えていく。まるでこの世の美が、無限のなかで無慈悲にすり切れていくかのように。あとはただ、泣き濡れるしかない。愛する女性とは、もう決して会えないと思い定めて……」

著者 **ポール・アルテ**

フランスの推理作家。ジョン・ディクスン・カーに傾倒し、密室殺人などの不可能犯罪をテーマに、名探偵が活躍するクラシカルな本格ミステリを精力的に発表している。日本でも高い評価を得る。

訳者 **平岡敦**（ひらおか・あつし）

フランス文学翻訳家。１９５５年千葉市生まれ。早稲田大学第一文学部仏文科卒、中央大学大学院仏文学専攻修了。大学在学中はワセダミステリクラブに所属。現在は中央大学、青山学院大学、法政大学等で仏語、仏文学を講じるかたわら、フランス・ミステリを中心に純文学、怪奇小説、ファンタジー、ＳＦ、児童文学、絵本など幅広い分野で翻訳活動を続けている。『この世でいちばんすばらしい馬』および『水曜日の本屋さん』で産経児童出版文化賞を、『オペラ座の怪人』で日仏翻訳文学賞を、『天国でまた会おう』で日本翻訳家協会翻訳特別賞を受賞する。そのほか主な訳書にグランジェ『クリムゾン・リバー』、アルテ『第四の扉』、ルブラン『怪盗紳士ルパン』がある。

吸血鬼の仮面

２０２３年６月26日初版第一刷発行

著者　ポール・アルテ
訳者　平岡敦
企画　張舟
編集　張舟　秋好亮平
発行所　（株）行舟文化
発行者　シュウ ヨウ
福岡県福岡市東区土井２-７-５
HP　http://www.gyoshu.co.jp
E-mail　info@gyoshu.co.jp
TEL　０９２-９８２-８４６３
FAX　０９２-９８２-３３７２
印刷・製本　シナノ書籍印刷株式会社
落丁乱丁のある場合は送料小社負担で
お取替え致します。
ISBN 978-4-909735-15-7　C0097
Printed and bound in Japan

行舟文化単行本　目録

＊二〇二三年六月現在